W0346579

btb

Aus Freude am Lesen

Buch: USA 1866: Der Bürgerkrieg ist eigentlich vorüber. Doch die Schrecken wirken noch nach. Die junge Waise Jessie aus dem kleinen Ort Mechanicville im Bundesstaat New York hat seit über einem Jahr nichts mehr von ihrem Zwillingsbruder Jacob gehört, obwohl dieser sonst regelmäßig schrieb. Jessie beschließt, die Hilfe der berühmten Miss Clara Barton, des »Engels der Schlachtfelder«, in Anspruch zu nehmen. Clara Barton hat sich darauf spezialisiert, vermisste Armeeangehörige aufzuspüren und sie wieder mit ihren Familien zu vereinen. Und es ist ihr Mitarbeiter, der angehende Arzt Thomas Lavery, der sich bereit erklärt, Jessie auf ihrer beschwerlichen Reise zu begleiten. Immer wieder stoßen die beiden auf Spuren von Jacob – und immer wieder stoßen sie auf Spuren, die mit Jessies geheimnisvoller Vergangenheit in Verbindung stehen. Bis die junge Frau schließlich selbst am Wendepunkt ihres Lebens steht …

Autorin: Marcia Rose arbeitete jahrelang in einem großen städtischen Krankenhaus in New York, wo sie auch ein preisgekröntes Magazin herausgab. Ihre Erfahrungen setzte sie später in mehreren Romanen um, die größtenteils im medizinischen Milieu spielen und in den USA zu Bestsellern wurden. In Deutschland wurde die Autorin bekannt durch ihren Erfolgsroman »Die Schamanin«.

Marcia Rose bei btb: Die Patriarchin. Roman (72854) · Im Haus des Vaters. Roman (73168) · Die Schamanin. Roman (72625)

Marcia Rose

Die Sanftmütige

Roman

Deutsch von Leon Mengden

btb

Mix
Produktgruppe aus vorbildlich bewirtschafteten Wäldern und anderen kontrollierten Herkünften
www.fsc.org Zert.-Nr. GFA-COC-001223
© 1996 Forest Stewardship Council
Verlagsgruppe Random House FSC-DEU-0100
Das für dieses Buch verwendete FSC-zertifizierte Papier *Munken Pocket* liefert Arctic Paper Munkedals AB, Schweden.

1. Auflage
Deutsche Erstveröffentlichung November 2009

Umschlaggestaltung: semper smile, München
Umschlagfoto: mauritius images / Danita Delimont
Satz: Uhl + Massopust, Aalen
Druck und Einband: CPI – Clausen & Bosse, Leck
UB · Herstellung: SK
Printed in Germany
ISBN 978-3-442-73743-7

www.btb-verlag.de

Die Sanftmütige

1

Während der Wagen über den von Karrenrädern zerfurchten Fahrweg holperte, musste Jessie die Zähne fest zusammenbeißen, damit sie ihr nicht im Mund klapperten. Wäre sie als Kuh auf die Welt gekommen, hätte sie jetzt schon Butter in ihrem Euter. Man sollte doch erwarten können, dass eine Chaussee, die immerhin zur Hauptstadt der Vereinigten Staaten von Amerika führte, anständig gepflegt würde. Als sie Mr. Bump fragte, ob es nicht eine bessere Straße nach Washington gebe, grinste er nur, entblößte dabei seine verbliebenen fünf oder sechs Zähne – von denen zwei damit beschäftigt waren, seine Pfeife umklammert zu halten – und sagte: »Wieso, Missie? Das hier *ist* eine gute Straße. Sie sehen doch, wohin sie führt, oder? Nein, besser wird die nicht mehr, bis wir die Mautstrecke erreichen. Halten Sie sich nur ordentlich fest, und wir bringen Sie schon zu Ihrem Ziel… und zwar unversehrt.« Dabei gluckste er vor Vergnügen.

Mr. Bump war ein Farmer aus Maryland, der sich auf dem Weg nach Washington befand, um dort sein Geflügel zu verkaufen – eine Wagenladung schnatternder Enten und gackernder Hühner. Er hatte Jessie in der Nähe von Baltimore wie eine Landstreicherin am Wegesrand aufgelesen, als sie sich gerade fragte, wie sie es bloß jemals bis nach Washington schaffen sollte. Nachdem sie in Albany von Bord der Fähre gegangen war, hatte sie fast kein Geld mehr übriggehabt, und von irgendetwas musste sie ja schließlich noch ihr Essen und ihre Unterkunft bestreiten.

Also war sie marschiert und marschiert; ab und zu hatte sich irgendein grinsender Lümmel von seinem Wagen oder seinem Maultier zu ihr herabgebeugt und sie gefragt, ob sie bei ihm aufspringen wolle. Diese Männer waren ihr nicht geheuer vorgekommen; sie hielten sie wohl für ein hergelaufenes Bauerntrampel und lagen damit vielleicht auch gar nicht so verkehrt, doch dumm war sie deshalb noch lange nicht! Also hatte sie darauf geachtet, dass ihre Antwort stets höflich ausfiel, aber es blieb jedes Mal bei einem »Vielen Dank, nein«, obwohl sie sich, als die Frühjahrssonne heißer vom Himmel brannte, der Staub ihr in die Kehle drang und die Stiefel ihre kleinen Zehen drückten, wünschte, sie hätte das Angebot angenommen. Ihre große Reisetasche kam ihr immer schwerer vor, und als sie gerade befürchtete, sie könne keinen einzigen Schritt mehr weitergehen, hatte neben ihr ein alter Bauernwagen mit einer Negerfamilie darauf gehalten. Jessie vermutete jedenfalls, dass es sich um eine Familie handelte, denn es waren ein Mann, eine Frau und vier oder fünf kichernde Kinder.

»Sie seh'n ja mächtig erledigt aus, Missie«, hatte die Frau gesagt. »Klettern Sie hinten drauf, und wir nehmen Sie so weit mit, wie wir fahren.« Als Jessie zögerte – der Akzent war fremd für ihre Ohren, und sie musste sich die Worte erst im Geiste übersetzen –, fügte die Frau rasch hinzu: »Der Wagen hier ist unser eigener. Wir sind's freie Neger schon lange, Missie. Wir ham' nich viel, aber Sie sind's mächtig willkommen, mit uns zu fahren.«

Also war sie hinten zu den Kindern auf den Wagen gestiegen, die sich gleich dicht um sie scharten und versuchten, ihr rotes Haar und ihre Sommersprossen zu berühren, bis ihre Mutter sie scharf zurechtwies. Jessie ihrerseits betrachtete die braunen Gesichter und stellte voller Bewunderung fest, wie sehr die weißen Zähne im Kontrast zu der dunklen Haut blitzten. Diese Neger sahen ganz anders aus als alle, die sie bisher zu Gesicht bekommen hatte. In Mechanicville gab es keinen einzigen Schwarzen. Einmal hatte sie einen mit dunkelhäutigen Männern beladenen Viehwagen in die bewaldeten Hügel hinauffahren sehen – jemandes Sklaven, die sich ein anderer für Abholzarbeiten ausgeliehen hatte, wie ihr gesagt wurde. Dieser von zwei Pferden gezogene Wagen war mitten durch die Stadt gerumpelt, und alles war stehen geblieben, um ihn und die Dutzende fremdartiger dunkler Gesichter darauf anzustarren. Die Männer hatten allesamt gelächelt; die meisten von ihnen hatten Sitzplätze, aber einige waren aufgestanden, um zu sehen, was es zu schauen gab. Und sie hatten gesungen und in die Hände geklatscht. Das hatte sie nie vergessen – wie ihr Gesang einem in die Füße fuhr und sie aufforderte, mitzutanzen. Sie waren offenbar ausgelassener Stimmung, doch Jessie hatte sich gefragt, wie das denn sein konnte. Sie hatte *Onkel Toms Hütte* gelesen und sogar eine Bühnenfassung des Buches gesehen, als einmal ein reisendes Theaterensemble im Opernhaus gastierte. Sklaverei war etwas Abscheuliches – es widerspräche der menschlichen Natur, predigten die Pfarrer, wenn ein Mensch einen anderen besäße.

Sofern sie je darüber nachdachte, hatte sie immer geglaubt, alle Schwarzen wären Sklaven. Aber hatte diese Frau nicht eben gerade zu ihr gesagt, sie seien schon seit langer Zeit frei? Doch was ging sie das eigentlich an? Es tat einfach nur gut, eine Weile lang zu sitzen. Die schaukelnde Bewegung des Wagens lullte sie fast in den Schlaf – und dann war die Fahrt mit einem Mal vorbei. Die Familie wollte in einen schmalen Feldweg abbiegen, während Jessie selbst sich weiter gen Süden halten musste, die Kelseytown Road entlang. »Wird Sie schon wer mitnehmen, Missie, werden Sie schon sehn. Lässt doch keiner ein hübsches junges Mädchen wie Sie so einfach im Dustern rumspazieren.«

Sie war kaum fünf Minuten lang wieder auf den Füßen gewesen, als Mr. Bump neben ihr hielt und ihr über das Gegacker und Getröte seiner Ladung Vögel hinweg zurief: »Steigen Sie mal lieber zu mir hoch, Missie, bevor Sie sich noch Ihre feinen Stiefel kaputtlaufen«, und er hatte dabei freundlich gelacht, was ihn gleich für sie eingenommen hatte, obwohl er ansonsten einen eher grobschlächtigen Eindruck machte.

Als Miss Heywood, Jessies alte Lehrerin, ihr auf einer der großen Wandkarten in der Schule den Weg nach Washington gezeigt hatte, hatte sie sie gleich davor gewarnt, Fremden zu vertrauen. »Es sind heutzutage so viele Verrückte unterwegs, Jessie, Soldaten, die im Krieg den Verstand verloren haben… befreite Sklaven auf der Suche nach einer neuen Bleibe… und obwohl ich es nur äußerst ungern sage, auch Frauen, denen man besser nicht über den Weg trauen sollte. Du musst dich sehr, sehr vorsehen.«

Nun, sie war ja kein Schulkind mehr. Sie hatte sich mit dem Erwachsenwerden beeilen müssen, nachdem ihre Mutter schwer erkrankt war, sie hatte die Hebammenpraxis ihrer Mutter übernehmen und dabei so tun müssen, als ginge es Mutter noch gut genug, alles zu überwachen, während sie in Wirklichkeit meistens schlief oder zusammengekrümmt auf dem Bett lag und vor Schmerzen stöhnte. Jessie war gezwungen gewesen, sämtliche Bedürfnisse einer Heranwachsenden hintanzustellen und die Pflegerin ihrer Mutter zu werden.

Jedenfalls passte Mr. Bump in keine der Kategorien Menschen, vor denen Miss Heywood sie gewarnt hatte, aber am allermeisten zählte, dass ihre Füße trotz der kurzen Erholungspause bei der Negerfamilie ihr inzwischen höllisch wehtaten. Sie war heilfroh, sich wieder hinsetzen zu können. Dankbar stemmte sie sich und ihre schwere Reisetasche auf die harte Sitzbank. Ein alter Mann, der so nett lachte, stellte keine Gefahr dar, sagte sie sich – ganz abgesehen davon, dass er geradewegs nach Washington unterwegs war und ihr versicherte, sie würden garantiert noch vor Einbruch der Dunkelheit dort ankommen.

Er war wirklich ein lieber alter Mann, auch wenn er die Eigenheit hatte, sich über jede lächerliche Kleinigkeit zu amüsieren – etwa, wenn eines seiner Maultiere sich plötzlich mitten auf der Straße hinsetzte oder das andere lustlos und müßig einen Huf vor den anderen hob und es überhaupt nicht eilig zu haben schien.

Aber Müßiggang war genau das, was Jessie sich *nicht* erlauben wollte. Sie hatte eine Mission zu erfüllen – nämlich, mit der Hilfe von Miss Clara Barton ihren Bruder Jacob zu finden. Also durfte sie keine Zeit damit verlieren, dem Starrsinn eines vertrackten Esels nachzugeben.

Mr. Bump hingegen fand das lustig und ließ sich nicht aus der Ruhe bringen. »Hat keinen Zweck, sie zu triezen, Miss Jessie. Wenn Barbie beschließt, eine Pause zu machen, packt sie sich einfach an Ort und Stelle auf ihren Hintern, bis es wieder weitergehen soll.« Tatsächlich musste sie zugeben, dass es wirklich drollig aussah, wie jedes der beiden Tiere seinen eigenen Kopf durchzusetzen versuchte und sie beide in verschiedene Richtungen zogen.

So waren sie und Mr. Bump vom Kutschbock gestiegen, hatten die Körbe mit Vögeln hinten auf dem Wagen ihrem Geschnatter überlassen und sich eine begraste trockene Kuppe gesucht, die trocken genug war, um sich hinzusetzen. Vor gut einer Stunde war ein Regenguss niedergegangen, der sie beide bis auf die Haut durchnässt und ihr Vorankomen erheblich verlangsamt hatte, weil sich die Straße dadurch natürlich sofort in einen Morast verwandelte, in dem dicke braune Lehmklumpen an den Rädern hängenblieben und rundherum Matsch aufspritzte. Jessie war froh, sich das Kleid glätten und ihr Haar lösen und sich in der Sonne trocknen zu können.

Einen schönen Anblick würde sie bieten, wenn sie endlich bei Miss Barton ankam, zerzaust und staubig von der tagelangen Reise und nun auch noch durchnässt und voller Lehmspritzer. Aber es spielte keine Rolle, was für einen Eindruck sie machte, sagte sie sich – wichtig war nur, dass Miss Clara Barton im Krieg verlorengegangene Soldaten aufspüren konnte, und Jacob Snow war im wahrsten Sinne des Wortes verschollen. Sein letzter Brief datierte vor über einem Jahr, 1865. Sie kannte ihren Bruder Jake so gut, wie sie sich selbst kannte – vielleicht sogar noch besser –, und sie wusste genau: Wäre er nur an einen Stift und ein Stück Papier gekommen und kräftig genug gewesen, um zu schreiben, dann hätte er etwas von sich hören lassen.

Er hatte ihr und ihrer Mutter während des gesamten Krieges Dutzende von Briefen geschrieben, manchmal in Reichweite der Schüsse und der explodierenden Sprengladungen und so nahe am Geschehen, dass er die Schreie seinen Kameraden im Kampf zuordnen konnte. Er müsse eine genaue Chronik all dessen, was er sah und hörte, zu Papier bringen, schrieb er, denn sowie er wieder zu Hause wäre, wolle er ein Buch darüber verfassen. Es war ihm wirklich wichtig, das alles für die Nachwelt festzuhalten. Ja, Jacob steckte in irgendwelchen Schwierigkeiten – es konnte nicht anders sein –, und sie *musste* einfach herausbekommen, was aus ihm geworden war, ob er nun noch lebte oder … nein, sie wollte nicht darüber nachdenken, solange sie nicht dazu gezwungen war.

Samstag vor zwei Wochen erst hatte sie beschlossen, Miss Barton einen Besuch abzustatten. Sie war zu Hause in Mechanicville auf dem Wochenendmarkt am Brickyard Hill gewesen und hatte vor den Erbsenschoten und den Salatköpfen, die so gut in der kalten Frühlingserde gediehen, gestanden. Allerdings war sie wie immer knapp bei Kasse gewesen und hatte es dann bei einem dürren Hühnchen – dem besten, das sie sich leisten konnte – und einem kleinen Sack Maismehl belassen. Im Keller gab es noch Kartoffeln, und mit etwas Glück fände sie auch noch eine vereinzelte Zwiebel. Ja, eine Zwiebel würde dem Hühnereintopf das gewisse Etwas verleihen.

Sie zählte ihr Geld ab – sie hasste es, etwas davon herauszurücken. Viel blieb ihr nicht mehr. Die Beerdigung ihrer Mutter war teurer gewesen als erwartet, aber es gab sonst niemanden, der sie bezahlen konnte, kein weiteres Familienmitglied, nur sie und Jacob, und ihr Bruder war verschwunden. Sie hatte sich für ihre Mutter eine würdige Beerdigung gewünscht, also musste sie die Zähne zusammenbeißen und eisern sparen.

Alle waren gekommen, die Nachbarn und die Frauen, deren Kinder Hattie Snow auf die Welt gebracht hatte, und all ihre übrigen Patienten. Aber natürlich keine Angehörigen. Es gab ja auch keine mehr. Keinen einzigen Verwandten. Das hatte die beiden Zwillinge immer vor ein Rätsel gestellt; sie hatten sich oft in der Dachkammer, in der sie schliefen, flüsternd darüber unterhalten, was wohl mit dem Rest ihrer Familie geschehen war. Ihre beiden Eltern hatten sich stets bemüht, entsprechenden Fragen aus dem Weg zu gehen, doch wenn Jessie und Jacob ihnen dann zu sehr auf die Pelle rückten, hatte ihr Papa etwas von einem schrecklichen Familienstreit gemurmelt. »Eine verdammt verfluchte Angelegenheit war's. Ihr beide werdet nichts davon hören wollen«, redete er sich heraus. Doch als die beiden, damals neun oder zehn Jahre alt, dann zu lamentieren anfingen – »Doch, Pa, *wollen* wir! Erzähl's uns, Papa, wir wollen es hören!« –, hatte ihr Vater, der ansonsten ein gutmütiger Mensch war, eine finstere Miene gezogen und erklärt, er würde sich nicht aufsässigen Kindern beugen. Und danach hatten sie kein weiteres Wort mehr darüber aus ihm herausbekommen.

Aber es war sonderbar, oder? Dass es keine einzige Cousine oder Großmutter oder wenigstens eine alte, entfernte Tante gab, die sie ihre *Verwandten* nennen konnten? Als ihre Mutter ihren baldigen Tod herannahen spürte, hatte sie wiederholt Anstalten gemacht, Jessie *etwas* davon zu erzählen… und Jessie hatte dann mit pochendem Herzen neben ihr gesessen, ihre Hand festgehalten und versucht, sie dazu zu zwingen, es auszusprechen, ihr die Geschichte zu erzählen, wie traurig auch immer sie ausfallen möge. Doch sooft sie ihren Mund öffnete, hatte Mutter gleich wieder den Kopf geschüttelt und ihre Lippen fest zusammengepresst, als könnte das Geheimnis sonst aus ihr hervorsprudeln und sich selbst verraten.

Eine ansehnliche Menschenmenge war zur Beerdigung erschienen, aber das war nicht weiter verwunderlich. *Jeder* kannte Hattie Snow, die Hebamme. Sie hatte nicht nur dafür gesorgt, dass Kinder auf die Welt kamen, sondern sie hinterher auch bemuttert und verarztet – wie die meisten Eltern in der Gegend, denn der nächste Arzt war in Albany, zwanzig Meilen entfernt. Jessie hatte die Praxis ihrer Mutter übernehmen wollen; fast alles, was ihre Mutter konnte, konnte sie auch. Sie wusste einen Breiumschlag auf eine eiternde Wunde aufzulegen und einen wohltuenden Sirup gegen Husten anzumischen, und sie wusste auch, wie man ein Kind auf die Welt holte. Mutter hatte immer gesagt, sie hätte eine Gabe dafür. Aber es würde dauern, bis die ersten Patienten zu ihr fänden, obwohl sie die Tochter ihrer Mutter war. Wovon sollte sie in der Zwischenzeit ihren Lebensunterhalt bestreiten? Die Speisen, die die Trauergäste zur Beerdigung mitgebracht hatten, waren binnen einer Woche aufgebraucht. Sie konnte nicht mehr viel länger darauf warten, dass die guten Leute aus Mechanicville entschieden, ob sie Jessie klug genug oder alt genug oder gut genug fanden, um mit ihren Wehwehchen zu ihr zu kommen. Entweder betrieb sie die Praxis weiter, oder sie müsste verhungern. Oder der Stadt, in der sie ihr ganzes Leben verbracht hatte, den Rücken kehren … dem kleinen Haus an der Newman Street zwischen dem Champlain Canal und dem Hudson River mit der riesigen alten Ulme davor … sich von all den Menschen trennen, die sie so gut kannte.

Mary Bennett, ihre beste Freundin, hatte gewollt, dass Jessie zu ihr ins Haus ihrer Familie zog. »Oh, das könnte so schön werden, Jessie – als wären wir beide Schwestern. Sag doch bitte ja; ich bin es leid, das einzige Mädchen unter den vier Flegeln zu sein, die sich meine Brüder schimpfen.« Mary war ein liebes Mädchen, aber ihre Mutter war ganz anders geartet, sie ging einem gehörig auf die Nerven und war obendrein noch geizig. Sosehr Jessie ihre Freundin mochte – sie könnte sich nicht an den Gedanken gewöhnen, mit Anne Bennett unter einem Dach zu leben. Sie würde dort wie eine Bedienstete behandelt werden, wie Mary, die vier kräftige Männer bekochen und sich den Temperamentsausbrüchen ihrer Mutter fügen musste.

Natürlich konnte sie immer noch Albert George heiraten; er hatte schon wiederholt um ihre Hand angehalten, aber nein, sie liebte ihn einfach nicht, und sie hatte den Blicken und versteckten Andeutungen ihrer Mutter entnommen, dass Alberts Vater seine Frau schlug, wenn er betrunken war. »Der Apfel fällt nicht weit vom Stamm, vergiss das nie«, hatte ihre Mutter sie oft ermahnt, aber Jessie musste gar nicht erst mit der Nase darauf gestoßen werden. Sie war von Albert alles andere als angetan, und bei der Vorstellung, seine Frau zu werden und mit ihm das Bett zu teilen, drehte sich ihr der Magen um. Nein, vielen Dank. Ihr blieb nur, ihren eigenen Weg zu suchen, wohin er sie auch führen mochte.

Wie sie nun an jenem Tag im goldenen Sonnenschein auf dem Markt stand, die Wärme nach dem langen, kalten Winter genoss und die Salatblätter befühlte, hörte sie unwillkürlich das Gespräch mit, das gleich neben ihr geführt wurde. Martha Townsend und Emily Franklin unterhielten sich über die Liste der vermissten Soldaten, die im Postamt aushing, und darüber, dass es doch eine Schande sei mit dem Sohn von Amos, der sich angeblich in den Westen aufgemacht habe, anstatt nach Hause zurückzukehren und mit seinem Vater die Farm zu bewirtschaften, wie man es von einem guten Sohn erwarten würde…

…Ja, und ist es nicht sonderbar, Russ Nobles Namen auf der Liste wiederzufinden, wo er doch fröhlich auf der Main Street herumspaziert, als Vater zweier gesunder Söhne, während seine Kameraden ihn für kriegsgefangen oder gefallen halten? Er hat sich selbst aus dem Hospital entlassen und ist gewandert, bis er zu Hause ankam…

…Nun ja, er hat gesagt, das sei gar kein richtiges Hospital gewesen, weißt du, bloß so ein Zelt auf einer Kuhweide, in dem überall, wo man hinschaute, Ärzte gerade Arme und Beine absägten. Draußen vor dem Lazarettzelt sollen ja gewaltige Haufen von abgetrennten Gliedmaßen gelegen haben, und zwar jeweils einer für Arme und einer für Beine, kann man sich das vorstellen? Da mochte er nicht bleiben, hat er gesagt, und wer wollte es ihm verübeln…?

…Ich ganz bestimmt nicht. Wenn man allerdings an Jake Snow denkt, der sich aus dem Staub gemacht und seine Kameraden zurückgelassen hat, damit sie ohne ihn weiterkämpfen…

…Und seine arme Schwester hat er auch im Stich gelassen, die musste sich ganz alleine um alles kümmern, wo doch ihre Mutter im Sterben lag und überhaupt…

…Ich hoffe, er schämt sich wenigstens. Und außerdem habe ich noch gehört…

Da hatte Jessie sich dann zu ihnen umgedreht und die beiden so lange unverwandt angesehen, bis auch sie ihr den Blick zuwandten. »Mein Bruder hat nichts getan, dessen er sich schämen müsste, absolut nichts, und das solltest du wissen, Martha. Und auch du, Emily, die doch immer gesagt hat, was für ein lieber Junge Jake ist! Wie könnt ihr nur so über ihn reden, wo ihr ihn doch gekannt habt, seit er…«

Sie unterbrach sich, weil sie das Gefühl hatte, dass ihr gleich die Tränen kämen, und vor *diesen beiden* wollte sie sich keine Blöße geben. »Ihr solltet euch schämen, *ihr*, weil ihr wie zwei alte Tratschweiber jeden Klatsch nachplappert, der euch zu Ohren kommt.«

Martha und Emily waren wie erstarrt gewesen und hatten sie nur angeglotzt. »Ihr irrt euch gewaltig«, hatte Jessie triumphierend ihre Tirade beendet. »Ich werde herausfinden, was *wirklich* mit Jake passiert ist, und bis dahin solltet ihr schön eure Zungen hüten.« So! Sie hatte ihrem Herzen Luft gemacht und war stolz darauf. Sie wandte sich auf dem Absatz um und ging davon. Wie konnten sie es wagen! Sie mussten doch wissen, dass ihr Bruder niemals sein Land oder seine Kameraden im Stich lassen würde! Allerdings kannte sie den Ursprung dieser Gerüchte: Jeder in der Stadt hatte den Aushang im Postamt gesehen, über dem in scheußlichen schwarzen Buchstaben DESERTIERT stand –

mit Jakes Namen gleich darunter. Es musste sich um einen Irrtum handeln, anders war das nicht zu erklären. Einen furchtbaren Irrtum.

Und in diesem Augenblick war es ihr mit einem Schlag bewusst geworden, dass sie genau das tun würde, was sie soeben gerade gesagt hatte: Sie würde Jacob suchen! Sie griff sich den Jutebeutel mit ihren Einkäufen und marschierte den Hügel hinunter zum Postamt. Sie erinnerte sich, dass am Fuße des Aushanges um etwaige Informationen zu den oben genannten Männern gebeten wurde. Man möge sich an Miss Clara Barton, Suchdienst für vermisste Armeeangehörige, 437 Seventh Street, NW, Raum 9, Washington City, District of Columbia, wenden.

Mit einem Male stand ihr Entschluss fest: *Ich fahre dorthin. Ich begebe mich nach Washington, spreche mit Miss Clara Barton, zeige ihr Jakes Briefe und bitte sie um ihren Rat.* Sowie sie den Gedanken zu Ende gedacht hatte, wusste sie auch schon, dass das genau das Richtige war. Allerdings blieb noch die Frage, wie sie es nach Washington schaffen sollte. Aber Clara Barton war während des gesamten Krieges über Schlachtfelder gepilgert, hatte Verwundete – erwachsene Männer! – aufgesammelt und sie aus eigener Kraft zu ihrem Lazarett geschleppt. In der Schlacht am Fluss Antietam hatte sie auch Jacob in Sicherheit gebracht; davon hatte er in einem seiner Briefe berichtet. Wenn diese Frau sich ins Kampfgetümmel gewagt hatte, wo ihr die Kugeln nur so um die Ohren pfiffen, dann konnte *sie selbst*, eine junge, gesunde und einigermaßen intelligente Person, sich ja wohl bis zur Hauptstadt des Landes durchschlagen.

»Stehen Sie auf, Miss Jessie. Barbie ist wieder auf den Beinen, und wenn wir uns nicht beeilen, läuft sie ohne uns nach Washington.«

Jessie blinzelte; als sie die Augen öffnete, sah sie, dass die Sonne schon viel tiefer am Himmel stand. Sie war eingenickt, ohne es zu merken. Wie spät war es bereits? Sie musste Miss Bartons Büro erreichen, ehe es am Abend geschlossen wurde. Eilig erhob sie sich, kletterte wieder zu Mr. Bump auf den Kutschbock, strich sich so akkurat wie möglich ihr Kleid zurecht und band sich ihr Tuch fester um die Schultern. Es wurde langsam ziemlich kühl.

»Glauben Sie, dass wir noch vor der Dunkelheit in Washington sind?«, fragte sie.

»Ich schätze schon. Allzu weit haben wir es nicht mehr. Wo wollen Sie genau hin?«

»Nun ... ich kenne mich dort nicht so richtig aus. Sie wissen nicht zufällig, wo sich die Seventh Street North West befindet?«

»Die Seventh Street? Aber sicher doch. Die ist mitten in der Stadt. Wen besuchen Sie denn da? Einen Verwandten?«

»Miss Clara Barton.«

»Den Engel der Schlachtfelder! Dann müssen Sie auf der Suche nach einem vermissten Soldaten sein. Ihr Herzallerliebster?«

»Mein Zwillingsbruder.«

»Ihr Zwilling! Was Sie nicht sagen!« Mr. Bump schnalzte anerkennend, als hätte sie ihm gerade einen Zaubertrick vorgeführt. Die Leute reagierten häufig so, vor allem wenn sie Jessie und Jake mit ihren roten Haaren und den Sommersprossen gemeinsam begegneten. Sie klatschten dann in die Hände und gaben bewundernde oder erstaunte Kommentare von sich. Jessie war das zuwider – sie mochte nicht angestarrt werden –, aber Jacob hatte sich darin gesonnt, über beide Backen gegrinst und die Aufmerksamkeit ganz nach seinem Geschmack gefunden. Sie hatte ihm damals immer gesagt, dass es sie nicht wundern würde, wenn er eines Tages eine Bühnenkarriere einschlüge.

»Nun denn«, sagte Mr. Bump, »dann müssen Sie ja wirklich den Wunsch haben, ihn zu finden. Es ist, als würde einem die zweite Hälfte fehlen, nicht wahr?«

»In gewisser Weise schon«, gab sie zu. Er hatte den Nagel auf den Kopf getroffen. »Aber… woher wissen Sie das?«

»Ich? Ach, während meiner ganzen Kindheit hatte ich immer das Gefühl, als würde etwas fehlen, etwas, was *da* sein sollte, verstehen Sie? Und dann hat meine Ma es mir gesagt. Wir waren zwei, aber einer von uns ist gleich nach der Geburt gestorben. Er hat nie auch nur einen Atemzug getan, meinte meine Ma, und sie hatte es mir nicht erzählen wollen, bis ich erwachsen war. Und dann hat sie mich gefragt, warum ich lächle, und ich habe gesagt, weil ich jetzt weiß, was mir gefehlt hat. Mein Zwillingsbruder nämlich. Als hätte ich es stets gewusst.«

»Wie traurig.«

»Ja, schon. Aber es war eine Erleichterung für mich, Gewissheit zu haben.« Und er schnalzte mit der Zunge, damit die Maultiere sich ins Zeug legten.

Jessie war von seiner tragischen Geschichte tief berührt. Seinem Zwilling nie begegnet zu sein! Sie konnte sich das kaum vorstellen. Ihre frühesten Erinnerungen galten alle ihrem Bruder, ihrer zweiten Hälfte. Lange, bevor sie lernte, wie man sich in einer Glasscheibe spiegeln konnte, hatte sie jeden seiner Gesichtszüge in- und auswendig gekannt. Als sie dann zum ersten Mal wirklich ihr Spiegelbild erblickte, erschrak sie, weil sie glaubte, eine Fremde vor sich zu sehen. Schon während sie noch Babys waren und zusammen in ihrem Bettchen lagen, hätte immer, wenn eines der beiden sich umdrehte, das andere es ihm sofort nachgetan, hatte Mutter ihr erzählt. Und ihre ersten Worte wären kein Englisch gewesen, auch nicht irgendeine andere Sprache, sondern eine Art ganz eigener Geheimcode. »So etwas habe ich noch nie erlebt«, hatte ihr Mutter mit vor Stolz leuchtenden Augen gesagt. »Ihr habt euch beide wunderbar verständigt, obwohl sonst kein Mensch auf der Welt euch verstehen konnte.«

Und selbst nachdem sie angefangen hatten, wie andere Kinder zu sprechen, und auch ihre Geheimsprache längst vergessen war, beendete weiterhin der eine Zwilling die Sätze für den anderen. Es hätte ihnen nichts ausgemacht, völlig allein auf der Welt zu sein, denn sie hatten einander, und sie würden für immer zusammenbleiben.

Wie sie so über Jake nachdachte, musste Jessie blinzeln, damit ihr nicht die Tränen kamen. Sie versuchte dabei immer, sich ihren Bruder nicht zu genau vorzustellen, damit der Gedanke nicht ganz unerträglich würde, er könne – aber nein. Er konnte gar nicht tot sein. Sonst würde sie es spüren. Womöglich wanderte er ziellos umher, verwirrt von einem Schlag auf den Kopf oder einer Verwundung, oder er siechte auf einem Krankenlager dahin. Doch tot? Das hätte sie bestimmt gewusst.

»Ich habe gedacht, dass Miss Barton mir möglicherweise helfen kann. Ich möchte nach meinem Bruder suchen, und sie hat schon so viele Männer ihren Familien zurückgegeben. Einmal hat sie ihn sogar persönlich gerettet. Vielleicht erinnert sie sich noch an ihn.«

»Sie hat Ihren Bruder gerettet! Na, dann sollte sie erst recht ein Interesse haben, ihn für Sie zu finden, Miss Jessie. Sie ist berühmt dafür. Sie ist den ganzen Weg durch das Höllenloch gegangen – verzeihen Sie meine Ausdrucksweise, aber das war's, ein Höllenloch. Ich spreche von Andersonville, wo sie sich hinbegeben hat, um die Leichen all jener armen toten Soldaten zu identifizieren – ach, ich sollte nicht darüber reden, Miss Jessie. Entschuldigen Sie.«

»Aber nicht doch, Mr. Bump. Mein Bruder ist nie in Andersonville gewesen. Er wurde auch nie gefangen genommen und in ein Gefängnis geworfen.«

»Da hat er ja ein Riesenglück gehabt. Nun, dann ruft es in Ihnen ja keine schmerzlichen Gefühle hervor, über Andersonville zu reden. Miss Barton hat dafür gesorgt, dass die Jungs alle in anständigen Gräbern beerdigt wurden, wissen Sie, und den Ort zu einer nationalen Gedenkstätte erklären lassen. Sie selber hat bei der Trauerfeier das Sternenbanner gehisst.«

Fasziniert lauschte Jessie seiner Schilderung. »Sind Sie ihr je begegnet?«

»Nicht, dass ich wüsste.« Mr. Bump lachte. »Aber Washington ist eine große Stadt voller Menschen, also könnte es gut möglich sein. Und Sie?«

»Nein, nein, natürlich nicht. Ich bin noch nie weiter von zu Hause fort gewesen als bis nach Saratoga oder Albany. Ich habe mich nur gefragt ... wie sie wohl aussieht, verstehen Sie?«

»Und was glauben Sie, wie sie aussieht?«

»Mein Bruder hat sie in ein, zwei Briefen erwähnt. Auch er nannte sie den Engel der Schlachtfelder. Oder glauben Sie, es hat noch mehr solcher Frauen gegeben?«

»Nein, Ma'am. Ich glaube, sie hat es ganz alleine getan.«

»Zumindest weiß ich, dass sie von eher zierlicher Statur ist. So hat Jacob sie uns beschrieben.«

»Bald werden Sie es mit eigenen Augen sehen. Wir fahren soeben in Washington City ein.« Die ländliche Weite um sie herum war erst bewirtschaftetem Farm- und Weideland gewichen und dann Wohnhäusern und anderen Gebäuden, die in immer dichteren Abständen zueinander standen, während sich der Wagen holpernd und schaukelnd über die zerfurchte Straße mühte, ab und zu eine Pfütze durchquerte und dabei nach allen Seiten Wasser spritzte.

»Bald…«, wiederholte Jessie. Bald würde sie der berühmten Clara Barton begegnen. Vielleicht hatte sie sogar schon etwas über Jacob Snow, Sergeant im 77sten New Yorker Freiwilligen-Infanterieregiment, in Erfahrung gebracht? Der Gedanke, dicht vor dem Ziel ihrer Reise zu stehen, ließ ihr das Herz in der Brust pochen. Sie strich sich so gut als möglich das Haar glatt und setzte ihre Haube wieder auf.

Die Straße wurde ein wenig ebener und war breit genug, dass zwei Wagen einander passieren konnten, und es waren hier jede Menge aller möglichen Kutschen und Karren und anderer von Pferden oder Eseln gezogener Transportfahrzeuge unterwegs. Gentlemen ritten auf ihren Pferden entlang und zogen die Hüte vor den Damen. Auf beiden Seiten des Fahrdamms bewegte sich ein nie endender Fußgängerstrom. So viele Menschen! Es ging hier zu wie in Mechanicville an einem Festtag. Jessie schaute abwechselnd nach links und nach rechts und versuchte, alles in sich aufzunehmen. Wie elegant die Leute gekleidet waren, was für hübsche, mit Federn und Blumen verzierte Hauben die Frauen trugen. Und dann entfuhr ihr ein Ausruf des Entzückens, denn gar nicht sehr weit entfernt ragten große Paläste in den Himmel. Aber natürlich waren dies keine fürstlichen Schlösser; Amerika hatte keine Könige.

»Ist das das Capitol?«, erkundigte sie sich bei Mr. Bump.

»Das große Haus mit der Kuppel? Ja, das ist es. Man hat es auf einem Hügel erbaut, damit es meilenweit zu sehen ist. Und wenn Sie ganz genau hinschauen, können Sie dann das große dunkle Ziegelgebäude ein Stückchen weiter links erkennen? Das ist das Smithsonian-Institut. Dahinter befindet sich ein prächtiger Garten, und es heißt, wenn man sich dort nachmittags hinsetzt, könne man all die bedeutenden öffentlichen Gebäude wie in einem Halbkreis um sich versammelt sehen.«

Jessie reckte den Hals; am liebsten wäre sie von ihrem Sitz aufgestanden. Und sie hatte das Crosby-Opernhaus in ihrer Heimatstadt, von dessen Türmchen Wimpel wehten, schon für einen Prachtbau gehalten! Aber im Vergleich dazu war es geradezu kümmerlich. »Meine Güte«, sagte sie. »Ob ich mich hier je zurechtfinden werde?«

»Ach, so riesig ist die Stadt gar nicht, sobald Sie sich erst einmal daran gewöhnt haben, Missie. Es ist ein Ort wie alle anderen auch, wissen Sie – mit Häusern und Gasthöfen und Büros und Theatern, in denen die Menschen leben und arbeiten und ihre Kinder aufziehen. Und was Klatsch und Tratsch betrifft, geht es hier eher wie in einer Kleinstadt zu. Sie werden sich in Washington schon bald sehr gut auskennen, da bin ich mir sicher.«

»Wird man mir Auskunft geben können, wenn ich nach Miss Barton frage?«

»Bestimmt. Machen Sie sich deswegen keine Gedanken, Miss Jessie, ich fahre Sie bis zur bewussten Straßenecke. Dort sehen Sie dann gleich das Schild der Suchstelle für vermisste Armeeangehörige, brauchen nur ein paar Stufen hinaufzugehen und sind schon da.«

»Ach, vielen Dank, Mr. Bump, das ist eine Erleichterung.«

Nun konnte sie aufhören, sich zu sorgen, und sich in aller Ruhe umschauen. Sie hatte es wirklich den ganzen Weg bis hierher nach Washington City geschafft. Sie war zwar zu Tode erschöpft, aber in sicheren Händen. Und bald würde sie tatsächlich Clara Barton gegenüberstehen, und die Suche nach Jacob konnte endlich richtig beginnen!

2

Clara Barton seufzte und legte den Brief hin, den sie sich immer näher ans Gesicht gehalten hatte, bis die Schrift vor ihren Augen verschwommen war. *Oh je*, dachte sie, *mir können doch nicht schon jetzt die Augen versagen*. Es gab noch so viele Briefe, die sie lesen – und beantworten – musste. Vier Körbe voller Briefe standen vor ihr auf dem Schreibtisch, auch neben ihrem rechten Ellbogen hatte sie Stapel, und weitere Schriftstücke lagen kreuz und quer herum. Es war ein geräumiges Zimmer, trotzdem wurde es eng darin mit den drei großen Tischen und einem halben Dutzend Stühlen, ganz zu schweigen von dem alten Sofa mit dem an manchen Stellen schon fast durchgescheuerten Samtbezug. Es gab ein Stickgestell, auf dem Thomas sein lahmes Bein ausruhen konnte, ein Beistelltischchen mit einem Teeservice für sie neben dem Kamin und stapelweise Bücher und Regierungspapiere – diese wurden auf dem Fußboden aufbewahrt, weil sonst nirgendwo mehr Platz war. An den Kleiderhaken neben der Tür hingen Mäntel und Schirme. Ein unvorbereiteter Besucher hätte es für ein heilloses Durcheinander gehalten, doch Clara wusste ganz genau, wo jedes einzelne Schriftstück und jeder einzelne Brief lagen, wenn sie sie benötigte. Etwas unaufgeräumt, aber gemütlich, dachte sie. Sogar anheimelnd. Allerdings ziemlich düster. Sie rieb sich die Augen und blinzelte ein paarmal rasch hintereinander, als könnte sie durch schiere Willensanstrengung alles gleich ein wenig besser erkennen.

»Ich sag's Ihnen doch immer. Es ist töricht, bei so schlechtem Licht zu lesen. Bald werden Sie eine Brille brauchen, und wie wollen Sie dann mit Ihrem bezaubernden Augenaufschlag die Senatoren herumkriegen?«

Die Stimme, die von einem Tisch in der hintersten Ecke beim Fenster kam, gehörte einem hoch gewachsenen, etwas zu dürren Mann mit einer dichten, unbändigen Haarmähne und einem langen, an Abraham Lincoln erinnernden Kinn, obwohl er Mitte zwanzig war. Er lächelte ihr zu.

»Sie sollten sich gegenüber älteren Herrschaften zurückhalten, junger Mann«, ermahnte sie ihn, musste aber ebenfalls lächeln.

»Ältere Herrschaften? Dass ich nicht lache! Sie sind weitaus jünger als die meisten Menschen *meines* Alters!«

»Jünger, sagen Sie? Man könnte es fast glauben, schließlich wachen Sie über mich ja wie eine Glucke. Sie sollten lieber zum Tanz ins Gemeindehaus gehen und sich ein nettes Mädchen anlachen. Sie werden auch nicht jünger, Thomas.«

»Das ist also der Dank dafür, dass ich Ihnen ein Kompliment mache! Aber ich bin keine Glucke. Sie sind es, die nicht auf ihre Gesundheit achtet, und dabei zählen so viele Ehefrauen und Liebchen und Mütter mit gebrochenem Herzen auf Sie und darauf, dass Sie für sie Detektiv spielen.«

»Wenn Sie so besorgt um meine Gesundheit sind, warum gehen Sie dann nicht zurück auf die Universität und beenden das vierte Semester Ihres Medizinstudiums?«

»Das ist ein unangenehmes Thema … wie Sie wohl wissen dürften.« Er beugte sich wieder über die Papiere vor sich und fügte in möglichst beiläufigem Ton hinzu: »Man sagt, Präsident Lincoln verdanke seine verminderte Sehschärfe dem Lesen im Halbdunkel. Und Kurzsichtigkeit ist keine aufreizende Tugend bei einer Frau, Miss Barton.« Er warf ihr ein Lächeln zu, damit sie merkte, dass er nur gescherzt hatte.

Clara Barton nickte und machte sich scheinbar wieder über ihre Arbeit her, doch in Wirklichkeit beobachtete sie heimlich ihren Assistenten. Thomas Lavery war ein gut aussehender junger Mann, bloß eben viel zu dünn; doch im Krieg gewöhnte man sich rasch an den Anblick junger Männer, die aussahen, als stünden sie kurz vor dem Verhungern. Und häufig genug sahen sie nicht nur so aus; sie *waren* dem Hungertod nahe! Gott allein wusste, wie solche Truppen überhaupt kämpften konnten; die Rationen waren meistens sehr knapp, wie sie aus eigener Erfahrung wusste.

Die Kugel, die er sich in der Schlacht am Antietam eingefangen hatte, hatte einen Knochen seines Beins gestreift und ein paar Muskeln durchtrennt, so dass er ein wenig humpelte. Und dabei konnte er noch von Glück reden, dass er nicht schlimmer dran war, denn sonst hätten die Feldärzte ihm gleich das Bein amputiert, was oft die einzige Möglichkeit blieb, das Leben eines Mannes zu retten, versicherte man ihr. Sie glaubte nicht so recht daran, aber da sie keine medizinische Ausbildung vorweisen konnte, hörte man nicht auf ihre unbedeutenden weiblichen Bedenken. Sie wusste, dass der arme Tom oft unter Schmerzen litt; trotzdem unternahm er lange Spaziergänge, auf denen er sich zwang, schneller und immer schneller voranzuschreiten, und er verbrachte viele Stunden damit, Holz zu hacken – um seine Muskeln in Schuss zu halten, wie er behauptete. Er war recht kräftig, aber nur deswegen verausgabte er sich wohl kaum so gerne mit hirnloser Körperertüchtigung.

Sie wusste, dass ihn das Gefühl plagte, seine Pflicht versäumt zu haben, indem er sich hatte anschießen lassen und dann nach Hause geschickt worden war. »Und das gleich zu Beginn des Krieges!«, hatte er mehr als einmal geklagt. Sie fand es ein bisschen übertrieben, nur bei sich selbst die Schuld zu suchen, und ihrer Meinung nach verkehrte er damit auch die Tatsachen, aber das ließ sich nun eben nicht ändern. Dennoch konnte dies nicht der einzige Grund für seine offensichtliche Unzufriedenheit sein. Es musste noch etwas anderes geben, was ihm zu schaffen machte.

Anstatt mit anderen jungen Leuten Lokale und Tanzveranstaltungen zu besuchen, schob er oft Überstunden im Büro und arbeitete oft, bis ihm die Augen zufielen. Aber Clara hatte Tom und seinen trockenen Witz ziemlich ins Herz geschlossen. Sie wusste, dass die Mädchen ihn attraktiv fanden; so manches Augenpaar hatte sie schon scheu in seine Richtung blicken sehen, doch falls er das überhaupt bemerkte, achtete er gar nicht weiter darauf. Das konnte doch nicht normal sein! Er lief Gefahr, ein mürrischer alter Junggeselle zu werden. *Und wie steht es mit dir selber, Clarissa?*, fragte sie sich innerlich. *Was ist mit all den Heiratsanträgen, von denen du nichts hattest wissen wollen? Mit all der Aufmerksamkeit, die du verschmäht hast?* Zweiundvierzig Jahre alt, kein Mann, keine Kinder, und immer noch von plötzlichen Schüchternheitsanwandlungen geplagt.

Thomas stand auf und streckte sich. »Besorgen wir uns eine Kleinigkeit zum Abendessen«, schlug er vor. »Sie haben seit Mittag keinen Bissen mehr zu sich genommen. Ich gehe runter und hole uns etwas guten Käse und Brot und einen Krug Ale aus dem Wirtshaus.«

»Sehen Sie? Die Glucke.«

»Unsinn. Ich habe Hunger. Sie etwa nicht? Selbstverständlich sind Sie hungrig. Warum waschen Sie sich nicht das Gesicht und die Hände? Sie haben überall Tintenflecken, wenn mir die Bemerkung gestattet ist … Ich räume eine Ecke dieses Tisches frei, und dann genehmigen wir uns gleich ein kleines Festmahl.«

Beide sahen auf, als sie müde Schritte sich die Treppe hinaufschleppen hörten, und lauschten, ob dieser späte Besucher vielleicht woanders hinwollte, aber nein, die Schritte kamen immer näher, hielten inne, und dann klopfte es auch schon an der Tür. Sie tauschten rasche Blicke miteinander aus. Eigentlich wollten sie doch gerade für heute Schluss machen, und wer auch immer vor der Tür stand, hatte bestimmt ein Anliegen, das etliche Zeit in Anspruch nehmen würde.

»Ich könnte denjenigen auf morgen vertrösten«, flüsterte Thomas.

Clara zögerte; beinahe war sie versucht, seinem Rat zu folgen. Sie hatte vergangene Nacht schlecht geschlafen, war mehrfach aufgewacht und hatte sich nicht mehr an die Träume erinnern können, die sie aus ihrem Schlummer gerissen hatten. Andererseits tat jeder, der dieses Büro aufsuchte, es aus Verzweiflung, und die meisten hatten wirklich interessante Geschichten zu erzählen. Wie konnten sie da einfach jemanden abweisen?

»Nein, nein«, sagte sie, streckte ihr Kreuz durch und lächelte. »Auf keinen Fall. Wollen wir doch mal sehen, was das Schicksal heute Abend noch für uns bereithält.«

Thomas gab ihr ein Zeichen, Platz zu behalten – sie sah wirklich reichlich übermüdet aus, fand er –, riss die Tür auf… und konnte es zunächst nicht glauben, denn vor ihm stand eine kleine, zierliche Person mit milchweißer Haut und einem rotblonden Zopf, der unter der Haube hervorschaute, die ihr Gesicht umschloss. Sie trug eine Reisetasche bei sich – offenbar eine ziemlich schwere. Die Schatten unter ihren Augen sahen aus wie rußige Fingerabdrücke, doch ihre Augen selbst waren groß und bildschön und von einem klaren Grün. Und sie sahen ihn unverwandt an – weise und wissend, blickten geradewegs in seine Seele, wie es ihm vorkam.

Sie schwankte ein wenig, woraus er schloss, dass sie sehr erschöpft sein musste. Er schob ihr seine Hand unter den Arm, um sie zu stützen, und verfluchte die Röte, die ihm ins Gesicht stieg, als sie zu ihm aufschaute und ihm ein dankbares Lächeln schenkte. *Mach dich nicht lächerlich*, schimpfte er mit sich selbst. *Du benimmst dich ja wie ein dummer Junge*. Er hatte wohl doch zu lange auf weibliche Nähe verzichtet.

»Ich habe gar nicht gewusst«, begann die Fremde ziemlich unvermittelt, »dass Reisen so anstrengend sein kann. Die meiste Zeit sitzt man nur herum, aber ich bin so entkräftet, als hätte ich stundenlang Holz gehackt.« Sie machte eine Pause, holte tief Luft und fuhr dann fort: »Es *ist* ein weiter Weg vom nördlichen New York State. Und ich habe ein gutes Stück zu Fuß zurückgelegt.«

Bei diesen Worten horchte Clara auf. »Ganz von New York? Zu Fuß? Mein armes Kind, Sie müssen ja völlig am Ende sein. Haben Sie unterwegs überhaupt geschlafen? Etwas gegessen? Nein? Wusste ich's doch.« Das Mädchen hatte keine Silbe von sich gegeben, also beantwortete Clara ihre Fragen gleich selbst. So war sie eben, dachte Thomas. Oft kam es ihm vor, als könne sie Gedanken lesen.

»Also, Thomas, lassen Sie die Lady nicht in der Tür stehen. Führen Sie sie zum Sessel. Wir sind hier nicht sehr komfortabel eingerichtet, aber ein oder zwei Kissen treiben wir schon noch auf. Sie sehen aus, als könnten Sie etwas für Ihr leibliches Wohl vertragen, meine Gute. Und da haben Sie ja richtig Glück gehabt, denn Tom wollte uns gerade etwas zum Abendbrot holen. Sie bleiben doch und essen einen Happen mit uns, oder? Und wenn Sie dann was im

Magen haben, erzählen Sie uns, welche Mission Sie zu uns führt.«

»Sind *Sie* Miss Barton? Miss Clara Barton?«

»Höchstpersönlich, wie es auch schon unten an der Tür steht.« Sie schenkte dem Mädchen ein wohlwollendes Lächeln. »Und Sie sind –?«

»Oh, Verzeihung. Ich bin Jessie Snow aus Mechanicville. Meine Eltern sind Seth und Hattie Snow … vielmehr sie waren es.« Ihr Kinn zitterte ein wenig.

»Ach, das tut mir leid. Ihre beiden Eltern sind tot? Mein armes Kind, so ein Unglück!«

»Es ist erst einen Monat her, dass meine Mutter … sie war lange krank, und wir konnten ihr nicht helfen, obwohl sie selber Hebamme und Heilerin war – eine der besten. Aber sie sagte mir, nicht einmal sie hätte eine Medizin gegen das, was sie befallen hatte – eine Art Schwindsucht … verzeihen Sie bitte …« Aus den großen grünen Augen quollen die Tränen.

Thomas suchte in seinen Taschen nach einem Tuch, aber Miss Barton, stets die barmherzige Samariterin, war bereits aufgesprungen und hatte dem Mädchen mit ihrem eigenen Leinentaschentuch ausgeholfen. »Sie brauchen sich für nichts zu entschuldigen. Es ist immer hart, einen geliebten Menschen zu verlieren, und in diesem langen Krieg haben wir alle es schon viel zu oft erleben müssen.«

Das Mädchen erwiderte ihr Lächeln aus tränenfeuchten Augen. »Sie haben nach meiner Mission gefragt. Woher wussten Sie, dass ich eine Mission habe?«

»Jeder, der herkommt, hat eine Mission zu erfüllen, nämlich, einen verschollenen Soldaten zu suchen«, sagte Clara. »Dafür sind wir ja schließlich die Suchstelle für vermisste Armeeangehörige. Und deswegen haben auch Sie den weiten Weg zu uns auf sich genommen, nicht wahr?«

»Ja, natürlich. Ich möchte meinen Bruder Jake finden… vielmehr Jacob, wie sein richtiger Name lautet.«

Mehr oder weniger unbemerkt von den beiden Frauen zog Thomas sich diskret zurück. Er wäre gerne dabeigeblieben, um sich Jessie Snows Geschichte anzuhören, aber er war *wirklich* fast am Verhungern. Und ihn machte das unerwartete Interesse nervös, das dieses Mädchen in ihm ausgelöst hatte. Er hatte geglaubt, sich gegen solche Gefühlsanwandlungen gewappnet zu haben. Wie töricht, sich dermaßen aus der Fassung bringen zu lassen, wo er doch genau wusste, dass sie noch im Büro sein würde, wenn er zurückkam – und dass sie sogar mit ihnen zu Abend essen würde.

Verärgert über sich selbst schüttelte er den Kopf, als er die Treppe hinunterging. Wenn er nicht besser auf sich achtgab, wäre seine Vorsicht für die Katz, und er würde aller Welt seinen schwachen Punkt offenbaren. Und das sollte nicht noch einmal, nie wieder passieren, hatte er sich geschworen.

Clara lauschte den sich entfernenden Schritten. Thomas' Humpeln hatte sich während der letzten Wochen ein wenig gegeben. Auch jetzt hörte sie es deutlich an dem veränderten Rhythmus seiner Schritte auf den Stufen. Es war gut, dass es mit dem Bein des Jungen besser wurde. Und was seinen anderen wunden Punkt betraf… nun, zunächst musste sie sich um Miss Jessie Snow kümmern. Eine bemerkenswerte junge Frau. So jung sie noch wirkte und so erschöpft sie sein musste, sie war doch, ohne zu zögern, eingetreten und hatte ihr Anliegen vorgebracht, ohne dabei peinlich berührt oder verlegen den Blick gesenkt zu halten. Auch ihr plötzlicher Tränenausbruch wirkte ehrlich und ungekünstelt. An ihr war keinerlei Dünkel, nichts von der Gefallsucht, der Koketterie, die junge Mädchen häufig zur Schau stellen zu müssen meinten. Und sie hatte die Hunderte von Meilen ganz alleine zurückgelegt. Ja, eine wirklich bemerkenswerte junge

Dame, die ein paar zusätzliche Minuten am Ende eines langen Tages durchaus wert war. Clara gab ihr mit einer Geste zu verstehen, dass sie mit ihrer Geschichte fortfahren solle.

Jessie holte tief Luft. »Ich habe all seine Briefe dabei. Der letzte ist am 21. November 1864 datiert und in einem Spital hier in Washington geschrieben worden – seit Ende 1864 hat mir niemand sagen können, ob er noch lebt oder irgendwo sein Grab gefunden hat. Nun haben wir Frühjahr 1866.« Ihre Stimme zitterte ein wenig, aber sie ließ sich davon nicht beirren. »Jake würde mir geschrieben haben, wenn er gekonnt hätte … das Schreiben war seine ganze Leidenschaft. Er wollte nach dem Krieg ein Buch darüber veröffentlichen, und ich bin mir sicher, dass er das auch noch tun wird. Er hat viele Geschichten zu Papier gebracht; einige davon waren richtig gut, Miss Barton. Das fand selbst unser Lehrer.« Sie machte eine kurze Pause. »Diejenigen Kameraden, die nach Hause zurückgekehrt sind, sagten, dass er eines Tages auf dem Rückzug von Chancellorsville – hieß der Ort so? – plötzlich verschwunden wäre und sie ihn nie wiedergesehen hätten. Da muss ihm etwas zugestoßen sein. Er würde sich nicht einfach von seinen Pflichten entfernen. Zweimal ist er befördert worden, bis zum Sergeant. Und er hat als Fahnenträger gedient!«

»Eine große Ehre, die Fahne tragen zu dürfen.« Das grenzenlose Vertrauen des Mädchens in ihren Bruder war gleichzeitig typisch und doch anrührend, aber sie war noch zu jung und unerfahren, um zu wissen, wie Männer sich in Zeiten des Krieges oft veränderten. Wenn jeder Tag, *jede Stunde*, den Tod bringen konnte, mochten sie mit einem Mal alt und weise und zynisch werden – und, ja, selbst zum Verrat bereit.

»Ehre war ihm in die Wiege gelegt, Miss Barton. Er war so stolz darauf, seinem Land und seinem Präsidenten zu dienen. Er hat Mr. Lincoln so sehr bewundert wie wir alle. Ursprünglich war der Fahnenträger Sergeant Anthony Bemis. Da das Bataillon sich *Bemis-Heights-Bataillon* nannte, war es ja auch nur naheliegend, dass ein Bemis … aber ihn traf eine Kugel, und so hat Jake die Fahne aufgenommen.« Noch einmal holte sie tief Luft. »Das Schreckliche ist … die Ungewissheit.« Der Ton des Mädchens wurde bestimmter. »Ich kann diese Ungewissheit nicht länger ertragen. Wenn man nichts Genaues weiß, nimmt das Trauern nie ein Ende.«

»Das kann man wohl sagen«, pflichtete Clara ihr bei. Das Mädchen mochte ein wenig blauäugig sein, was ihren Bruder betraf, aber dumm war diese junge Miss Snow nicht. »Das hat Sie alles sicher sehr angestrengt. Waschen Sie sich zunächst einmal, Miss Snow. Danach werden Sie sich bestimmt gleich viel besser fühlen.« Sie wies auf eine Schüssel und einen Wasserkrug, neben denen ordentlich zusammengefaltet ein fast sauberes Handtuch lag. Wie eine Schlafwandlerin trat das Mädchen gehorsam an den Waschtisch heran. »Selbstverständlich machen Sie sich Sorgen um Ihren Bruder, Miss Snow, doch Sie dürfen keine voreiligen Schlüsse ziehen, ehe wir nicht sämtliche Möglichkeiten erkundet haben. Viele Vermisste sind gar nicht tot, sondern nur schwer verwundet worden und haben Aufnahme bei hilfsbereiten Menschen gefunden … und sind dann einfach dort hängengeblieben. In gewisser Weise vergessen diese Männer ihr früheres Leben.«

»Aber das würde Jake nie wollen! Er wäre gar nicht dazu fähig! Das können Sie nicht begreifen – aber ich habe es Ihnen ja noch nicht gesagt, wie also sollten Sie es verstehen? Jake ist mein Zwillingsbruder, und ich kenne ihn besser, als unsere Mutter ihn gekannt hat! Das hat sie selber immer zugegeben. Und er ist für mich nun der wichtigste Mensch auf der Welt, weil unsere Eltern beide gestorben und wir als Einzige übriggeblieben sind. Nur wir beide!«

»Ach? Keine Vettern oder Cousinen, keine fürsorglichen Großeltern?«

»Keine.« Dies kam für Clara unerwartet. »Kein anderer Verwandter. Es gab immer nur uns vier – Mutter und Papa und Jake und mich.« Jessie sah sie an, das feuchte Handtuch immer noch an ihre Wange gepresst. »Das war das Sonderbare an unserer Familie.«

»Rätselhaft, allerdings. Das ist sehr ungewöhnlich.« Es war nicht nur ungewöhnlich; es war vielmehr fast *unmöglich*. Soweit sie wusste, gab es niemanden auf der Welt, der gar keine weiteren Verwandten hatte. Manchmal mochte der nächste Angehörige ein über zwei Ecken entfernt verwandter Vetter sein, aber es gab immer *irgendeinen* Blutsverwandten. Alle Menschen gehörten zu einer Art Familie, sei es eine Sippschaft oder ein Klan oder ein Geschlecht oder – ja, auch eine Armee. *Das Sonderbare an unserer Familie* hatte das Mädchen es genannt. Clara schloss daraus, dass man sich auf die eine oder andere Weise entfremdet hatte, dass verletzter Stolz die Betroffenen hinderte, den Zwist beizulegen. Bestimmt kein düsteres Geheimnis; wohl eher eine bittere Entzweiung.

Jessie legte das Handtuch sorgfältig zusammen. »Ich sollte nicht so viel reden«, sagte sie mit dem Anflug eines Lächelns. »Bei mir wird ständig aus einer Mücke ein Elefant, das sagte Mutter auch immer –« Wieder unterbrach sie sich, machte eine große Geste daraus, mit dem feuchten Tuch über ihr Gesicht zu streichen, sich die Wangen damit abzureiben. »Verzeihen Sie mir, Miss Barton. Ich muss Ihnen ja wie eine Heulsuse vorkommen. Aber ich war nicht immer so weinerlich veranlagt.«

»Sie brauchen mir kein Wort weiter zu erzählen. Sie brauchen gar nichts zu sagen. In ein paar Minuten wird Thomas mit etwas zu unserer Stärkung zurück sein. Sobald Sie erst ein Abendbrot zu sich genommen haben, werden Sie sich gleich erfrischt fühlen. Und vergessen Sie bitte nicht, dass wir hier in diesem Büro eine Menge Erfahrung darin besitzen, alle möglichen sonderbaren Geheimnisse zu lösen. Wir sollten zunächst einmal versuchen, den derzeitigen Aufenthaltsort Ihres Bruders in Erfahrung zu bringen.«

Clara bemühte sich, mit gleichmäßiger, beruhigender Stimme zu sprechen. Am besten besann man sich auf die eigentliche Aufgabe der Suchstelle, das Auffinden vermisster Soldaten. Von Kriegsgräbern sollte vorerst überhaupt keine Rede sein, auch nicht von Männern mit hohlen Augen, die wie verlorene Seelen ruhelos umherstreiften, oder dergleichen. Miss Snow war ein tapferes Mädchen, aber im Moment stand sie am Rande des Zusammenbruchs, und das wunderte einen ja auch nicht. Sie war so jung und bereits mutterseelenallein – noch dazu hatte sie sich geradewegs auf eine wenig hoffnungsvolle Suche begeben. Doch schon bald würden sie mehr über den Verbleib dieses Jacob Snow herausbekommen. Sie und Thomas hatten bereits so viele vermisste Männer gefunden – zu viele davon leider in den Massengräbern des Gefängnisses von Andersonville.

»Ich habe alle seine Briefe mitgebracht.« Jessie ging zu ihrer Reisetasche, suchte darin und förderte ein dickes, mit einer Schleife zusammengehaltenes Bündel zutage. »Ich habe mir das so vorgestellt, dass ich seinen Weg verfolge, die Orte, aus denen er geschrieben hat, und –«

In diesem Augenblick trat Thomas zur Tür herein, einen Krug mit Ale in der einen Hand und einen Korb in dem anderen Arm. Dem Korb entströmte der leckere Duft frisch gebackenen Brotes.

»Ich habe Brot und Käse und gebratenes Huhn.« Mit einem Schwung stellte er seine Last auf dem freigeräumten Tisch ab, wobei er Jessie einen verstohlenen Seitenblick zuwarf. *Er ist ja ziemlich von ihr angetan,* dachte Clara. Das überraschte sie ein wenig. Schon so manche Frau hatte diese Stufen betreten – es waren meistens die Ehefrauen vermisster Männer, die dieses Büro aufsuchten –, und nie zuvor hatte Thomas auch nur einen Blick für sie übriggehabt.

Natürlich bot dieses Mädchen trotz ihrer Erschöpfung einen hübschen Anblick. Unter ihren Augen mochten Schatten sein, aber dennoch lag ein Leuchten darin. Und obwohl sie so jung war, wusste sie sich durchzusetzen; das konnte Clara deutlich spüren. Nichts und niemand würde diese Miss Jessie Snow beirren können. Sie benahm sich genau so, wie die junge Clarissa Harlowe Barton hatte werden wollen, doch hatte ihr ihre lähmende Schüchternheit leider immer wieder einen Strich durch die Rechnung gemacht, eine unüberwindbare Mauer um sie herum gezogen. Obwohl sie schon lange kein junges Mädchen mehr war und von so vielen Menschen bewundert wurde, gab es manchmal Augenblicke, ganze Tage, Wochen sogar, während derer sie sich mit pochendem Herzen aus Angst vor irgendwelchen Dämonen in ihrem Zimmer verkroch. Dann brauchte sie manchmal eine halbe Stunde, um den Mut aufzubringen, auf die Straße hinauszutreten. Die wenigsten wussten davon, und wenn es nach ihr gegangen wäre, hätte es auch nie jemand erfahren. Dies war einer der Gründe für sie gewesen, nicht zu heiraten. Dies war das Kreuz, das sie zu tragen hatte, und sie wollte es alleine tragen – ohne bemitleidet zu werden oder Verständnislosigkeit zu erregen. Es war ihr heute noch ein Rätsel, wie sie ihre Furcht und ihre Hemmungen überwunden hatte, um sich geradewegs in den Schmutz und die Scheußlichkeiten der Schlachtfelder und Lazarette zu begeben… aber sie konnte es einfach nicht ertragen, die Schreie von Männern zu hören, die man wie Hunde sterben ließ, ohne wenigstens den Versuch zu unternehmen, ihnen zu helfen. Und irgendwie war es ihr dann gelungen, Taten zu vollbringen, die sie sich nie zuvor zugetraut hatte – und das alles ohne eine Spur von Angst.

Das war also die berühmte Clara Barton. Sie und der Engel der Schlachtfelder waren ganz ähnlich gebaut, dachte Jessie – zierlich und mit einem etwas zu kleinen Busen. Und sie mochte es, wie Miss Barton eben nicht viele Worte und viel Aufhebens um sie machte, sondern in ihrer wohlmeinenden, aber bestimmten Art gleich auf den Punkt kam. Darin ähnelte sie sehr ihrer Mutter. Doch immer, wenn sie an ihre Mutter dachte, wurde Jessie mit einem Mal sehr traurig zumute. Als es mit ihr aufs Ende zuging, hatte Hattie Snow nur noch so dünn wie ein Blatt Pergament unter ihrer Bettdecke gelegen, dahingeschwunden zu einer blassen Erinnerung an den Menschen, der sie einmal gewesen war.

Zuletzt hatte sie nicht einmal mehr die Augen geöffnet, obwohl sie wusste, wen sie vor sich hatte, und sich auch noch genug an ihren Sohn Jacob erinnerte, um Fragen nach ihm zu stellen, etwa ob schon wieder ein Brief von ihm gekommen sei und wo er denn wäre. Jessie hatte ihre Mutter immerzu anlügen müssen, hatte sich eine ganze Korrespondenz zusammengesponnen und ihrer Mutter erzählt, Jacob befände sich mit seinen Kameraden zurück auf dem Weg nach Hause. Sie las ihr, gerade so, als hätte Jake es in einem seiner eigenen Briefe beschrieben, von der großen Parade in Washington City nach der Kapitulation von General Lee vor, wie das 77ste Freiwilligen-Infanterieregiment stolz mit wehender Flagge zwischen den anderen marschierte, doch in Wirklichkeit entnahm sie das alles der Zeitung und änderte nur hier und dort einen Ausdruck, damit es sich mehr nach den Worten ihres Bruders anhörte. Nie hätte sie ihrer Mutter sagen können, was die heimgekehrten Soldaten über

Jake berichteten. Sie drückten es schonend aus, sprachen davon, er wäre ›verschwunden‹, aber Jessie wusste genau, was sie damit meinten, denn sie sahen ihr dabei nicht in die Augen. Sie hielten ihn für einen Deserteur. Und dann war im Postamt die Namensliste mit dem gefürchteten Wort darüber ausgehängt worden. Sie wollte dafür sorgen, dass sein Name eines Tages von diesem Makel befreit würde, und wenn sie ihr ganzes Leben darauf verwenden musste!

Erst, als Miss Bartons Assistent mit einem Krug und einem Korb beladen zurückkam, merkte sie, wie hungrig sie war. Sie wollte sich aus ihrem Sessel erheben, um ihm zu helfen, aber er gab ihr zu verstehen, sie solle sitzen bleiben – und errötete dabei. Er schien überhaupt leicht zu erröten, wie ein Mädchen. Aber auch Jacob war oft rot geworden, so, wie jeder hellhäutige Mensch sich damit abfinden musste, dass einem seine Gefühle im Gesicht abzulesen waren, ob man es nun wollte oder nicht. Doch was für eine sonderbare Reaktion war das seitens eines Wildfremden? *Sie* konnte ihn ja wohl kaum in Verlegenheit gebracht haben.

»Sie sollten sich mit ein wenig Brot und Bier stärken, Miss. Sie sehen mir ein wenig angeschlagen aus.« Er mied dabei nach Möglichkeit ihren Blick, und da durchfuhr es sie mit einem Mal, dass sie ihm gefiel. Sie – mit ihren staubbedeckten Kleidern und ihrem zerzausten Haar! Was für eine Albernheit! Doch dann fühlte sie die Hitze in ihren eigenen Wangen aufsteigen, der Fluch aller Rothaarigen. *Verdammnis!* So hatte ihr Vater immer geflucht, wenn ihm etwas gegen den Strich gegangen war.

Sie griff nach dem Brot und brach sich ein großes Stück ab. Sie war froh, sich irgendwie beschäftigen zu können. Miss Barton zog sich ihren Schreibtischstuhl an den Tisch heran und bereitete sich ebenfalls darauf vor, ihr Abendessen einzunehmen. Sie aßen schweigend; der junge Assistent bedachte sie mit keinem weiteren Blick. Sie hätte ebenso gut auch gar nicht da sein können.

Um die Situation zu entspannen, fragte sie ihn: »Ich wüsste gerne, ob Ihnen der Name meines Bruders irgendwo untergekommen ist. Jacob Snow, Sergeant. Er war zum Sergeanten befördert worden, als er aus Gettysburg zurückkam.«

»Gettysburg … das war eine bedeutende Schlacht.«

»Jake ist verwundet worden. Am Bein.«

»Oh je«, kommentierte Miss Barton. »Und dann?«

»Und dann …« Wollten sie wirklich die komplette Geschichte hören? Es schien so, also erzählte sie sie ihnen. Er hatte sich mit dem Chirurgen angelegt, der ihm das Bein amputieren wollte – und hatte den Arzt überzeugt.

»Wie hat er das denn geschafft?« Thomas schien plötzlich ganz Ohr.

»Unsere Mutter war ja auch eine Art Ärztin und hat uns viel beigebracht. Jacob wusste, dass Umschläge mit dem Brei von Kochbananen den Eiter aus seinem Bein herausziehen könnten und hat das dem Arzt gesagt. Und der Arzt hat auf ihn gehört und ihn gewähren lassen. Und das Bein ist wieder geheilt.« Sie hielt inne, als ihr plötzlich bewusst wurde, dass sie mit vollem Mund sprach und die anderen beiden sie eindringlich musterten. Eilig kaute sie den Bissen in ihrem Mund durch und schluckte ihn hinunter. *Du bist nicht mehr in Mechanicville, mein liebes Mädchen*, ermahnte sie sich. *Du befindest dich jetzt in Washington City und achtest besser auf dein Benehmen. Sonst jagen sie dich hier gleich wieder vom Hof, nachdem du ihnen deine Geschichte erzählt hast.*

»Er hatte also eine schlimme Beinverletzung und kam ohne Amputation davon. Meine Güte«, sagte Miss Barton und lächelte anerkennend. »Das ist aber höchst ungewöhnlich. Klingt, als wäre Ihr Bruder nicht auf den Kopf gefallen und verfüge über eine beträchtliche Überzeugungskraft. Er muss seinem Regiment Ehre gemacht haben.«

Zu ihrer Bestürzung brach Jessie schon wieder in Tränen aus. Wie peinlich! Sie vergrub das Gesicht in den Händen und wünschte sich, sie wäre wieder unten auf der Straße und säße nicht hier in Clara Bartons Büro, wo sie sich doch nur lächerlich machte. Sie merkte, dass es auch Thomas peinlich war. Vermutlich hoffte er ebenfalls, sie möge rasch wieder verschwinden. Aber das war ihr gleich. Wenn sie doch bloß nicht bei jeder Gelegenheit sofort hemmungslos zu flennen anfinge!

»Sicher gibt es in Ihrer Geschichte einen Punkt, auf den Sie noch nicht zu sprechen gekommen sind, Miss Snow. Möchten Sie nicht fortfahren?«, sagte Miss Barton in ruhigem, sachlichen Ton. Jessie sah sie zwischen ihren Fingern hindurch an. Miss Barton hatte ihre Hühnerkeule beiseitegelegt und saß mit gefalteten Händen da. Sie erinnerte Jessie an eine Lehrerin, die aufmerksam und geduldig darauf wartet, dass jemand seine gelernte Lektion vorträgt. Und sie sah aus, als schenke sie dem Geheule keinerlei Beachtung. Was für ein guter Mensch!

Jessie dachte zig Möglichkeiten durch, es in Worte zu fassen. Schließlich nahm sie die Hände vom Gesicht, wischte sich die Augen ab und sagte es geradeheraus: »Man behauptet, er wäre desertiert! *Desertiert!* Es hat sogar in der Zeitung gestanden, dass er ein Deserteur ist. Und es gibt auch einen Aushang im Postamt. Aber das glaube ich nicht, nicht eine Minute lang! Er konnte es kaum erwarten, in den Krieg zu ziehen, Miss Barton! Ich habe ihn immer wieder angefleht, nichts zu überstürzen; er war erst neunzehn und unsere Mutter bereits krank. Doch er musste unbedingt an dem Abenteuer teilhaben! Und wie stolz er war, als man ihn zum Bannerträger ernannt hat! Sie sollten seine Briefe lesen.« Sie löste die Schleife, mit der das Bündel zusammengehalten wurde. »Dann werden Sie selber sehen, dass nie im Leben ein Deserteur aus ihm hätte werden können!« Atemlos vor Erregung hielt sie inne.

Miss Barton sah sie verständnisvoll an, schürzte die Lippen und nickte. »Ja, ja, *Deserteur* ist ein übles Wort, und ich bin mir sicher, dass so mancher, dessen Name mit diesem Makel behaftet ist, ihn gar nicht verdient. Doch seien Sie unbesorgt – wir werden die Wahrheit ans Licht bringen. Allerdings müssen Sie, Jessie, sich auf alles gefasst machen, was auch immer dabei herauskommen möge.« Sie sah sie eindringlich an. Welch einen wundervoll standfesten Blick Miss Barton hatte; er gab einem das Gefühl, in den besten Händen zu sein. Mit einem Mal war Jessie sehr froh darüber, dass sie sich entschlossen hatte, hierherzukommen und diese Frau aufzusuchen.

»Ich fürchte mich nicht vor der Wahrheit.«

»Gut. Wir werden unser Bestes tun. Aber zunächst … Wie haben Sie uns eigentlich gefunden, Jessie?«

»Zufällig sprach jemand auf dem Markt über die Listen mit den Namen aller Toten und Vermissten, die eine Miss Clara Barton – also Sie – an alle Postämter verschickte. Auch Jake hatte Sie in seinen Briefen erwähnt, also habe ich mir gesagt, warum fährst du nicht zu ihr und bittest um ihre Hilfe? Ich sah ja auch keine andere Möglichkeit, meinen Bruder aufzuspüren. Da ich aber nicht wusste, wie ich nach Washington gelangen sollte, bin ich zu meiner früheren Lehrerin gegangen und habe sie gefragt, ob sie eine Landkarte hätte, die ich mir mal anschauen dürfe. Sie war sehr aufgebracht darüber, dass ich die ganze Strecke alleine reisen wollte, wo ich doch unterwegs vielleicht allen möglichen schlechten Menschen begegnen könnte. Doch ich vermochte einfach nicht zu Hause zu bleiben und mir anzuhören, wie die Leute sich über Jacob das Maul zerrissen! Also bin ich nun hier, todmüde, schmutzig und mit einem immer größer werdenden Loch in der Sohle eines meiner guten Stiefel … doch ich bin heil angekommen, wie Sie sehen.«

»Aber … wie haben Sie die Strecke bewältigt?«, wollte Thomas wissen. »Es ist ein ganzes Ende.«

»Zuerst hat mich eine Familie nach Albany mitgenommen, die dort Verwandte besuchen wollte. Dann habe ich den Dampfer nach New York bestiegen und bin von dort mit dem Zug nach Baltimore gefahren. Danach ging ich ein großes Stück zu Fuß. Schließlich durfte ich bei einer Negerfamilie – befreiten Sklaven, wie sie mir gesagt haben – auf dem Wagen mitreisen. Und endlich hat ein freundlicher Farmer namens Alonzo Bump, der unterwegs zum Markt in George Town war, mich das letzte Stück bis nach Washington City gebracht. Und er wusste auch, wo sich Ihr Büro befindet, Miss Barton, wusste sofort Bescheid, als ich ihm die Straße und die Hausnummer nannte. Er bezeichnete Sie als den Engel der Schlachtfelder und sagte, dass Sie, nun, da der Krieg vorüber sei … immer noch ein Engel wären.«

Miss Barton wurde rot, aber Jessie merkte, dass sie doch recht erfreut war, das Kompliment zu hören. »Wir tun nur, was wir können«, murmelte sie.

»Mr. Bump hat mir das Gebäude gezeigt, und da war auch schon das Schild, wie er gesagt hatte, und … nun … das ist meine Geschichte. Ich wusste, ich würde einen scheußlichen Anblick bieten, aber ich habe mir gedacht, es hilft nichts, Miss Barton muss mich eben so nehmen, wie ich bin.«

»So schlimm sehen Sie nun auch wieder nicht aus«, scherzte Miss Barton. »Niemand ist schreiend davongelaufen oder in Ohnmacht gefallen, oder?«

Jessie lachte höflich über ihre Bemerkung. Sie ist ein wohlerzogenes, angenehmes Mädchen, dachte Clara. Nun, da die Farbe in ihre Wangen zurückkehrte, konnte man auch sehen, wie hübsch sie eigentlich war – trotz ihrer Sommersprossen. Und sie war charmant.

»Was haben Sie jetzt vor, Miss Snow?«

»Jacob hat in jedem Brief penibel das Datum und seinen Aufenthaltsort vermerkt. Wenn ich eine richtige Landkarte hätte, könnte ich seine Spur verfolgen, sehen, wohin sein Regiment abkommandiert wurde und was für Orte sich in der Nähe befanden. Er hat oft geschrieben, dass sie durch Städte kamen, und ich weiß ja…« Sie zögerte, wurde selbst rot, und nahm den Satz dann wieder auf. »Ich weiß ja, wie Jacob ist. Er war ständig dabei, sich zu verlieben. Ein Mädchen brauchte ihn nur anzulächeln, und schon schrieb er ihr Gedichte, verzehrte sich nach ihr und sagte, er könne vor Liebeskummer nichts essen, keinen Bissen hinunterkriegen. Aber das durfte man nicht so ganz ernst nehmen«, fügte sie mit einem breiten Lächeln hinzu. »Im gleichen Moment, in dem er noch seufzte, die Liebe hätte ihm seinen Appetit geraubt, langte er schon nach einem Stück Brot, nach einer Scheibe Fleisch, nahm einen kleinen Schluck Bier und dann noch einen und noch einen… Aber das gehört ja wohl nicht zur Sache, oder? Dennoch gab es da ein ganz besonderes Mädchen, von dem er uns geschrieben hat. Allerdings war das am Anfang des Krieges, 1862, und ich weiß nicht, was aus ihr wurde, wobei ich auch bezweifle, dass sie die Einzige war. Er ist ein recht ansehnlicher Bursche.«

»Ein Herzensbrecher also, Ihr Bruder?« Die beiden Frauen blickten einander mit dem gleichen wissenden Lächeln an. »Ja, an unsere Liebschaften erinnern wir uns viel besser als an all das, was wir in der Schule gelernt haben. Oh ja, das weiß ich – wo ich doch selber Lehrerin gewesen bin!« *Oh ja,* das wusste sie. Aber um sie ging es hier nicht. Sie musste sich einfallen lassen, was sie heute Abend mit diesem jungen Mädchen anfangen sollte. Es war bereits dunkel, und wenn sie sich nicht irrte, hörte sie dort draußen Regen, der auf das Dach prasselte und immer heftiger wurde.

Sie gähnte. »Es ist spät, und ich bin sehr müde. Und es hat schon wieder zu regnen angefangen. Aprilschauer. Wir können nur auf viel Sonnenschein im Mai hoffen.«

Nun, da Miss Barton es erwähnt hatte, bemerkte auch Jessie die Tropfen, die auf das Blechdach trommelten und sich wie die Hufschläge hunderter Pferde anhörten. Es musste in Strömen gießen.

»Oh weh«, sagte sie. »Ich muss mir noch eine Übernachtungsmöglichkeit suchen.« Sie besaß fast kein Geld mehr, und zu verkaufen oder zu tauschen hatte sie auch nichts. Außerdem war sie so abgespannt, dass sie kaum einen klaren Gedanken fassen konnte.

»Nein, nein, Sie brauchen sich nicht den Kopf zu zerbrechen. Sie bleiben heute Nacht hier. In der Kammer haben wir Dutzende von Decken und Kissen. Thomas wird Ihnen ein paar davon hervorkramen. Ich habe auf dieser Etage mehrere Räume – ich wohne auch selber hier, müssen Sie wissen –, und hinter der Wand dort befindet sich mein Schlafzimmer. Sie und ich werden hier die Nacht verbringen, schön warm und gemütlich. Ich habe keine Lust, mir vorzustellen, wie Sie heute Abend bis auf die Haut durchnässt werden.«

Es war wirklich behaglich, nachdem sie die Decken übereinandergelegt, die Kissen aufgeschüttelt und Thomas, der in der Nähe in der Pension von Mrs. Curtis ein Zimmer bewohnte, eine gute Nacht gewünscht hatten. Miss Barton ließ eine Kerze brennen, die sie auf einen kleinen Tisch stellte, wo Jessie sie jederzeit leicht erreichen konnte. Dann wünschte sie auch ihr eine gute Nachtruhe, nahm eine Lampe mit und begab sich in ihr eigenes Bett. Jessie zog sich bis auf die Unterwäsche aus und schlüpfte unter die Decken. Wie schön es war, dachte sie, auf der Suche nach Jacob einen Schritt weitergekommen zu sein. Immerhin befand sie sich in Washington City, wo er sein Abenteuer mit den Freiwilligen des New York State begonnen hatte. Er war so aufgeregt gewesen und zufrieden mit sich selbst! Wie *sie* in diesem Augenblick. Was für ein Glück, Miss Barton gefunden zu haben.

Schon bald hatte sie sich unter ihrem Deckenstapel warm eingekuschelt, und wie sie nun behaglich an diesem fremden Ort lag und der Regen auf das Dach trommelte, dachte sie, dass es an der Zeit war, die Hände zu falten und ihrem Schöpfer dafür zu danken, dass er sie so gut behütete. Doch im nächsten Augenblick war sie schon fest eingeschlafen.

Neujahrsabend 1861
Meridian Hill, Washington City

Ich grüße Euch, meine Lieben, und wünsche Euch und allen, die ich in Mechanicville kenne, ein glückliches Neues Jahr.

Wir rasten nun seit über einer Woche in unserem Lager. Ich sollte nicht ›rasten‹ sagen, denn in der Army ist man der festen Überzeugung, rastende und ruhende Hände seien Werkzeuge des Teufels, so dass wir von morgens bis abends damit auf Trab gehalten werden, unsere Waffen zu putzen, Kessel zu flicken und uns hier und dort mit anderen Ausbesserungsarbeiten nützlich zu machen - von unseren übrigen Pflichten als Freiwillige des stolzen 77sten New Yorker Infanterieregiments mal ganz abgesehen. Alle naslang müssen wir Aufstellung nehmen; zur Überprüfung unserer Kleidung, zur Regimentsinspektion, zum Wachwechsel, als Drillübung, als Bataillonsdrill, zur Abendparade - es wird endlos exerziert, endlos paradiert. Aber ich will mich nicht beklagen; es ist kein entbehrungsreiches Leben, und wir sind alle guten Mutes. Wir sind Waffengefährten, Waffenbrüder sogar, einander beinahe verbundener als Blutsbrüder. Aber nicht so wie Zwillinge, Jessie, niemals. Lass mich dir die tägliche Routine in einem Armeelager schildern, das den Marschbefehl erwartet und in den Kampf ziehen will. Bei Sonnenaufgang wird das Wecksignal gegeben; reihum antworten die Trommeln einander, bis jeder wach und auf den Beinen ist. Unmittelbar danach erfolgt der Appell, und jedermann beeilt sich, seinen Platz in den Reihen einzunehmen, beim Namen aufgerufen und in den Listen abgehakt zu werden. Eine Stunde später rufen Pfeife und Trommel zum Frühstück, worauf wir alle zur Feldküche laufen, dort teilt man uns die Rationen aus. Um halb acht werden die Ärzte und die Kranken aufgerufen, sich beim Lazarettzelt zu versammeln, wo den Patienten der Puls gemessen wird und wir zur Inspektion die Zunge herausstrecken müssen. Anschließend werden Chinin und kleine blaue Pillen verteilt - nebst einem geringen Quantum Whiskey, um sie damit hinunterzuspülen, wenn man Glück hat. Das Aufsitzen auf die Pferde in Galauniform ist etwas, was man gesehen haben muss, und das Musikkorps spielt einen passenden Marsch dazu. Dann marschieren wir in Reih und Glied nach Dienstgraden geordnet zum Wachposten, wo nach viel Gebrüll und Hin und Her und dem Präsentieren der Gewehre die Nachtwache abgelöst wird und eine neue Wache ihren Platz einnimmt. Um neun ertönt die Musik zu einer Exerzierübung; diese dauert anderthalb Stunden. Um eins ruft ein Trompetensignal zum Mittagessen. Um drei findet ein einstündiger Bataillonsdrill statt, um vier wird die erste Abendparade abgehalten und um fünf als Höhepunkt des Tages ein weiterer Aufmarsch in Galauniform. Abendessen ist um sechs, Zapfenstreich um halb neun, und mit einem letzten Trommelwirbel verlöschen die Lichter.

Ich schätze, dass wir es nun halb acht Uhr haben; ich sitze in meinem Zelt, mein Bajonett ist in die Erde gesteckt; die Spange, mit der es am Gewehr befestigt wird, dient mir als Kerzenhalter. Mein Schreibpult ist eine Trommel; ein anderes habe ich nicht. Wie wir alle hoffe ich, wach zu bleiben, um das Jahr des Herrn 1862 begrüßen zu können; das Jahr, in dem wir sicher die Rebellen schlagen und sie in die Flucht treiben werden, heim in den Süden, wo sie hingehören. Ja, wir können es kaum erwarten, endlich etwas zu tun zu bekommen, dem Feind entgegenzumarschieren und uns ihm zur Schlacht zu stellen, aber es heißt, wir würden noch hier ausharren, bis das Wetter sich bessert. Im Moment regnet es in Strömen. Wenn das so bleibt, nehmen wir morgen in einem Fuß tiefen Morast Aufstellung.

Mutter, mach dir um mich keine Sorgen. Wir sind die bestversorgte und bestausgerüstete Armee aller Zeiten und fest entschlossen, diesen Krieg für Präsident Lincoln und alle Daheimgebliebenen zu gewinnen. Und das werden wir! Wenn du uns sehen könntest, wie wir uns hier auf dem Meridian Hill ausgebreitet haben, Tausende von Mann stark und unsere Zelte bunt wie exotische Winterblumen, würde es dein Herz beglücken. Ich erwarte mit Ungeduld Post von zuhause. Bitte versäumt nicht, mir bald zu schreiben; und damit bist auch Du gemeint, Schwesterchen. Ich möchte alles aus Mechanicville erfahren. Fragt Sally Randall noch nach mir?

Drei von den Jungs sind gerade zu meinem Zelt gekommen und haben mir zugeflüstert, dass wir mit einem Dutzend Kameraden das Neue Jahr im Zelt des Sergeanten begrüßen wollen, also muss ich nun schließen. Macht Euch keine Gedanken, Ihr beiden, wir werden uns schon nicht zu sehr bezechen, und falls doch, sind es nur ein paar Schritte bis zu unseren Betten! Möge das nächste Jahr uns den Sieg bringen - dessen bin ich mir ganz sicher - und damit alle möglichen Freuden. Gebt gut auf Euch acht und vergesst nicht Euren kleinen Soldaten, der oft an Euch denkt und darum betet, Euch bald wiederzusehen.

Euer Euch liebender Sohn und Bruder Jacob

3

Als Jessie die Augen aufschlug, strömte die Morgensonne durch das Fenster, und es waren von der Straße her ungewohnte Geräusche zu hören: Pferdehufe, die durch Pfützen platschten, das Knarren von Wagen, und ein Stimmengewirr: Pfeifen, einzelne Fetzen einer Unterhaltung, Rufe. Sie wurde Zeuge eines Streites zwischen zwei wütenden Männern, die unten vorbeigingen, und bekam sogar mit, wie eine klare, helle Tenorstimme ein paar Zeilen aus *»Polly Wolly Doodle all the day«* sang. Sie kroch unter den wärmenden Decken hervor, setzte sich auf und sammelte ihre Gedanken. *Ich bin tatsächlich in Washington und schlafe im Zimmer neben dem von Clara Barton! Und sie wird mir herauszufinden helfen, was aus Jacob geworden ist.* Wenn sie daran dachte, wie sehr sie sich vor der langen Reise gefürchtet und sich gefragt hatte, ob sie jemals hier zurechtkommen würde. So schrecklich war es letzten Endes gar nicht gewesen.

»Ich sehe Sie lächeln! Sehr gut, also müssen Ihre Träume angenehm gewesen sein.«

»Miss Barton! Guten Morgen. Oh, Sie sind bereits aufgestanden und angekleidet, und ich liege hier noch faul in den Federn.« Sie hüpfte aus dem Bett und machte sich augenblicklich daran, die Decken zusammenzulegen. Clara Barton half ihr dabei, und binnen weniger Minuten war alles gerichtet.

Während sie gemeinsam arbeiteten, redete Clara Barton auf sie ein. »Ich musste heute früh beide Fenster öffnen, weil sie so beschlagen waren, und das wird sich auch nicht geben, bis die Sonne alles getrocknet hat. Washington ist ein feuchter Ort. Wissen Sie, die Stadt wurde auf Sumpfland erbaut.« Sie rollten die Bettwäsche ordentlich zusammen und stopften sie in eine Kommode. »Oh, bin ich hungrig«, sagte Clara. »Ich habe morgens beim Aufwachen immer einen Mordsappetit. Ich hatte mal eine gute Freundin, die nie einen Bissen hinunterbekam, ehe sie nicht eine Tasse Kaffee getrunken hatte, und selbst dann war sie noch sehr bescheiden. Aber sehen Sie mich an – eine zierliche Person, die kein Gramm zunimmt, während meine Freundin immer dicker wurde. Wir werden im Restaurant von Mrs. Monroe frühstücken. Es ist zwar ein Stück zu gehen, aber das Essen ist gut, und ich fühle mich ein wenig verpflichtet, Betsy Monroe und ihren beiden Töchtern unter die Arme zu greifen. Alle drei sind durch diesen entsetzlichen Krieg zu Witwen geworden. Alle drei, können Sie sich das vorstellen? Drei Frauen, die plötzlich alleine dastehen und sich mit ihren kleinen Kindern durchs Leben schlagen müssen! Nun mögen Sie zwar einwenden, dass auch ich alleine für mich sorgen muss. Das stimmt. Aber ich war Lehrerin, ich habe eine gewisse Bildung und seinerzeit sogar das besondere Vertrauen von Präsident Lincoln genossen – dann ist er ja ermordet worden. Die Monroes hingegen … nun, das spielt jetzt keine Rolle. Sie werden bei Betsy Monroe die besten Pfannkuchen in ganz Washington City bekommen … und ihre Schweinekoteletts mit deutschen Bratkartoffeln. Köstlich! Liza, ihre Köchin, war schon als Sklavin bei den Monroes, bevor … Ist etwas, Jessie?«

»Nichts. Es erscheint mir nur so sonderbar, dass ein Mensch einem anderen gehört.«

Clara bekam traurige Augen und nickte. »Es *ist* sonderbar, Jessie, allerdings nicht für diejenigen, die im Süden aufgewachsen sind. Natürlich *gehört* seit der Proklamation der Sklavenbefreiung in diesem Sinne kein Mensch mehr einem anderen.« Sie seufzte. »So steht es jedenfalls geschrieben. Doch wenn man als Sklave geboren und als Sklave aufgewachsen ist, wie soll man dann mit seiner Freiheit zurechtkommen?«

»Wir sind alle frei geboren«, beharrte Jessie.

»Schon, aber… diese Sklavenbefreiung ist eine komplizierte Angelegenheit. Was nützt einem die Freiheit, wenn man nie gelernt hat zu lesen oder zu schreiben oder auch nur die simpelsten Rechenaufgaben zu lösen? Wenn man so unwissend belassen wurde wie ein Tier? Oh ja, es bringt mein Blut zum Kochen. Zu Hunderten strömen die befreiten Sklaven nach Washington und suchen Arbeit, wo es keine Arbeit für sie gibt, wo selbst die Rekrutierungsstellen geschlossen werden. Doch es ist nicht an Ihnen, sich darüber den Kopf zu zerbrechen.«

Sie machte eine Bewegung, als wollte sie ihre Gedanken abschütteln, und lächelte ihr zu. »Ich wäre jetzt bereit, etwas zu essen, Sie nicht? Sie kochen dort auch guten Kaffee… und ohne Kaffee können wir doch nicht den Tag beginnen, oder? Bei *mir* ist es jedenfalls so! Waschen Sie sich, Jessie, während ich den Rest aufräume. Tom wird auch schon mit knurrendem Magen unten auf uns warten. Zum Glück regnet es nicht mehr, doch ich warne Sie – die Straßen sind vermutlich ein einziger Sumpf. Haben Sie nur dieses eine Paar Schuhe?«

»Ja, nur meine Stiefel. Aber ich bin Matsch gewohnt. In Mechanicville gibt es jede Menge davon.«

Jessie wusch sich, strich ihre Kleidung glatt, löste sich das Haar, bückte sich, damit es über ihr Gesicht fiel und bürstete es dann kräftig bis in die Spitzen, wie ihre Mutter es ihr beigebracht hatte. Wie stolz sie auf ihre Bürste aus Schweineborsten gewesen war – ein Geschenk von John Hotaling, nachdem sie geholfen hatte, seinen Sohn zur Welt zu bringen. Die Bürste komme ganz aus England, hatte er ihr versichert, und sei das Beste, was man für Geld kaufen könne. Er habe sie von seiner Mutter zu seinem achtzehnten Geburtstag erhalten, sagte er, habe sie jedoch nur selten benutzt, denn ihm fielen ja zusehends die Haare aus, wie er mit einem gequälten Lächeln hinzufügte. »Ich hoffe, ich darf sie Ihnen zumindest als Anzahlung anbieten«, hatte er gesagt. Jessie war noch nie eine so gute Bürste unter die Augen gekommen. Der Griff war aus glattem, poliertem Holz, das sich fast wie Seide anfühlte, wenn man darüberstrich; die schwarzen und weißen Borsten machten kurzen Prozess mit Knötchen und Kletten und kribbelten so angenehm auf der Kopfhaut. Während sie sich das Haar bürstete, schloss sie die Augen.

Doch als sie sich aufrichtete und das Haar zurückwarf, blickte sie geradewegs in die lächelnden Augen von Thomas Lavery. Sie zuckte zusammen, weil es ihr peinlich war, und spürte, wie ihre Wangen heiß wurden. »Ich … ich bitte um Verzeihung. Ich habe nicht –«

»Sie brauchen sich nicht zu entschuldigen. Ich bin nur raufgekommen, um zu sehen, ob ich die beiden Damen ein wenig zur Eile antreiben kann. Ich habe bereits den heißen Frühstücksbrei und die gebutterten Pfannkuchen gerochen, als ich bei Betsy Monroe vorbeiging – und den Speck.« Er zögerte. »Aber wenn Sie noch nicht so weit sind … nun, dann mache ich mich schon mal auf den Weg.«

»Unsinn, Thomas. Ich bin mir sicher, dass Jessie nicht

mehr länger als eine Minute braucht, um sich perfekt präsentabel herzurichten.« Clara Barton war ins Zimmer getreten. »Lassen Sie das mit dem Zopf, Sie können Ihr Haar lose tragen. Es ist sehr schön und wird unter Ihrer Haube bezaubernd aussehen. Seien Sie dankbar für Ihre Jugend, Jessie, denn wenn Sie erst eine alte Jungfer sind wie ich, müssen Sie Ihr Haar schon aus Gründen des Anstands hochstecken.«

Ein paar Minuten später gingen sie die nordwestliche Seventh Street hinunter und achteten darauf, um Pferdeäpfel und Pfützen jeweils einen Bogen zu machen und den Dutzenden von Botenjungen auszuweichen, die mit Paketen und Briefen hierhin und dorthin unterwegs waren, den Männern, die ihren Büros zustrebten, und den Negerfrauen und Negermädchen, die alle nur denkbaren Dinge feilboten: Kerzen, Eier, Vögel, Schnürsenkel und sogar Lieder, die eines der jungen Mädchen geschrieben hatte. Jessie fragte sich, ob es ihre Stimme gewesen war, die sie vorhin durchs Fenster gehört hatte, und wenn Clara und Thomas nicht so eilig losmarschiert wären, wäre sie stehengeblieben und hätte gefragt, doch wenn sie sich auch nur einen Augenblick lang aufhielt, würde sie die beiden garantiert in der Menge aus den Augen verlieren.

In einiger Entfernung – wie weit es genau bis dorthin war, vermochte sie nicht zu schätzen – ragte ein großes weißes Bauwerk mit Säulen davor auf, das sie an einen griechischen Tempel erinnerte. Bestimmt war das ein sehr wichtiges Haus, vielleicht der Amtssitz des Präsidenten. Doch als sie Thomas fragte, grinste der sie nur an und sagte: »Oh nein, das Haus des Präsidenten ist viel bescheidener. Das ist das Patentamt.« Das Patentamt... was immer das sein mochte. Um nicht ihre Unwissenheit zu verraten, sagte sie nichts weiter dazu.

Hier auf der Seventh Street reihte sich ein roter Ziegelsteinbau eng an den nächsten; sie schienen sich geradezu gegenseitig abzustützen. Die meisten davon waren drei- oder viergeschossig, und bei vielen führten ein paar Stufen zur Eingangstür. So viele Menschen, so viele Häuser, so viele Straßen, so viel Gewimmel! Und sie hatte geglaubt, auf der Main Street von Mechanicville mit ihren Kirchen, dem Mercury-Gebäude und der Akademie, bei ihr zu Hause der Inbegriff einer belebten Hauptstraße, sei viel los. Nun erkannte sie ihre Heimatstadt als das, was sie war: bloß ein kleines Städtchen mit wenigen größeren Häusern am Hudson River, durch das ein Kanal und eine Eisenbahnlinie führten.

»Es sind nur zwei oder drei Häuserblocks und dann einmal um die Ecke«, sagte Thomas. »Halten Sie sich von den Wagen fern. Die rasen hier wie die Verrückten.«

»Gleich da drüben liegt das *Ford's Theater*«, sagte Clara und zeigte eine Seitenstraße hinunter. Auf Sehenswürdigkeiten wies sie mitten im Gehen hin, lüftete ihre Röcke und wich geschickt den übelsten Pfützen aus. Schließlich blickte sie sich lächelnd um, wartete auf Jessie und nahm sie beim Arm. »Ich weiß, dass eine Großstadt verwirrend sein kann. Früher habe ich in Boston auch immer Zustände bekommen.« Wie ein Schatten huschte ein unerforschlicher Blick über ihr Gesicht, aber dann war er auch schon wieder verschwunden.

»*Ford's Theater*«, wiederholte Jessie, drehte den Kopf und versuchte, es auszumachen. Aber sie strebten viel zu rasch voran. »Sie meinen… wo der Präsident erschossen wurde? Die Stätte seiner Ermordung?«

»Eben die. Aber kümmern Sie sich jetzt nicht weiter darum, sonst rennt man Sie noch über den Haufen. Nachdem wir gefrühstückt haben, machen wir einen kleinen Umweg dorthin, und dann können Sie es sich nach Herzenslust anschauen.« Zärtlich kniff sie Jessie in den Arm. »Es muss ein merkwürdiges Gefühl sein, hier zu stehen, wo sich all das zugetragen hat und mit eigenen Augen zu sehen, was Sie vorher nur aus Erzählungen kannten.«

»Ja, und Sie gehören dazu, Miss Barton«, lachte Jessie. »Ich hätte mir nie träumen lassen, einmal Arm in Arm mit dem Engel der Schlachtfelder über Pfützen zu springen.«

Einen Moment lang überlegte sie, ob sie zu weit gegangen war, aber auch Clara lachte herzlich. Sie waren alle guter Stimmung, als sie Mrs. Monroes Speiselokal erreichten und sich unter der Tür hindurchduckten. Augenblicklich umfingen sie die betörenden Düfte von gebratenen Würstchen, Speck, Schweinefleisch und Pfannkuchen – sowie Pfeifenqualm und die Ausdünstungen vieler Menschen. Doch über allem schwebte das durchdringende Aroma von Kaffee.

Es gab auch in Mechanicville Speiselokale, aber die befanden sich draußen bei den Lokschuppen und wurden nur von Männern besucht, meistens rußgeschwärzten Eisenbahnern, die grölend lachten und deren Fachkauderwelsch kein Außenstehender verstand. Hier ging es anders zu. Alle möglichen Leute saßen an den zwei langen Tischen in Mrs. Monroes Gaststätte, Männer wie Frauen, manche fein gekleidet, andere wiederum von einer langen Reise gezeichnet. *Denen geht's wie mir*, dachte Jessie. Thomas erklärte, viele männliche und weibliche Regierungsangestellte würden möbliert wohnen und ihre sämtlichen Mahlzeiten außerhalb einnehmen. Es herrschte ein ziemliches Stimmengewirr in dem Raum, denn obwohl zwischendurch auch Speisen mit der Gabel aufgespießt, mit dem Messer geschnitten und im Mund zerkaut werden wollten, schienen alle gleichzeitig aufeinander einzureden.

Die drei fanden am Ende einer Bank Platz und nickten

den Gegenübersitzenden zur Begrüßung zu. Jessie sah sich um. Dies musste früher einmal eine Art Salon gewesen sein; davon zeugte der Kamin, in dem ein Feuer brannte, über dem auf einem Eisengestell eine scheinbar mit Kaffee gefüllte bauchige Kanne dampfte. Blaue Vorhänge mit Fransenbesatz und eingewebten Mustern hingen an den Fenstern; sie waren schwerer als sämtliche Wandbehänge, die die Snows je in ihrem kleinen Haus in der Newman Street besessen hatten. Ein paar reizvolle Gemälde zierten die übrigen Wände. Früher musste es hier einmal einen Speisetisch mit Stühlen gegeben haben, vielleicht auch Lampen und Bücher und den einen oder anderen Teppich auf dem Boden. Sämtliche Möbel waren entfernt und durch die zwei schlichten langen Holztafeln mit den Sitzbänken ersetzt worden. Doch auf ihre Weise war auch diese Einrichtung behaglich, und die Küche lag wohl auch ganz in der Nähe, denn drei Frauen waren ständig, mit Schüsseln und Tellern beladen, am Herein- und Hinauslaufen.

Binnen weniger Augenblicke erschien eine der Frauen, eine junge Dunkelhaarige, mit drei Tellern und Bestecken an ihrem Platz und legte sie vor sie hin.

»Sie sind neu hier, nicht wahr, Miss? Einen guten Morgen wünsche ich. Ich bin Susan Fellowes, die geschwätzige von Mrs. Monroes Töchtern«, erklärte sie fröhlich. »Brauchen Sie eine Gabel, Miss? Wir haben hier genug davon. Stets aufs Modernste ausgestattet.« Sie nahm ein Werkzeug mit zwei spitzen Zinken und hielt es ihr vor die Nase.

Jessie hatte noch nie eine Gabel gesehen. »Danke, ich würde es gern einmal damit versuchen.«

»Wie Sie wünschen. Und dann können Sie mir auch gleich Ihren Namen verraten, damit ich nicht jedes Mal ›He, Sie da‹ rufen muss, wenn ich etwas zu Ihnen sagen möchte.«

»Jessie Snow.«

»Freue mich immer, eine Freundin von Miss Barton kennenzulernen, Miss Snow.«

»Und was ist mit mir, Susan?«, scherzte Thomas. Doch ehe sie ihm antworten konnte, verlangte jemand am anderen Ende der Bank nach mehr Kaffee, und sie eilte weiter. Schon bald hatten die gefüllten Teller und Schalen, die von einem Gast zum nächsten weitergereicht wurden, auch ihr Ende des Tisches erreicht. Jessie stellte fest, dass sie einen Bärenhunger verspürte. Sie häufte Spiegeleier, Wurst, Haferbrei, Bratkartoffeln und dampfende Pfannkuchen auf ihren eigenen Teller.

»Ich glaube, ich habe mich übernommen«, gestand sie kleinlaut.

»Das macht doch nichts«, tröstete sie Clara. »Essen Sie, so viel Sie können. Der Preis ist immer der gleiche.«

Aber sie schaffte es, ihren Teller leerzuessen und auch noch zwei Becher Kaffee mit Zucker und Milch zu trinken. Als sie ihren Mund mit der Serviette abwischte, merkte sie, wie Thomas ihr schon wieder zulächelte. Oh nein, dachte sie, wahrscheinlich habe ich mein Essen hinuntergeschlungen. Sie musste sich stets vor Augen führen, dass sie sich nun draußen in der großen, weiten Welt befand und versuchen musste, keine Schande auf… auf wen denn? Sie konnte höchstens Schande auf sich selbst laden, denn sie hatte ja sonst niemanden mehr. Diese Erkenntnis – niemanden mehr zu haben, ganz alleine auf der Welt zu sein – traf sie so unvermittelt und mit solcher Wucht, dass ihr die Tränen kamen.

»Haben Sie wirklich den Präsidenten gekannt, Miss Barton?«, fragte sie rasch und hoffte, Thomas würde seine Aufmerksamkeit von ihr abwenden.

»Oh, ich hatte nie die Ehre, ihm persönlich zu begegnen. Aber wir haben miteinander korrespondiert, und er war sehr wohl im Bild über meine Bemühungen, bei der Suche nach unseren vermissten Helden zu helfen. Er war ein großer Mann, ein Genie, würde ich sagen. Was für eine Schande, dass er das Wachsen und Gedeihen der Union, die ihm so wichtig war, nicht mehr miterleben durfte…« Sie seufzte. »Wirklich, ein höchst bemerkenswerter Mensch. Ich stand bei seiner zweiten Amtseinführung in der Zuschauermenge – *Masse* wäre wohl der treffendere Ausdruck, um nicht gleich von einem Menschenauflauf zu sprechen, und ich wäre um ein Haar zerquetscht worden. Man hat noch nie so viele Menschen gesehen, die alle gleichzeitig am selben Ort sein wollten. Mr. Lincoln hat seine Rede selbstverständlich stehend gehalten, obwohl es in der vordersten Reihe Stühle für die hohen Tiere und Großkopfeten gab. Aber hinter ihm standen sie in zwanzig, dreißig Reihen hintereinander. Auf dem kleinen Balkon über dem seinen hatten sich hundert Männer zusammengequetscht – auf einer Fläche, die nur für zwanzig gedacht war. Oh ja… sie standen auf Fensterbrettern, hockten auf Geländern, kletterten einander auf die Schultern. Für Abe Lincoln hätten sie wohl alles getan, alles, um nur bei ihm zu sein und ihn sprechen zu hören. Er hatte übrigens eine wundervolle Stimme, müssen Sie wissen…«

»Ich war auch dabei«, sagte ein Mann zwei Plätze weiter. Er beugte sich vor, um Clara Barton anblicken zu können. »Ich erinnere mich genau an diesen Tag. Wie der Wind über die Pennsylvania Avenue gepeitscht ist und wie die Flagge der Union geknattert hat. Er gab uns zu bedenken, dass Nord- und Südstaatler sich an den selben Gott um Beistand gegen den Feind wandten. ›Was für ein naheliegender Gedanke‹, habe ich zu meiner Frau gesagt, ›und doch führt sich kaum einer von uns das je vor Augen.‹ Ja, er war ein großartiger Redner, unser Abe.«

»Das war er«, pflichtete Clara Barton ihm bei. »Einen wie ihn erleben wir so bald nicht wieder.« Sie begann, ihr Geld auf dem Tisch abzuzählen und machte Anstalten, sich zu erheben. »Ich habe auch etwas Geld bei mir«, sagte Jessie. Zwar sehr wenig nur, aber es gehörte sich nicht, sich von Fremden freihalten zu lassen.

»Danken Sie dem Suchdienst für vermisste Armeeangehörige für Ihr Frühstück, Jessie. Und nun nichts wie zurück ins Büro. Es ist bald an der Zeit, dass wir öffnen, und ich möchte mich noch mit Ihnen über Ihren Bruder unterhalten, bevor wir zu viel zu tun bekommen. Den Besuch des *Ford's Theater* müssen wir uns für später aufheben.« Ganz offensichtlich handelte es sich bei Miss Barton um eine Frau, die es gewohnt war, das Sagen zu haben.

Auf den Straßen herrschte noch mehr Betrieb, wenn dies überhaupt möglich war – und der Lärm hatte sogar zugenommen, denn die verschiedensten Straßenhändler priesen jetzt lautstark ihre Waren an. Die Sonne stand höher am Himmel und strahlte noch heißer und greller. Jessie hielt sich schützend die Hand über die zusammengekniffenen Augen, als sie mit einem Mal das Gefühl hatte, ihr würde die Luft wegbleiben. Mein Gott! Das war er! Jacob! Keine fünf Fuß von ihr entfernt nahm er gerade eine Münze von einem Mann in einem gut geschnittenen Anzug entgegen. Er war dünner geworden, seine Haut war von der Sonne verbrannt, und gekleidet war er wie so viele Soldaten – in eine ausgeblichene, abgerissene Uniform. Aber diese kupferfarbenen Locken hätte sie jederzeit wiedererkannt!

»Jake!«, schrie sie. »Jacob! Hier! Jake!« Obwohl sie von der Sonne geblendet war, gab es keinen Zweifel. Mit weit ausgestreckten Armen wollte sie auf ihn zulaufen. Er wandte sich um und schaute ein wenig verdutzt drein, aber gleich würde er grinsen und rufen: *Mein Gott, Jess, wie um alles in der Welt hast du mich denn in dieser Menge entdeckt?* und dann scherzhaft hinzufügen, dass man sich vor der findigsten Frau im ganzen Osten eben nicht verstecken konnte. Und er würde lachen, sie bei den Hüften greifen und sie im Kreise herumwirbeln.

Sie flog fast auf ihn zu; schon meinte sie seine Arme zu spüren, zu fühlen, wie er sie an sich drückte. O Gott, er war so schmutzig! Und seine Kleider – beinahe in Fetzen! Sei's drum, bald würden sie ihn neu ausstaffieren, und dann könnte er sich wieder überall blicken lassen. Nun, da sie ihn gefunden hatte, würde alles gut.

Ihre Blicke trafen sich; er starrte einen Moment lang wie durch sie hindurch, dann wurden seine Augen immer größer. Gleich, gleich würde das breite Grinsen kommen: *Du träumst nicht, ich bin es, ich bin es wirklich!*

Sie war ihm schon so nahe, dass sie seine rötlichen Bartstoppeln erkennen konnte, als er sich wieder umwandte – *sich abwandte!* – und wie ein Hase davonzuflitzen begann, Passanten auswich, in sie hineinrannte, einen Korb mit Maiskuchen umstieß und um die nächste Ecke verschwand.

»Jacob!« Den Bruchteil einer Sekunde lang war sie so entsetzt, dass sie sich nicht von der Stelle zu rühren vermochte. Dann raffte sie ihre Röcke mit einer Hand zusammen und stürzte ihm nach. Sie war eine gute Läuferin, doch als sie um die Ecke kam, war von ihm schon nichts mehr zu sehen, keine flüchtende Gestalt in der Ferne, kein Anzeichen, dass jemand auf der belebten Straße sich durch sein Gerenne belästigt gefühlt hatte … nichts. Er war so gründlich vom Erdboden verschwunden, dass er auch ein Trugbild hätte gewesen sein können.

Die Faust an die Brust gepresst, blieb Jessie einen Augenblick lang stehen und spürte das heftige Pochen ihres Herzens. Er spielte ein Spiel mit ihr. Das musste es sein. Wahrscheinlich versteckte er sich einen halben Häuserblock weiter in einer Eingangstür. Der Matsch spritzte nur so auf, als sie Hals über Kopf losrannte und dabei Blicke in alle Nischen und Treppenaufgänge warf. »Jacob! Jacob! Lass das sein! Das ist nicht lustig! Jake! Ich bin weit gereist, um dich zu finden!«

Am Straßenrand hockte ein Mädchen mit einem Haufen umgestürzter Körbchen voller Kräutersträußchen zu ihren Füßen – Heilkräuter, wie Jessie sich unschwer vorstellen konnte. »Miss! Miss!«, rief sie dem Mädchen zu. »Haben Sie gerade eben einen Soldaten vorbeirennen sehen?«

»Nein, Ma'am, keinen Soldaten – außer, Sie meinen den abgerissenen Yankee mit dem wüsten Blick und dem Stoppelbart.«

»Ja, den meine ich. Wohin ist er gelaufen?«

»Na, wohin wohl? Geradewegs die Straße rauf. Hat um 'n Haar meine Kräuter zertrampelt.«

»Und weiter? Ist er irgendwo abgebogen? Nach rechts? Nach links?«

Das Mädchen sah sie aus großen, weit auseinanderstehenden Augen an. Ihre Augen waren erstaunlich hell, von einem golden schimmernden Grün, wie bei einer Katze, und sie hatte ebenso helle Haut, golden, alles andere als schwarz, obwohl sie dieses Tuch um den Kopf gebunden trug, das Jessie bisher nur bei Negerfrauen gesehen hatte. »Ehrlich, Missy, ich nich besonders auf ihn geachtet. Tut mir leid, aber warum sollt ich auch? Aber möchten Sie vielleicht ein paar von meinen Medizinkräutern kaufen? Hier sind –«

Mit einer ungeduldigen Geste gab Jessie ihr zu verstehen, den Mund zu halten. Wie konnte sie ihr etwas aufzuschwatzen versuchen, wenn doch Jacob hier irgendwo ganz in der Nähe war und sich vor ihr versteckte? Natürlich war es nur ein Spiel. Sooft er konnte, machte Jake sich gerne einen Spaß daraus, die Leute an der Nase herumzuführen. Und da kamen auch schon Clara Barton und Thomas angehetzt.

»Glauben Sie etwa, Sie haben Ihren Bruder gesehen, Jessie?«

Am liebsten hätte sie wieder zu heulen angefangen. »Ich *weiß*, dass ich ihn gesehen habe. Er hat mir direkt in die Augen geguckt, also hat er mich auch gesehen. Aber dann wirkte es so, als hätte er Angst, und ist vor mir davongerannt! Warum nur? Was ist mit meinem Bruder passiert? Oh, Jacob!« Ein Schluchzen stieg in ihr auf, drohte sie zu überwältigen. Sie vergrub das Gesicht in den Händen. Sie war ihm so nahe gekommen... so nahe! Und nun war er wieder weg. In dieser riesigen Stadt mit all ihren vielen Menschen würde sie ihn nie wiederfinden!

Clara Barton legte den Arm um sie. »Immer ruhig, Jessie, immer ruhig. Zumindest wissen wir, dass er lebt, und das ist es doch, was Sie sich gewünscht haben, nicht wahr?«

»Und Sie glauben, es ist zweifellos Ihr Bruder gewesen?«, wollte Thomas wissen.

»Er trug Reste seiner Uniform, ganz verblichen und schmutzig... sogar dieses Mädchen hat ihn als Yankee erkannt.«

»Also lebt er? Können wir uns da auch wirklich sicher sein?«, fragte Thomas.

»Was wollen Sie damit sagen?«

»Ich meine nur – ob Sie sich nicht vielleicht doch geirrt haben? Tut mir leid, Miss Snow, ich wollte Ihre Gefühle nicht verletzen, aber es gibt immerhin Hunderte von Soldaten, die hier in der Gegend durch die Straßen streifen, mal nach Norden, mal nach Süden, überallhin, weil der Krieg nun vorüber ist und sie ja irgendwohin *müssen*. Manche möchten auf keinen Fall mehr nach Hause zurück, und andere … nun, andere wissen vielleicht gar nicht mehr, was sie tun … verzeihen Sie.«

Jessie holte tief Luft. »Nicht Jacob«, erklärte sie mit Nachdruck. »Kann sein, dass ihm etwas zugestoßen ist, dass er womöglich gar nicht mehr weiß, wer er ist. Aber *mich* würde er sehen wollen, sobald er erst wieder bei Verstand ist. Also muss ich ihn wiederfinden.« Sie sah Thomas unverwandt an. »Ich werde doch meinen eigenen Bruder erkennen. Ich habe ihm in die Augen gesehen, und er in meine. Er ist es gewesen.«

»Thomas hat recht, Jessie. Sie haben nur eine Sekunde oder so Zeit gehabt, um möglicherweise –«

»Genug Zeit, um meinen Zwillingsbruder wiederzuerkennen«, beharrte Jessie.

Darauf sagten sowohl Thomas als auch Clara Barton kein Wort mehr, sondern tauschten nur besorgte Blicke aus. Jessie merkte, dass sie nicht so recht wussten, ob sie ihr glauben sollten oder nicht. Die Suche nach Jake würde sich nicht leicht gestalten, das hatte sie von Anfang an gewusst, aber nicht einen Augenblick war ihr in den Sinn gekommen, man könne sie für übergeschnappt halten. »Schon gut, dann finde ich ihn auch alleine.«

Sie wandte sich ab, um davonzugehen; sie wollte nicht, dass sie ihre Tränen der Enttäuschung sahen, obwohl sie keine Ahnung hatte, wie sie zurück zur Suchstelle für vermisste Armeeangehörige kommen sollte. Aber sie musste ja noch einmal dorthin, um ihre restlichen Sachen zu holen und sich eine Landkarte zu besorgen, mit deren Hilfe sie sich auf den Weg machen konnte.

»Immer langsam, Miss Jessie!« Sie hörte seine leicht humpelnden Schritte, und dann hatte Thomas sie auch schon beim Arm gepackt. »Kein Grund, gleich davonzulaufen. Wir werden gemeinsam nach ihm suchen. Verstehen Sie denn nicht? Es wäre besser, wenn es sich bei dem Mann nicht um Ihren Bruder gehandelt hätte. Außerdem … haben wir versprochen, Ihnen zu helfen, und das werden wir auf jeden Fall auch tun. Also begleiten Sie uns jetzt zurück zum Büro, damit wir alles bereden können.«

Ein Gefühl der Erleichterung überkam sie. Sie hätte es nicht ertragen, die einzigen Menschen zu verlieren, die sie in dieser Stadt kannte. Einen schrecklichen Augenblick lang hatte sie sich ganz allein und verlassen auf der Welt gefühlt … gerade so, als wäre Jacob tot. Mit vereinten Kräften würde es ihnen bestimmt gelingen, ihn aufzuspüren. Und wenn sie nicht recht glauben wollten, dass es tatsächlich Jake war, den sie gesehen hatte … nun, *sie* wusste es, und nur darauf kam es an.

Dann fiel ihr das farbige Mädchen wieder ein, die klugen Augen, aus denen es sie angesehen hatte. *Wie unhöflich ich zu ihr gewesen bin,* dachte sie. *Wo sie doch noch gesagt hat, es täte ihr leid, dass sie nicht gesehen hätte, wohin er davongelaufen sei. Und es tat ihr ganz offenkundig* wirklich *leid. Vielleicht kann ich ihr etwas abkaufen, um ihr zu zeigen, dass ich es nicht so gemeint habe.* Doch als sie zu der bewussten Stelle zurückkamen, war das Mädchen mitsamt ihren Körben verschwunden.

»Oh, wie schade«, sagte sie. »Ich habe gedacht, ich könnte dem farbigen Mädchen vielleicht etwas abkaufen … obwohl sie mir gar nicht dunkelhäutig aussah, bloß hungrig.«

»Machen Sie sich keine Gedanken. Miss Barton hat ihr ein paar Zweicentstücke zugesteckt.« Er lächelte ihr auf die gleiche Weise zu, wie ihr Vater es getan hatte – liebevoll und nachsichtig – *wie man einem kleinen Kind zulächelt,* dachte sie, *oder einem kleinen Hund.* Aber sei's drum, bald würde sie auf ihrem Weg sein und bräuchte sich nicht mehr mit Thomas Lavery abzugeben, also erwiderte sie sein Lächeln.

»Es gibt eine Menge Farbiger, die Ihnen und mir sehr ähnlich sehen, Jessie«, sagte er.

»Wie kommt das?«

Er überlegte kurz. »Das ist kompliziert. Fragen Sie mich noch einmal danach, wenn wir gerade nicht versuchen müssen, mit Miss Barton Schritt zu halten.«

Auf dem Rückweg zum Büro warf Jessie ab und zu einen Blick über die Schulter, schaute in jede Seitengasse, immer in der Hoffnung, sie würde plötzlich Jacob entdecken, der ihnen gefolgt war, stets bereit, zu ihrer aller Überraschung lachend aus seinem Versteck hervorzuspringen. Aber nichts dergleichen geschah. Es waren einige Soldaten auf der Straße unterwegs, mutlos dreinblickende Männer, die sich mit provisorischen Gehstöcken und Krücken behelfen mussten, und viele mit Verbänden um den Kopf. Sie hatte solche Männer schon auf dem Weg nach Washington gesehen, sich aber von ihnen ferngehalten – Mrs. Heywoods warnende Worte noch im Ohr.

Doch längst nicht alle ehemaligen Soldaten vermittelten einen so niedergeschlagenen Eindruck. Manche gaben in ihren farbenfrohen Uniformen ein ganz anderes Erscheinungsbild ab, spazierten stolz zu zweit oder zu dritt nebeneinander mitten auf der Straße, als sei es an den Wagen und Kutschen, ihnen auszuweichen. Und das Verrückte war: Sie *taten* es sogar! Alles machte ihnen Platz.

»Wer mögen die denn sein?«, fragte sie. »Sie tun sich ja sehr wichtig.«

Clara Barton lachte. »In der Tat, Jessie. Sie halten sich für etwas ganz Besonderes, obwohl die meisten von ihnen jetzt nichts mit sich anzufangen wissen.« Sie verlangsamte einen Augenblick lang ihren Schritt und senkte die Stimme. »Seitdem der Krieg vorüber ist, gibt es keine Aufgabe mehr für sie, verstehen Sie? Aber das wollen sie nicht wahrhaben. Sie zeigen sich gerne in ihren schicken Uniformen, und während des Krieges waren Armeeoffiziere tatsächlich gern gesehene Gäste in jedem besseren Haus und bei jeder Soiree in Washington City. Niemand hat ihnen zu viele Fragen danach gestellt, wo sie herkamen und was ihre Väter machten. Nun ist das vorbei, und sie sollten eigentlich heimkehren. Aber das wollen sie nicht.«

Sie wies auf das geschäftige Treiben um sie herum – Dutzende von Männern in scharlachrot abgesetzten blauen Offiziersröcken und mit auf Hochglanz gewienerten Schaftstiefeln, die beim Gehen klimperten. »Spanische Brogans«, erklärte Thomas. Die Jacken waren dermaßen eng geschnitten, dass es einen wunderte, wie ihre Träger überhaupt so männlich ausschreiten konnten, aber Jessie fand sie dennoch sehr hübsch und elegant und konnte den Blick nicht von den mit Federn geschmückten Paradehüten, den bunten, seidenverzierten Schärpen, den mit breiten Goldborten und langen Quasten verzierten Epauletten an den Schultern – und vor allem nicht von den Säbeln losreißen. Und dann die Pferde mit den rotweißblauen Decken, den mit Goldfäden durchwirkten Mähnen, den mit Einkerbungen und zum Klippklapp der Hufe mitschwingenden Federn geschmückten Sätteln…

»Ich habe noch nie etwas so Prächtiges gesehen«, entfuhr es ihr. »Ich würde gerne wissen, ob Jake auch mal diese Uniform getragen hat.«

Thomas schnaubte verächtlich durch die Nase. »Ich hoffe nicht! Sonst wäre er bestimmt von einem Heckenschützen auf der Lauer nach einem hübschen Paradiesvogel zum Abendessen abgeknallt worden.« Als er Jessies erschrockenes Gesicht sah, fügte er rasch hinzu: »Nein, Jessie, im Feld und auf dem Vormarsch trugen selbst die ranghöchsten Offiziere Schlapphüte und einfache Soldatenmäntel ohne Rangembleme. Und was die Epauletten betrifft…« – er machte eine wegwerfende Handbewegung – »so möchte doch niemand in der Schlacht dem Feind auf die Nase binden, wer seine wichtigsten Offiziere sind. Deswegen versuchen die auch, sich bedeckt zu halten. Können Sie das nachvollziehen?«

»Das leuchtet mir natürlich ein. Dann sind diese Burschen… alle bloß eitle Gecken?«

»Ja, so würde ich sie bezeichnen.«

»Sie müssen Thomas seine Geringschätzigkeit den Washingtoner Kriegern gegenüber nachsehen«, sagte Clara Barton. »Viele von denen haben im Gegensatz zu unserem Thomas niemals in einer Schlacht gekämpft.«

»Darum geht es mir nicht, wie Sie sehr wohl wissen, Miss Barton. Sie geben sich den Anschein, etwas zu sein, was sie nicht sind, und das macht mich fuchsig.« Er wandte sich Jessie zu. »Washington ist seit jeher eine Stadt mit einer fest gefügten Hierarchie gewesen, und diese Knaben sind entschlossen, irgendwo ganz oben dazuzugehören. Oder zumindest so *auszusehen*. In Washington City kennt jeder den ihm zugewiesenen Platz in der Gesellschaft – und klammert sich daran.« Er grinste. »Man sagt, die einfachen Leute essen um zwölf, die kleinen Angestellten um eins, die höheren Angestellten um drei, die Volksvertreter um vier, die Senatoren um fünf, die Botschafter um sechs, und der Präsident? Nun, der steht so hoch in der Rangordnung, dass er sein Mittagessen auf den nächsten Tag verschiebt… wenn wir hier nach rechts einbiegen und bis zur Tenth Street hinuntergehen, können wir Ihnen das *Ford's Theater* zeigen.«

»Diese Ehre überlasse ich dann bitte Ihnen, Thomas. Ich

muss im Büro sein, bevor sich die Schlange bildet«, sagte Clara Barton, und ehe Jessie Einwände erheben konnte, war sie schon davongeeilt, und Thomas' Hand hielt Jessie fest beim Ellbogen und geleitete sie weiter.

»Ich möchte nicht, dass Sie glauben, ich hätte nichts für das Militär übrig, Jessie. Es gibt bedeutende Männer, die das Kriegshandwerk zu ihrer Lebensaufgabe machen. Sie stammen doch aus der Nähe von West Point, nicht wahr?«

Darüber musste Jessie lachen. »Weil es am Hudson River liegt? Nein, das ist ein ganzes Stück südlich von Mechanicville, unten, wo der Fluss noch Salzwasser führt. In Mechanicville fängt man nie Heringe, dafür liegt es viel zu weit im Norden. Als ich mit der Fähre von Albany flussabwärts kam, habe ich das Fort zum ersten Mal in meinem Leben gesehen.«

»Die aus West Point sind echte Gentlemen, keine Rohlinge, die nur um des Tötens willen töten. Sie haben eine Etikette der Kriegsführung, Jessie, einen fest vorgegebenen Takt – wie in der Musik.« Sie hielt diesen Vergleich für etwas weit hergeholt.

»Als sich General Grant mit General Lee traf, um die Bedingungen der Kapitulation auszuhandeln, hat Grant gleich den Rebellentruppen Proviant angeboten. Und er hat seine Männer ermahnt, nicht zu laut zu jubeln. ›Der Krieg ist vorbei‹, hat er ihnen gesagt, ›unsere Feinde sind wieder unsere Landsleute.‹ Die wahre Haltung eines Gentleman, finden Sie nicht auch?«

Sie gab ihm recht, und dann waren sie auch schon da, standen vor einem Ziegelsteinbau mit Bogenfenstern und klassizistischen Säulen. Immerhin war das Theater ziemlich hoch; zwei Stockwerke mit einem kleinen Spitzdach obenauf.

»Hier ist er also gestorben«, seufzte Jessie.

»Nicht ganz. Er ist in diesem Gebäude angeschossen worden, aber gestorben ist er im *Peterson House* gegenüber.« Beide wandten sich um und versenkten sich in die Betrachtung des von hohen Bäumen beschatteten einfachen Hauses, als hätte es ihnen etwas mitzuteilen.

»Die ganze Nacht lang wurde an seinem Bett gewacht«, nahm Thomas schließlich mit leiser Stimme seinen Faden wieder auf, »und neun Stunden, nachdem er angeschossen worden war, tat Mr. Lincoln seinen letzten Atemzug.« Dann rezitierte er voller Inbrunst: »›Jauchzet ihr Gestade, ihr Glocken dröhnt! Ich aber knie in Not, wo auf dem Deck mein Captain liegt, gefallen, kalt und tot.‹ Das ist von Walt Whitman. Der Krieg war gewonnen, doch unser oberster Führer von uns genommen.«

Ein paar Minuten lang verharrten sie noch schweigend. Thomas' offensichtliche Ergebenheit gegenüber seinem toten Präsidenten, die ergreifenden Zeilen Whitmans und die Tatsache, sich an einer solch geschichtsträchtigen Stätte zu befinden, erwärmten Jessies Herz. Nie hätte sie erwartet, einmal an einem Ort zu stehen, wo sich bedeutende Ereignisse abgespielt hatten … an dem ein großer Präsident vom Tod ereilt worden war. Sie hatte das Gefühl … nein, sie wusste nicht, was ihre Gefühle waren. Erwartungsvoll? Bereit für das, was vor ihr lag? Und auch Thomas schien doch kein so unangenehmer Zeitgenosse zu sein … ein wenig steif vielleicht, aber was wusste sie schon über die Menschen in einer solch riesigen Stadt?

»Jacob ist von Mr. Whitman gepflegt worden, als er hier im Spital lag«, sagte sie. »Er hat es uns in einem Brief berichtet. Er schrieb, Walt Whitman sei ihm ein barmherzigerer Samariter gewesen als die meisten Krankenschwestern, obwohl er mit seinem Rauschebart und den breiten Schultern eher grimmig wirkte.«

»Ich habe so manches über Walt Whitmans Kunst als Krankenpfleger gehört«, pflichtete Thomas ihr bei. »Ein außergewöhnlicher Mensch. Wo wir gerade über Krankenhäuser reden – ich werde Miss Barton vorschlagen, dem *Armory Square Hospital* einen Besuch abzustatten. Möglicherweise weiß man dort, wohin Ihr Bruder nach seiner Entlassung gehen wollte. Aber nun sollten wir uns auf den Rückweg machen. Sie möchten bestimmt den weiteren Verlauf Ihrer Suche planen und dann bald aufbrechen.«

Zu ihrem eigenen Erstaunen lächelte sie ihn an und sagte: »Haben Sie es denn so eilig, mich wieder loszuwerden, Mr. Lavery?« Und dann hatte sie das Vergnügen, ihn erröten zu sehen.

»Oh, das habe ich … das meinte ich nicht … das habe ich nicht sagen wollen …«

»Das weiß ich doch. Ich habe nur Spaß gemacht. Jacob und ich haben uns oft so geneckt. Es tut mir leid.«

Sie gingen weiter, seine Hand immer noch an ihrem Ellbogen, um sie zu geleiten. Er räusperte sich. »Ich … ich bin in jüngster Zeit nicht besonders heiter. Miss Barton meint, ich würde mich noch verfrüht zu einem alten Mann entwickeln, und möglicherweise hat sie recht damit. Möchten Sie hören, was sie über Sie sagt? Warten Sie, wir müssen hier über die Straße … Sie sagt, Sie hätten ein Gespür dafür, niedergedrückte Stimmungen zu zerstreuen. Wenn das kein Kompliment ist! Und das aus dem Munde des Engels der Schlachtfelder!«

Er warf ihr einen ironischen Blick aus dem Augenwinkel zu, und sie konnte nicht umhin, dies mit einem Lächeln zu erwidern. »Aber Mr. Lavery, wie hätte ich denn auch ahnen können, dass sie so nett und so reizend ist? Man könnte fast erwarten, einen Heiligenschein über ihrem Kopf schweben zu sehen.«

»Oh, den gibt es wirklich. Allerdings sieht man ihn nur bei Nacht. Sie müssen gestern Abend so schnell eingeschlafen sein, dass er Ihnen entgangen ist.«

Also amüsant konnte er auch sein. Doch nicht nur ein schrecklich steifer Miesepeter. Gut zu wissen.

4

Es war noch zu früh für die Frauen mit den verweinten Augen, die Bürotür zu belagern; ihr blieb also ein bisschen Zeit. Ein paar Minuten lang saß Clara müßig an ihrem Schreibtisch und lauschte mit halbem Ohr auf die Schritte von Thomas und Jessie Snow, die jeden Moment die Treppe heraufkommen mussten. Aber dann beanspruchten wie immer die Körbe voller Briefe ihre Aufmerksamkeit, und schon war sie wieder tief versunken in Detektivarbeit.

Dabei ging sie systematisch vor. Sie riss jeden Brief auf und überflog ihn rasch. Die Bitten, bei der Suche nach jemandem behilflich zu sein, landeten auf einem Stapel. Später würde sie mit Thomas diesen Stapel durchgehen und daraus nach Bundesstaaten sortierte Namenslisten erstellen, damit diese in jedem Postamt ausgehängt würden. Am Fuße dieser Listen wurde darum gebeten, dass alle Menschen, die den Aufenthaltsort oder sonst etwas betreffs einer der genannten Personen wussten, ihr schreiben mögen. Und das taten die Leute: Jeden Tag trafen Dutzende solcher Briefe ein, und fast alle stammten von Kriegsveteranen, die den Schrecken überlebt hatten und nach Hause zurückgekehrt waren, Männern also, die aus eigener Erfahrung berichten konnten, was aus ihren vermissten Kameraden geworden war. Diese Antwortschreiben kamen auf einen zweiten Stapel.

Der dritte Haufen blieb den ganz verzweifelten Briefen vorbehalten. Diese waren oft schwer zu lesen, weil Tränen die Tinte hatten verlaufen lassen. Und alle Absender hofften auf ein Wunder; man erflehte sich von ihr ein paar Worte über diesen oder jenen, der seit über einem Jahr keinen Brief mehr nach Hause geschrieben hatte... dessen Kameraden ihn nicht mehr gesehen hatten, seit er in Kriegsgefangenschaft geriet... der sich vom Feld entfernt und wie in Luft aufgelöst hatte. Die Menschen beschrieben ihr die Augenfarbe ihrer vermissten Soldaten und die Form ihrer Nasen, als würde Clara die ganze Zeit durchs Land reisen und sich Männergesichter einprägen.

So traurig es war – mindestens die Hälfte dieser Vermissten würde für immer verschollen bleiben. So mancher Schwerverletzte hatte sich in ein Dickicht verkrochen oder in einen Graben gerollt, um dort ganz allein zu sterben, und die Körper hatten sich zersetzt, bis sie nicht mehr wiederzuerkennen waren. Auch ein Tod im Feuer oder durch Erfrieren sowie Verunstaltungen durch Seuchen beraubten einen Menschen seiner Identität – wenn dies nicht die Zeit erledigte. So mancher junge Mann war nicht bloß einfach gefallen, sondern im wahrsten Sinne des Wortes ausgelöscht worden!

Diese Briefe kamen auf einen gesonderten Stapel, weil sie sie von Zeit zu Zeit noch einmal las... manchmal mit dem Gedanken, sie zu beantworten. Aber wie sollte sie das schaffen? Sie würde ein Jahrhundert brauchen, um für jeden die richtigen Worte zu finden! So musste sie sich damit bescheiden, nur mit denjenigen Familien zu korrespondieren, deren Angehörige ihr Leben gelassen hatten... »als das letzte Zeichen ihrer Pflichtergebenheit«, wie Präsident Lincoln es so stilvoll ausgedrückt hatte.

Abrupt legte Clara den Brief zurück, den sie eben gerade in der Hand gehalten hatte, stand auf, streckte ihren Rücken durch und ging ein wenig vor den Fenstern hin und her. Was hielt die beiden so lange auf? Es war nicht zu übersehen, dass Thomas die junge Miss Snow attraktiv fand, aber schließlich gab es eine Menge zu tun. Wenn Jessie Snow dem Mann, den sie gesehen hatte und für ihren Bruder hielt, folgen wollte, dann musste sie das *jetzt* tun, bevor es ihm gelang, in der Menschenmenge auf der Straße vollends unterzutauchen. Sie begann, unter den hin- und hereilenden Menschen nach ihnen Ausschau zu halten, aber ihr wurde augenblicklich schwindlig dabei, und sie musste vom Fenster zurücktreten. Sie hatte das Gefühl, als könnte sie jeden Moment hintenüber fallen – oder, noch schlimmer, vornüber und durch das Fenster hindurch und hinunter auf die Straße. Ihr Herz begann wie wild in ihrer Brust zu schlagen. Nein. Das würde sie nicht zulassen. Sie wandte sich vom Fenster ab, schloss die Augen, atmete ein paarmal tief ein und aus und sagte sich, *dass es nicht geschehen würde*. Sie musste sich auf ihre Arbeit stürzen – das würde die Dämonen vertreiben oder sie wenigstens im Zaum halten. Sie durfte sich vor Thomas nicht – und auch vor niemandem sonst – in einem derart demoralisierten Zustand zeigen. *Demoralisiert*. Das war der Stempel, den man den Männern aufdrückte, die es im Kampf mit der Angst und der Panik zu tun bekamen. Es schwang Verachtung in dem Wort mit. Es war verachtungswürdig, von *Demoralisierung* befallen zu werden.

In Boston hatte sie eine Weile lang ihre gesamte Willenskraft aufbringen müssen, um auch nur die Tür zu öffnen und auf die Straße hinauszutreten. Und dann vermochte sie nichts weiter, als erstarrt dazustehen, während ihr Herz hämmerte und ihr aus allen Poren der Schweiß strömte. Sie hatte nie begriffen, was sie so beängstigend gefunden hatte.

Diese Angst hatte nie einen Namen, nie ein Gesicht, nie eine Form angenommen. Und doch konnte sie sich gut an die Beklemmung erinnern, die wie eine schwere graue Wolke über ihr geschwebt hatte. Wenn sie ihren Schatten auf sie warf, verzerrten sich sämtliche Geräusche zu einem unheimlichen Wimmerlaut, und die Zeit schien alptraumartig in einem schleppenden Minutentakt voranzuschreiten. Das alles war nun Jahre her, aber sie erwartete immer noch mit Bangen den nächsten solchen Anfall. Trotzdem konnte sie nicht für immer und ewig ängstliche Blicke über ihre Schulter werfen und nach einem Widersacher Ausschau halten, der ihr – gerade eben außer Sichtweite – auf den Fersen folgte. So würde sie nie etwas zustande bringen!

Auf den Schlachtfeldern hatte etwas ganz anderes sie gepackt; sie war dann mit einem Mal völlig ruhig und gefasst gewesen, hatte sich vollkommen im Griff, traf blitzschnelle Entscheidungen, wie zu handeln war. An manchen Tagen hatte sie sich geradezu unbesiegbar gefühlt, als könnte sie die Geschosse und Granaten mit der schieren Kraft ihres Willens an sich vorbeifliegen lassen. Was für Risiken sie damals eingegangen war! Und doch hatte sie nie einen Kratzer, geschweige denn eine Verwundung davongetragen.

Diese Tage waren nun Gott sei Dank gezählt. Das abscheuliche Gemetzel hatte ein Ende gefunden – obwohl sie sich zuweilen fragte, ob man es je ganz hinter sich bringen könnte. Immer noch irrten so viele Menschen halb wahnsinnig über die Straßen dieses Landes, kämpften in einem Krieg weiter, der längst abgeschlossen war, unfähig, das Grauen zu vergessen. Würden sämtliche Wohlgerüche Arabiens wie bei Lady Macbeth das Blut von ihren Händen und ihren Erinnerungen waschen? Viele dieser Männer sahen keinen anderen Ausweg mehr, als sich das Leben zu nehmen – dessen war sie sich sicher.

Doch genug davon. Sie suchte das schmale Bündel mit Jacob Snows Briefen hervor, setzte sich wieder hin, zog auf gut Glück einen davon heraus und entfaltete ihn. Er trug das Datum vom 8. September 1863, kam aus einem Feldlazarett in der Nähe von Gettysburg und war an seine Mutter und seine Schwester adressiert. Die Handschrift war sorgfältig und deutlich, denn hatte Miss Snow ihr nicht erzählt, dass ihr Bruder vorgehabt hätte, ein Buch zu schreiben? Da sollte er sich schon um Lesbarkeit bemühen. Sie überflog die Zeilen und ließ die erste Seite fast ganz aus, bis gegen Ende des Briefes etwas ihre Aufmerksamkeit erweckte und sie die Stelle Wort für Wort las:

... das 77ste ist die ganze Nacht marschiert, um dorthin zu gelangen, aber dann haben wir fast die gesamte Zeit nur mit Herumstehen und Warten verbracht. Als wir endlich in die Schlacht geschickt wurden, war das Terrain schon zweimal umkämpft worden. Wieder einmal nahmen die Rebellen mich aufs Korn, und wieder einmal ging ich zu Boden. Auf einer Lazarettpritsche zu liegen, ist gar nicht so furchtbar; es gibt einem Zeit, sich ein wenig zu erholen, denn mein Bedarf an Marschieren ist vorerst gedeckt. Man lässt uns mehr marschieren als in den Kampf ziehen, so dass ich mir die Fähigkeit angeeignet habe, mich auch noch im Halbschlaf dahinzuschleppen.

Viele meiner Kameraden hier im Zelt erzählen von einer Krankenschwester, die sich ohne Scheu ins Kampfgetümmel gestürzt hat, um mehr als einem von ihnen das Leben zu retten. Ich schätze, es handelt sich dabei um dieselbe Lady, die mich in der Schlacht am Antietam in den Schutz eines Baumes gezerrt hat. Jedenfalls passt die Beschreibung: klein, aber kräftig und völlig unerschrocken angesichts der Gefahr. Sie ist wahrhaftig der Engel der Schlachtfelder, und man muss schon eine mutige kleine Lady sein, um durch all das Blut und die Eingeweide zu waten. So viel Blut, Ma. Man hat uns nicht gesagt, dass es so viel Blutvergießen geben würde. Es wird zu viel Blut vergossen, Ma. Meine Träume sind durchtränkt davon.

Clara blickte von dem Brief auf und starrte ins Leere. Mit einem Mal kam ihr eine Erinnerung: leuchtend blaue Augen und ein rötlicher, noch recht flaumiger Schnurrbart. Ja, bestimmt erinnerte sie sich an ihn. Antietam, schrieb er? Bei der ersten Schlacht am Antietam? War er der Junge, der die Regimentsfahne getragen hatte? Der, der gesagt hatte, bei ihrer nächsten Begegnung würde er gerne mit ihr tanzen? War das Jacob Snow, den sie sich gerade vorstellte? Ganz sicher durfte sie sich nicht sein. Sie war so vielen jungen Soldaten begegnet, so unendlich vielen.

Sie hatte Thomas und Miss Snow nicht die Treppe heraufkommen hören, also schrak sie tüchtig zusammen, als sie plötzlich die Stimme des Mädchens unmittelbar hinter ihrem Rücken vernahm: »Verzeihen Sie, dass wir so lange gebraucht haben. Es war meine Schuld. Ich habe mich zu lange vor *Ford's Theater* aufgehalten.«

Die unerwartete Stimme – und dann noch so nahe – ließ ihr Herz wieder rasen, und dabei war es doch nur eine Lappalie. Clara drehte sich um und sagte mit sauertöpfischer Miene: »Vom Herumschlendern und Gebäudeangaffen wird unsere Arbeit nicht getan.« Gleich tat es ihr leid; das Mädchen konnte schließlich nichts dafür, dass sie so schreckhaft war. »Und wie fanden Sie *Ford's Theater*?«

»Nun ja, es ist halt nur ein Haus«, sagte Jessie. »Obwohl ich nicht weiß, was ich eigentlich erwartet habe. Ich hatte mir vorgestellt –«

»Dass ein schauerliches, unirdisches Licht davon ausgehen würde, von dieser Stätte einer furchtbaren Tragödie? Ja, so habe ich mir das auch gedacht. Wir haben damals mehr eingebüßt als bloß einen bedeutenden Präsidenten ...

mit ihm ging außerdem alles verloren, was er in Zukunft noch für uns hätte tun können.« Sie seufzte. »Aber *Ford's Theater* bleibt schlicht und ergreifend… *Ford's Theater.* In hundert Jahren wird man vielleicht eine Tafel daran anbringen, die es als historische Stätte ausweist, Jessie. Im Moment wollen die Leute nichts anderes, als dort ihre Tragödien und Komödien sehen und danach wieder in den Alltag zurückkehren.« Sie gab den beiden ein Zeichen, ihr an den großen Tisch zu folgen.

»Ich habe ein wenig über Ihre Sache nachgedacht, Jessie. Es gibt keinen Grund, noch länger hier zu warten, wenn Sie Ihren Bruder suchen wollen. Wenn es sich bei dem Mann, den Sie gesehen haben, um Jacob gehandelt hat und er vor Ihnen weggelaufen ist, schätze ich, dass er im Augenblick Vorkehrungen trifft, die Stadt zu verlassen, und er wird dabei keine Zeit verlieren, weil er offenbar nicht entdeckt werden möchte. Nun schauen Sie nicht so traurig drein, meine Liebe, er könnte seine Gründe dafür haben, gute Gründe, von denen wir nichts ahnen. Das Soldatenleben war nicht immer ein großes Abenteuer, wie Thomas Ihnen bestätigen kann, nicht wahr, Tom?«

»In der Tat. Ich habe einen Mann gesehen, der auf dem Feld zu Boden gegangen ist und unfähig war, sich auch nur ein Zoll weit zu bewegen, und dabei war er noch nicht einmal angeschossen worden. Nicht die Spur einer Wunde war an ihm zu entdecken, aber er konnte keinen Muskel bewegen und war steif wie ein Brett, als wir ihn aufhoben, um ihn aus der Gefahrenzone zu tragen. Am nächsten Tag war er wieder kerngesund, aber – nun, Männer legen manchmal ein sonderbares Verhalten an den Tag. Ich bin mir sicher, dass mit Ihrem Bruder alles in Ordnung ist. Möglicherweise möchte er ein neues Leben anfangen, hat vielleicht gar inzwischen geheiratet.«

Oh, mein lieber Tom, dachte Clara, hin- und hergerissen zwischen Verdruss und Amüsiertheit, *halte dich doch bitte zurück.* Dem Blick auf Jessies Gesicht nach zu urteilen, machte er alles nur noch schlimmer.

Aber das Mädchen ließ sich nicht so leicht etwas anhaben. »Unsinn! Jacob ist mein *Zwillingsbruder.* Ich kenne ihn so gut wie mich selber. Er würde es mir sagen, würde es mir sagen *wollen,* wenn er verheiratet wäre. Das ist es ja genau, was mir solche Sorgen macht. Welchen möglichen Grund könnte er haben, mir aus dem Wege zu gehen? Vor mir davonzulaufen? Wir sind einander immer so nahe gewesen! Es ist einfach verrückt!« Plötzlich unterbrach sie sich und zog ein Gesicht, als würde ihr gerade etwas dämmern. »Oh… glauben Sie, er könnte –? Nein, das kann nicht sein. Verrückt? Nie im Leben. Aber falls doch sein Verstand Schaden genommen hat, dann muss ich ihn erst recht aufspüren, Miss Barton. Ich muss auf der Stelle los. Wenn er bei jemandem ist, den er kennt und den er liebt, wird sich sein Zustand doch bald bessern, meinen Sie nicht auch?«

Clara wählte ihre Worte mit Bedacht. »Wenn jemand ein Wunder bewirken kann, dann ganz bestimmt seine Zwillingsschwester, Jessie. Ja, Sie sollten sich unverzüglich auf die Suche begeben. Wir haben einen stabilen Karren und ein Paar Maultiere. Und ich gebe Ihnen Thomas als Begleitschutz mit.«

»Thomas? Aber… wozu?«

»Weil, mein liebes Kind, eine Lady nicht ohne Begleitung eines Mannes reisen sollte. Das schickt sich einfach nicht.«

»Ich habe es schließlich auch alleine bis hierher geschafft«, protestierte Jessie.

»Ja, und das war eine bemerkenswerte Leistung. Aber Sie haben dabei Glück gehabt, meine Liebe. Es gibt Männer… Menschen… die es sich zunutze machen könnten, wenn ein hübsches junges Mädchen ganz alleine unterwegs ist.«

»Das sollen sie mal versuchen!«

Dies ließ Thomas in schallendes Gelächter ausbrechen, was selten genug vorkam, so dass Clara sich darüber freute. »Ich glaube eher, dass Miss Snow *mich* vor Schaden schützen wird, Miss Barton. Ja, Jessie, ich weiß, Sie sind der Meinung, auf niemandes Begleitung angewiesen zu sein, aber Sie müssen das einfach akzeptieren.« Er ahmte die schleppende Sprechweise der Südstaatler nach. »Sie befinden sich jetzt im Süden, Ma'am, und mag ja sein, dass ihr Yankee-Emporkömmlinge eure Frauen ohne Begleitschutz losschickt, aber hier bei uns in Dixie ist das undenkbar, ganz und gar undenkbar.«

Jessie sah aus, als wolle sie wieder Einwände erheben, also kam Clara ihr rasch zuvor: »Ihr Bruder… hatte er gelocktes Haar und ein charmantes Lächeln? Und vielleicht sogar einen Schnurrbart?«

»Er hat sich vor der Schlacht am Antietam einen stehen lassen. Ich erinnere mich, dass er davon geschrieben hat, und später, aus dem Winterquartier, hat er uns sogar eine Photographie geschickt – aber warten Sie mal! Sie haben ihn gesehen? Warum haben Sie das denn nicht gleich gesagt? Wo? Hier in der Nähe?«

»Oh, Jessie, da haben Sie mich missverstanden. Nein, ich bin ihm nicht in Washington begegnet, doch ich glaube, ganz kurz seine Bekanntschaft während der Schlacht am Antietam gemacht zu haben, obwohl ich mich leider nicht mehr genau daran erinnern kann, wie er aussah. Trotz seiner Schmerzen hat er noch mit mir gescherzt und sagte, er hätte während der letzten Tage kaum etwas zu essen bekommen und wäre leicht wie eine Feder, und ob das nicht ein Glück für mich wäre? Er hat mich in einem seiner Briefe erwähnt.

Ich habe gesehen, wie er von einer Kugel niedergestreckt wurde, und habe ihn in Sicherheit gebracht, bis die Männer mit der Trage kamen, um ihn zum Feldlazarett zu schaffen. Ich hatte die Episode fast vergessen – das Ganze hat nur ein paar Minuten gedauert, und es gab noch so viele weitere Verwundete. Doch ich habe vorhin einen seiner Briefe zur Hand genommen, und als ich ihn las, habe ich dabei mit einem Mal sein Gesicht vor mir gesehen – es war ziemlich schmutzig, wenn ich recht erinnere.« Sie lächelte, um zu zeigen, dass das Letztere nur scherzhaft gemeint gewesen war.

»Das hört sich an wie etwas, das *er* gesagt haben könnte.«

»Ich glaube, er *hat* es sogar gesagt. Er war ein wirklich charmanter junger Mann.«

»Ja, und Sie hat er für einen Engel gehalten – das weiß ich noch. Das haben alle von Ihnen gesagt.«

»Clara ist der Engel, der *mich* auf dem Schlachtfeld aufgelesen hat«, verkündete Thomas. »Sie hat mich einfach aufgehoben und mich über ihre Schulter geworfen. Können Sie sich das vorstellen?«

Jessie sah erst Thomas an, dann Clara Barton. Damit schien sie nicht gerechnet zu haben.

»Mir blieb ja gar keine Wahl«, erklärte Clara. »Es war sonst niemand in der Nähe, und er konnte nicht mehr gehen.« Sie vermied es hinzuzufügen, dass Thomas zu dem Zeitpunkt schon fast nicht mehr bei Sinnen war, unfähig, irgendwelche Anweisungen zu verstehen, geschweige denn, ihnen auch noch Folge zu leisten. »Da es nun keinen anderen Ausweg gab und er mit Sicherheit hätte sterben müssen, wenn ich ihn dort liegen gelassen hätte, habe ich ihn mir einfach aufgeladen und ihn getragen. Gott hat mir die Kraft dazu gegeben. Thomas ist mir überhaupt nicht schwer vorgekommen, wissen Sie. Erst später, als ich zu schlafen versuchte, haben mir sämtliche Muskeln gezittert und geschmerzt. Doch während das alles geschah… Nein, ich hatte nicht den geringsten Zweifel, dass ich ihn würde tragen können, notfalls meilenweit.«

»Meine Mutter hat uns Geschichten von kranken Menschen erzählt, zu krank, um sich aus ihrem Bett zu erheben – und doch waren sie im Nu hoch, wenn es galt, ihre Kinder vor einem Feuer oder vor einer Schlange zu retten«, sagte Jessie. »Sie hat immer gesagt, dass ganz, ganz tief in jedem Menschen verborgene Kräfte schlummern, die nur darauf warten, in Zeiten größter Gefahr zum Vorschein zu kommen.«

»Ich hätte mich gerne einmal mit Ihrer Mutter unterhalten, Jessie.«

Einen Augenblick herrschte Schweigen; dann erklärte Jessie: »Ich werte es als ein Zeichen, dass Sie sowohl meinem Bruder als auch Mr. Lavery in der Schlacht am Antietam begegnet sind. Dort werden wir mit der Suche beginnen.«

»Nein!«, entfuhr es Thomas. Dann fügte er etwas ruhiger hinzu: »Nein, nein, das halte ich für keine gute Idee.«

»Oh, ich bezweifle, dass Ihr Bruder sich dorthin wenden würde«, sagte Clara rasch. »Der Antietam – eigentlich müssten wir uns an Sharpsburg orientieren, wie es auch die Truppen General Lees getan haben, denn erst die Unionisten haben die Schlacht nach dem dort hindurchfließenden Antietam Creek benannt – befindet sich nördlich von hier, und es sieht so aus, als würde Ihr Bruder eher in Richtung Süden unterwegs sein. Deshalb sollten Sie ihn lieber dort suchen, wo er sich jüngst aufgehalten hat. Die Schlacht am Antietam hat ziemlich zu Beginn des Krieges stattgefunden… wollen wir doch mal schauen, wohin ihn sein Weg *danach* geführt hat.«

Sie ging zum Tisch, schob die Papiere darauf beiseite, um sich Platz zu schaffen, entfaltete Jacobs Briefe und legte sie auf dem Tisch aus. Dann steckten die drei die Köpfe darüber zusammen. Thomas fertigte eine Liste der Orte an, an denen das 77ste New Yorker Infanterieregiment gekämpft oder darauf gewartet hatte, bald in den Kampf ziehen zu können.

Mit dieser Liste in der Hand trat er zu der Wand, an der die großen Landkarten eine neben der anderen festgenagelt waren – Maryland, District of Columbia, Virginia –, und zeigte auf einen Punkt an der äußersten westlichen Grenze von Maryland. »Hier haben wir den Antietam. Aber danach …« Sein Finger wanderte an der Karte hinunter, den Windungen des Potomac River folgend. »Hier ist Cold Harbor am Chickahominy River … Stafford … dann Gettysburg, dazu kommen wir später noch … er war in der so genannten Schlacht in der *Wilderness* dabei, eine blutige Angelegenheit … Fredericksburg … Ja, ich würde sagen, wir sollten uns gen Süden wenden.«

Auch Jessie und Clara Barton waren vor die Wand getreten und betrachteten die Karte. »Was immer über ihn gekommen ist, es muss in einem der Feldlager gewesen sein«, sagte Jessie nachdenklich. »Jemand könnte etwas bemerkt haben, aber es ist alles schon so lange her … manchmal muss man dem Gedächtnis der Leute eben ein bisschen nachhelfen. Hier habe ich ein Bild von ihm, wie er sich auf eine Art Gatter lehnt … er sieht so dünn aus, aber er trägt schon seinen Backen- und Schnurrbart. Er hat geschrieben, es wären immer wieder reisende Photographen in die Feldlager gekommen, und wenn nicht gekämpft wurde, haben sich die Männer gerne ablichten lassen. Wir hatten noch mehr Photographien von ihm, aber eine habe ich meiner Mutter ins Grab gelegt.«

»Zwei reichen«, sagte Thomas. »Ich habe alle Unterlagen in einer festen Ledermappe, und wir legen die Photographien dazu.«

Jessie suchte am Boden ihrer Tasche, wo sie die Bilder von Jacob sorgfältig verstaut hatte, und zog eine Photographie älteren Datums hervor. »Das ist er. Jacob.«

Clara Barton nahm das Bild zuerst in die Hand. Ein gut aussehender junger Mann. Und dann wusste sie es wieder ganz genau: Sie hatte ihn tatsächlich am Antietam versorgt. Wie konnte sie das vergessen haben. Er war an der Schulter angeschossen worden; nichtsdestotrotz wollte er die Flagge nicht hergeben, die er so voller Stolz getragen hatte. Sie erinnerte sich an den Schweiß, der ihm vor lauter Schmerzen im Gesicht ausgebrochen war, als sie seinen unverletzten Arm über ihre Schulter legte, ihn hochzog und ihn dann über den unebenen Untergrund hinweg davonschleppte. Und sie erinnerte sich auch an sein freches Grinsen, wie er sie, nachdem sie ihn mitsamt seiner Flagge gegen einen Baum gestützt und ihm versprochen hatte, möglichst bald eine Trage zu ihm zu schicken, angelächelt und zu ihr gesagt hatte: »Nächstes Mal gehen wir beide tanzen. Und ich werde mir auch das Gesicht waschen.« Oder etwas in der Art.

Ja, in der Schlacht am Antietam war er noch guter Dinge, noch zu Scherzen aufgelegt gewesen; später dann, nach Gettysburg und einem weiteren Kriegsjahr, hatten sich seine Träume blutig gefärbt. Sie erschauderte.

»Was ist?«, rief Jessie erschrocken. »Stimmt etwas nicht?«

»Nein, schon gut.« Von irgendwoher zauberte Clara ein Lächeln hervor und gab das Bild an Thomas weiter. »Eines steht fest: Sie beide sehen einander äußerst ähnlich«, sagte er. »Und was dieses Gatter betrifft – das ist ein Schlangengitterzaun, wie ihn die Farmer in West Virginia errichten. Man sieht sie dort überall auf dem Land; sie sind einfach herzustellen, weil man weder Hammer noch Nägel braucht … sehen Sie? Die einzelnen Streben stützen sich scherenförmig gegeneinander, so dass ein Zickzackmuster entsteht, das an die Bewegungen einer Schlange erinnert.«

Jessie sah sich noch einmal das Bild an und legte es dann auf den Tisch. Irgendetwas trieb sie zum Fenster; sie wollte auf die Straße hinunterblicken und nach … wonach wollte sie Ausschau halten? Sie wusste es nicht so genau. Jacob war davongerannt, als wäre der Teufel höchstpersönlich hinter ihm her, also war eines sicher: Er würde nicht wieder zurückkommen.

»Ich wünschte, ich hätte mehr mit ihr geredet«, sagte sie.

»Mit wem?«, fragte Clara Barton. »Mit Ihrer Mutter?«

»Nein, mit dem farbigen Mädchen, das auf der Straße seine Heilkräuter und seine Medizin verkauft hat.«

»Die kleine Mulattin.«

»Ach so? Mulattin nennt man das, wenn jemand nicht richtig dunkle Haut hat? Ja, genau die. Sie hat so höflich zu mir gesprochen und … nun, ich kenne mich ein bisschen mit Kräutermedizin aus. Mehr als nur ein bisschen, um es genau zu sagen. Meine Mutter hat Heiltränke gebraut und mich in ihre Kunst eingeweiht. Wir hätten uns ein wenig unterhalten sollen. Sie wirkte kaum älter als ich, und sie scheint doch auch sonst niemanden zu haben …«

Sie wandte sich vom Fenster ab. »Aber als ich daran dachte, dass ich ihr vielleicht etwas abkaufen könnte, war sie schon wieder verschwunden.«

»Sie gehört zu den Konterbanden, Jessie. Sie werden sie bestimmt wiedertreffen. Die meisten von ihnen bleiben hier, obwohl die Lager einfach schrecklich sind.«

»Konterbanden?«

Thomas erklärte es ihr. »Als die Front vom Potomac weiter gen Süden vorrückte, sind Hunderte, nein, Tausende von Negersklaven in Richtung Norden geflohen, weil sie dort ihre Freiheit zu erringen hofften. Die meisten sind hier hängengeblieben, weil sie sich in der Nähe von Vater Abraham, wie sie Lincoln nennen, aufhalten wollten. Sie leben in großen Lagern an den Stadträndern, in armseligen Hütten und Verschlägen, die kaum für Tiere geeignet wären. Selbst die Pferde der Offiziere haben es besser als sie! Aber sie sind frei – frei zu verhungern, zu erfrieren, krank zu werden und zu sterben!« Er schien sich ihr Schicksal sehr zu Herzen zu nehmen.

»Thomas«, versuchte Clara Barton ihn zu beschwichtigen. »Die Leute hier tun ihr Bestes. Viele nehmen sie in Lohn und Brot und –«

»Zu vier Dollar im Monat für eine alleinstehende Frau«, versetzte Thomas wütend. »Zweieinhalb Dollar im Monat, wenn sie ein Kind hat. Finden Sie, dass man das sein *Bestes geben* nennen könnte, Miss Barton?«

»Sie sollten sich nicht so ereifern, Thomas«, ermahnte Clara Barton ihn streng.

Er schüttelte sich, so, wie ein Hund sich schüttelt, wenn er nass geworden ist. »Entschuldigung. Flammende Tiraden bringen uns auch nicht weiter, oder? Verzeihen Sie, Jessie, dass ich so polemisch geworden bin. Und verzeihen Sie mir diesen unprofessionellen Gefühlsausbruch, Miss Barton.« Er rieb rasch die Handflächen gegeneinander und sagte in besänftigtem Ton: »Nun habe ich doch beinahe vergessen, was ich Ihnen erzählen wollte, Miss Barton. Jessie … Miss Snow … hat mir gesagt, der allerletzte Brief ihres Bruders wäre aus dem *Armory Square Hospital*. Möglicherweise können wir dort in sein Krankenblatt Einsicht nehmen.«

»Ein guter Gedanke! Das dürfte nicht schwer zu bewerkstelligen sein. Ich werde noch heute dem Leiter eine Nachricht zukommen lassen, und da er mich kennt, wird er bestimmt sofort alles in die Wege leiten. Die Unterlagen Ihres

Bruders müssten dort vorhanden sein, Jessie. Es mag eine Weile dauern, sie auszugraben, aber *irgendwo* sind sie. Und sobald ich etwas erfahre, schreibe ich Ihnen nach Dumfries oder nach Stafford.«

»Wohl eher nach Stafford«, sagte Thomas. »Oder auch Fredericksburg, um ganz sicherzugehen. Nun denn. Das ist ja ein vielversprechender Anfang. Wie geht es jetzt weiter?«

»Wir müssen Ihre Abreise vorbereiten, Jessie«, sagte Clara Barton. »Es wäre wohl das Beste, morgen gleich beim ersten Tageslicht aufzubrechen. Dann werden die Maultiere ausgeruht sein … und Peter auch.«

Das brachte sowohl Clara Barton als auch Thomas zum Lachen, also erklärten sie es ihr: »Peter ist unser Mann für alles, unser Mulitreiber, unser Stellmacher, unser Kutscher. Er ist nicht mehr der Jüngste und kann ein wenig griesgrämig sein, wenn er nicht ausgeschlafen hat. Aber er ist ein lieber Kerl und leistet uns sehr gute Dienste. So wie wir werden auch Sie sich ganz auf ihn verlassen können.«

»Ich kann Ihnen gar nicht genug danken, Miss Barton«, sagte Jessie. »Sie machen sich solche Umstände wegen mir und meinem einen Bruder, und das, wo doch noch so viele andere Männer vermisst werden. Ich bin Ihnen so dankbar. Wenn es irgendwas gibt, was ich tun kann –«

»Ehrlich gesagt, könnten Sie mir eine große Hilfe sein. Ich habe auf der Strecke von Washington nach Richmond einiges zu erledigen und nicht die Zeit, es selber in die Hand zu nehmen. Ich dachte, dass Sie und Thomas unterwegs ein paar Besorgungen für mich machen könnten, ein paar Leute besuchen, ein paar Nachrichten überbringen und entgegennehmen, unsere Vermisstenlisten ergänzen. Was sagen Sie dazu? Es hält Sie nicht davon ab, nach Ihrem Bruder zu suchen, und ich würde Sie mit einer Kleinigkeit dafür entlohnen … ein paar Dollar nur …«

»Oh, Miss Barton!« Jessies Wangen erglühten, und sie streckte die gefalteten Hände in die Höhe. »Das wäre zu gütig!«

»Nun, wir können Sie ja nicht ohne wenigstens ein bisschen Kleingeld in den Taschen durch die Südstaaten ziehen lassen. Außerdem geraten Sie womöglich in einen Regen, der die Straßen unpassierbar macht, und dann müssen Sie wohl oder übel den Zug nehmen. Schon dafür brauchen Sie Geld. Und für Essen und Übernachtung.«

»Werde ich denn so lange unterwegs sein?«

»Diese Reise braucht ihre Zeit, Jessie. Ich hoffe, dass Sie Ihren Bruder rasch finden. Falls Sie aber fast die gesamte Länge von Virginia nach ihm abgrasen, könnten Sie damit mehr als einen Monat zu tun haben. Man wird Ihnen wahrscheinlich viele Briefe mitgeben, die Sie mir überbringen sollen, und die Menschen werden Ihnen ihre Geschichten erzählen wollen. Und Sie haben *denen* ja auch etwas zu berichten. Jedenfalls kann eine Reise entlang vom Krieg aufgewühlter Straßen eine beschwerliche Angelegenheit sein. Oder schrecken Sie vor dem Gedanken zurück?«

»Zurückschrecken? Aber nein! Ich kann es gar nicht abwarten, aufzubrechen! So unternehme ich zumindest *etwas*, um Jacob zu finden, anstatt zu Hause zu sitzen und mir selbst leid zu tun.«

»Gut, dann ist das ja geklärt. Wir drei haben jetzt unsere Aufgaben. Sie und ich werden gemeinsam ein paar Briefe durchgehen und die Post für die einzelnen Stationen Ihrer Route sortieren und verschnüren. An Thomas wird es sein, alles Nötige zu packen und Peter Bescheid zu sagen, dass wir ihn für eine Reise brauchen. Um eins genehmigen wir uns ein kräftigendes Mahl, und ich bitte Betsy, Ihnen für morgen einen Proviantkorb zurechtzustellen. Wenn jeder von uns sein Teil tut, werden wir bei Tagesanbruch mehr als bereit sein.«

»Ich bin doch noch nie irgendwo gewesen, Miss Barton! Das wird für mich ein großes Abenteuer!«

Hoffentlich kein zu großes, dachte Clara bei sich. »Bevor Sie heute Abend zu Bett gehen, suchen Sie schon mal Ihre Sachen zusammen und nehmen noch ein letztes Bad für eine ganze Weile. Reisen ist eine staubige Sache«, sagte sie.

20. September 1862
Sharpsburg, Feldlazarett

Meine Lieben, ihr werdet in der Zeitung über die Schlacht am Antietam gelesen haben. Im Moment ist alles ruhig, aber vor drei Tagen, am 17. September, hat das 77ste einen Tag voller schauderhafter Kampfhandlungen erlebt. Es begann gleich im frühen Morgengrauen mit Kanonen und Gewehrfeuer in dichtem, feuchtem Nebel. Wir haben das Feuer erwidert und sind vorangestürmt, und der Feind hat es uns gleichgetan. Dann haben wir uns unter weiterem Feuer zurückdrängen lassen müssen, doch den anderen erging es ebenso. Den ganzen Tag lang ging es auf einem Weizenfeld nur hin und her. Das 77ste war am dritten Angriff beteiligt. Als unser Regiment einen Hügel hinab auf die Kirche von Dunkard zustürmte und General Smith sah, was wir vor uns hatten, meinte er, das Regiment wäre zum T…

Oh, meine Lieben, all die Toten und Verwundeten! Wir konnten nicht angreifen, bei Gott, wir konnten ja kaum voranschreiten, denn die Körper lagen kreuz und quer übereinander überall auf dem Boden verstreut! Nein, Ma, dies ist kein schöner Krieg. Wenn ich daran denke, dass du immer gesagt hast, Männer hätten bei einer Geburt nichts verloren, weil sie beim Anblick von Blut gleich in Ohnmacht fielen! Es gibt so viel Blut hier, und niemand fällt in Ohnmacht.

Die traurigste Neuigkeit betrifft unseren guten Freund und Nachbarn Tony Bemis. Er bekam einen tödlichen Schuss ab, als er die Flagge trug. Ich war ganz in der Nähe, und es gelang mir, ihm die Flagge zu entreißen, bevor sie auf den Boden fiel und beschmutzt wurde. Dann war ich stolzer Fahnenträger, bis ich selbst angeschossen wurde, aber nur an der Schulter, Ma, eine kleine Wunde und nichts, weswegen du dich sorgen müsstest, obwohl ich zugeben muss, dass der Schuss mich umgehauen hat.

Und dann erschien, so kam es mir jedenfalls vor, aus heiterem Himmel ein Engel, eine Feldschwester. Man hat mir gesagt, dass sie bei jedem Kampf das Feld nach Verwundeten absucht, die sie retten kann. Sie hat mich in Sicherheit gezogen, und obwohl ihr die Geschosse nur so um die Ohren pfiffen, hat sie kein einziges Mal mit den Augen geblinzelt. Ich kann nicht sagen, wie sie das geschafft hat, denn sie war kaum größer als ein Mädchen. Ich klammerte mich noch immer an die Flagge, und sie musste sie mir aus den Fingern lösen. Sie war nur eine kleine zarte Person, aber sie hat mich auf die Füße gestellt und mich dann durch den Schlamm und den Morast hindurch bis zu einem hohen Baum, unter den sie mich hinsetzte, halb geführt und halb gezerrt. Ich war noch ganz benommen und wollte das nicht mit mir geschehen lassen, doch irgendwie hat sie mich auf den Boden gedrückt. Sie hat sich meine Wunde angesehen und sie, so gut es ging, gereinigt und sauber verbunden. Und sie hat dafür gesorgt, dass die Flagge außer Gefahr war. Dann hat sie mich mitsamt der Fahne dort sitzen gelassen und mir gesagt, es kämen bald Männer mit Tragen, um die Verwundeten einzusammeln.

»Wenn wir uns nächstes Mal begegnen, Ma'am«, habe ich ihr gesagt, »gehen wir Arm in Arm. Und ich verspreche, dass mein Gesicht viel sauberer sein wird.« Es ist erstaunlich, wie tapfer und stark die Feldschwestern sind. Sie würden uns folgen, wohin wir auch gehen, sogar bis in die H ..., glaube ich. Da ich sicher war, mich auf den Füßen halten zu können, wollte ich nicht auf eine Trage warten, also habe ich mich aufgerafft, die Flagge genommen und nach meinem Regiment gesucht. Dann erinnere ich mich nur noch daran, dass ich auf dem Rücken auf einer Trage lag und ins Feldlazarett getragen wurde. Ja, mit unserer Flagge sicher und unversehrt. Ich hatte das Bewusstsein verloren, ohne es zu merken!

Ich glaube, wir müssen die Schlacht am Antietam gewonnen haben, denn General Lee brach die Offensive ab und zog sich aus dem Norden nach Virginia zurück. Und doch hat dieser Sieg so viele gute Männer das Leben gekostet. Ich weiß von einigen aus Mechanicville und von mindestens einem Dutzend Kameraden aus Ballston Spa und Saratoga Springs, die mit mir im 77sten gekämpft haben, dass sie nicht nach Hause zurückkehren werden. Zu viele, zu viele.

Es macht das Gerücht die Runde, Präsident Lincoln hätte die Sklaven befreit. Nicht jeder ist mit ihm einer Meinung, doch ich schon. Ich brauche mir nur vorzustellen, dass ich selbst einem anderen gehöre und von ihm ganz nach seinem Gutdünken weiterverkauft werden kann, nicht die Freiheit besitze, nach eigenem freiem Willen zu schalten und zu walten und nicht wählen zu können, womit ich mir mein Brot verdiene ... nun, ich muss schon sagen, ein solcher Gedanke bringt mein Blut zum Kochen. Das widerspricht doch gewiss jeglicher Vernunft. Aber gibt es nicht auch in der Heiligen Schrift Sklaven? Ich möchte im Augenblick nichts weiter zu dem Thema äußern.

Einer der Kameraden, die mit mir hier im Lazarettzelt liegen, sagt, die kleine Lady, die auf das Feld kam, um mich in Sicherheit zu bringen, heiße Clara Barton. Man nennt sie den Engel der Schlachtfelder. Und sie muss ein wahrer Engel sein, denn es heißt, sie würde nie von einer Kugel getroffen, dass sämtliche Geschosse einen Bogen um sie machten. Und doch sieht sie für mich aus wie ein Mensch, hat ein gütiges, liebes Gesicht wie jemandes Schwester oder Cousine und ist von zarter Anmut; dabei habe ich gesehen, wie sich die Röcke dieser Lady einen guten halben Fuß vom Boden aufwärts mit Blut vollgesogen hatten, und das nur vom Gehen auf dem Schlachtfeld. Niemand hat uns je gesagt, wie es in einer wirklichen Schlacht zugeht, Ma. So viel Blut und Schmerz und Tod!

Ich bin jetzt müde und will den Brief hier beschließen. Die Schwestern sagen mir, auch ich hätte eine Menge Blut verloren und müsse ruhen, obwohl ich das Gefühl habe, in ein paar Tagen wieder bereit zum Kämpfen zu sein. Schließt mich in eure Gebete ein, du meine liebe Mutter und auch du, Jessie.

Euer euch liebender Sohn und Bruder Jacob Snow.

5

Frühmorgens überquerten sie mit der Fähre den Potomac. Nebelschwaden stiegen aus dem Wasser auf, und nur noch ein oder zwei verbliebene Sterne waren am heller werdenden Himmel zu erkennen. Auf dem Anleger herrschte bereits geschäftiges Treiben; Männer verluden Ballen und Kisten, und der restliche Raum an Deck des flachbodigen Prahms wurde von ebenfalls schwer beladenen Fuhrwerken eingenommen.

Kurz vor Anbruch der Dämmerung war ihr Wagen vor dem Büro eingetroffen, und sie hatten ihr Gepäck vorsichtig die steile Treppe des Gebäudes hinuntergewuchtet. Thomas trug seine und Jessies große Reisetaschen mit Decken und Kleidung, Seife und Zahnbürsten, Miss Barton den Korb mit ihrem Mittagsmahl – es würde eine Weile dauern, bis sie auf ein Gasthaus oder eine Absteige stießen, in der sie etwas zum Abendessen bekämen, meinte sie –, und Jessie hütete die Ledertasche mit den Vermisstenlisten, dem Briefpapier, den Schreibutensilien und dem Stapel Briefe, die Clara Barton an ihre Freunde im Süden geschrieben hatte.

Ihr Wagen war ziemlich klein und ohne Wetterschutz; Peter, der Kutscher, saß ein Stück höher als sie auf seinem Bock. Er war sehr dunkelhäutig und ausgesprochen wortkarg. Er nickte bloß, als Thomas ihm einen guten Morgen wünschte und ihm Jessie vorstellte, und wies stumm auf die aus zwei nebeneinandergelegten Brettern bestehende Sitzbank hinter sich. Damit war klar, dass das ihre Plätze sein sollten, also nahmen sie sie ein. Nachdem sich beide von Clara Barton verabschiedet hatten, setzten die Maultiere sich in Bewegung.

Die Sitzplanke war zwar mit Decken gepolstert, aber das half auch nicht viel gegen das ständige Rütteln und Schaukeln des Wagens, während Peter die Schlaglöcher, Furchen und Pfützen in der unbefestigten Straße zu meiden versuchte. *Kein Wunder, dass die Menschen nicht gerne gereist sind, bevor die Eisenbahn kam*, sinnierte Jessie. Nur kam *sie* ums Reisen auf so altmodische Art leider nicht herum; während der vergangenen Woche hatte sie mehr Meilen zurückgelegt als in all ihren bisherigen Lebensjahren insgesamt. Das brachte sie zurück auf Jacob, und ein Knoten zog sich in ihrem Magen zusammen. Sie könnte nicht beschwören, dass dieser abgerissene Mann mit den unruhigen Augen tatsächlich ihr Bruder gewesen war. Ihr Herz hingegen *wusste*, dass es sich um Jacob gehandelt hatte. Oder war das reines Wunschdenken? *Wollte* sie unbedingt wahrhaben, dass sie tatsächlich Jacob gesehen hatte? Es war sinnlos, darüber zu mutmaßen. Er war wieder verschwunden, aber sie würde ihn finden… *sie* würden ihn finden. Und falls er, Gott bewahre, auf irgendeine Weise krank sein sollte, würde sie ihn pflegen, bis er wieder genas. So. Nun fühlte sie sich schon besser. Doch Vorsicht – sie musste mit klarem Verstand bei der Sache bleiben und durfte sich nicht davon ablenken lassen, indem sie sich bloßen Spekulationen hingab.

Mit diesem Vorsatz konzentrierte sie sich auf die Aussicht, die sich an beiden Seiten des Wagens auftat, und versuchte mit aller Mühe zu ignorieren, wie ihr armer Hintern auf dem harten Sitz gerüttelt und geschunden wurde. Sie blickte von einer Seite zur anderen und malte sich dabei aus, sie würde diese für sie ganz neue Umgebung ihren Kindern beschreiben – wenn sie denn eines Tages welche bekam. Der Gedanke stimmte sie gleich wieder traurig, denn dieses So-Tun-als-ob war auch etwas, worin ihr Bruder gerne glänzte. Er war es immer gewesen, der die Rollen in ihren Phantasiespielen verteilte: »Ich bin der König, und du bist das Bettelmädchen.« »Ich bin Robin Hood, und du bist Marian.« Und er hatte dann auch gleich ihrer beider Text parat: Was er sagen würde und was sie sagen musste und was er darauf erwidern würde. Man konnte viel Spaß mit ihm haben. Schon wurden ihre Augen wieder feucht, und sie blinzelte heftig. *Ich darf nicht sentimental werden. Ich muss aufhören, in Erinnerungen zu schwelgen.*

Also versenkte sie sich erneut in die Betrachtung der Landschaft. Sie fand Washington City durchaus interessant, wenn auch in ihren Augen ein wenig gewöhnungsbedürftig. Hohe öffentliche Gebäude mit breiten Außentreppen und mächtigen Säulen wichen unvermittelt offenem Weideland, auf dem friedlich Kühe grasten und dem Verkehr keine Beachtung schenkten. Aber dann befahl Peter auch schon mit einem *Brrr* den Maultieren, es langsamer angehen zu lassen, weil der Wagen sich vorsichtig durch schmale Gassen voller Menschen schlängeln musste, in denen die Ziegelsteingebäude beiderseits so zum Greifen nahe waren, dass sie sich über die Straße zu beugen schienen. Und ehe man sich's versah, befand man sich schon wieder auf offenem Felde mit grasenden Schafen ringsum, als hätte man sich die Stadt bloß eingebildet.

Sie erzählte Thomas von Mechanicville. Der gesamte Ort mit seinen Häusern und Kirchen und Fabriken und Schulen bildete eine zwischen den Hudson River und den Erie Canal gezwängte Einheit und maß nur ein oder zwei Meilen von einem Ende zum anderen. Und wenn man ans Ende der Stadt gelangte, dann *war* sie auch *zu Ende*; daran konnte kein Zweifel bestehen. Die Bebauung hörte abrupt auf, und man war wieder auf dem Land. »Hinter der Saratoga Avenue«, sagte sie, »beginnt das offene Farmland. Washington hingegen ist eine Stadt, die nicht so recht zu wissen scheint, was sie will.«

»Da haben Sie nicht ganz unrecht«, lachte Thomas. »Bis zum Krieg war Washington bloß eine verschlafene kleine Stadt im Süden, die nur während der Sitzungsperioden des Kongresses ein wenig zum Leben erwachte. Nun leidet sie unter Wachstumsbeschwerden.«

»Und was ist *das*?« Vor ihnen erstreckte sich, so weit das Auge reichte, ein riesiges Areal voller behelfsmäßiger Behausungen. Der Gestank von Abfällen und tierischen Exkrementen, in den sich auch noch Essensgerüche mischten, war kaum zu ertragen.

»Das Lager für die befreiten Sklaven. Kein erhebender Anblick. Hier leben die Schwarzen, die nach Norden geflüchtet sind, als unsere Armee in den Süden einmarschierte. Präsident Lincoln hatte ihnen versprochen, dass die Unionsstaaten sich um sie kümmern würden. Nun ist der alte Abe nicht mehr, und seine Nachfolger wissen nicht so recht, was aus der Union werden und wie man mit all den zornigen Konföderierten umgehen soll – ganz zu schweigen davon, wie man Tausende befreiter Neger unterbringen wird, von denen die meisten nie lesen und schreiben oder das kleine Einmaleins haben lernen dürfen.«

»Ob sie auch hier lebt?«

»Wer? Ach, die kleine Mulattin. Sie können wohl nicht aufhören, an sie zu denken, was? Aber wieso? Hier gibt es sicher hundert solcher Mädchen, wage ich zu behaupten.«

»Meine Mutter hat uns gelehrt, dass jeder Mensch einzigartig ist, dass nie zwei Menschen ganz gleich sind, nicht einmal Zwillinge.«

Thomas sah sie lächelnd von der Seite an. »Ich muss mich entschuldigen. Selbstverständlich hatte Ihre Mutter recht.«

»Vielleicht entdecke ich sie hier ja zufällig wieder.«

»Und dann?«

»Dann kaufe ich ihr etwas ab. Und rede mit ihr.« Als Peter die Maultiere zu schnellerer Gangart antrieb, beugte sie sich zu ihm vor und sagte: »Oh, Peter, bitte fahren Sie ein wenig langsamer. Ich suche nach jemandem.«

Der Kutscher murmelte etwas, das sie nur halb verstand und sich anhörte wie »bestimmt keinen, dem die junge Missie begegnen möchte«, aber er zügelte seine Tiere, und sie trotteten gemächlich voran, so dass Jessie einen Blick in das Lager werfen konnte.

Einige der Hütten waren recht solide gebaut, doch die meisten lehnten schief nach der einen oder anderen Seite und sahen aus, als könnte der geringste Windstoß sie einstürzen lassen. Das Lager war voller Menschen, die irgendwelchen Handel trieben, in winzigen Gärten gruben oder in über offenen Feuerstellen hängenden Kochtöpfen rührten. Kleine Kinder rannten und spielten in dem Matsch, und man hörte von ringsum Stimmengewirr und Gesang.

»Sie scheinen sich mit ihrem Los ganz gut abzufinden«, bemerkte Jessie.

Thomas schnaubte verächtlich. »Das glaube ich kaum«, erwiderte er, worauf er einen Augenblick lang schwieg, dann scharf die Luft einsog und sagte: »Dies ist nicht, was sie erwartet haben. Sie sind in ein primitives Lager eingepfercht, müssen um ein paar Pennies betteln und alles, was sie besitzen, zum Verkauf anbieten, nur um überleben zu können! Master Lincoln hatte sich ihrer annehmen wollen, das hatte er ihnen versprochen. Doch nun ist ihr Vater Abraham tot, und diese Flüchtlinge sind ganz und gar ihrem Schicksal ausgeliefert. Ich sage es nur ungern, aber viele Soldaten, Männer, die einmal meine Kameraden gewesen sind, springen sehr brutal mit Negern um. Zahlreiche Anhänger der Union hassen und verachten sie als die Ursache dieses Krieges und geben ihnen die Schuld an dem scheußlichen Blutvergießen. Diese Leute haben kaum Geld, wenn sie denn überhaupt je welches bekommen, und Gott allein weiß, was aus ihnen werden soll. Peter, treib die Esel an. Miss Jessie hat genug gesehen!«

Jessie brauchte nur einen kurzen Blick auf sein verbissenes Profil zu werfen, um zu wissen, dass es keinen Zweck hatte, mit ihm zu streiten. Also begnügte sie sich damit, die vorüberziehende Landschaft und die Menschen zu betrachten, die in beide Richtungen zu Fuß unterwegs waren. Einige trugen so schwere Bündel auf dem Rücken, dass sie unter der Last beinahe zusammenbrachen, und es schleppte sich viel mehr Volk nach Washington hinein als aus der Stadt hinaus.

Ein paar Minuten später wagte sie einen erneuten Vorstoß. »Selbst ich weiß, dass der Krieg geführt wurde, um die Union zu retten … anfangs zumindest. Und ganz bestimmt sind nicht alle Soldaten schlechte Menschen. Sie waren doch auch einmal einer.«

»Jessie, es gibt Geschichten, die ich Ihnen erzählen könnte – aber das werde ich schön bleiben lassen. Sie sind noch jung und unbedarft und wissen nicht, wie Männer sein können.«

»Sie werden lachen, Thomas, aber ich habe seit meiner Geburt einen Mann an meiner Seite gehabt und weiß sehr wohl, wie sie sein können.«

»Der Krieg verändert Menschen«, beharrte er. »Und mehr werde ich zu dem Thema nicht sagen.«

Dann hatten sie den Landesteg der Fähre erreicht und

mussten vom Wagen steigen, während Peter ihn vorsichtig die lange Rampe hinauffuhr. Die Fahrt über das Wasser nach Virginia war etwas kühl, aber sonst recht angenehm, und Jessie ließ sich nichts um sie herum entgehen, atmete den vertrauten Geruch von Flusswasser ein – eine Mischung aus Pflanzen, Fischen, Lehm und Algen. Einen Moment lang bekam sie Heimweh nach dem Hudson River, an dem sie aufgewachsen war, nach den riesigen alten Weiden, die sich über den schnell fließenden Strom beugten, den großen Ahornbäumen dahinter und dem Lärm der Vögel in den Ästen, die gleichzeitig krächzten, sich zankten und ihren Gesang erklingen ließen. Doch dann holte sie tief Luft und ermahnte sich, dass eine wichtige Aufgabe vor ihr lag. Sie musste nicht nur Jacob finden – es gab noch mehr vermisste Soldaten, und sie hatte die Listen mit ihren Namen und damit vielleicht das Glück ihrer Familien in der Ledertasche zwischen ihren Füßen. Dies war nicht der rechte Moment für Heimweh. Also setzte sie sich kerzengerade hin, wie ihre Mutter es ihr beigebracht hatte, und schaute sich um.

Sobald sie von der Fähre herunter und in Virginia waren, wurde sie böse überrascht. Man hätte es kaum für möglich gehalten, aber die Straße hier befand sich in einem noch erbärmlicheren Zustand als auf der anderen Flussseite. Selbst der schweigsame Peter fand ein paar treffende Schimpfwörter, um das Elend der Straßen in Virginia zu beschreiben.

Eine kurze Weile lang polterten sie schweigend dahin. Jessie klammerte sich verzweifelt an ihrem Sitzbrett fest. Der Wagen kippte von einer Seite auf die andere; sie musste befürchten, sich jeden Augenblick nicht mehr halten zu können. Doch dann ebnete sich der Weg ein wenig, und Thomas wandte sich ihr zu: »Wie war es denn so, als Zwilling aufzuwachsen? Auch ich habe Brüder und eine Schwester, aber ich bin mir sicher, dass es ganz anders gewesen sein muss, von Geburt an einen Gefährten im genau gleichen Alter zu haben.«

»Ich kenne den Unterschied ja nicht, mir kam es ganz selbstverständlich vor. Ein großartiges Gefühl. Ich war nie allein, und Jacob schien stets meine Gedanken lesen zu können. Ja, wir *waren* Gefährten, und ich entwickelte mich zu einem ziemlichen Wildfang, indem ich versuchte, ihm beim Klettern auf Bäume, beim Werfen von Bällen und beim Springen in den Fluss von einem hohen Ufer nacheifern. Meine Mutter war nicht so glücklich darüber; sie meinte, aus mir würde nie eine Dame werden, wenn ich so weitermachte, aber ich wusste, dass sie sich nicht wirklich um mich sorgte. Sie war froh, dass wir einander so gut verstanden. Als Hebamme verfolgte sie natürlich, was aus all ihren Schützlingen wurde, und sah, wie andere Geschwister einander bekriegten und bespuckten und gegenseitig verpetzten.«

»Sie und Ihr Bruder haben sich nie gegenseitig bekriegt und bespuckt und verpetzt?« Thomas wirkte amüsiert.

Auch Jessie musste lächeln. »Nun, natürlich haben wir das manchmal. Aber meistens hatten wir zur gleichen Zeit die gleichen Gedanken, also gab es nichts, worüber wir uns zanken konnten.«

»Wurden in Ihrer Familie häufiger Zwillinge geboren? Oft ist das so.«

Da musste sie passen. Sie wusste es nicht. Ihre Ma und ihr Pa hatten nie etwas Derartiges erwähnt. Sie sprachen fast nie über ihre Familie. Es gab keine Erinnerungsstücke, keine alten Geschichten, kein altes gerahmtes Photo. Keine Tante und kein Onkel und keine Großeltern oder Vettern und Cousinen kamen jemals zu Besuch, und es ließ auch kaum je ein Angehöriger etwas von sich hören – nicht einmal zu Weihnachten. Sie und Jake hatten das nie so recht begriffen. Ihre sämtlichen Freunde verfügten über jede Menge Anverwandte, von alten Großmüttern mit flaumigen Barthaaren, die darauf bestanden, sie abzuküssen, über unartige Vettern, die ihnen Streiche spielten, bis zu Onkeln, die sie in die Luft warfen. Das hatte sich für Jessie alles sehr schön angehört. Neben den Kindern, die zum Spielen kamen, waren *ihre* einzigen Besucher die schwangeren Frauen, die erschienen, um ihre immer dicker werdenden Bäuche vorzuführen. Die meisten von ihnen bekamen ihre Kinder zu Hause, in ihren eigenen Betten, »denn so hat es der liebe Gott bestimmt«, wie Ma oft zu sagen pflegte. Bisweilen traten aber auch in Tüchern vermummte, gebeugt gehende Frauen mit verkniffenen Gesichtern in Begleitung einer Mutter oder einer Tante oder einer Schwester in Erscheinung, die sich im Flüsterton mit ihrer Ma besprachen und dann in das leerstehende Zimmer im rückwärtigen Teil des Hauses, hinter der Kammer, geschickt wurden.

Sie und Jacob wussten, dass das gar nichts Gutes verhieß. Wenn also solche Frauen ins Haus kamen, türmten sie bei gutem Wetter rasch hinaus in die Wälder oder aber unter die Bettdecke in ihrem Schlafzimmer unter dem Dach, wo sie dann einander etwas vorsangen oder sich Geschichten erzählten, um nur ja nicht das Weinen und das Stöhnen der Frau zu hören, die ihr Baby verlor, bevor seine Zeit gekommen war, oder eine Totgeburt zur Welt brachte. Oder der noch Schlimmeres widerfuhr.

Sie erinnerte sich sehr genau daran, wie sie einmal zwei mit Blut und Schleim verkrustete tote Wesen entdeckt hatte, die einander gegenüber lagen, als wollten sie sich in die Arme nehmen. Sie war vom Brombeersammeln nach Hause gekommen, nicht ahnend, dass ihre Mutter eine Patientin gehabt hatte, und da lagen sie dann, in Tücher eingewickelt, hinter der Haustür. Es waren Zwillinge, und bei ihrem Anblick konnte Jessie kaum einen Aufschrei unterdrücken. In der Hoffnung, niemand habe sie gehört, eilte sie an den beiden vorbei und verkroch sich zitternd in der Kammer. Zwillinge. Genau wie Jake und sie, bloß tot. Es war grauenhaft, einfach grauenhaft. So grauenhaft, dass sie es nie Jacob würde erzählen können.

Doch beim Abendessen war es dann aus ihr hervorgebrochen: »Ich habe sie gesehen, Mutter. Ich habe sie gesehen und –« Sie brach in Tränen aus.

Ihre Mutter hatte einen Moment lang zutiefst verstimmt dreingeblickt, nahm sich dann aber rasch zusammen, rief Jessie zu sich, hielt sie im Arm und wiegte sie. »Ist es, weil es zwei waren, wie du und dein Bruder? Macht dir das so zu schaffen?« Jessie hatte genickt. »Weißt du, manchmal kommt das vor. Gott ruft ein Baby zu sich, bevor es geboren ist, und dann kriegt es einen ganz besonderen Platz im Himmel – Pa, das reicht jetzt!« Ihr Vater hatte laut schnaubend sein Missfallen bekundet. Er war gegen das süßliche Gerede vom Himmel und von Engeln, die Harfe spielten. »Und diese armen kleinen Babys haben nichts mit dir und Jacob zu tun, hörst du?«, fuhr ihre Mutter fort. »Du und dein Bruder, ihr wart zwei kräftige, gesunde Kinder und habt gleich lauthals zu schreien angefangen, sowie ihr dem Mutterleib entschlüpft seid. Und an eurer Lautstärke hat sich bis heute nichts geändert!«

»Erzähl uns mehr von unserer Geburt«, bat Jacob. Jessie entging nicht, wie ihre Eltern rasche Blicke miteinander austauschten.

»Also … es war ein stürmischer Abend und kaum eine Hebamme und kaum ein Arzt aufzutreiben, das kann ich euch sagen. Euer Pa und ich, wir lebten damals unten im Süden …« Jessie bemerkte den strengen Blick, den ihr Pa seiner Frau zuwarf. »Ein Stück südlicher … in New Jersey. Uns gefiel es dort nicht besonders, und ich wollte zurück hierher ins Saratoga County, wo ich geboren und aufgewachsen bin. Aber euer Pa hatte Arbeit dort unten, wie ich übrigens auch. Es müssen überall Babys auf die Welt gebracht werden …« Sie hielt einen Moment lang inne und starrte ins Leere; dann schüttelte sie sich und fuhr weiter fort: »Ja, und dann wart ihr beide da, genau zu einem Zeitpunkt, als die Arbeit eures Vaters gerade auslief, und was sollte aus uns werden, wo ihr zwei doch alle naslang zu brüllen anfangen konntet, weil ihr gefüttert werden wolltet? Also hat Pa gesagt, wir sollten hierher zurückkehren, er hätte gehört, Mechanicville befände sich nach der Eröffnung des Erie Canals im Aufschwung, es würden jetzt jede Menge Häuser und Scheunen gebaut werden, und viele Menschen zögen her. Also haben wir euch und unsere Siebensachen zusammengepackt und uns auf den Weg nach Norden gemacht.« Mit diesen Worten lehnte sie sich zurück und bedachte ihre beiden Kinder mit einem wohlwollenden Lächeln.

Nun tauschten Jessie und Jake ihrerseits Blicke aus. Es war mehr oder weniger dieselbe Geschichte; viel ums Drumherum, aber nur sehr wenig über *sie* beide. Und natürlich kaum ein Wort über die Schwangerschaft ihrer Mutter. Sie hatten die Frauen auf dem Markt und bei den Zusammenkünften, bei denen Bettzeug für Wohltätigkeitszwecke genäht wurde, reden gehört und wussten, dass Kindsgeburten immer ein großes Gesprächsthema abgaben: wie viele Stunden jener Schmerz gedauert hatte und wie lange dieser; wie lange man hatte pressen müssen und so weiter und so fort, und sie wussten beide, dass ihre Mutter, wenn ihre Kinder darauf bestünden, mehr zu erfahren, die alte Leier herunterbeten würde – von Jessie, die als Erste auf die Welt gekommen sei, und von dem Arzt, der angesichts ihrer Haarfarbe seine Verblüffung zum Ausdruck gebracht habe und dann, als Jake hinterherdrängte, noch einmal: »Das kann ja wohl nicht wahr sein! Gleich zwei solche Rotschöpfe! Und so ein Schreihals!« Weil nämlich, wie ihre Mutter erzählte, Jake schreiend und mit verzerrtem Gesicht und weit aufgerissenem Mund zum Vorschein gekommen sei.

Und es würde dann nicht ausbleiben, dass ihr Pa sich räusperte und sagte: »Genug von dem Gerede übers Kinderkriegen. Glaubt ihr nicht, dass eure Mutter jeden Tag ihres Lebens genug damit zu tun hat?« Und wenn Jake dann beharrte – er konnte immer sehr beharrlich sein, wenn er Dinge erfahren wollte –, geschah es, dass ihr Vater die Stirn runzelte und fragte: »Du weißt doch wohl, was mit der Katze passiert ist, die zu neugierig war?«

Mit einem Mal wurde ihr bewusst, dass Thomas sie eindringlich ansah. Er wartete immer noch auf die Antwort auf seine Frage. An diesem Punkt hatte sie sich in ihren Gedanken verloren und war ins Tagträumen geraten.

»Ich habe keine Ahnung, ob es in unserer Familie schon früher Zwillinge gegeben hat«, sagte sie. »Wahrscheinlich nicht, denn unsere Mutter hätte das bestimmt erwähnt. Aber sie hat kein Wort darüber verloren. Allerdings muss ich dazu sagen, dass in unserer Familie nie viel von früher gesprochen wurde.«

»Tatsächlich? Und dennoch möchte Ihr Bruder ein historisches Buch verfassen, und auch Sie sind nicht auf den Mund gefallen, wenn es um Ihre Vergangenheit geht.«

Sie merkte, dass sie schon wieder rot wurde. »Vielen Dank. Ja, es stimmt schon – mein Bruder und ich haben uns gerne Geschichten erzählt und uns im Spiel in andere Personen hineinversetzt. Ich habe immer gedacht, er wäre der Anführer, aber jetzt, wo ich darüber nachdenke, fällt mir ein, dass ich ihm häufig ein Stichwort gegeben habe, das er dann nur aufzugreifen brauchte. Tja, und ich habe ihn in dem Glauben belassen, er wäre der Schlauere.«

Der leichte Anflug von Entrüstung in ihrer Stimme brachte Thomas zum Lachen, und sie stimmte mit ein.

Ein paar Minuten später sagte sie nachdenklich: »Ganz anders als meine Eltern. Sicher, sie haben uns die üblichen Märchen und Gespenstergeschichten erzählt, aber eben nur die Geschichten, die jeder kennt. Sie haben sich nie etwas Eigenes einfallen lassen.«

»Dann schlagen Sie und Ihr Bruder wohl nach einem anderen Zweig der Familie«, bemerkte Thomas grinsend, aber diesmal mochte Jessie dieses Grinsen nicht erwidern. Die Unterhaltung erinnerte sie nur wieder daran, wie wenig Ahnung sie von ihren Vorfahren hatte.

Eine Weile lang fuhren sie schweigend dahin, und als Jessie gerade dachte, es wäre wohl doch angebracht, wenigstens etwas darauf zu erwidern, zeigte er nach vorne und sagte: »Das da ist Alexandria, Virginia. Fast gleich nach dem Anschluss Virginias an die Konföderierten von den Nordstaaten eingenommen. Die Stadt wurde zu einem riesigen Lager für Proviant und Vorräte, die manchmal sogar die Häuser überragten.« Jessie sah sich um, während sie sich ihren Weg durch den Ort bahnten. Es war ein hübsches Städtchen, wirkte aber ziemlich verlassen, und viele der Gebäude waren beschädigt, an einigen fehlten sogar ganze Mauern.

»Sehen Sie dort?«, sagte Thomas und tat plötzlich sehr aufgeregt. »Gleich da – das *Marshall House.*«

Natürlich konnte sie es sehen. Es war ein wuchtiger Ziegelbau, drei Etagen plus ein Obergeschoss mit Dachgauben, und es befand sich inmitten weiterer stattlicher Häuser im Zentrum des Ortes. »Marshall House« stand in großen Lettern unter den Fenstern der oberen Etage. »Was ist damit?«

Thomas musste kichern. »Das überrascht mich aber, dass Sie, als ein Mädchen aus Mechanicville … Mir ist es eben gerade wieder eingefallen. Stammte nicht auch ein Colonel namens Elmer Ellsworth aus Mechanicville?«

»Elmer E. Ellsworth!« wiederholte Jessie fast ein wenig ehrfürchtig. »Der Mann war ein Held! Der erste Offizier, der im Krieg gefallen ist!«

»Das mit dem Helden bezweifle ich. Nein, sehen Sie mich nicht so grimmig an. Ich erzähle Ihnen, warum ich anderer Meinung bin. Ihr … *Held* hat sich in das Hotel geschlichen, während der Besitzer, ein Mr. Jackson, schlief, und hat die Flagge der Konföderierten, die Jackson unter ein Fenster gehängt hatte, eingeholt … dann ist er, hochzufrieden mit sich selber – so stelle ich es mir jedenfalls vor – damit die Treppe hinuntergekommen und wurde für seine Mühe mit einem tödlichen Schuss belohnt.«

»Wie schrecklich! Einen Menschen wegen einer Flagge umzubringen! Und dann noch nicht einmal der richtigen!«

»Das erscheint im Nachhinein wirklich tragisch, zugegeben, aber es war immerhin die Konföderiertenflagge, und die Einwohner von Alexandria haben die Sache der Südstaaten glühend verehrt, selbst wenn sie das nicht ausposaunen durften. Also galt die Flagge als ein Heiligtum.«

»Oha«, sagte Jessie. »Schade, dass Sie mir die Geschichte erzählt haben. Die Menschen in Mechanicville sind so stolz auf Ellsworth … der erste gefallene Kriegsheld und überhaupt … und jetzt das.«

»Aber es ist doch besser, endlich die Wahrheit zu erfahren, finden Sie nicht auch?« Thomas musterte sie nervös, als befürchtete er, sie könne jeden Moment zu weinen anfangen. »Zu Ihrem Trost möchte ich noch hinzufügen, dass Mr. Jackson lauthals erklärt hatte, diese Flagge käme nur über seine Leiche wieder herunter, und zu seinem Unglück wurde er ebenfalls tödlich verwundet. Es ist also eine traurige Geschichte für beide Seiten.«

»Ach, wenn ich das bloß Jake erzählen könnte! Er würde es nicht glauben! Meine Güte, was man alles nicht weiß! Ich merke schon«, fügte sie nach einem Seitenblick auf Thomas hinzu, »dass dies eine äußerst lehrreiche Reise wird.«

Inzwischen hatten sie die Stadt durchquert und befanden sich auf einem Feldweg in Richtung Süden. Die Landschaft mit ihren bereits Anfang Mai sattgrünen Weiden und den überall am Straßenrand aufblühenden Frühlingsblumen gefiel Jessie. Thomas zeigte ihr eine Gruppe Papayabäume – solche gab es *nirgendwo* in Saratoga County, New York – sowie gewaltige Leiereichen und ein ganzes Wäldchen von Magnolienbäumen in voller Blätterpracht, doch ohne Blüten. Magnolienblüten würden direkt aus den kahlen Zweigen sprießen, und zwar lange vor den Blättern, erklärte ihr Thomas. Neben einem kleinen, sich windenden Flüsschen war das Ufer mit einer blauen Blütenpracht übersät: Glockenblumen. Thomas ließ Peter anhalten und humpelte hinunter, um eines der zarten Pflänzchen zu pflücken, damit Jessie es sich ansehen konnte.

»Es ist wirklich schön hier«, sagte Jessie, als sie wieder weiterfuhren, in gemächlichem Tempo, weil Thomas und Peter nach einem geeigneten Platz für ein Picknick Ausschau hielten. »Allerdings –«

»Ja? Was?«

»Mir ist plötzlich aufgegangen, was ich alles *nicht* gesehen habe. Fabriken. Mühlen. Es scheint kein bisschen Industrie in Virginia zu geben. Bei uns daheim haben wir eine Fensterfabrik und eine Ziegelei und eine Strumpfweberei, eine Zwirnmanufaktur und … ach, ich weiß gar nicht, wie vieles noch. Aber es gibt an jedem Bach und jedem Flussufer und jedem Mühlgerinne Betriebe, die etwas herstellen. Hier jedoch … ist nichts dergleichen, nur Farmen und Häuser und wieder Farmen.«

»Nun ja, Jessie, da haben Sie recht. Der Süden ist sehr schwach industrialisiert. Und das mag auch der Grund dafür gewesen sein, dass sie den Krieg verloren haben. Es waren tapfere, leidenschaftliche Kämpfer, die bereit waren, für ›ihr‹ Land zu sterben, aber sie hatten keine eigenen Fabriken, und als sie hier eingekesselt wurden, gab es keine Möglichkeit, an Nachschub zu gelangen. Sie wissen ja, dass die Truppen des Südens eigentlich graue Uniformen tragen sollten, aber oft mussten sie sich mit schlichten nussbraunen Hemden aus heimischer Herstellung behelfen. Sobald ihnen erst einmal die Uniformen ausgegangen waren, sank auch die Kampfmoral. Oh, Peter, schau mal dort. Sieht das nicht aus wie ein schönes Fleckchen Gras dort unter dem Walnussbaum? Und ganz in der Nähe ist, glaube ich, ein Bach, um die Maultiere zu tränken.«

»Könnt 'n Platz für'n Picknick abgeben… wenn nich zu viele Nüsse auf'm Boden liegen, die das Sitzen unbequem machen. Ich werd ma' nachgucken.« Der alte Mann zügelte die Tiere und stieg vom Wagen herunter. Einen Moment später rief er: »Iss'n gutes Plätzchen, Master Thomas!«

Binnen fünf Minuten saßen sie auf einer von Miss Bartons Decken vor dem geöffneten Picknickkorb und den auf großen Leinenservietten ausgebreiteten Köstlichkeiten. Peter nahm sich ein Hühnerbein, ein Stück Maisbrot und zwei Kekse, wollte sich aber nicht zu ihnen setzen, sondern suchte sich ein paar Schritte weiter eine Stelle, von der er auf den schmalen Fluss blickte, an dem die Tiere genüsslich tranken und grasten.

»Peter ist längst frei, und doch findet er es immer noch nicht richtig, mit uns zu essen«, erklärte Thomas. »Lassen Sie nur ein paar Jahre ins Land gehen, dann sitzen wir alle überall im Norden wie im Süden an einem Tisch.«

Clara Barton hatte ihnen allerhand einpacken lassen –

gebratenes Hühnchen, einen Schinken, bereits mit Butter bestrichene Kekse, Maisbrot, getrocknete Apfelringe, Staudensellerie und ein großes Stück Kuchen. Aus einem Metallbehälter mit Deckel gab es kalte Rindfleischbrühe, und es fehlte auch nicht an einer Schöpfkelle, um sie damit in die dazugehörigen Suppenschalen zu füllen. Miss Barton hatte die Messer und zwei nicht zueinander passende kleine Teller in Servietten eingewickelt. »Ein zünftiges Picknick«, lobte Thomas und schnitt sich eine Keule und einen Flügel von dem Huhn ab. »Was darf es für Sie sein, Missie? Brust oder Keule?«

»Von der Brust bitte, Sir«, antwortete Jessie artig und spielte mit. Sowie sie das Fleisch in Händen hielt, überkam auch sie ein Heißhunger, und eine Weile lang aßen beide schweigend.

Nach ihrem Mahl erhob Thomas sich, strich sich die Krümel von der Hemdbrust und sagte: »Wenn wir vor Einbruch der Dunkelheit Dumfries erreichen wollen, sollten wir uns jetzt beeilen. Es liegt noch ein gutes Stück von hier, aber wenn wir uns ranhalten und nicht stehenbleiben, um Blumen zu pflücken oder Ähnliches, schaffen wir es wohl rechtzeitig. Es gibt dort für uns eine Übernachtungsmöglichkeit – falls noch etwas frei ist, natürlich. Andernfalls …«

Er beendete den Satz nicht, was Jessie nervös machte. »Andernfalls?« Sie stellte sich vor, wie es wäre, unter freiem Himmel zu übernachten, belauert von wilden Tieren, deren Augen in der Finsternis grün leuchteten.

»Ach, ich bin mir sicher, dass sich irgendwo in dem Haus noch ein Platz für uns findet. Sie werden sehen, es wird Ihnen gefallen. Lassen Sie sich überraschen.«

6

Nun wurden die Maultiere zur Eile angetrieben. Ihr schaukelnder Trab auf dem holprigen Weg gab Jessie das Gefühl, ihr Knochengerüst würde auseinanderfallen, also umschloss sie ihre Brust fest mit beiden Armen. Doch auch sie wollte unterwegs nach Dumfries keine Zeit mehr verlieren und endlich zum Sinn und Zweck ihrer Reise vordringen. Daher hielt sie den Mund und beklagte sich nicht. Thomas schien das alles nichts anzuhaben; er fuhr ganz in Ruhe mit seinen Erklärungen und Kommentaren fort, obwohl der Wagen bisweilen umzukippen drohte, wenn er mit einem Rad in ein tiefes Schlagloch geriet. Zwar gelang es Peter, das Fahrzeug gleich wieder aufzurichten, aber atemberaubend war diese Art des Reisens schon.

Thomas wies unbeirrt auf dieses und jenes hin und nannte die Namen der Wildblumen, die in den Gräben blühten, obwohl auch er sich so krampfhaft an dem Haltebrett vor ihnen festklammern musste, dass seine Knöchel ganz weiß wurden.

»Sie lassen sich wohl durch nichts aus dem Gleichmut bringen, was?«, bemerkte Jessie schließlich lachend. »Wir befinden uns in ständiger Lebensgefahr, und Sie reden und reden.«

Er war keineswegs gekränkt, sondern grinste sie seinerseits

an. »Wenn Sie *das hier* für unbequem halten, meine Liebe, dann lassen Sie sich erst mal auf einer Trage festschnüren und in halsbrecherischem Galopp auf einem Pferderücken über ein Schlachtfeld schleppen.« Plötzlich schien er seine Worte zu bereuen und fügte hinzu: »Ach, meine gute Jessie, es tut mir leid, dass ich immer vom Krieg anfange. Es muss Ihnen Kummer bereiten.«

»Nein, nein«, beruhigte Jessie ihn. »Ich möchte alles über den Krieg erfahren, auch wenn es mich ein bisschen traurig stimmt. Ich weiß kaum etwas darüber und verstehe so wenig davon. Tun Sie sich bitte keinen Zwang an.«

Es folgte ein Augenblick des betretenen Schweigens, doch dann nahm er seinen Faden wieder auf und versicherte ihr, dass sie einigermaßen genau den Spuren von Jacobs Regiment folgten. »Natürlich wurde das 77ste zunächst bis nach Mechanicsville in Virginia, wo wir erst noch hinkommen, beordert. Das ist ganz in der Nähe von Richmond, und wenn Sie sich an den Brief Ihres Bruders aus dem Feldlager am Rande des Ortes erinnern, waren sie dort kaum in Kämpfe verwickelt und haben erst ein oder zwei Monate später den Marschbefehl zu einer Kehrtwendung quer durch Virginia und zurück nach Alexandria erhalten.«

»Ja, ich weiß, dass es meinen Bruder mächtig gewurmt hat, dass er wieder zurückmarschieren sollte und zudem auch noch nicht einmal in den Kampf durfte. Und dass sie die ganze Zeit im Regen hatten ausharren müssen.«

»Da wir nicht General McClellan unterstehen, werden wir deutlich rascher vorankommen, und zwar nur in eine Richtung. Und wir werden unser Ziel erreichen, was unser General nicht von sich behaupten konnte«, fügte er spöttisch hinzu.

»Es erscheint mir ziemlich sinnlos, erst in die eine Richtung zu marschieren und dann ganz wieder zurück.«

Thomas lachte. »Tja, General McClellan … der gute Mann ließ lieber die Zügel schleifen, statt einen Vorstoß zu wagen. Ich will nicht behaupten, er wäre unfähig oder feige gewesen. Ich frage mich nur, was mit ihm nicht gestimmt hat, dass er einfach dasaß und auf seinen Fingernägeln herumkaute, während er eine Schlacht nach der anderen verlor. Das hat natürlich auch Präsident Lincolns Unmut erregt, und er schoss jede Menge Telegramme an ihn ab und verlangte zu wissen, warum McClellan seine Truppen nicht bewegte. Woher ich das alles weiß? Weil ich zu der Zeit in Washington stationiert war. Nach meiner Verwundung wurde ich dem Sanitätskorps zugeteilt, da ich ein abgebrochenes Medizinstudium hinter mir hatte. Wenn man in der Hauptstadt des Landes arbeitet, erfährt man alles über jeden. Ich habe noch nie eine dermaßen von Klatsch und Tratsch erfüllte Stadt erlebt.«

Seine Stimme hatte einen so gereizten Ton angenommen, dass sie sich jeden Kommentar sparte, obwohl sie schon gerne gewusst hätte, warum er sein Studium abgebrochen und diesen Umstand überhaupt erwähnt hatte.

»Nun, McClellan ist dann schließlich ersetzt worden – besser zu spät als überhaupt nicht, würde ich mal sagen –, und wir konnten uns endlich ernsthaft daranmachen, den Krieg zu gewinnen.« Nach einer weiteren kurzen Pause fügte er nachdenklich hinzu: »Obwohl ich nicht von ›uns‹ sprechen sollte, denn zu diesem Zeitpunkt war ich ja längst nicht mehr dabei, und das nach einer einzigen richtigen Schlacht.«

Seine Verbitterung wurde nun augenscheinlich. Sie wagte es nicht einmal, ihn anzusehen. Stattdessen konzentrierte sie sich wieder auf die vorüberziehende Landschaft – die allerdings nicht viel mehr hergab als das, was man links und rechts von einer schmalen Landstraße gegen Ende eines Frühjahrs erwarten durfte: duftig grüne Bäume, Wildblumen am Wegesrand und zwitschernde und trällernde Vögel, die ihre Jungen fütterten. Trotzdem war etwas ... Fremdartiges daran. Und dann fiel es ihr ein: »Gibt es hier keine Zuckerahorne? Und wo sind die großen Tannen und Eichen geblieben?«

»Sie befinden sich in der Tieflandebene von Virginia, junge Dame. Solche Bäume sind in Neuengland heimisch, oder vielmehr im nördlichen New York State. Hier haben wir andere Bäume, und hier wächst anderes Gras ... obwohl es auch Gemeinsamkeiten gibt. Sehen Sie mal dort drüben« – er wies zu ihrer Linken – »kommt Ihnen dieses kleine Wäldchen nicht bekannt vor?« Was immer ihm aufs Gemüt geschlagen war, schien nun vergessen; seine Stimme und sein Gesichtsausdruck waren so lebhaft und so einnehmend wie zuvor.

»Blühende Dogwoods – obwohl sie natürlich fast schon ausgeblüht haben. Und die anderen Bäume?«

»Ich bin kein Botaniker, aber ich erkenne Weihrauchkiefern ... und Judasbäume. Die wachsen ja gerne unter höheren Bäumen. Das da drüben sind Lärchen, Nadelbäume, obwohl sie ihr Grün im Winter abwerfen.«

»Wir sind in ein und demselben Land, und doch ist hier so vieles anders«, sagte Jessie. »Die Speisen, die Bezeichnungen für manche Dinge und jetzt sogar noch die Bäume.«

»Wir können froh sein, in ein- und demselben Land zu leben, Jessie. Stellen Sie sich vor, der Süden hätte den Krieg gewonnen. Wir müssten dann Dokumente vorweisen, um von Washington nach Virginia zu reisen, und selbst die Währung wäre eine andere. Und es gäbe überall noch Sklaverei, dieses unmenschliche System!«

»Miss Barton hat mir gesagt, Freiheit würde einem nicht viel nützen, wenn man nicht lesen oder schreiben könne. Sie meinte –«

»Ich kenne Miss Bartons Ansichten sehr gut, und während ich mit ihr darin übereinstimme, dass der Übergang weder einfach sein noch über Nacht stattfinden wird, bin ich doch sicher, dass die Schwarzen in ein oder zwei Generationen ganz normale amerikanische Bürger sind, die neben ihren weißen Zeitgenossen arbeiten und zur Schule gehen, als hätte es die Sklaverei nie gegeben.«

Jessie gefiel es nicht, so rüde unterbrochen zu werden. Langsam ärgerten sie die Stimmungsumschwünge dieses jungen Mannes. Sollte er ihretwegen doch schmollen – sie brauchte ja nicht darauf einzugehen. Sie suchte in der Ledertasche nach dem Bündel mit Jacobs Briefen, denn sie wollte jenen aus Mechanicsville – oder vielmehr Chickahominy, was in der Nähe lag – noch einmal lesen. Obwohl es eigentlich gleich war, welchen Brief sie zur Hand nahm; sie kannte sie allesamt auswendig und wollte nur einen davon in den Fingern halten, Jakes schöne, geschwungene Handschrift sehen. Manchmal konnte sie seine Stimme hören, wenn sie seine Briefe las – er schrieb genauso, wie er redete –, und diese Stimme würde ihr eine bessere Gesellschaft sein als Mr. Thomas Lavery. Allerdings begann die Erinnerung an Jacobs Stimme in letzter Zeit zu verblassen. Wenn sie den Klang seiner Stimme nicht mehr im Ohr hatte, konnte sie dann auch vergessen, wie er aussah und wer weiß was noch alles? Er durfte ihr nicht aus dem Gedächtnis entschwinden, denn das wäre gleichbedeutend damit, dass er *tot* war.

»Wissen Sie, Jake wollte unbedingt in den Krieg ziehen«, sagte sie zu Thomas, um sich von diesem scheußlichen Wort abzulenken. »Er konnte es kaum erwarten. Warum müssen junge Männer ständig streitlustig sein? Was treibt sie dazu, übereinander herzufallen, den Wunsch zu verspüren, dem anderen ein Leid anzutun? Das habe ich nie begriffen.«

»So sind die Männer eben«, sagte Thomas, um gleich darauf hinzuzufügen: »Die meisten jedenfalls.«

»Aber ich habe immer geglaubt, Jacob wäre nicht wie die meisten Männer. Er war eine gutmütige Seele, konnte zärtlich und liebevoll sein. Ach, und er hat sich so gerne Geschichten ausgedacht. Alles konnte andachtsvoll lauschen, wenn er etwas zum Besten gab, und dabei war alles doch nur seiner Phantasie entsprungen. Ich hätte nie gedacht, dass er wild darauf sein könnte, sich in einen Kampf zu stürzen; doch als Präsident Lincoln nach Freiwilligen rief, um die Rebellion im Süden niederzuschlagen, haben er und noch ein Dutzend junger Männer aus Mechanicville sich zusammengetan und darüber geredet, sich in Saratoga Springs einzuschreiben. Das 30ste New Yorker Infanterieregiment hatte sich gerade gebildet, und für sie stand fest, dass sie sich ihm anschließen würden. Sie haben sich gegenseitig aufgepeitscht. Aber es war die Zeit, in der die Felder gepflügt und das neue Saatgut eingebracht werden mussten. Jake hat in unserem eigenen Garten gearbeitet, und auf der Farm der Havens in Stillwater, wo er beschädigte Geräte und Werkzeuge reparierte. Auch für seine Kameraden gab es genug zu tun, und niemand wollte, dass einer von ihnen woanders hinging, so dass ich beruhigt Luft holen konnte, weil ich noch glaubte, es wäre alles bloß leeres Gerede. Aber dann kam der Mai 1861, der Präsident rief ein weiteres Mal Freiwillige auf, sich zu melden, und das war's dann! Jacob und sein bester Freund Edward Seeley beschlossen, sich gemeinsam eintragen zu lassen, ob die anderen nun mitmachten oder nicht. Jetzt sei die Stunde gekommen, sagte Jake, die Pflicht gegenüber seinem Land zu erfüllen, und die hätten sie doch schließlich, oder? Ma hat ihn angefleht zu bleiben; er hätte es doch gar nicht nötig, in so jungen Jahren von zu Hause wegzugehen und sich erschießen zu lassen, sagte sie. Wo er doch ihr einziger Sohn sei! Aber er hat sie fest in die Arme genommen und gesagt, sie solle sich bloß keine Sorgen machen, er käme schon mit heiler Haut zurück. ›*Mir* können die nichts anhaben‹, hat er gemeint.«

Ihre Stimme begann unwillkürlich zu zittern, und sie biss sich auf die Lippe. Thomas ließ sich nichts anmerken, und sie fragte sich, ob er ihrem Redefluss überhaupt gefolgt war.

»Ja, und damit mag er sogar recht gehabt haben«, sagte Thomas dann doch. »Wir wissen nicht, *was* mit Ihrem Bruder geschehen ist, Jessie. Er könnte durchaus noch am Leben sein, möglicherweise verwundet – oder verheiratet. Ich habe Fälle erlebt, in denen ein Mann sich verliebt hat und einfach dageblieben ist, sogar mitten im Feindesland. Ihr Bruder könnte zum Beispiel… aber das versuchen wir ja gerade herauszufinden, nicht wahr?«

»Ja, ja, natürlich. Ich darf nicht… schon gut. Wo war ich stehengeblieben? Richtig. Am Ende waren es dann acht, die sich auf den Weg machten nach Saratoga Springs, der Hauptstadt unseres Verwaltungsbezirks. Sie sind alle auf einen Bauernwagen geklettert und losgepoltert. Sie haben sich nicht einmal etwas zu essen mitgenommen, dabei liegt Saratoga immerhin fünfzehn Meilen von Mechanicville entfernt. Und als sie dort ankamen, erblickten sie eine solche Schar von Männern vor dem Rathaus, dass sie stundenlang warten mussten, bis sie an die Reihe kamen und sich eintragen lassen konnten. Dann stellten sie fest, dass sie dem 77sten Fußsoldatenregiment zugeteilt würden, denn für das 30ste waren schon genügend Freiwillige rekrutiert, aber das war ihnen egal. Es interessierte sie nicht, welchen Namen ihr Regiment trug, solange sie nur ein Gewehr bekamen und damit auf die Rebellen losgehen konnten.«

»So ist es fast überall in der Unionsarmee gelaufen«, sagte

Thomas. »Wie wir inzwischen alle wissen, wurde daraus kein Knabenabenteuer, sondern das Ganze entwickelte sich zu einem ausgewachsenen Krieg, in dem jeder Mann dringend benötigt wurde. Ich kann es Ihrem Bruder nicht zum Vorwurf machen, dass er dem Ruf des Präsidenten folgen wollte. Mir ist es nicht anders ergangen.«

»Sehen Sie? Davon rede ich die ganze Zeit. Jungen prügeln sich gerne herum. Oh, Sie hätten Jake hören sollen! Sobald die Jungs aus Saratoga County erst mitmischten, würde die Rebellion binnen weniger Tage niedergeschlagen sein. Er und die anderen haben sich mit jemandes Eichhörnchenflinte in die Wälder geschlagen, um dort Schießübungen zu veranstalten. Sie konnten von nichts anderem mehr reden. Schließlich wurden sie alle ins *Camp Schuyler* einberufen, was vermutlich nur gut so war, denn die Grundausbildung zog sich über Monate hin, und es dauerte fast bis Ende November, ehe das 77ste Regiment in die Armee der Nordstaaten eingegliedert wurde. Zu der Zeit war schon nicht mehr zu übersehen, dass mein Bruder sich verändert hatte; er war größer und schlanker und reifer geworden…« Ihr versagte die Stimme, und sie tat einen tiefen Seufzer. »Und Ma, also meine Mutter, sie hatte sich auch verändert, wurde immer dünner… Ich nehme an, die Schwindsucht hatte angefangen, nach ihr zu greifen.«

Ein paar Minuten lang schwieg Thomas; dann räusperte er sich und sagte: »Das dürfte nicht leicht für Sie gewesen sein, Miss Jessie. Sie sind ein sehr tapferes Mädchen, und, bitte verzeihen Sie mir, ich kann nicht verstehen, wie Ihr Bruder Sie mit einer solchen Bürde auf Ihren Schultern alleinlassen konnte.«

Diesmal setzte sie nicht dazu an, Jacob in Schutz zu nehmen, weil… weil sie sich dieselbe Frage immer und immer wieder gestellt hatte. »Er hat gar nicht geahnt, dass uns Unheil drohte, glaube ich. Mutter war noch nicht krank, als er sich einschrieb, und dann war er so von glühendem Patriotismus ergriffen und von dem Gedanken besessen, zu marschieren, gedrillt zu werden und bald Mr. Lincoln zu helfen, dass er wohl kaum noch etwas um sich herum mitbekam. Und was konnte ich schon sagen, ich, ein schlichtes Mädchen, wenn er als Soldat auszog, um die Rebellion im Keim zu ersticken und ruhmbedeckt nach Hause zurückzukehren. Als Ma starb, habe ich ihm das nicht geschrieben, also weiß er es bis heute nicht. Ich frage mich nur, ob er noch an uns denkt – wo immer er auch sein mag und wie auch immer er zu der Vogelscheuche von einem Mann werden konnte, die vor mir davongerannt ist.«

Diesmal zog sich das beiderseitige Schweigen eine ganze Weile lang hin. Jessie saß nur da, schaukelte im Rhythmus der Maultierschritte mit und ließ ihren Gedanken freien Lauf, bis sie zusammenschreckte, als Thomas plötzlich rief: »Na bitte! Da ist ja schon Dumfries!« Ohne es zu merken, war sie in einen Halbschlaf hinübergedämmert.

Sie befanden sich auf einem Felsvorsprung, von dem man einen Blick über die Stadt hatte – falls man ein halbes Dutzend entlang eines gewundenen Feldweges verstreuter Häuser eine Stadt nennen konnte. Trotzdem wirkte die Szenerie anheimelnd und dabei frisch inmitten der mit Massen von blauen Blüten übersäten Hügel ringsum. Zu Hause würden sich jetzt erst die allerersten Frühlingsboten zeigen. Zu Hause... dort dauerte es seine Zeit, bis der Frost ins Land gegangen war.

In Dumfries gab es sogar ein paar Bäume, wenn auch nicht sehr viele, doch dafür kein Wasser: keinen Fluss, keinen See, keinen Teich. Wenn sie daran dachte, wo sie aufgewachsen war, mit dem Hudson River auf der einen und dem Champlain Canal auf der anderen Seite und sowohl dem Ballston Lake als auch dem Saratoga Lake in unmittelbarer Nähe, dann mutete eine mitten im Nirgendwo aus dem Boden gestampfte Siedlung sonderbar an. Ringsum nur wogende Hügel und sich windende Feldwege.

Eines der Häuser ragte zwischen den übrigen heraus. »Das müsste das alte Henderson-Haus sein«, sagte Thomas, als sie ihn darauf hinwies. »Dort werden wir vermutlich die Nacht verbringen.«

»Ach, ist das ein Gasthaus?«

»Nicht direkt. Aber wir finden dort bestimmt eine Schlafgelegenheit und etwas zu essen. Und dann können Sie mit den kriegsversehrten Soldaten reden, die sich meistens dort aufhalten.«

Jessies Herz begann schneller zu schlagen. Soldaten! Vielleicht kannte einer von ihnen Sergeant Jacob Snow. Vielleicht hatte jemand ihn gesehen. Peter schnalzte mit der Zunge, und die Maultiere machten sich vorsichtig und langsam an den Abstieg – viel zu vorsichtig und viel zu langsam für Jessies Geschmack.

»Also ist es ein Lazarett, dieses Henderson-Haus?«

»Während des Krieges war es das, ja. Inzwischen ist es aufgegeben worden, und man hat es den verwundeten und kranken Kriegsveteranen überlassen, die dort vorbeiziehen und eine Rast einlegen. Und es steht natürlich auch Reisenden wie uns offen. Ich muss Sie jedoch warnen, Jessie – einige der Männer hat es ziemlich schwer mitgenommen, und es könnte sein, dass sie wirres Zeug von sich geben. Aber Sie brauchen sich nicht vor ihnen zu fürchten, die armen Kerle werden Ihnen nichts tun.«

»Wieso reden sie wirr daher?«

»Das weiß man nicht genau; die Ärzte nennen es das Soldatenfieber. Sie glauben, dass manche Männer so heimwehkrank werden, dass ihr Geist sich zerrüttet und auf eine ständige Wanderschaft zwischen Gegenwart und Vergangenheit gerät, wobei sich die besonders bedrückenden Erlebnisse aus dem Krieg immer wieder in den Vordergrund drängen. Sie werden es sehen, wenn wir unten sind.«

Jessie wusste nicht so recht, wie sie je von dem Felsvorsprung hinunterkommen sollten – für sie sah es so aus, als würde die Straße plötzlich abbrechen –, doch Thomas konnte sie beruhigen. »Keine Angst. Peter und ich und auch die Maultiere sind diesen Weg schon einige Male gefahren, und wir schaffen es auch diesmal.«

Und tatsächlich befanden sie sich nach zwei scharfen Schwenks zur einen und dann zur anderen Seite auf einem schmalen, zerfurchten Pfad, der sich in zahlreichen Windungen den steilen Hügel hinunterschlängelte und sie nach Dumfries führte. Bis auf einen Reiter, der sich am Horizont von ihnen entfernte, war keine Menschenseele zu entdecken, und Jessie dachte: Wäre da nicht die Wäsche, die hier und dort an Leinen und über Büsche ausgebreitet trocknete, hätte man den Ort für verwaist halten können, für eine Geisterstadt inmitten einer gefälligen grünen Hügellandschaft.

Ehe sie das Henderson-Haus erreichten, drangen ihnen schon Geräusche daraus entgegen – ein klagendes Stöhnen, das einer Spieluhr gleich wiederholt verstummte und erneut einsetzte, eine Männerstimme, die etwas Unverständliches schrie, die Klänge eines Banjos, das eine fröhliche Weise spielte, die sie nicht kannte und – Gott sei Dank – auch Gelächter. »Was ist das für eine Melodie?«, fragte sie.

»Sie wissen's nicht?«, antwortete Thomas im nachgeahmten Tonfall der Südstaatler, »na, ›Dixieland‹, die Hymne der Konföderierten. Ganz flott, nicht wahr?«

»Soll das etwa bedeuten, dass sich Sezessionisten in dem Haus befinden?«

»Kann sein. Aber bedenken Sie bitte, dass der Krieg vorüber ist. Wir sind nun alle Bürger der Vereinigten Staaten von Amerika.«

Beschämt über ihre Äußerung fuhr sich Jessie mit der Hand an den Mund, aber Thomas lächelte nur nachsichtig.

In diesem Moment bog der Wagen um eine Ecke, und da war es, das Henderson-Haus, stattlich und schneeweiß getüncht, auf einer flachen Erhebung und mit einem gewaltigen alten Baum dahinter. Peter lenkte die Zugtiere auf einen Pfad, der zur vorderen Veranda führte, wo der Banjospieler saß, ein von der Sonne verbrannter junger Mann in einer wild zusammengewürfelten, verblichenen und löchrigen Uniform.

Als er den Wagen näherkommen sah, grinste er breit und wechselte zu einem anderen Lied, das Jessie ebenso wenig kannte. »Das ist ›The Girl I Left Behind Me‹ – vermutlich Ihnen zu Ehren«, erklärte Thomas.

Jessie lächelte dem Musikanten zu, erschrak aber sehr, als sie sah, dass eines seiner Beine am Knie endete. »Oh je«, entfuhr es ihr.

»Die meisten Männer hier haben im Krieg auf die eine oder andere Weise etwas abbekommen«, sagte Thomas leise. »Sie werden sich daran gewöhnen.«

Jessie nickte zwar, aber sie wusste, dass ihr das nie gelänge.

»Gibt's im Haus Platz für müde Reisende?«, rief Thomas dem Mann zu.

Ohne sein Spiel zu unterbrechen, antwortete dieser: »Ich denke schon. Die Treppe rauf, Saal vier.«

»Und für unseren Kutscher?«

»Hinten ist eine alte Scheune. Ein paar Farbige sind da schon untergekrochen. Die werden sich nicht aneinander stören.«

»Danke, Kamerad.« Thomas sprang von seinem Sitz hinunter. Es wirkte gekonnt und behände, aber Jessie sah, wie er das Gesicht verzog. Doch die Grimasse war gleich wieder verschwunden, und er half ihr beim Absteigen. Auch Peter stieg von seinem Bock, und die beiden Männer nahmen die Gepäckstücke. Jessie überließen sie nur die Ledertasche mit den Papieren und eine weitere kleine Tasche, die Toilettenartikel und einige Krägen enthielt. Sie hoffte, dass sie den, den sie gerade trug, waschen und zum Trocknen würde aufhängen können. Aber wie um alles in der Welt sollte sie, umgeben von all diesen Männern, dasselbe mit ihrer Unterwäsche anstellen? Hätte sie doch bloß die zu erwartenden Gegebenheiten besser überdacht, anstatt so hastig aufzubrechen!

Auf der Veranda blieb sie vor dem jungen Banjospieler stehen. Er ließ von den Saiten ab, senkte ein wenig den Kopf und fragte: »Kann ich Ihnen zu Diensten sein, Ma'am?« Er hörte sich nicht an wie ein Südstaatler, aber auch nicht wie die Jungs bei ihr zu Hause.

»Sie spielen sehr schön Banjo«, sagte sie.

»Vielen Dank. Wissen Sie, wir Soldaten brauchen unsere Musik ebenso, wie wir unsere Waffen brauchen. Selbst mitten im Kampf haben wir die Trommel und die Pfeife, die uns befehligen.«

Sie würde sich nachher bei Thomas erkundigen müssen, was genau damit gemeint war. »Woher stammen Sie, falls ich Sie das fragen darf?«

»Aber selbstverständlich, Ma'am. Ich bin stolz darauf, ein Sohn Missouris zu sein.«

»Da sind Sie aber ganz schön weit weg von zu Hause.«

»Ach, ich denke daran, mich hier niederzulassen. Finden Sie es nicht auch hübsch?«

»Oh, ja. Sehr sogar. Ob es Ihnen wohl etwas ausmachen würde, sich einmal eine Photographie anzuschauen?«

»Nicht doch. Ich darf sechs Mal am Tag eine Pause einlegen.«

Was meinte er damit nun wieder? *Soll er meinen, was er will,* sagte sie sich. *Ich muss bloß erfahren, ob er Jacob gesehen hat.*

Sie holte eines der Bilder aus der Tasche. Es war gegen Anfang des Krieges in Washington aufgenommen worden. Jacob saß aufrecht auf einem Stuhl, das Chasseurkäppi unter dem Arm, und sah schneidig aus in seiner Uniform. Der Musiker studierte das Bild sorgfältig und sagte dann: »Würde nicht behaupten, dass er mir bekannt vorkommt. Was sagst du, Willie?«, rief er einem weiteren Mann zu, der auf der Veranda zu schlafen schien. »Meinst du, du hast den Knaben schon mal irgendwo gesehen?«

Der Angesprochene erhob sich, trat näher heran und lüftete vor ihr die Mütze. »Den Knaben da? Hmmmm. Wirkt nicht so ganz fremd auf mich. Hatte er karottenfarbenes Haar, Miss?«

Jessies Herz schlug schneller. »Ja, ja, hatte er.«

»So ungefähr wie Ihres, schätze ich? Wenn ich mir einen Bart hinzudenke…«

»Warten Sie! Ich habe noch ein Photo, das außerhalb von Gettysburg entstanden ist.« Sie wühlte in der Tasche und fand es schließlich ganz unten. »Hier.«

»Ja, ich glaube, mich an ihn zu erinnern. Wie war noch mal sein Name? Jack, nicht wahr?«

»Jake?« Ihr war die Brust so zugeschnürt, dass es beim Atmen wehtat.

»Schon möglich. Aber Gettysburg ist schon so lange her, dass ich mich auch irren kann.« Er gab ihr das Bild zurück, nahm seinen Platz wieder ein und schloss die Augen. Jessie hätte vor Enttäuschung weinen mögen.

Neben ihr sagte Thomas: »Es gibt hier viele Männer. Sie

können sie alle fragen.« Sie hatte fast vergessen, dass er ja auch noch da war. »Nun sollten wir nach oben gehen und schauen, ob wir dort ein oder zwei freie Zimmer finden.«

»Unsere Sachen ...«

»Die sind sicher, glauben Sie mir. Und Peter bleibt ja in der Nähe. Kommen Sie.«

Er betrat den breiten Treppenaufgang. Jessie folgte ihm und hielt dabei ihre Röcke in die Höhe, um sie vor dem Staub zu schützen, der überall eine dicke Schicht bildete. BITTE RUHE stand in großen schwarzen Buchstaben an der Wand. Als sie oben ankam, sah Jessie, dass die Zimmer nummeriert waren: Saal 1, Saal 2 und so weiter. Sie konnte nur vier Türen entdecken, aber der Korridor war ziemlich lang. Wie viele »Säle« gab es hier wohl? Früher einmal waren die Wände mit Tapeten dekoriert gewesen, die nun lose herunterhingen und an einigen Stellen ganz abgerissen waren. Braune Streifen von Wasserschäden zogen sich von den Decken herab.

Als sie den nächsten Treppenabsatz erreicht hatten und über die schmaler werdenden Stufen weiter hochgehen wollten, blieben sie abrupt vor einem bedenklich hageren jungen Mann mit Löchern in den Knien seiner Hose stehen, der an der Wandverkleidung herumschabte und ihnen den Weg versperrte. Er hatte rötliche Locken, und Jessie hielt natürlich sofort wieder die Luft an. Doch als er sie kommen hörte, drehte er sich um, und sie sah sofort, dass er nicht Jacob war, ihm nicht einmal ähnelte. Er blickte sie aus weit aufgerissenen, stumpfen Augen an, als wäre er so gut wie blind. Weder lächelte er, noch sagte er ein Wort, sondern wandte sich gleich wieder seiner Arbeit zu. Seine abgekauten Fingernägel bekamen ein loses Stück Tapete zu fassen, zogen daran, bis es sich nicht weiter abpellen ließ, und ein triumphierendes Lächeln bildete sich um seine Lippen.

»Beim Saubermachen, Soldat?«, fragte Thomas höflich. »Könnten Sie vielleicht einen Moment innehalten und uns vorbeilassen?«

Der junge Mann nahm Haltung an, salutierte zackig und sagte: »William Jefferson, Korporal im Zweiten Infanterieregiment von Massachusetts, erwartet neue Befehle, Sir.«

»Nicht nötig«, sagte Thomas und salutierte seinerseits. »Gute Arbeit, Korporal. Sehr gut. Weitermachen.«

»Jawohl, Sir. Verbindlichsten Dank, Sir.« Er drückte sich gegen die Wand, und sie schoben sich an ihm vorbei.

»Was ist denn los mit ihm?«, flüsterte Jessie.

»Sie brauchen nicht die Stimme zu senken. Selbst, wenn er hört, was Sie sagen, wird er es wohl kaum beachten. Er hat den Verstand verloren, so viel ist klar. Armer Kerl. Irgendwo muss er eine Mutter und einen Vater haben, die sich fragen, wo er steckt und warum er nicht nach Hause zurückkehrt. Sobald wir uns eingerichtet haben, werde ich versuchen, seinen Heimatort in Erfahrung zu bringen und ihn dann mit den Listen in unserem Gepäck abzugleichen.«

»Meinen Sie, auch Jacob…?« Sie sprach den Gedanken lieber nicht aus.

»Wir wissen es einfach nicht, Jessie, und wir werden es auch nicht erfahren, bis wir ihn finden.« Das winzige Wörtchen »bis« kam ihr vor wie eine laut schlagende Glocke; sicher hatte es zu bedeuten, dass Thomas davon überzeugt war, dass sie ihn finden *würden*.

Sie hatten nun den obersten Treppenabsatz erreicht; das Dachgeschoss. Es war warm und stickig hier oben, und es roch nach altem Staub. Sie rümpfte die Nase und musste dann plötzlich mehrfach niesen. »Gesundheit!«, rief der Mann von der Treppe, und Thomas und sie sahen einander verwundert an. »Danke, William!«, rief Jessie zurück.

Thomas stieß die erste Tür auf. Es war dunkel in dem

Zimmer, und es roch muffig, als wäre es lange nicht bewohnt gewesen. Doch wenigstens gab es zwei Fenster, die Thomas sofort öffnete, um etwas frische Luft hereinzulassen. Und vor allem stand das Zimmer leer. Obwohl alles ziemlich staubig war, hatten sie doch ein Dach über dem Kopf zum Schutz vor Regen und eine Tür, die Abgeschiedenheit gewährleistete.

»Das reicht für unsere Bedürfnisse«, sagte Thomas. »Wir können uns glücklich schätzen, Miss Jessie, auch wenn es Ihnen nicht so vorkommen mag. Aber wir werden Decken auslegen, die Kerzen und die Petroleumlampe hervorholen und hier einigermaßen gut schlafen, hoffe ich. Ich habe schon schlechter übernachtet und trotzdem angenehme Träume gehabt.«

Kann sein, kann auch nicht sein, dachte Jessie. Doch als er ihr sagte, sie solle hier auf ihn warten und sie dann unvermittelt stehenließ und rasch die Treppe hinunterlief, merkte sie, dass sie in diesem Haus eine Heidenangst ohne ihn an ihrer Seite hatte. Wenn sie nun Miss Barton nicht angetroffen und ganz alleine Jacob zu finden versucht hätte? Bei dem Gedanken bekam sie eine Gänsehaut. Spätestens an diesem Punkt hätte sie kehrtgemacht und zugesehen, dass sie nach Mechanicville zurückfand. Ja, so wäre es gewesen. Doch auch diese Vorstellung hatte einen bitteren Beigeschmack.

Aber dann hörte sie zwei Paar Füße die Treppe heraufgeschlurft kommen, also mussten das Thomas und wahrscheinlich auch Peter sein, die die schweren Taschen nach oben schafften. Sonderbar, wie leicht ihr plötzlich ums Herz wurde.

Es war tatsächlich Thomas, aber begleitet wurde er von dem dünnen Korporal, der ihm ihre Habseligkeiten tragen half. William sagte kein Wort, lud bloß seine Bürde ab und blieb dann schweigend an Ort und Stelle stehen. Thomas machte sich sofort daran, den Raum ein wenig wohnlicher zu gestalten; als er William bemerkte, griff er in seine Tasche und holte ein paar Münzen hervor, die er ihm in die Hand zu drücken versuchte.

»Danke, Sir, aber die Angehörigen der Armee des Potomac nehmen kein Geld.«

»Colonel Gordon hat mir persönlich den Befehl dazu erteilt.«

»Das ist etwas anderes, Sir. Als einer von Gordons treuen Soldaten danke ich Ihnen.« Er salutierte, drehte sich um und ging. Einen Augenblick später hörte Jessie ihn wieder an der Tapete kratzen. Wirklich ein bedauernswerter Kerl. »Wird er hier in diesem Haus bleiben und für den Rest seines Lebens die Tapete bearbeiten?«

»Nein, Jessie. Ich denke, früher oder später wird seine Familie nach ihm suchen. Spätestens, wenn ich Miss Barton über ihn schreibe, wird sie sich bemühen, mit ihnen in Verbindung zu treten. Ich hoffe nur, er zieht nicht so schnell weiter. Es gibt keinen Zweifel daran, dass er allerhand herumgekommen ist.«

»Woher wissen Sie das?«

»Weil sein Regiment mit General Sherman in Richtung Küste marschiert ist und Georgia ein ganzes Stück von hier entfernt liegt. Gott weiß, wie lange er unterwegs gewesen sein muss.« Er seufzte. »Wir können eben keine Wunder bewirken, so gerne wir es auch täten.« Dann nahm sein Gesicht einen unbeschwerteren Ausdruck an, und er sagte: »Die Jungs unten meinen, wir könnten im örtlichen Gasthaus eine anständige Mahlzeit kriegen. Ich weiß nicht, wie es um Sie steht, aber ich habe einen Bärenhunger.«

Zu ihrer eigenen Überraschung stellte Jessie fest, dass sie ihm da beipflichten musste. Und das nach all den Köstlichkeiten, die sie unterwegs verspeist hatten!

Das Gasthaus befand sich nur eine halbe Meile die Straße hinunter, also beschlossen sie, zu Fuß zu gehen. Jessie begab sich zu dem Pumpenhäuschen hinter dem Gebäude, um sich Gesicht und Hände zu waschen. Sie löste ihr Haar und bürstete es so glatt wie möglich, um es dann zu einem dicken Zopf zu flechten und den Zopf über ihrem Nacken zusammenzuknoten. Und wenn noch ein paar Härchen lose heraushingen – sei's drum! Sie besaß keinen Spiegel, um darin zu überprüfen, ob sie wie eine Lady aussah oder nicht. Also die Haube auf den Kopf, und los ging's.

Die drei schlenderten die Straße hinunter. Peter hielt ein wenig Abstand, denn schließlich war man hier im Süden. »Werden sie ihm überhaupt etwas zu essen geben?«, fragte Jessie, und Thomas versicherte ihr, auch Peter würde nicht hungern müssen. »Man hat mir gesagt, es gäbe eine Hintertür zu einem Raum mit ein paar grob gezimmerten Tischen, an denen die Farbigen ihre Mahlzeit einnehmen dürfen.«

»Aber das ist nicht recht!«, protestierte Jessie. »Mr. Lincoln hat die Schwarzen doch befreit, und nun werden sie immer noch wie Sklaven behandelt!«

»Natürlich ist das nicht recht, aber man verändert nicht von heute auf morgen das Denken der Menschen. Außerdem sind wir hier in Virginia, und schon die Höflichkeit gebietet es, die Leute die Dinge so handhaben zu lassen, wie sie es wollen, finden Sie nicht?«

Nein, das fand sie nicht unbedingt, doch sein Ton gab ihr zu verstehen, dass sie sich weiterer Kommentare enthalten sollte. Also konzentrierte sie sich auf den Boden unter ihren Füßen, lüpfte die Röcke, damit sie nicht im Straßenstaub schleiften, und gab auf Schlaglöcher oder lose Steine acht, über die sie stolpern konnte. Am Ende dieses Spaziergangs erwartete sie eine Mahlzeit, und sie hatte Hunger. Aber ihr Bruder? Wie erging es Jacob mit seinem furchtsamen Blick und den zerrissenen Kleidern; würde auch er heute Abend etwas zu essen bekommen? Sie sprach ein stilles, inniges Gebet, in dem sie um eine Mahlzeit und ein Dach zur Nacht für Jacob Snow bat, wo immer er sich in diesem fremden Land aufhalten möge.

1. Juni 1862
Chickahominy River, Virginia

Meine Lieben, dies dürfte ein längerer Brief werden, und ein feuchter und fleckiger obendrein, denn wir sind mitsamt unseren Habseligkeiten vollkommen durchnässt. Im Moment kämpfen wir weder, noch marschieren wir oder müssen zum Appell antreten, also haben wir nichts zu tun, als herumzusitzen und auf Befehle zu warten. Die Jungs reinigen ihre Waffen, und, wie ich hinzufügen möchte, auch sich selbst. Eine scheinbare Ewigkeit lang sind wir durch knietiefes Wasser und Schlamm gewatet. Tage um Tage hat es ohne Unterlass geschüttet; es war die reinste Sintflut. Manchmal konnte man durch den Schleier von Regen hindurch, der vom Himmel fiel, nicht einen Fuß weit sehen, und wir haben schon den Befehl erwartet, mit dem Bau einer Arche zu beginnen. Der Chickahominy ist mehrere Fuß angestiegen und über seine Ufer getreten, hat zwei Brücken mit sich gerissen und die letzte verbliebene so erschüttert, dass sie nun unpassierbar ist. Also mussten wir immer weiter vom Ufer zurückweichen, um nicht im Schlaf zu ertrinken, dafür aber während der Tage bis zum Bauch im Wasser arbeiten. Nun scheint endlich die Sonne, und ich genieße ihre Wärme. Wenn ich mich umblicke, sehe ich von uns allen Dampf aufsteigen, während wir langsam trocken werden. Ich fürchte, es kann noch Wochen dauern, bis ich das auch von meiner Decke behaupten darf. Beim Schreiben höre ich das ständige Tröpfeln des Wassers von den Blättern – ein viel erfreulicheres Geräusch als das Prasseln des Regens.

Eine unangenehme Folge des feuchten Wetters ist das Chickahominy-Fieber. Viele meiner Kameraden sind davon befallen; sie haben hohe Temperatur und delirieren. Sgt. Philip Devoe ist sehr krank, sein Gesicht ist blass und mit Schweiß bedeckt; er stöhnt und findet keine Ruhe. Er redet in einem fort; mal gibt er Durchhalteparolen aus, dann zählt er wieder die Toten um sich herum; dann wiederum gibt er plötzlich Befehl zum Rückzug und schreit seine

Männer an, sie mögen zurückweichen, doch schließlich versinkt er in einen ruhelosen, unerquicklichen Dämmerzustand, in dem er im Halbschlaf spricht und stöhnt. Vielen Kameraden geht es ähnlich. Aber du brauchst dir keine Sorgen zu machen, Ma. Dein Sohn ist gesund und bereit, für sein Land zu kämpfen - wenn doch nur das Hornsignal erst ertönte und ich den Ruf hörte, »Ran an den Feind, Jungs, ran an den Feind!«

Ihr mögt denken, dass ich nicht auf etwas hoffen sollte, was meinen eigenen Tod bedeuten könnte, aber ich sage euch, liebe Mutter und Schwester, es gibt kaum eine schlimmere Tortur, als darauf warten zu müssen, dass sich etwas tut. Ich würde viel lieber mit meinen Kameraden marschieren oder die Reihen des Feindes stürmen, wie wir es in Mechanicsville getan haben. Nein, eure Augen spielen euch keinen Streich. Mechanicsville, Virginia, ist der Ort, an dem wir am 24. Mai gekämpft und wo die Unionisten dank des 77sten New Yorker Infanterieregiments natürlich den Sieg davongetragen haben. Aber ist es nicht sonderbar, den Namensvetter seiner eigenen Heimatstadt angreifen zu müssen? Bis auf das zusätzliche ›s‹ natürlich, das eigentlich gar nicht not tut.

Baldy Smiths Division ist Franklins 6tem Korps angegliedert worden; das war vor ein oder zwei Wochen. Das 77ste New Yorker ist also nun Teil einer höchst eindrucksvollen Armee. Wenn wir die Straße hinuntermarschieren, sehe ich nichts als blaue Rücken und glänzende Gewehre. Bei diesem überwältigenden Anblick bin ich mir immer sicher, dass der Krieg bald vorüber sein wird, doch an Tagen wie heute, wenn so viele unserer Männer am Fieber leiden und wir auf den Nachschub aus Washington warten und warten müssen, der uns versprochen ist, aber scheinbar nie den Weg zu uns findet, gebe ich zu, dass ich mich schon frage, wie das wohl alles enden mag. Die Rebellen sind verbissene Kämpfer, auch wenn ihre Uniformen oft aus drei Farben zusammengesetzt sind, und dann erst das Schlachtgeheul, das sie im Sturm auf den Feind anstimmen! Es lässt einem das Blut in den Adern gefrieren. Überdies scheinen sie von endloser Zahl zu sein; sobald einer fällt, sprießt gleich ein Ersatz für ihn wie durch einen Zaubertrick aus dem Boden. Nun hört euch bloß an, wie blumig ich daherrede. Das kommt wohl davon, dass mir das Hirn in den letzten Tagen gründlich aufgeweicht ist; ich hoffe, es wird zusammen mit dem Rest von mir bald wieder trocken sein.

Es ist jetzt etwas später; die Dunkelheit naht. Ich bin vorhin unterbrochen worden, weil man mir sagte, Phil Devoe sei am Fieber gestorben. Noch ein Toter! Werden wir Jungen aus Mechanicville und Ballston je zu unseren Farmen und Schmieden zurückkehren? Ich habe Philips Bruder Ned suchen müssen, um ihm die schreckliche Botschaft zu überbringen, und als ich ihn fand, redete auch er wirr im Fieberwahn daher. Wir haben begonnen, die Toten und Sterbenden abzusondern und ins Lazarettzelt zu tragen; allerdings überleben die Hälfte von ihnen den Transport nicht. In diesem Fall lassen wir sie einfach an Ort und Stelle liegen. Ein anständiges Begräbnis ist in diesem Schlamm unmöglich. Auf dem Rückweg von meiner traurigen Mission erfuhr ich, dass das 77ste bald von hier abgezogen würde ... mitsamt der ganzen Armee des Potomac, um es genau zu sagen. Unsere Spione sind dahintergekommen, dass die Rebellen vorhaben, Washington einzunehmen, so dass wir alle in den Norden abkommandiert werden, um die Hauptstadt unseres Landes und den Präsidenten zu verteidigen. Obwohl es beinahe schwachsinnig anmutet, ohne ein Ergebnis unserer Mühen kehrtzumachen und dahin zurückzumarschieren, von wo wir aufgebrochen sind, wird es doch eine Erleichterung sein, endlich in Bewegung zu kommen.

Ich hoffe, dieser Brief eures euch liebenden Sohnes und Bruders trifft wohlbehalten bei euch ein.

Jacob Snow

7

Sie fand schneller Schlaf, als sie erwartet hatte, selbst in diesem fremden Zimmer mit seinen unvertrauten Gerüchen, selbst im Beisein von Thomas, der in seine Decke eingerollt neben ihr auf dem Boden lag und den sie atmen hören konnte. Irgendwie wirkte das Geräusch seines Atems beruhigend, denn es erinnerte sie an ihre Kindheit. Vor dem Einschlafen hatte sie die Augen geschlossen und wollte im Geiste ein Gedicht aufsagen, war aber nicht weit über die zweite Zeile hinausgekommen, und als sie die Augen wieder öffnete, war es bereits taghell, und eine Million Vögel sangen und zwitscherten in dem Baum vor dem Fenster.

Sie streckte sich und stand auf, strich ihren Unterrock glatt und nahm dann ihr Kleid von der Stuhllehne, über der sie es am Vorabend sorgfältig zusammengelegt hatte. Sie verspürte trotz allem, was sie gestern Abend im Gasthaus gegessen hatte, erstaunlicherweise schon wieder Hunger.

Die Wirtsleute, Mr. Lester Scraggins und seine Frau May – »weil meine Mama mich da nämlich auf die Welt gebracht hat, im Wonnemonat Mai, wie es in dem Lied heißt« – waren beides sonnige Gemüter und sehr gesprächig. Sie hatten ihnen erzählt, ihr Gasthaus sei früher eine Station der Postkutsche gewesen, ehe es zu der Zeit, als General Lee versuchte, Washington City für die Konföderierten einzunehmen – was misslang –, von der Unionsarmee zu ihrem Hauptquartier erklärt worden war. »Er musste Hals über Kopf zurück nach Richmond«, erzählte Lester. »Und als wir hier vorbeigeritten kamen, von drüben von West Virginia her, kümmerte sich keine Menschenseele um das Haus, also haben wir alles saubergemacht, und da sind wir nun!«

Das Essen war gut und reichlich. Jessie hatte gebratenes Huhn – man aß eine Menge gebratenes Huhn in diesem Teil der Welt! – und dazu Süßkartoffeln mit Kürbis und Sellerie in heller Sauce. Zum Dessert gab es leckeren Erdbeerpudding. Es saßen sieben Gäste am Tisch, und der Pudding war binnen einer Minute verspeist. »Ich hätte mehr machen sollen«, sagte Mrs. Scraggins. »Unsere Erdbeerpflanzen sind dieses Jahr richtig gut gediehen, also herrscht an frischen Früchten kein Mangel.« Und schon hatte sie eine große Schale davon auf den Tisch gestellt, die ebenfalls im Nu leer war. Danach stand gleich der Kaffee bereit, ganze Kannen davon, und Milch dazu.

Es war ein kräftiges Abendessen gewesen, und die übrigen um den langen Holztisch versammelten Gäste – allesamt Männer bis auf Jessie – hatten angenehme Gesellschaft geboten und allerhand Geschichten ausgebreitet, aber sie war dann frühzeitig müde geworden, und als sie aufbrachen, um zum Henderson-Haus zurückzugehen, erinnerte sie sich kaum noch an etwas von dem, was ihr alles erzählt worden war. Thomas hatte über sie gelacht und gesagt, er hätte noch nie jemanden gesehen, der so wie sie mit weit offenen Augen im Sitzen schlafen und zugleich munter weiterschlemmen könne.

Apropos Thomas – sie blickte zu der Stelle, an der er sich gestern Abend schlafen gelegt hatte, aber er war nicht mehr da, und mit ihm war auch seine Decke verschwunden. Er hatte den Nachttopf penibel gereinigt und ihr die Petroleumlampe und einen Eimer Wasser nebst einem über den Rand gehängten Lappen dagelassen, damit sie sich waschen konnte. Die Tür war fest geschlossen, also zog sie sich splitternackt aus und rubbelte sich bis auf ein paar Stellen am Rücken, die sie nicht erreichen konnte, von Kopf bis Fuß gründlich ab. Als sie sich in der warmen Luft vom Fenster trocknete, fühlte sie sich wie neugeboren.

Eine halbe Stunde später saßen sie und Thomas schon wieder im Gasthaus am Tisch und bedienten sich von Tellern mit Schinken, hartgekochten Eiern, weichen Brötchen, Marmelade aus Trauben und Beeren und selbstgebackenem Maiskuchen, wozu es reichlich Kaffee gab. Sie aß und aß – woher sie diesen Heißhunger hatte, konnte sie sich selbst nicht erklären –, bis sie mit einem Mal keinen Bissen mehr hinunterbekommen konnte und aufhören musste. Als sie einen Blick in die Runde warf, lächelten sämtliche Männer am Tisch ihr freundlich zu.

»Sie sind wohl immer noch am Wachsen, Miss«, bemerkte einer von ihnen, und alle lachten. Normalerweise wäre ihr das zutiefst peinlich gewesen, doch sonderbarerweise wurde sie nicht einmal rot und musste ebenfalls lachen. »Wird wohl so sein!«, sagte sie.

Während sie ihren Kaffee trank, erkundigte Thomas sich nach ihrer Familie. »Ich weiß natürlich, dass Sie einen Zwillingsbruder haben, aber was ist mit dem Rest von Ihren Leuten? Sind die alle aus dem Norden New Yorks?«

Sie holte zunächst einmal Luft. »Ich weiß es wirklich nicht, Thomas. Vor mir und Jake wurde immer ein Geheimnis daraus gemacht. Unsere Eltern waren liebevoll und gut zu uns, aber sie wollten nie viel über irgendwas reden, was mit der Familie zu tun hatte. Ein paar Dinge haben wir allerdings schon gewusst, zum Beispiel, dass unser Großvater, der Vater unseres Pa, Lehrer gewesen und jung gestorben war… Er ist eines Tages einfach umgefallen und hat zu atmen aufgehört, obwohl er ein großer, starker Mann mit athletischem Körperbau war. Das stürzte die Familie in bittere Not, und Pa, den sein Vater unterrichtet hatte, musste neue Fertigkeiten erlernen, um die kleine Familie – seine Mutter, seinen kränkelnden Bruder und sich selber – über Wasser zu halten. Ich glaube, er hat es stets bereut, den Schulbesuch abgebrochen zu haben, um Schreiner zu werden, und er hat sich geschworen, dass zumindest Jacob eine ordentliche Ausbildung genießen sollte, damit er, wer weiß, eines Tages vielleicht Anwalt oder Arzt werden konnte.«

Als ihre Stimme brüchig wurde, tat Thomas so, als hätte er es nicht bemerkt, und fragte: »Und Ihre Mutter?«

»Sie war Hebamme«, sagte Jessie nicht ohne Stolz. »Aber das wissen Sie ja bereits. Sie war tatsächlich so gut wie jeder Arzt. Alle kamen mit ihren Wehwehchen zu ihr, weil sie viel über Kräuter und dergleichen wusste und verschiedenste Heilmittel mischen konnte. Bevor sich in der Nähe ein studierter Doktor niederließ, war sie jedermanns Hausärztin. Sie hat mir alles beigebracht, was sie wusste, und es war immer so geplant, dass auch ich Hebamme werden und ihr in ihrer Praxis zur Hand gehen sollte. Doch als –«

Hier hielt sie abrupt inne und starrte die schlanke Gestalt an, die gerade zur Tür hereinkam. Es war das Mulattenmädchen, mit dem sie in Washington City gesprochen hatte. Auf ihrer Hüfte balancierte sie einen großen flachen Korb voller kleiner getrockneter Kräutersträuße, die sorgfältig mit Stroh zusammengebunden waren. Aha, dachte Jessie, sie reist also umher, um ihre Kräuter und ihre Medizin zu verkaufen. Das Erste, was ihr auffiel, war ein Büschel Pfefferminzblätter. Davon wollte sie sich ein paar kaufen und sich einen Aufguss gegen ihre Wadenkrämpfe kochen. Pfefferminz war außerdem gut gegen Bauchschmerzen.

Obwohl das Mädchen keinen scheuen Eindruck machte, blieb es in der Tür stehen und rief in den Raum hinein: »Ich iss eine Heilerin, was man in Georgia, wo ich geboren iss, auch eine Kräuterhexe nennt. Ich kenn mich in mei'm Metier gut aus, und hier sind Medizinen für alle, die ein Unbefinden plagt, ob's nu Kopfschmerzen oder Bauchweh iss oder ein Fieber oder das Zipperlein.«

»Bauchweh, sagst du? Na, dagegen könnte ich was gebrauchen«, rief einer der Männer. »Womit nichts gegen Ihre Kochkünste gesagt sein soll, Mrs. Scraggins.«

Alles lachte; doch einer nach dem anderen hielt jeder am Tisch mit dem Essen inne, um kundzutun, dass auch er nichts gegen ein Kopfschmerzmittel einzuwenden hätte und ob sie denn auch etwas gegen lästigen Juckreiz oder dieses oder jenes habe. Ehe das Mädchen nicken oder mit dem Kopf schütteln konnte, war May Scraggins bereits vorgetreten und hatte ihrer Besucherin den Arm um die Schulter gelegt.

»Seien Sie uns willkommen, Missy. Nehmen Sie doch am Kamin Platz und lassen Sie mich Ihnen ein Frühstück reichen. Danach können Sie Ihre Waren verkaufen, wenn jemand die haben will. Von *mir* weiß ich es jedenfalls mit Bestimmtheit.«

»Vielen Dank«, sagte das Mädchen. »Ich iss tatsächlich ein bisschen ausgehungert und nehm gern was zu essen an. Mein Name iss Delia, kurz für Cordelia. Cordelia Strong, als Sklavin gebor'n auf der Strong-Plantage unten in Georgia, aber nu eine freie Frau dank Vater Abraham, gesegnet soll er sein, und möge seine Seele im Himmel bei Gottes Engeln wohnen.«

Diese kleine Rede wurde mit Applaus vom ganzen Tisch bedacht. Delia Strong grinste breit und setzte sich dann auf einen Hocker neben dem wuchtigen Kamin, in dem ein Dutzend Töpfe und Pfannen hingen, aber kein Feuer brannte.

Man hatte die Außentür geöffnet, um eine Morgenbrise hereinzulassen, falls sich denn eine rühren sollte.

»Das ist dasselbe Mädchen, mit dem ich in Washington City gesprochen habe«, flüsterte Jessie Thomas zu. »Die, die Jacob davonlaufen gesehen hat. Ich muss mit ihr reden. Ich werde ihr sein Bild zeigen.«

»Geben Sie dem Mädchen doch etwas Zeit, sich den Bauch vollzuschlagen. Sie rennt uns schon nicht gleich wieder weg. Sie möchte erst etwas essen, und dann wird sie den Leuten hier allerhand von ihren Kräutern und Medizinfläschchen verhökern. Ärzte sind heutzutage rar gesät.«

Jessie konnte es kaum erwarten, sich mit Delia Strong zu unterhalten. Möglicherweise würden sie Rezepte gegen verschiedene Krankheiten austauschen; auf jeden Fall hätten sie eine Menge miteinander zu bereden, und es verlangte sie sehr nach der Gesellschaft einer anderen Frau in ihrem Alter, die dazu auch noch ihre Interessen teilte. Und wenn das Mädchen Jakes Bild sah, würde sie sich vielleicht daran erinnern, ihn in Washington gesehen zu haben. Und – welch wonniger Gedanke – vielleicht war sie ihm inzwischen gar *noch einmal* begegnet?

»Bitte, Miss Jessie, essen Sie doch ein bisschen was«, drängte Thomas sie im Scherz. »Sonst wird Miss Barton mir die Leviten lesen, weil ich Sie unterwegs hungern gelassen habe.«

Sie lächelte ihm zu und nahm sich noch eines von den weichen, gebutterten Brötchen. Machte es ihr etwas aus, wenn er fand, dass sie fraß wie ein Scheunendrescher? Er wäre nicht der Erste, der so von ihr dachte; ihr Vater hatte immer erstaunt den Kopf geschüttelt über die Menge an Essen, das sie in sich hineinstopfen konnte, ohne zuzunehmen. Nun, es war ihr gleich, was die Leute von ihr hielten. Die Butter kam frisch aus dem Fass, und Mrs. Scraggins'

Brötchen waren flaumig und beinahe so locker wie Mürbegebäck. Bevor sie sich recht besann, hatte sie drei Stück davon verputzt. Starrten die Männer sie schon wieder alle an? Nein, zum Glück nicht. Geziert wie eine Lady nippte sie an ihrem Kaffee und warf dabei ständig Blicke zu Cordelia Strong hinüber. Sie schätzte sie auf achtzehn oder neunzehn Jahre, sie hatte schon weibliche Formen angenommen und war dabei doch gertenschlank und ziemlich hoch gewachsen für eine Frau, größer als sie selbst jedenfalls. Ihre Haut hatte fast dieselbe Farbe wie der Milchkaffee, den Jessie trank und der aus viel mehr Milch als Kaffee bestand, und als sich ihre Blicke kreuzten, sah Jessie, dass Delia hellgrüne Augen wie eine Katze hatte. Doch Delia lächelte ihr nicht zu, sondern beließ es bei einem knappen Kopfnicken, was wohl etwa bedeuten sollte: *Ja, ich erinnere mich an dich.*

Wir werden schon gut miteinander zurechtkommen, dachte Jessie, aber das wagte sie Thomas gegenüber nicht laut zu sagen, denn er würde sie wahrscheinlich auslachen.

»Sie haben mir noch gar nicht verraten, wieso Sie sich so brennend für das Mädchen interessieren, Jessie. Kommen Sie aus einer Familie von Abolitionisten?«

»Ja, Pa hat sich immer sehr gegen Sklavenhaltung ausgesprochen. Er meinte, es wäre wider die menschliche Natur, und Gott könne es nicht gutheißen. Er ist mit dem Baptistenprediger fürchterlich darüber in Streit geraten, als er ihm seinen neuen Anbau zimmerte. Offenbar ist in der Bibel überall ständig von Sklaven die Rede. War nicht Jakobs Sohn Josef von seinen Brüdern in die Sklaverei verkauft worden? Da haben wir es ja, hat der Prediger gesagt, wenn Gott gegen die Sklaverei wäre, würde er es dann zugelassen haben, dass in der Heiligen Schrift darüber geschrieben stand und ein jeder es nachlesen konnte?« Sie musste ein wenig grinsen, als sie sich an die Episode erinnerte. Reverend Hotalings Gesicht war auch immer puterrot angelaufen, sobald ihm etwas gegen den Strich ging, und wenn er dann seinen Zorn in die Welt hinausbrüllte, hatten seine Augenbrauen gezittert wie Rauchwölkchen im Wind. »Reverend Hotaling ließ absolut nichts auf die Bibel kommen; sie wäre unumstößlich Gottes Wort und es gäbe nichts daran zu bemäkeln, was Pa natürlich zum Anlass nahm, bei jeder Gelegenheit einen Zank darüber vom Zaun zu brechen.«

»Und Sie? Welche Stellung haben Sie zur Sklaverei bezogen?«

»Ich war damals noch ein Kind, Thomas, und es gab nicht einen einzigen Schwarzen in der ganzen Stadt, weder als Sklaven noch als freien Mann. Jeder, mich eingeschlossen, hat hart für seinen eigenen Lebensunterhalt gearbeitet. Ich hatte ja kaum eine Ahnung, was das Wort bedeutete. Selbst jetzt noch fällt es mir schwer, mir vorzustellen, dass ein Mensch jemandem *gehören* soll wie ein Stuhl oder ein Hammer. Ich würde gern diese Cordelia fragen, wie das gewesen ist. Ich möchte es einfach wissen. Und da sie sich zur selben Zeit, als wir Jacob dort gesehen haben, in Washington aufgehalten hat, könnte es doch sein, dass er ihr dort ein zweites Mal über den Weg gelaufen ist.«

»Ja, natürlich. Jacob. Deshalb sind Sie so versessen darauf, mit ihr zu reden.«

»Es gibt doch nichts dagegen einzuwenden, dass ich ihr Fragen stellen möchte, oder?«

»Nein, nein, selbstverständlich nicht. Sehen Sie, jetzt erhebt sie sich und wird vermutlich anfangen, ihre Waren zu verkaufen. Benötigen wir noch irgendeine Medizin für die Reise?«

Es gab tatsächlich etwas, was ihr fehlte: Wanzenkraut gegen die heftigen Monatsblutungen, die ihr bisweilen zu schaffen machten. Aber über so etwas konnte sie mit keinem

Mann reden, also wäre es eine gute Gelegenheit, Cordelia anzusprechen. »Ja... etwas... Persönliches. Ich werde sie danach fragen, falls Sie nichts dagegen haben?«

»Nein, nein, gehen Sie nur, Jessie. Ich werde zusammen mit Mrs. Scraggins schauen, ob sie uns Proviant für die Weiterreise einpacken kann.«

Im Moment gab es allerdings keine Möglichkeit, sich Delia Strong zu nähern, denn sie war von männlicher Kundschaft umgeben, die mit ihr über den Preis für Pfefferminzöl oder Ähnliches feilschte.

Um die Zeit sinnvoll zu verwenden, suchte Jessie aus ihrer Tasche das neueste Bild heraus, das sie von ihrem Bruder besaß. Es zeigte ihn als bärtigen schlanken jungen Mann mit sonnengebräuntem Gesicht, der sich mit einem Fuß auf einem Zaun abstützte und das Gewehr lässig unter dem Arm hielt. »Dieser Mann ist mein Bruder Jacob Snow«, begann sie. »Er war Sergeant im 77sten New Yorker Infanterieregiment. Als ich im Sommer 1864 zuletzt von ihm gehört habe, befand er sich in einem Hospital in Washington, und seitdem ist er wie vom Erdboden verschluckt.« Sie reichte die Photographie dem ihr am nächsten stehenden Mann, der sie sich ansah, den Kopf schüttelte und sie dann weitergab.

»Nun, kleine Lady, ich war im 5ten Infanterieregiment von Vermont. Wir haben als Teil von Baldy Smiths Division in Young's Mills und Lee's Mills und Savage's Station Seite an Seite mit dem 77sten New Yorker gekämpft. Es waren tapfere Soldaten, die meisten von ihnen. Aber wissen Sie, Washington... in Washington City wurde nie gekämpft. Falls Sie wüssten, ob er danach seinem Regiment wieder zugeteilt worden ist...« Der das sagte, war ein schlanker junger Mann mit beginnender Glatze, der am anderen Ende des großen Tisches saß. Er trug eine elegante Jacke und ein Tuch um den Hals. Einen Moment später fiel ihr auf, dass einer seiner Jackenärmel zugenäht war. Er hatte einen Arm verloren. Wie entsetzlich.

Zu ihrer Bestürzung war dem Mann ihr mitleidiger Blick nicht entgangen. »Ach, das. Ja, das ist '62 bei Savage's Station passiert. Schon lange her. Ich hatte Glück, mit dem Leben davonzukommen, Miss, also mache ich mir nicht viel draus. Und es ist ja bloß mein linker Arm. Bei meiner Arbeit als Reisender in Kurzwaren behindert mich das nicht allzu sehr. Wie lautete noch mal der Name Ihres Bruders?« Inzwischen hatte das Photo auch ihn erreicht, und er musterte es eingehend.

»Jacob. Jacob Snow.« Jessie hielt die Luft an, denn er schüttelte nicht gleich den Kopf, wie es die anderen getan hatten. Er führte das Bild näher an sein Gesicht heran. »Wissen Sie, ich glaube, den Knaben habe ich gesehen. Jedenfalls habe ich mal so einen bärtigen Jungen getroffen, ganz schön von der Sonne gegerbt, als hätte er viel Zeit unter freiem Himmel verbracht. Er sah diesem Bild sehr ähnlich, war aber deutlich dünner, geradezu eingefallen, und, ich hoffe, Sie nehmen's mir nicht übel, Ma'am, er hatte so einen gehetzten Blick.« Jessie wagte vor Freude kaum Luft zu holen. Unvermittelt rollten ihr die Tränen über die Wangen. »Ja, das ist er bestimmt. Vor zwei Tagen glaubte ich ihn auch gesehen zu haben, und er entsprach ganz Ihrer Beschreibung, einschließlich des wilden Blicks«, sagte sie mit bebender Stimme.

Der Mann blickte erschrocken von dem Bild auf. »Es tut mir so leid, Miss. Es war nicht meine Absicht, Ihnen Kummer zu bereiten.«

Jessie wischte sich die Augen und zog schniefend Luft durch die Nase. »Aber nein, Sir, ich bin nicht traurig, nicht, wenn dies der Mann ist, den Sie gesehen haben, denn das würde bedeuten, dass mein Bruder lebt. Doch Sie haben mir noch gar nicht gesagt, *wo* Sie ihm begegnet sind. War das hier in der Nähe?«

»Zumindest auf dieser Straße, in Richtung Süden. Er war so voller Staub, dass ich meine Maultiere angehalten und ihm einen Schluck Wasser angeboten habe. Er sagte, er sei unterwegs nach Richmond, um dort Arbeit zu suchen. Was für eine Arbeit, habe ich ihn gefragt, weil ich – verzeihen Sie, wenn ich das so sage – fand, dass er reichlich abgerissen und zu gehetzt für jemanden aussah, dem man eine Arbeit geben mag. Aber er meinte, er wüsste geschickt mit dem Hammer umzugehen und würde sich auch mit Arbeit auf einer Farm auskennen… nun, verzeihen Sie, Miss, wer in diesem Lande kennt sich nicht mit Farmarbeit aus? …und er könnte bei so ziemlich allem anpacken, hat er noch gesagt. Ich habe ihm alles Gute gewünscht und bin dann meiner Wege und er seiner. Er hat mir gar nicht seinen Namen genannt, aber es war nicht zu übersehen, dass er ein Soldat der Yankees war. Ist schwierig für einen versprengten Yankeesoldaten, hier im Süden Arbeit zu finden, Miss.« Er selbst, dachte Jessie, sieht alles andere als versprengt aus in seinem feinen Zwirn und mit den gepflegten Fingernägeln. »Und außerdem ist das nun schon einen Monat oder länger her.«

Er gab Jessie das Photo zurück, und sie hielt es sich an die Brust. Dieser Mann hatte Jacob gesehen und mit ihm gesprochen. Also *war* er am Leben, genau, wie sie es die ganze Zeit geahnt hatte. Und solange er lebte, würde sie ihn auch irgendwie finden.

»Mein Reisebegleiter und ich sind ebenfalls in Richtung Süden unterwegs, also treffen wir ihn vielleicht irgendwo auf dem Wege. Wir haben Neuigkeiten über vermisste Soldaten von Miss Clara Barton im Gepäck«, fügte sie rasch hinzu, »und hoffen noch mehr für sie in Erfahrung zu bringen.«

»Clara Barton! Der Engel der Schlachtfelder! Na, da tun Sie aber ein gutes Werk, Miss, dass Sie diese wichtige Arbeit unterstützen. Ich wünsche Ihnen viel Glück dabei und auch bei der Suche nach Ihrem eigenen verschwundenen Soldaten.«

»Vielen Dank, vielen Dank.« Immer noch das Bild an die Brust gedrückt, schaute sie nach Cordelia Strong. Sie nahm gerade einen Geldschein von einem der Männer entgegen, und es stand sonst niemand mehr an, um ihr etwas abzukaufen. Jessie eilte rasch zu ihr, bevor das Mädchen seine Waren zusammenpackte und die Chance, mit ihr zu reden, verstrich. »Miss Strong… Cordelia… darf ich Sie Cordelia nennen?«

Das Mädchen schien amüsiert. »Die erste weiße Frau in mei'm Leben, die *mich* um Erlaubnis für was fragt. Sie dürfen mich Cordelia nennen, wenn Sie's wollen, aber ich hör lieber auf Delia. Und wie darf ich Sie ansprechen, Miss?«

»Ich bin Jessie Snow. Bitte sagen Sie doch Jessie zu mir. Ich kenne mich mit Heilkräutern aus, und ich kann ein Kind auf die Welt holen und gebrochene Knochen zurechtrücken. Meine Mutter hat mir das beigebracht.«

»Noch eine Kräuterhexe! Was Sie nich sagen! Ich iss mächtig erfreut, Ihre Bekanntschaft zu machen, Miss Jessie Snow.« Lächelnd streckte sie ihr die Hand entgegen, die Jessie gerne nahm. »Auch ich hab's alles von meine Mamma gelernt. Sie war Sklavin, aber auch eine Hexe. Ihre Tante Clarabelle, sie war die Hebamme auf der Plantage. Sie hat alle Kindas auf die Welt geholt, schwarze und weiße und Mischlinge und dann für jedes einzelne davon gesorgt. Der Mann von meine Mamma, das war Ibo, der Geisterbeschwörer. Oooh, weiße Leute mächtig Angst vor Ibo, sogar Marster David!« Sie lachte. »Aber nich Angst genug, um ihm die Freiheit zu schenken. Das hat Marster Abraham gemacht…

gab uns alle unsere Freiheit. Halleluja!« Sie steigerte sich richtig hinein. »Was Sie brauchen?« Sie wies auf ihren inzwischen halb geleerten Korb.

Jessie betrachtete die Auswahl an Kräutern. Wiesenraute, von manchen auch Krebswurzel genannt, gegen Menstruationsprobleme. Stechapfelkerne gegen Rheumatismus. Kastanienblätter gegen Asthma und Kurzatmigkeit, Wollkraut gegen Ödeme, Mutterkraut gegen Kopfschmerzen. Und ein paar getrocknete Blätter, die sie nicht recht einordnen konnte; sie würde Delia danach fragen müssen. »Ich brauche etwas«, sagte Jessie mit gesenkter Stimme, »um die Blutung einzudämmen.«

»Weiß genau Bescheid, Miss Jessie. Iss gleich hier.« Sie hielt ihr ein kleines getrocknetes Sträußchen hin.

»Wie viel wollen Sie dafür haben? Ich besitze ein paar Münzen, aber keine von diesen neumodischen Banknoten.«

»Was Sie hier machen, Miss Jessie? Sie reden nich wie alle Weißen, die ich kenn. Sie kein Südstaatenmädchen, das kann ich hören.«

Jessie blickte sich nach Thomas um. »Ich arbeite für Miss Clara Barton und bin mit ihrem Assistenten Mr. Thomas Lavery und Peter, unserem Kutscher, unterwegs.«

»Mit der Kutsche unterwegs? Darf ich mit Ihnen fahren?«

»Selbstverständlich können Sie das«, sagte Jessie, ohne Thomas gefragt zu haben, was er von einer zusätzlichen Reisebegleitung hielt. »Aber wollen Sie denn gar nicht wissen, *wohin* wir reisen?«

»Das nich wichtig. Ich fahr dahin und dorthin und nach dort und nach hier, wo gerade wer hinwill und mich mitnimmt. Manchmal iss ich auch zu Fuß unterwegs und sammle meine Kräuter von den Feldern. Gibt nich viele, wo sich um ihre Felder kümmern heute.« Mit hoher, klarer Stimme begann sie zu singen: »*I'm just a poor wayfarin' stranger, a-travelin' through this world of woe ...*« Ihr Gesang klang ein wenig nasal, und sie beugte die Noten, wie Jessie es noch nie gehört hatte. Man konnte es nicht gerade als schön bezeichnen; eher als ein wenig unheimlich. Aber Jessie gefiel es.

Delia hörte zu singen auf und lachte. »Ich kann sehen, Ihnen gefällt mein Gesang. Ich meine Lieder von einer alten Frau aus den Bergen gelernt, und die sagte, sie sie von ihrer Mammy kennt.«

»Welche Berge denn?«

»Weiß nich. Eben Berge, wo die Menschen aus den Bergen herkomm. *Appel ...* oder so was. Ich mag die Lieder, die die alte Frau mich beigebracht hat.«

»Sing uns noch etwas vor, Missy«, rief der Mann mit dem abgetrennten Arm. »Ich mag diese alten Lieder auch. Kennst du *Barbara Allen*?«

Delia lachte wieder. »Nein, Sir, aber ich kenn *Barb'ry Ellen.*« Und schon begann sie mit ihrer hohen, klaren Stimme: »*Twas on a sunny Autumn day, with colored leaves a-fallin ...*« Sie sang sehr langsam, wie bei einem Begräbnis. Alles im Raum saß mucksmäuschenstill da, und sämtliche Augen waren auf sie gerichtet, doch dann unterbrach sie der Reisende in Kurzwaren. »Das ist nicht der Text, wie *ich* ihn gelernt habe, obwohl die Melodie mir bekannt vorkommt. Bei uns begann es immer mit: ›Twas in the merry month of May ...‹«

Delia warf den Kopf in den Nacken. »Iss altes Lied, Marse, älter als die Berge, wo's herkommt, glaub ich. Könnt sein, dass die Menschen alle es so singen, wie sie's mögen.« Danach weigerte sie sich, noch ein weiteres Lied vorzutragen, obwohl die ganze Gesellschaft sie inständig darum bat. »Sieht aus, als kann ich meine Medizinen wegwerfen und mich mein Brot und Dach mit Gesang verdien'n. Aber gerade eben, Gen'lmens, hab ich eine Kutschfahrt angeboten bekomm'n, und ich muss jetz los, damit wir noch vor Dunkelheit in der Stadt sind.« Sie beugte sich zu Jessies Ohr hinunter und flüsterte: »Wohin fahren wir denn?«

»Fredericksburg.«

Gemeinsam verließen sie die Gaststube. Vor dem Haus wartete bereits der Wagen; Peter hielt die Maultiere, und Thomas rannte ungeduldig hin und her.

»Oh, Fredericksburg iss eine schöne Stadt und gar nich weit von hier«, sagte Delia. »Da werd ich mächtig Medizinen los.« Sie beeilte sich, um mit Jessie Schritt zu halten. »Dein Gen'lman… wie iss sein Name?«

»Thomas. Thomas Lavery. Und er ist nicht *mein* Gentleman. Wir… wir arbeiten nur zusammen.« Um das Thema zu wechseln, fügte sie hinzu: »Ich kann einige deiner Kräuter bestimmen, aber nicht alle. Unterwegs kannst du mir erzählen, welche das sind.«

»Nur, wenn Miss Jessie mir auch ihre Geheimrezepte verrät.« Delia grinste wieder einmal breit, wobei sie einen abgebrochenen Zahn entblößte. Als sie merkte, dass Jessie die Stelle anstarrte, hielt sie sich rasch die Hand vor den Mund. »Ibo ihn ausgebrochen. Ein Schlag mit'm Handrücken. Hat mich glatt umgehauen, und mein Mund iss auf ein Schleifstein gelandet.«

»Was hat man mit Ibo gemacht?«

»Nix natürlich.« Als wäre es das Selbstverständlichste auf der Welt.

»Oh«, sagte Jessie und hatte das Gefühl, als hätte sie sich selbst eine Ohrfeige verpasst. »Entschuldigung, dass ich gefragt habe.«

Sie sagte nichts mehr dazu, sondern ging zu dem Wagen voraus, wo sie dann Seite an Seite stehenblieben, kein Wort miteinander wechselten, nur den Blick in die Ferne schweifen ließen, während sie darauf warteten, dass Thomas sich umdrehte und zurückkam. Er schien keineswegs überrascht, als er Delia mit den Kräuterbündeln zu ihren Füßen erblickte. »So, Miss Strong, Sie wollen also Ihr Glück mit uns versuchen?«

»Jawohl, Marster Thomas, wenigstens bis Fredericksburg. Ich bezahl auch für die Fahrt.«

Thomas lächelte. »Sie können uns ja was vorsingen. Vielleicht legen sich die Maultiere dann ein bisschen mehr ins Zeug. Und ich bin auch kein *Marster*, sagen Sie ruhig Thomas zu mir. So, nun hoch mit Ihnen beiden.« Er half erst Jessie und dann Delia auf den Wagen, wo sie es sich auf Stapeln von Decken und Kleidern bequem machten. Er selbst setzte sich nach vorn zu Peter, und schon waren sie unterwegs nach Fredericksburg – mehrere Tagesreisen weit entfernt.

Jessie bat Delia, ihr ihre Kräuter zu erläutern, damit sie sie mit denen, die man in Mechanicville anzuwenden pflegte, vergleichen konnte. Delia sah sie verwundert an. »Wirklich? Aber Mechanicsville iss doch gar nich weit weg von hier, iss bei Richmond!«

Also erklärte Jessie ihr, dass sie aus dem Staat New York stammte und dass *ihr* Mechanicville sich ohne das ›s‹ schrieb, obwohl das angeblich nicht immer so gewesen war.

»Na, gut denn«, sagte Delia. »Aber ich hab mich schon sehr gewundert, weil du doch gar nich red'st wie hier aus der Gegend, kein bisschen. Du red'st richtig gut, wie eine Lady, trotz dem komischen Akzent.«

»Ich dachte, *du* bist diejenige mit dem Akzent!« Sie mussten beide kichern. Eine Weile lang holperten sie die Straße entlang, während Jessie und Delia die Köpfe über Delias Kräuter- und Wurzelsammlung zusammensteckten. »Das iss Medizin von Sklaven, Miss Jessie. Wir ham immer unsere eig'nen Tinkturen gemacht.«

»Wir ebenso.«

»Seh'n wir mal, ob wir die gleichen Dinge im Garten wachsen ham.'« Sie führte ihre Schätze vor: »Wollkraut gegen Wassersucht, Löwenzahn, mit Zucker gekocht, gegen Keuchhusten. Den Zucker kriegen wir aus weißem Andorn, indem wir ihn in Zuckerhirsemelasse kochen. Und hier iss getrockneter Kuhmist gegen die Schwindsucht – nein, nich das Gesicht verziehen, Miss Jessie, das erleichtert die Brust, wenn man Tee draus kocht und ihn mit Minze würzen tut.« Pfirsichbaumblätter als Heilmittel waren Jessie neu; man goss sie mit kochendem Wasser auf, und sie sollten bei Magenbeschwerden helfen und fiebersenkend wirken – wofür Delia allerdings auch Johanniskraut empfahl. Dann gab es da ein Gras, das als Abführmittel diente; auch davon hatte sie noch nie etwas gehört – ebenso wenig wie von *grünem Germer.* »Iss eine Bergpflanze, Miss Jessie, und mächtig giftig, also muss man sie dreimal kochen und das Wasser immer gleich wegschütten, weil sonst das, was drin überbleibt, giftich iss. Die Wurzeln sinn' nich so gefährlich wie die Blätter ... ooh, die Blätter darf man niemals essen, sons' wird man mächtig krank ... aber wir hier unten wissen, wie man damit umgeht. Jeder im Süden kennt grünen Germer als Medizin, bei euch im Norden wohl nich.«

»Meine Mutter hat mir alles beigebracht, was ich über Heilkräuter weiß, doch diesen grünen Germer hat sie nie mit einem Wort erwähnt, also wächst er bei uns im Norden wohl gar nicht erst.«

Während sie sich so angeregt unterhielten, hatte Thomas beim Postamt von Dumfries Halt gemacht, wo er sich dann fast eine halbe Stunde lang aufhielt. Als er wieder herauskam, sagte er, dass sie in Triangle und möglicherweise in noch einer weiteren kleinen Stadt einen kurzen Zwischenstopp einlegen würden. Als der Wagen wieder anrollte, sammelte Delia ihre Kräuter und Wurzeln ein, band sie zusammen und rollte sie in Stoffstreifen, damit sie sich frisch hielten, bis sie in einen Ort kamen, wo sie sie in ihrem Korb zum Verkauf auslegen konnte. Während sie damit beschäftigt war, sagte sie ohne aufzublicken: »Der Ibo, von dem ich erzählt hab, er war der Mann von meine Mamma. Sie war'n mächtig verliebt in einander – du hätt'st sie hören soll'n. Mich aber Ibo nie geliebt, no Sir!«

»Aber … er war doch dein Vater, oder?«

»War er nich. Marse David war mein Daddy.« Als sie das sagte, blickte sie auf und sah Jessie herausfordernd an. »Deswegen iss meine Haut so hell – doppelt hell, weil meine Mamma auch auf einer Plantage geboren iss und *ihr* Daddy war der Marster dort. Marse Clayton Neal aus Elbert County. Marse Clayton hat meine Mamma, Gott segne, an Marse Davids Vater gegeben, als sie drei Jahre alt.« Sie machte eine Pause, damit Jessie diese Tatsachen erst einmal verdauen konnte, und fuhr dann fort: »Wir war'n Haussklaven, meine Mamma und wir Kindas, auch die von Ibo. Meine Mamma war die Köchin und eine Kräuterhexe, weit und breit bekannt im Floyd County. Marse David sie hat oft geschickt zu anderen Plantagen, wenn dort wer krank war, damit sie sie heilt, Sklaven und weiße Leute auch. Ibo …« Sie senkte die Stimme und warf nervöse Blicke nach allen Seiten. »Er sagte, er würd' kein Marster ihm den Nam' eines weißen Mannes geben lassen, also war er der einzigste Sklave auf der Plantage mit sei'm eig'nen Nam'. Er sagte uns, es iss der Name von dem gefährlichsten Stamm in ganz Afrika, von Ibos Stamm. Ibo war Geisterbeschwörer und alle eine Todesangst vor ihm, kannst du mir glauben. Außer meine Mamma natürlich. Aber sollte ja keiner wagen, Ibo zu reizen! Ibo war mächtig mächtiger Geisterbeschwörer.« Sie sprach noch leiser, als wäre er in der Nähe und könnte sie belauschen. »Wenn er wollte, verfluchte er ein'n, dass man das Fieber bekam, oder machte, dass jemand sich in dich verliebt.« Ihre Stimme war nur noch ein heiseres Flüstern. »Ibo konnt' einen Mann sterben lassen, nur weil er ihm sagte, er soll sterben.« Sie lehnte sich zurück und faltete die Hände im Schoß. Nun hatte sie ihre Geschichte erzählt.

In Jessies Kopf drehte sich alles angesichts dieser bizarren Verwicklungen, die sie erst einmal der Reihe nach begreifen musste. Delias Mutter war also eine halbe Weiße und bekam dann ein Kind von ihrem Master David, der zweifelsohne weiß sein dürfte, also war Delia … ja, was? Als hätte sie ihre Gedanken gelesen, sagte Delia: »Meine Mamma hat mir erzählt, unten in N'Awlins nennt man so wen wie mich ein *Halbblut* … in Georgia heißt das ›hellhäutig‹ oder manchmal auch ›zwielichtig‹, und man sagt, wenn man in'n Norden geht, kann keiner mehr erkennen, dass man eine Farbige iss. Stimmt das?«

»Das stimmt, Delia«, rief Thomas vom Kutschersitz nach hinten. »Wenn ein Neger wie ein Weißer aussieht und sich auch als solcher ausgibt, spricht man davon, dass er als Weißer ›durchgeht‹. Aber wenn man als Farbiger als weiß durchgehen möchte, kann man niemandem mehr seine Familie zeigen und vielleicht auch nie wieder nach Hause zurückkehren.«

»Nie wieder nach Hause zurückkehren«, wiederholte Delia, halb an sich selbst gewandt. »Nie wieder seine Mamma und seine Schwestern und Brüder seh'n … nein. Ich iss so erzogen, stolz zu sein auf das, was ich iss, also will ich auch nich in den Norden und als wem anderes Kind durchgeh'n. Nein, ich nich.«

»Braves Mädchen«, sagte Thomas, aber Jessie fragte sich, was daran so brav sein sollte. Wenn Delia einfach in den Norden ginge und dort als Weiße lebte, würde man sie nicht wie eine Art niedere Lebensform behandeln. Ihr war aufgefallen, dass die Männer am Tisch von Mrs. Scraggins sich nichts dabei dachten, Delia den Hintern zu tätscheln oder ihr mit der Hand über den Rücken oder die Wange zu streichen, wenn sie an ihr vorbeigingen. Der eine oder andere hatte sich sogar zu ihr gebeugt und ihr etwas ins Ohr geflüstert, worauf Delia wiederum gelächelt, den Kopf in den Nacken geworfen und offenbar sogar eine flotte Erwiderung parat gehabt hatte. Doch kaum war sie von den Männern bezahlt worden, hatte Jessie bemerkt, wie ihr Lächeln verschwand und ihre Augen sich mit Tränen füllten. *Nun, sie ist eben genauso einsam wie ich*, hatte Jessie sich gesagt.

»Und du konntest dich an mich erinnern, Delia? Aus Washington?«

»Werd wohl kaum so ein helles Haar vergessen, oder? Du suchtest nach dem Lumpenmann, der an mir vorbeigerannt iss. Ja, ich weiß es noch, weiß aber nich, ob du auch *mich* geseh'n hast.«

»Ich bin sogar wieder zurückgegangen, um nach dir zu suchen, aber du warst schon weg. Deshalb war ich richtig froh, als du in dem Gasthaus aufgetaucht bist. Denn dieser Mann in Lumpen war nämlich mein Bruder, mein Zwillingsbruder.«

»Zwillinge?« Delia bekam ganz große Augen. »Meine Mamma immer gesagt, Zwillinge bring'n Glück. Aber nich der alte Ibo. Der meinte, man soll ein'n davon tothau'n – oh, war nich so gemeint, verzeih. Ich hab das nie geglaubt.«

»Keine Ursache. Viele Leute finden Zwillinge sonderbar. Ich habe mal alte Leute bei unserem Anblick sagen hören, wir wären gegen Gottes Willen geschaffen, und ich habe alte Frauen dreimal über ihre Schulter spucken gesehen. Es gibt eben abergläubische Menschen, doch das kümmert mich einen Dreck.« Sie sahen einander an und kicherten.

»Ich glaub, wir passen zusammen«, sagte Delia. »Wir denken so gleich.«

»Ja, nicht wahr? Vielleicht kannst du ja die ganze Fahrt bei uns bleiben. Ich glaube, das Ziel unserer Reise ist Richmond.«

»Und vielleicht wir finden dein'n Bruder schon in Fredericksburg.«

Die beiden jungen Frauen sahen einander an. Plötzlich überkam Jessie ein Angstgefühl. Was sollte sie zu ihm sagen, wenn sie ihn dort entdeckte? Was würde sie tun, wenn er wieder vor ihr davonlief?

»Das werden wir sehen, wenn wir dort sind«, sagte sie mit so ruhiger Stimme wie möglich.

8. Juli 1862
Im Feldlager nahe Harrison's Landing, Virginia

Meine Lieben, ich weiß, ich habe länger nichts von mir hören lassen, doch ich bin sicher, dass ihr mir verzeihen werdet, wenn ihr erfahrt, dass ich krank gewesen bin. Ich war befallen von Schüttelfrost und Fieber und einer allgemeinen Gliederschwäche. Ich muss es mir auf der Halbinsel geholt haben. Man nennt es Chickahominy-Fieber. Eine Menge meiner Kameraden sind daran erkrankt, und manche werden sich wohl nicht mehr erholen. Eddie und mich hat es am gleichen Tag erwischt, sonst hätte ich euch durch ihn eine Nachricht zukommen lassen, damit ihr wisst, dass ich noch am Leben bin. Es überrascht mich nicht, dass die Krankheit uns beide gemeinsam befallen hat, denn wir sind ständig beieinander. Eddie sagte, es hätte mich viel schlimmer getroffen als ihn, ich hätte gezittert wie ein Blatt im Herbst und Schweißausbrüche gehabt und wäre über längere Zeit nicht bei Bewusstsein gewesen. Natürlich kann ich mich daran überhaupt nicht erinnern, denn ich war ja bewusstlos, und das Erste, worauf ich mich wieder besinnen kann, war, dass ich meine Augen geöffnet und mich sonderbar schwach gefühlt habe und wir bereits Juni hatten und dass da Ed Seelys sommersprossiges Gesicht mit einem sehr sorgenvollen Ausdruck darin über mich gebeugt war. »Was glotzt du denn so?«, habe ich gefragt; seine Züge entspannten sich augenblicklich, und er rief, Jake sei aufgewacht. Und obwohl er selbst wie der leibhaftige Tod aussah, war er so frech wie eh und je.

Dies ist nun das Erstaunliche an der ganzen Geschichte: Obwohl ich unter Fieber und Schüttelfrost litt, bin ich doch als guter Soldat weitermarschiert und habe schlafwandlerisch gekämpft. Dann, sagte Eddie, hätte ich mein Gewehr erhoben und zum Schuss angesetzt, doch anstatt dass sich der Schuss löste, wäre mir die Waffe aus den Händen geglitten und ich wie ein Stein zu Boden gefallen. Das Letzte, woran ich mich erinnerte, war, dass ich aufrecht stand, das Gewehr angelegt hatte und auf den Feind schießen wollte, und dann lag ich plötzlich in einem Lazarettzelt in der Nähe von Harrison's Landing und spürte zwei Augen auf mich gerichtet. Ed sagte, er wäre sich sicher gewesen, dass die Krankheit mich dahingerafft und er nun niemanden mehr hätte, über den er sich lustig machen könne. Ich weiß nicht mehr, was dazwischen war. Es ist, als wäre mir ein Stück meines Lebens verloren gegangen, und ich muss ständig darüber nachsinnen, wohin meine Seele während all dieser Wochen gewandert sein mochte. Sie muss in den Händen des Allmächtigen gelegen haben, denn sonst wäre ich bestimmt nie wieder zu Bewusstsein gelangt – glaubt ihr nicht auch?

Sobald ich mich aufsetzen konnte, bekam ich Haferschleim zu essen und dazu einen starken Kaffee mit einem Schluck Whisky darin, was mich sehr schnell vollends wach werden ließ. Ich erkundigte mich gleich, welchen Tag wir hätten, und als man mir sagte, es wäre der 29. Juni, habe ich es kaum glauben können. All die Tage waren in einem Nebel des Chickahominy-Fiebers untergegangen. »Ich muss schon sagen«, meint Ed, »dass du es um einiges besser getroffen hast als viele unserer Freunde. Zweiundzwanzig Männer des 77sten New Yorker sind hier im Lazarett entweder am Fieber oder an Schusswunden gestorben. Und dabei habe ich noch nicht einmal die mitgezählt, die auf dem Feld gefallen sind.« Furchtbar, furchtbar! So viele meiner Kameraden sind nicht mehr, und ich habe es nicht einmal mitbekommen, so dass ich wenigstens um sie hätte trauern können. Mir geht es inzwischen recht gut; ich bin wieder fast ganz der Alte. Schweißausbrüche habe ich nur noch ab und zu, und auch die Geister haben aufgehört, mir nachts etwas zuzuflüstern. Sie waren sehr hartnäckig, und ich bin froh, sie los zu sein. Endlich kann ich wieder schlafen. Man verabreicht mir jeden Tag beim Krankenappell eine Dosis Chinin, und ich melde mich regelmäßig zur Untersuchung und lasse keinen Tag aus, denn ich möchte nie mehr wegen dieses Fiebers das Bewusstsein verlieren. Und ich verspreche, auch fleißig zu schreiben, sowie meine Kräfte zurückkehren. In diesen Tagen falle ich oft nachmittags unwillkürlich in einen Dämmerzustand. Man sagt ja, Schlaf würde dem Körper helfen, sich von seinen Wunden und seinen Übeln zu befreien, und wir haben unser Lager ohnehin im ländlichen Virginia aufgeschlagen, wo wir untätig herumsitzen und auf Befehle warten. Es ist fast eine Woche vergangen, in der die Männer wenig oder gar nichts zu tun hatten, also flicken sie ihre Kleidung, singen Lieder wie Tenting on the Old Camp Ground oder The Battle Cry of Freedom oder The Girl I Left Behind Me und wienern ihre Stiefel, sofern sie noch welche besitzen. Ach, du hättest sie singen hören sollen, Jessie, wie sie ihre tapferen Stimmen bei jedem Wetter erschallen ließen, ob wir in der Schlacht nun siegen würden oder nicht.

Jetzt aber fürchte ich, dass selbst Gesang den Kampfgeist mancher unserer Männer nicht wieder zum Leben erwecken vermag; viele Kommandeure haben abgedankt und sich auf den Rückweg nach Hause gemacht: Der Oberstleutnant und seine Korporale, der Quartiermeister und selbst der Feldgeistliche. Mehrere der Freiwilligen haben sich zur Beförderung zu Unteroffizieren gemeldet, um deren Stellen einzunehmen, und wenn ich mich höheren Aufgaben gewachsen fühlte, hätte ich mich ihnen angeschlossen. Der Major ist entlassen und Adjutant French als Sergeant Major zu seinem Nachfolger ernannt worden; an seine Stelle trat wiederum ein aus einem anderen Regiment hinzugeholter Majorsanwärter. Man kann sich das Kommen und Gehen und die Verminderung der Reihen durch Verluste und Deserteure kaum vorstellen. Manche Kameraden glauben, dass die Rebellen bereits drauf und dran sind, den Krieg zu gewinnen, und sehen keinen Sinn mehr darin, weiter auszuharren, um sich am Ende noch eine Kugel einzufangen. Womöglich würde ich auch auf den Gedanken verfallen, mich davonzumachen, wenn ich mich nur besser fühlte, aber Eddie sagt, da spreche das Fieber aus mir und nicht Jake Snow. Es ist ein Segen, einen Freund wie ihn als Kampfgefährten an meiner Seite zu haben. Ich bete zu Gott, dass er nicht etwa unmittelbar neben mir angeschossen wird, so wie Henry Walters, der eben noch über den Gegner spottete und eine Minute später ganz still wie ein totes Gewicht an mir hing. Eine Woche lang hatte ich davon Alpträume.

Verzeiht, dass ich so niedergeschlagen klinge; das müssen die Nachwirkungen des Fiebers sein. Ich möchte nicht, dass ihr euch jemals Sorgen um mich machen müsst. Ich werde in besserer Verfassung denn je zuvor hier herauskommen. Euer Jake ist ein Meisterschütze - wie jede Eichhörnchen- und Fuchssippe in Mechanicville bestätigen dürfte -, und keine graue Uniform weit und breit könnte meinem Adlerauge entgehen. Es gibt genug, die mit mir darin übereinstimmen, dass es nicht mehr lange dauern wird, bis wir sie geschlagen haben.

Nun überkommt mich eine große Müdigkeit, also schließe ich mit all der tiefen Zuneigung und Liebe, die ein Mann nur für seine Familie empfinden kann. Ich hoffe, eure Herzen zu erleichtern, indem ich euch berichte, was ich alles durchgemacht und dennoch überlebt habe.

Euer liebender Sohn und Bruder Jacob Snow.

8

»Verrat mir doch mal einer«, sagte Delia und unterbrach damit ein langes Schweigen, während der Wagen immer weiter und weiter gen Süden holperte und polterte, »wer iss diese Clara Barton, von der ich dauernd hör?«

»Miss Barton? Sie ist unser Boss«, lachte Thomas.

»Oh, sie ist sehr viel mehr als *das*«, widersprach Jessie und sah ihn dabei vorwurfsvoll an. »Miss Barton war während des Krieges eine Feldschwester.« Als sie Delias erstaunt ehrfurchtsvollen Blick bemerkte, fügte sie hinzu: »Ja, du hast richtig verstanden, sie hat sich mitten ins Gefecht begeben, um verwundete Soldaten zu bergen.« Sie wollte noch erwähnen, dass Thomas einer der Soldaten gewesen war, die Miss Barton gerettet hatte, hielt aber auf einen warnenden Blick seinerseits hin lieber den Mund. Stattdessen erzählte sie von Jacob und wie sie versuchte, ihm anhand der Spur seiner Briefe zu folgen, und unterwegs überall sein Photo herumzeigte, falls jemand sich erinnern sollte, ihn gesehen zu haben.

»Das iss eine gute Idee«, sagte Delia. »Aber *mir* hast du sein Bild noch gar nich gezeigt. Ich iss fast überall rumgekommen, in Georgia, in Virginia und auch in Alabama.«

Jessie zog das Photo jüngeren Datums, auf dem Jacob einen Bart trug und wesentlich dünner wirkte, aus der Tasche.

Delia betrachtete es einige Minuten lang und sagte dann: »Nein, diesen Mann hab ich vor dem Tag in Washington nie gesehen. Aber ich glaub, das iss der Mann in Lumpen.«

»Ich auch, Delia, ich auch«, sagte Jessie und steckte das Photo voll wachsender Erregung wieder ein. Sie würden ihn finden, das wusste sie ganz genau, und das reichte ihr vorerst.

Delia hatte zwei Frühstücksbrötchen in ein Stück Stoff eingeschlagen und bot sie ihr an. Sie knabberten an dem Gebäck und unterhielten sich über Heilpflanzen, während Thomas auf dem Kutschbock seine Papiere durchging, um sich für ihren Halt in Triangle vorzubereiten.

Triangle war eine schmucke kleine Stadt und ähnelte damit den anderen hübschen Städtchen in diesem Teil Virginias: eine lose Ansammlung von Häusern, da und dort eine Farm, vielleicht ein paar Gebäude mit Schildern, die auf Handel oder Handwerk hinwiesen, in einer Reihe, so dass sie eine Straße bildeten – beispielsweise eine Anwaltspraxis, ein Frisörladen, in dem man sich die Haare schneiden oder einen faulen Zahn ziehen lassen konnte, oder ein Lebensmittelgeschäft. Der Wagen hielt vor dem örtlichen Gemischtwarenhandel, an dem ein handbemaltes Brett darauf hinwies, dass sich hier das Postamt befand. Jessie entdeckte sogleich die gegen die Wand gelehnte Tafel, an der die Liste der vermissten Soldaten festgenagelt war. Thomas ging hinein und kam ein paar Minuten später mit einem kleinwüchsigen glatzköpfigen Mann zurück, dessen runder Bauch ihn vornüberkippen zu lassen drohte, und tatsächlich baute sich der Unbekannte auch mit einem Hohlkreuz vor ihnen auf und hielt den Kopf in den Nacken, um zu Thomas sprechen zu können.

»Wir hatten hier allerhand Besucher«, sagte der Mann. »Die vorbeiziehenden Soldaten eben, die immer stehenbleiben, um zu schauen, ob der Name eines Freundes oder eines Verwandten auf der Liste steht. Und in jüngster Zeit ist es zweimal vorgekommen, Mr. Lavery, zweimal gleich, lassen Sie sich das gesagt sein, dass ein Soldat zu mir hereinkam und verlangte, dass sein Name von der Vermisstenliste gestrichen würde. Der Erste hat sich darüber amüsiert und mich aufgefordert, ihn zu kneifen, damit ich mir sicher sein kann, dass er auch wirklich existiert. Als ich das ablehnte, hat er wieder gelacht und gesagt, jetzt wolle er sich aber beeilen, um nach Hause zu kommen, ehe seine Mutter sich vor Trauer in ihr Sterbebett lege. Ich habe die Namen angestrichen, damit Miss Barton weiß, dass wenigstens diese beiden Vermissten aufgetaucht sind.«

Er kicherte in sich hinein, während Thomas geduldig zuhörte; dann räusperte er sich und überreichte ihm einen Stapel Briefe – »für Miss Barton«, fügte er unnötigerweise hinzu, denn an wen sollten die Briefe sonst gerichtet sein? Thomas seinerseits übergab ihm die Briefe, die Miss Barton den Familien in der Umgebung geschrieben hatte. Bei *diesen* Briefen gab es nichts zu lachen – sie enthielten überwiegend traurige Neuigkeiten.

Der rundliche Mann hatte auch einen Hammer und Nägel mitgebracht und sah zu, wie Thomas die alte Liste heruntemahm und die neue aufhängte. Als er sie sich durchlas, schüttelte er den Kopf und sagte: »Oh je, oh je … Ich sehe, dass man den jungen Samuel Williams tot aufgefunden hat. Aber ich sehe da auch einen Namen, der entfernt werden kann. Marcus Merriweather ist vor mehreren Wochen zu uns nach Hause zurückgekehrt – auf Krücken, denn er hat ein Bein verloren, aber lebendig, Sir, und das war eine Erleichterung für seine liebe Mutter und für jeden in der Stadt.«

»Auf der Liste findet man gute und schlechte Nachrichten, wie immer, Mr. Perkins.« Thomas machte sich auf einem Blatt Papier Notizen.

»In der Tat. Mr. Lavery. Wie immer. Oh ja. Was für ein furchtbarer Krieg.«

»Ja, Sir. Furchtbar.« Sie schüttelten sich zum Abschied die Hände.

Als sie Triangle verließen, sagte Delia: »Marse Thomas, Sie das den ganzen Weg bis Richmond so machen? Sie bringen Nachrichten von Soldaten und nehmen Nachrichten von ander'n Soldaten mit? Und bringen sie zu Miss Clara Barton?«

»Das habe ich vor, Delia. Es ist meine Aufgabe, vermisste Soldaten zu finden, tot oder lebendig. In jedem Fall wollen ihre Angehörigen Gewissheit, und wir ebenfalls. Miss Barton hat das ins Leben gerufen.« Er machte es sich auf einem Stapel Decken bequem, drehte sich zu ihnen um und begann zu erzählen: »Am Anfang ging Miss Barton davon aus, dass sie die Truppen mit Proviant versorgen sollte, denn es wurde auf dem Feld alles Mögliche benötigt, und *alles* war Mangelware. Also erschien sie mit einer Wagenladung zur Versorgung der Verwundeten und der Sterbenden am Ort der Schlacht. Aber schon bald begann sie sich persönlich um die Männer zu kümmern, die oft stundenlang irgendwo herumliegen mussten, weil niemand ihre Schreie erhörte. Es gab nicht genug Ärzte, meine lieben jungen Damen, und, das lässt sich leider nicht verhehlen, viel zu viele Schwerverwundete. Nach kurzer Zeit fing sie damit an, sich selber mitten auf das Schlachtfeld zu begeben, um verletzte Soldaten zu bergen. Sie hörte ihr Stöhnen und ihr Rufen und konnte es nicht länger ertragen. Manche hat sie aus eigener Kraft in Sicherheit gebracht – Jessies Bruder etwa. Andere jedoch waren kaum noch am Leben, und es hätte ihren sicheren Tod bedeutet, sie zu transportieren. Um diese Männer hat sie sich an Ort und Stelle gekümmert, hat ihnen die Hand gehalten, den Schweiß von der Stirn getrocknet, ihnen Trost zugesprochen, während sie im Sterben lagen, und ihren letzten Worten gelauscht. Die Soldaten begannen sie zu bitten, auf irgendeine Weise ihren Familien mitzuteilen, was ihren Söhnen zugestoßen war. Also machte sie sich daran, Listen anzufertigen, vor allem von den Gefallenen, auf denen sie das Datum, den Namen, das Regiment, den Ort der Schlacht, die Heimatstadt des Unglücklichen und so weiter eintrug. Gegen Ende des Krieges erlaubte ihr Präsident Lincoln, ein Mitteilungsbüro für die Freunde und Angehörigen der als vermisst gemeldeten Unionisten zu gründen. Dieses Büro sammelte dann weiter die Namen der Vermissten und Gefallenen, und Miss Barton steuerte ihre eigenen Informationen dazu bei. Die vervollständigten Listen wurden schließlich an sämtliche Zeitungen gesandt. Bald gingen Dutzende, schließlich Hunderte von Briefen ein, in denen sich nach bestimmten Soldaten erkundigt wurde, die an dieser oder jener Schlacht teilgenommen hatten und von denen man seither keine Nachricht mehr erhalten hatte. Oder man schrieb ihr von als vermisst gemeldeten Armeeangehörigen, auf die das keineswegs zutraf.«

»Denn sie waren glücklich nach Hause zurückgekehrt«, fügte Jessie hinzu.

»Das wollte ich damit nicht unbedingt sagen. Bitte regen Sie sich nicht auf, Jessie, aber so mancher Soldat hat sich einfach vom blutigen Schlachtfeld entfernt, weil er meinte, er hätte genug vom Krieg. Manche dieser Männer fanden dann bald Arbeit oder auch eine Liebste und haben sich weit fort von daheim niedergelassen.«

»Warum haben sie sich denn nicht bei ihren Familien gemeldet?«, verlangte Jessie zu wissen. »Es kommt mir reichlich grausam vor, seine Mutter in dem Glauben zu belassen, man wäre tot … oder … oder ein Deserteur.« An dem letzten Wort hätte sie sich beinahe verschluckt.

»Männer könn'n mächtig grausam sein, Miss Jessie«, meldete sich Delia zu Wort. »Männer immer denken, sie wissen, was für die Frauen das Beste iss.« Sie nickte eifrig mit dem Kopf, um ihren Worten mehr Nachdruck zu verleihen. »Einige denken, sie wissen *alles*!«

»Da hast du recht«, sagte Jessie. »Aber würden Frauen je einen Krieg anfangen? Was meinst du, Delia?«

»Nee, niemals! Aber seht euch nur kleine Negerkindas an, zwei, drei Jahre alt, wie die Jungs mit Stöcken als Schwerter Krieg spielen. Männer lieben Krieg!«

»Nicht doch, Miss Delia!« Thomas klang so bestürzt, dass die beiden jungen Frauen lachen mussten. »Nicht jeder Mann ist so aufs Kämpfen versessen, das kann ich Ihnen versichern.«

»Kann sein«, sagte Jessie. »Und doch haben sich in meiner Stadt die jungen Männer fast überschlagen, um sich in irgendeinem Regiment eintragen zu lassen. Sie wollten einfach nicht darauf hören, wenn man ihnen sagte, sie wären zu jung, oder es könnte böse für sie ausgehen.«

»Nun, Miss Jessie, die Männer sehen sich eben als die Beschützer ihres Heims, und erscheint ein Widersacher am Gartenzaun, dann verteidigen sie es. Kann man ihnen das verdenken?«

Jessie öffnete den Mund, um dem etwas entgegenzusetzen, aber dann ermahnte sie sich, dass ja auch Thomas in den Krieg gezogen und verletzt worden war, während sie sicher zu Hause saß, ihre Mutter pflegte und Kinder auf die Welt holte. Also nahm sie sich zusammen, was gar nicht ihrer Wesensart entsprach. Das Aufwachsen mit einem genau gleichaltrigen Bruder hatte sie gelehrt, sich nicht den Mund verbieten zu lassen, doch nun lernte sie, dass das vielleicht nicht immer das Klügste war. Und es hinterließ auch Spuren bei ihr, wenn sie Thomas' Gefühle verletzte. Aber das war ja nur natürlich – gingen sie nicht der gleichen Aufgabe für ein und dieselbe Auftraggeberin nach? Sie waren Gefährten. Jawohl, Gefährten.

»Wissen, Marster Thomas, das Kriegspielen wird den kleinen Sklavenjungs mit Prügel ausgetrieben. Wenn sie Männer werden, ham' sie gelernt, schön brav zu sein ... wenigstens für andere.« Schweigend betrachtete Delia die vorbeiziehende Landschaft. Als Jessie sie gerade bitten wollte, doch fortzufahren, sagte sie: »Meine Mamma ham' sie *Mercy* getauft, wohl weil sie 'ne gutmütige Seele werden sollte, aber sie hat immer gesagt, sie weiß nich, warum, denn zu ihr war'n sie nie gutmütig. Sie war 'ne Hausniggerin, meine Mamma. Hat in der Küche geschuftet. Mein Daddy war Marse David – von ihm sind meine grünen Augen und meine helle Haut. Ibo aber war's, den meine Mamma geliebt und mit dem sie's getrieben hat. Nur hat Ibo alle ihre Kindas von Marse David gehasst, mich besonders. Er immer finstere Blicke für mich gehabt. Niemand mochte von Ibo finster angeguckt werden. War mächtiger Geisterbeschwörer. Marse David hat meine Brüder verkauft, aber Mamma hat geweint und gebettelt, dass mich behalten, also hat Marse David gesagt, Cordelia darf bleiben. Die Mistress mich gehasst, aber Marse David hat nicht erlaubt, dass mir wer was tut. Mammy, das war die Mamma von meiner Mutter, sie hat mich geliebt. Sie hat alle Kindas auf die Welt geholt, hab' ich schon erzählt. Sie hat gesagt, bei meine Geburt hab' ich ihr ganz ernst in die Augen geguckt, als würd' ich da schon wissen, wie's auf der Welt iss. Wie ich zehn war, hat sie mich gefragt, ob ich ihre Helferin werden will. Meine Mamma war ja die Hexe, also hab' ich von den beiden alles gelernt, was'n Doktor über Heilmedizin und Kindaskriegen wissen muss. Marse David hat das gefallen. Er sah, ich war klug, und klatschte vor Freude in die Hände. Er hat mir Lesen und Schreiben beibringen lassen, und auch ein bisschen Klavier, wenn seine richtigen Töchter Jane und Prissy ihre Stunden bekamen.«

»Alle Achtung«, sagte Jessie. »Da hast du mir ja einiges voraus.«

»Und was hilft's mir?«, entfuhr es Delia mit solcher Heftigkeit, dass Jessie unwillkürlich von ihr abrückte. »Ich bin Nichts! Die Weißen nennen mich Nigger, und die Schwarzen nennen mich Weiße. Keiner will mich haben!«

Eine betretene Stille trat ein, bis Jessie schließlich sagte: »Oh, Delia, das tut mir so leid für dich!« Zu ihrer Überraschung reagierte Delia darauf mit einem Tränenausbruch. Sie weinte herzzerreißend, doch ein oder zwei Minuten später hatte sie sich schon wieder gefangen. Sie unterdrückte ihr Schluchzen und wischte sich die Tränen aus dem Gesicht, ehe Jessie ihr auch nur tröstend die Hand auf die Schulter legen konnte. Mit einem Mal kam Jessie ein Gedanke. Ob Sklavinnen es mit der Zeit lernten, ihre Tränen hinunterzuschlucken? Behutsam streckte sie den Arm nach Delia aus und sagte leise: »Nun, jetzt hast du mich zum Freund, und Thomas auch.«

Delia schwieg einen Augenblick; dann sagte sie: »Und ich iss auch mächtig dankbar dafür. Mächtig. Ich danke euch … Ich *bin* dankbar«, korrigierte sie sich sogleich. Als Jessie sie verblüfft ansah, fügte sie hinzu: »Ich weiß, dass ich manchmal nich richtig rede. Aber ich kann lesen und schreiben, ja, das kann ich, und ich kann auch lernen. Willst du mir helfen, wie eine weiße Frau zu sprechen, Miss Jessie? Dann bist du richtig meine Freundin.« Sie grinste schelmisch.

»Oh, natürlich bin ich deine Freundin. Nur, bist du sicher, dass ich dich jedes Mal korrigieren soll, wenn ich es nötig finde? Das tut man unter Freunden eigentlich nicht.«

»Ach, ich werd' es schon vertragen. Als Sklavin muss man viel vertragen können.«

Werde ich dieses Mädchen jemals richtig begreifen, dessen Leben doch so ganz anders als meines verlaufen ist, dachte Jessie. *Und wie kann ich ihr sonst noch helfen?*

»Also, Delia, wenn du etwas lernen möchtest, dann habe ich hier die erste Lektion für dich. Du sollst nicht immer sagen ›ich ist‹. Es heißt ›ich bin‹.«

»Ich... bin dir so dankbar, dass du mir etwas beibringst, Miss Jessie. Als wir noch Kindas auf der Plantage waren –«

»Nicht ›Kindas‹, Delia. Man sagt ›Kinder‹, wenn von mehr als einem Kind die Rede ist.«

»Ich iss dir so dankbar...« Sie fuhr sich mit der Hand an den Mund. »Oh weh! Ich muss aufpassen. Ich... bin dir so dankbar.«

Jessie klatschte in die Hände. »Sehr gut! Sehr gut!« Delia blickte zufrieden drein. »Du lernst schnell, Delia«, sagte Jessie und wurde mit einem breiten Lächeln belohnt. *Was für ein hübsches Mädchen sie doch ist,* dachte Jessie. Nein, nicht *hübsch,* dazu war sie zu exotisch... *Exotisch.* Das traf es besser. Sie sah *exotisch* aus mit ihren grünen Augen und dem hellen Teint. Als Negerin verriet sie eigentlich nur das weiße Kopftuch. Sie nahm es nie ab, was an sich gar nicht so ungewöhnlich war. Von jedem, Mann, Frau oder Kind, wurde erwartet, dass man sein Haupt bedeckte. Sie selbst trug ja stets eine Haube und hatte noch zwei in Reserve im Gepäck. Wenn sie konnte, wusch sie jeden Abend ihre Haube, hängte sie zum Trocknen auf und nahm sich am nächsten Tag eine frische. Wie mochte wohl Delias Haar aussehen?

Sie wollte sie gerade fragen, da kippte der Wagen plötzlich zur Seite und blieb abrupt stehen. Sie und Delia kreischten beide, als sie auf ihrem Sitz verrutschten. Thomas, der sich am Kutschbock festgehalten hatte, sprang vom Wagen herunter auf die Straße und rief: »Haltet euch fest, Ladies! Ich komme und helfe euch. Was ist passiert, Peter?«

Peter, der ebenfalls von seinem Sitz geklettert war, kniete bereits neben dem Wagen. »Ein Rad iss gebrochen, Marse Thomas. Heute komm' wir nich weiter.«

Gemeinsam untersuchten die beiden Männer den Schaden. Das Rad war über einen scharfkantigen Stein gerollt, der die eiserne Felge so verbogen hatte, dass es sich nicht mehr drehte. »Ein Schmied könnte das wieder richten«, sagte Thomas. »Wir haben es doch nicht mehr weit bis Midway Island, nicht wahr, Peter?«

»Jawohl, Sir. Iss nich mehr weit. Ein oder zwei Meilen, höchstens drei.«

»Na schön. Dann laufe ich mal in die Stadt und hole den Schmied, damit er uns hilft. Es gibt noch jede Menge zu essen in dem Korb, also könnt ihr essen, während ihr wartet. Ich verspreche auch, mich zu beeilen. Trotz meiner… Verletzung… komme ich noch gut voran.« Er half erst Jessie, dann Delia vom Wagen, sah sich um, ging mit nur einem Anflug eines Humpelns ein Stück am Wegesrand entlang, trat nach abgefallenen Ästen und hob schließlich ein besonders kräftiges Exemplar auf, das kaum gekrümmt war und ein dickes, knorriges Ende hatte. »Mein Gehstock!«, verkündete er, machte eine knappe Verbeugung und marschierte dann flotten Schrittes die Straße hinunter, wobei er im Gehen sogar kleine Staubwölkchen aufwirbelte.

Jessie konnte nicht umhin, ihm nachzublicken, bis er um eine Wegbiegung verschwunden war. Sie sah ihn nur sehr ungern fortgehen. Was sollten sie tun, falls ihm etwas zustieß?

Delia hingegen schien sich von dem Lauf der Ereignisse nicht beirren zu lassen. Behände hob sie den Proviantkorb vom Wagen, stellte ihn auf dem Boden ab und hielt auch schon zwei Reisedecken in der Hand. »Komm, Miss Jessie«, sagte sie. »Hilf mir, wir suchen ein schönes Plätzchen für unser Picknick.«

Dann nahmen die drei im Schatten eines Baumes auf jeweils einer der Ecken der Decke Platz und ließen sich kalte Hühnerkeulen und Maisbrot schmecken. In einem Blecheimer, den Delia am Morgen an der Pumpe des Brunnens gefüllt hatte, gab es sogar frisches Wasser, das sie aus einem Becher, den sie sich reihum reichten, tranken. Die an einem Baum festgebundenen Maultiere fraßen derweil Gras. Jessie und Peter hatten jeweils einen dicken Baumstamm im Rücken, gegen den sie sich lehnen konnten, doch Delia saß kerzengerade im Schneidersitz da und schien die Haltung keineswegs unbequem zu finden.

»Hast du in einem der Lager für befreite Sklaven gelebt, Delia?«

»Aber gewiss doch, Miss Jessie. Wo soll'n armes farbiges Mädchen wie ich denn sonst hin? Ich hab' in einem der großen Camps am Rand von Washington City geschlafen. Da hatt' ich mein'n eigenen Verschlag, gerade groß genug für mich und sogar mit 'nem Dach aus Ästen und Stroh, das ich mir selber gemacht hab'. Jeden Tag… *bin* ich zu Fuß nach Washington, um meine Medizinen zu verkaufen – aber das weißt du ja –, und jeden Abend, ich iss zurück ins Lager und hab' gehofft, dass keiner mir mein Dach gestohlen. Der Gestank iss so schrecklich… du weißt, wovon ich spreche, Peter… weil manche Schwarze von nix 'ne Ahnung ham', nich mal, wie man 'n Loch gräbt und sein Geschäft da drin verbuddelt. Stockdumm war'n sie…«

Jessie entging nicht, dass Delia in ihre alte Sprechweise zurückverfiel, doch nun schien ihr nicht der passende Zeitpunkt für eine Lektion in korrektem Englisch zu sein. Stattdessen sagte sie: »Du kannst dich glücklich schätzen, dass dein...« Wie sollte sie es formulieren? Dein Herr? Dein Vater? Sie räusperte sich und fing noch einmal von vorn an. »Du kannst von Glück reden, dass man dir all das beigebracht hat, Delia. Mich hat nie jemand Französisch gelehrt, und Klavierstunden habe ich auch keine bekommen.«

»Glücklich?« Delia warf ihr einen derart feindseligen Blick zu, dass Jessie vor Schreck ganz dicht an ihren Baumstamm zurückwich. Doch dann sah sie sie gleich wieder lächeln. »Oh, ich iss... es tut mir leid, Missie. Du meinst... du meinst, für'n Sklavenmädchen. Ja, das iss wahr. Ich kann lesen und schreiben und sogar rechnen. *Et je parle français, oui, un petit peu.*« Jessie konnte in Anbetracht der ihr fremden Wörter nur bewundernd den Kopf schütteln, sie dachte daran, dass man Menschen wie Peter und Delia meistens im Stall bei den Tieren schlafen ließ und fragte sich, warum die Weißen Farbige stets so behandelten, als hätten sie nichts im Kopf. Ob *diese* Leute wohl Französisch sprachen?

»Ich überleg' manchmal...«, unterbrach Delia sie in ihren Gedanken, »ob ich nich auf die Plantage zurückgeh' und andern Farbigen Lesen und Schreiben beibring'. Wie sollen sie's sonst in der Welt schaffen?«

»Die Mühe könn' Sie sich sparen, Miss Delia«, ließ Peter sich mit einem Mal vernehmen. »Manche Schwarze verdien' es nich, dass man ihn' was beibringt. Sie wissen es nicht besser, als auf der Plantage ihres Marsters zu bleiben und sein' Befehlen zu gehorchen – selbst nicht, nachdem sie frei sind!«

»Das stimmt, aber viele Sklaven auf Marster Davids Plantage, sie ham' geklagt und geweint – *woher kriegen wir nun zu essen für unsere Kindas? Wer kauft uns was zum Anziehen?*« Ihr Ton klang scharf. »Als Marse David in seine Trompete geblasen, um uns zu sagen, dass wir nun frei wie die Vögel, ich etwas Maisbrot und mein Sonntagskleid und die Decke, die Mammy mich genäht … die Decke, die meine Mammy für mich genäht *hat* … in mein großes Tuch gewickelt und ich nach Norden marschiert, jawohl!« Ihre Augen wurden feucht, doch es kamen keine Tränen. »Aber ich erfahren, was Freiheit iss. Nix! Man mich noch immer Nigga genannt, und die Yankeesoldaten, die nie eine weiße Frau aus'm Süden auch nur angefasst ham', sie waren alle hinter mir her. Einer hat mir sogar 'n Messer an'n Hals gehalten …«

»Oh, Delia! Was hast du da gemacht?«

»Ich gesagt, nur zu, schneid mich in Stücke, wenn du das willst. Aber mehr kriegste nich von mir! Er nahm das Messer weg und schüttelte den Kopf, als ob er schlecht geträumt, und mich fortgeschickt. ›Geh!, Geh!‹, er mir gesagt, und bei Gott, wie hab' ich die Beine in die Hand genomm'!«

Jessie war froh, dass sie über diesen guten Ausgang von Herzen lachen konnte. Sie alle lachten, und Peter begann zu singen. Es war ein Lied, das Jessie noch nie gehört hatte, aber Delia stimmte gleich mit ein und klatschte im Takt. *»Jimmy crack corn and I don't care, Jimmy crack corn and I don't care, Jimmy crack corn and I don't care, My master's gone away.«* Es war eine fröhliche Melodie, die einem in die müden Knochen fuhr, und auch Jessie klatschte mit.

Delia, die ihre Zehen kaum hatte stillhalten können, stand plötzlich auf, entblößte ihre Füße und legte auf dem Rasen einen flotten kleinen Tanz hin.

Es war ein anmutiger Anblick, wie ihre Füße sich blitzschnell bewegten, während sie die Röcke halb bis zu den Knien hochraffte und die Beine von sich warf. Sie schien ganz und gar in ihrem Tanz aufzugehen, doch bei einer ihrer Drehungen verrutschte das weiße Tuch, das sie immer fest um den Kopf gebunden trug, ein wenig, so dass Jessie kurz

Delias Haar erkennen konnte, das zu ihrem Erstaunen keineswegs schwarz und kraus, sondern leicht gewellt und fast kastanienbraun war. Ohne auch aus dem Schritt zu geraten, schob sie ihre Kopfbedeckung rasch wieder zurecht.

Jessie ahnte, dass sie ihre Beobachtung lieber nicht zur Sprache bringen sollte, doch sie fragte sich, wie Delia wohl mit offen getragenem Haar aussehen mochte? *Gar nicht mal so viel anders als ich,* dachte sie, und das ließ sie nachdenklich werden. Sie betrachtete den Tanz nun mit anderen Augen. Als Delia innehielt und sich glücklich nach Luft schnappend wieder auf ihren Platz auf der Decke fallen ließ, applaudierte Jessie voller Begeisterung, aber Delia grinste nur breit und schüttelte den Kopf bei der Bitte, ihnen noch mehr vorzutanzen.

»Ach, das hat gut getan«, sagte Delia und zog ihre Strümpfe wieder an. »Wir ham' immer viel getanzt auf der Plantage von Marse David, wenn die Arbeit fertig war. Horace hatte sein Banjo und Johnny seine Fiedel, und Amos, der konnte so geschickt mit Knochen trommeln, dass ei'm die Füße fast von alleine zu tanzen anfingen.« Klar, dachte Jessie, dass Delia jetzt, wo sie in Erinnerungen schwelgte, wieder redete, wie ihr seit ihrer Kindheit der Schnabel gewachsen war. Es dürfte nicht leicht sein, alles hinter sich zu lassen und ein ganz neues Leben anzufangen. *Konnte man das überhaupt?*

Peter summte immer noch vor sich hin, und als er die Melodie verklingen ließ, fragte Jessie nach dem Titel des Liedes.

Die beiden früheren Sklaven sahen sie erstaunt an. »Wieso … *Jimmy Crack Corn* natürlich«, sagte Peter, als wüsste das jedermann. »Manche, die nennen's aber auch *Blue Tail Fly.*« Ohne Übergang stimmte er ein weiteres Lied an, ein etwas langsameres, getrageneres Stück.

»*When the sun comes up and the first quail calls … follow*

the drinking gourd … For the old man is a-waiting to carry you to freedom, If you follow the drinking gourd.«

Jessie bemühte sich, aus dem Text schlau zu werden. *Wenn die Sonne aufgeht und die erste Wachtel ruft, folge dem Trinktrog nach … denn der alte Mann wartet schon, dich in die Freiheit zu führen, wenn du nur dem Trinktrog folgst.*

»Ein hübsches Lied«, sagte Jessie. »Aber was bedeutet das – *dem Trinktrog folgen?*«

»Ich erklär's ihr«, meldete sich Delia eilig zu Wort. »Der Trinktrog iss die Schüssel, die der Große Wagen bildet. Wenn du am Nachthimmel den Großen Wagen siehst, erkennst du gleich da drüber das helle Licht vom Polarstern. Der Große Wagen iss besonders im Winter gut zu erkennen, und das iss, wenn die Wachtel ins Wärmere aufbricht, verstehst du?«

»Ein Teil von *Ursa Maior*, dem Sternbild des Großen Bären«, sagte Jessie, stolz auf ihr Wissen.

»Richtig, Jessie. Das iss er, bloß nennen wir ihn anders. Das Lied soll entflohenen Sklaven wie 'ne Landkarte den Fluchtweg weisen. Man hält sich in Richtung Norden, folgt dem Großen Bären.« Begleitet von Peter sang sie den Text weiter: »*The riverbank makes a very good road, The dead trees show you the way, Left foot, peg foot, travelling on, Follow the drinking gourd …*«

Beide verstummten gleichzeitig, und Peter sagte: »Hat viele Verse, dieses Lied, und sie führen in alle Himmelsrichtungen, Missie. Sagen dir, wo man den Fluss überquert nach Ohio, wo es nie nicht Sklaverei gegeben hat.« Dann fügte er hinzu: »Das Lied ist von Peg Leg Joe, der von einer Plantage zur anderen zog und das Lied den Sklaven beigebracht hat, damit sie's bis nach Ohio schaffen und von dort nach Kanada.«

Jessie war verblüfft. »Donnerwetter! Das nenne ich schlau. Und die Plantagenbesitzer... sind die nie dahintergekommen?«

Delia und Peter lachten beide. »Wer achtet schon groß drauf, wenn ein paar dämliche Neger rumtanzen und vor sich hinträllern?«, sagte Delia, wobei ihr Akzent immer deutlicher zum Vorschein kam. »Ja, die ham' gedacht, wir sind wie dummes Viehzeug... aber da ham' sie sich geirrt – gründlich nämlich!« Erneut dieses zornige Flackern in ihren Augen, das aber so schnell wieder verschwand, wie es gekommen war. Sie zuckte die Achseln, band den Knoten ihres Kopftuches fester und zog ihre Stiefel an.

In diesem Moment hörten sie ein Fuhrwerk sich nähern. Es war Thomas in Begleitung eines stämmigen Mannes mit rußgeschwärzten fleischigen Händen. »Ho!«, rief der Fremde mit dröhnender Stimme. »Die Hilfe ist hier!« – wobei er das »hier« mit einem so breiten Südstaatenakzent aussprach, dass es sich wie ein Eselsschrei anhörte. Der Schmied stieg vom Kutschbock herunter und hob das schwere, eisenbeschlagene Wagenrad mit solcher Leichtigkeit vom Boden auf, als wäre es ein Federgewicht. Dann untersuchte er den Schaden.

»Ha, da gibt's ja gar nichts. Das kriege ich im Nu hin. Ich nehm's bloß schnell in meine Werkstatt mit, und dann haben Sie's wieder wie neu. Allerdings...« Er verengte die Augen zu Schlitzen und blickte gen Westen, wo sich dunkle Wolken auftürmten. »Wär' vielleicht besser, wenn Sie den Damen für die Nacht ein Dach über dem Kopf besorgen. Ich wittere ein Unwetter im Anzug. Sie können alle bei mir mitfahren, Sie und die junge Lady und die Mohrenköpfe auch, wenn Sie nichts gegen ein bisschen Unbequemlichkeit haben. Im ersten Morgengrauen bringe ich Ihnen dann Ihr Rad, so gut wie neu, und ehe Sie sich's versehen, haben wir's wieder angebaut. Recht so?«

Thomas teilte seine Ansicht und gab ihm ein paar Münzen. Danach kletterten sie alle auf den Wagen des Schmieds und holperten auf dem zerfurchten Feldweg los. Sie wurden so durchgeschüttelt, dass Jessie und Delia sich aneinanderklammerten, als ginge es um ihr nacktes Leben. Thomas hingegen grinste befriedigt angesichts des Tempos, zu dem der Schmied sein Pferd unter wüsten Verwünschungen antrieb.

Kurze Zeit später bogen sie nach links auf einen noch unbefestigteren Weg ab. »Das da ist das Land der Crawfords. Sie haben jede Menge Platz im Haus, und manchmal beherbergt Mrs. Crawford Fremde über Nacht bei sich. Ganz ansehnlich, was?«

Auch Jessie war beeindruckt von der Farm der Crawfords – ausgedehnte Felder, auf denen offenbar Mischanbau betrieben wurde. Sie erkannte Mais, Stangenbohnen und die wuchernden Ranken des Gartenkürbis. Ein Stückchen weiter erblickte sie auf der anderen Seite des Weges einen Mann mit einem hinter ein Pferd gespannten Pflug, der auf dem Acker seine Bahnen zog – hin und her und her und hin. In der Ferne war ein Donnergrollen zu hören, worauf der Mann sein Pferd zum Halten brachte; was danach geschah, nahm sie nicht mehr wahr, denn da waren sie schon wieder aus ihrem Blickfeld verschwunden. Am Horizont erschienen Wäldchen aus hohen Bäumen mit hellgrünen Blättern und hinter einer Wegbiegung ein breites einstöckiges Haus mit einer Veranda, die sich über die gesamte Vorderfront und weiter um das Anwesen herum erstreckte, sowie eine große Scheune und ein paar kleinere Nebengebäude. Ein Junge führte gerade mit seinem Hund eine Herde gefleckter Rinder in die Scheune. Meine Güte, war das schön! Weil sich der Himmel zusehends mit tief hängenden Wolken verdunkelte, brannten im Haus bereits Lichter, die hinter den Fensterscheiben schimmerten, als wollten sie müde Reisende ermuntern, eine Rast einzulegen.

»Das wirkt ja sehr einladend«, kommentierte Thomas. »Sie kehren am besten gleich in Ihre Werkstatt zurück, Mr. Turner. Ich bin sicher, dass man uns hier willkommen heißen wird.« Sie stiegen vom Wagen, bedankten sich bei dem Schmied und traten auf die unterste Stufe der Veranda. Thomas ging alleine zur Tür, um dort mehrere Male anzuklopfen, bis sie sich schließlich einen Spalt breit öffnete und eine ängstliche junge Schwarze hervorlugte, woraufhin aus dem Inneren des Hauses eine scharfe Stimme etwas rief. Leise wechselte Thomas ein paar Worte mit der Hälfte des Mädchens, die hinter der Tür zu erkennen war.

»Besucher, Miz Martha!«, rief die Schwarze. »Sind Yankees auf der Suche nach was zu essen und zu schlafen.«

Einen Augenblick später erschien eine Frau, bei der es sich um die Herrin des Hauses handeln musste. Sie war dürr und sah ihre Besucher im Licht einer Kerze, die sie vor sich hertrug, scharf an. Sie war bis auf eine nicht allzu saubere weiße Schürze ganz in Schwarz gekleidet, und während sie die Gruppe auf ihrer Veranda näher in Augenschein nahm, presste sie die Lippen zusammen, so dass ihr Mund sich zu einem dünnen Strich verwandelte. Sie schwankte ein wenig von einer Seite zur anderen.

»Die Nigger müssen in der Scheune schlafen«, erklärte sie. »Es gibt da jede Menge sauberes Stroh und eine Pumpe, um sich zu waschen. Wenn die wollen, können die da meinetwegen schnackseln und Niggerkinder machen«, fügte sie mit einem gehässigen Kichern hinzu.

Jessie traute ihren Ohren nicht und musste erst einmal tief Luft holen. Sie warf Delia, deren Gesicht ebenfalls rot angelaufen war, einen Seitenblick zu. Mrs. Crawford trat einen Schritt auf sie zu und hielt dabei die Lampe vor sich ausgestreckt, um jedes Gesicht genauer zu betrachten. Jessie roch an ihrem Atem, dass sie Alkohol getrunken hatte – und zwar hochprozentigen. Ihr war noch nie eine betrunkene Frau begegnet, aber hier konnte es keinen Zweifel geben. Aus der Nähe betrachtet, war auch nicht zu übersehen, wie unsicher sie sich auf den Füßen hielt.

»Na, ich schätz' mal, dass Sie mir nicht mein Silber stehlen wollen. Für zwei Golddollar können Sie bleiben, und das schließt das Essen mit ein. Aber bitte im Voraus. Ist die junge Rothaarige Ihre Frau, Sir?«

»Nein, Ma'am. Wir stehen beide in Diensten von Miss Clara Barton.«

Der Name sagte ihr offenbar nichts, und sie tat ihn mit einem Schulterzucken ab. »Sie können mir erzählen, was Sie wollen, aber Sie werden für zwei Zimmer bezahlen. Ich dulde es nicht, dass ein Mann ein Zimmer mit einer jungen Dame teilt, die nicht seine Gattin ist, nein, Sir.«

»Wir hatten nicht vor – verzeihen Sie, Madam, wir werden uns selbstverständlich an die Regeln des Hauses halten.« Thomas zählte die Münzen ab und gab sie ihr. Sie inspizierte sie sämtlich von beiden Seiten und biss dann hinein. »Hmmpf«, grunzte sie, was scheinbar bedeutete, dass damit alles in Ordnung war, denn sie drehte sich um und sprach einen Mann in einem Arbeitsanzug an, der hinter ihr an die Tür getreten war. »Wir haben zahlende Gäste, Robert. Yankees mit zwei Niggern dabei, wie du siehst.«

Sich selbst hatte sie überhaupt nicht vorgestellt, noch tat sie dies mit ihrem Ehemann. Robert war stämmig, mürrisch und von der Sonne gegerbt; er trug einen Bart, aber sein Haupthaar lichtete sich bereits, und er musterte sie alle mit halb zusammengekniffenen Augen, wobei er speziell Jessie so intensiv anstarrte, dass ihr ganz unwohl zumute wurde. Er konnte immer noch den Blick nicht von ihr lassen, als er die Lippen zu einem frostigen Lächeln schürzte, bei dem es ihr eiskalt den Rücken hinunterlief. Oh nein! Sie wollte nicht in diesem Haus bleiben, alleine in einem Zimmer, während sich dieser unangenehme Mensch in der Nähe aufhielt. Doch ein lautes Krachen und Donnern vom Himmel gemahnte sie daran, dass ihr kaum eine andere Wahl blieb. Und inzwischen wusste sie, dass niemand in diesem Teil der Welt es zulassen würde, dass sie mit Delia und Peter in der Scheune übernachtete.

»Kann mir vorstellen, dass Sie was zu beißen wollen«, sagte Mrs. Crawford. »Nelly!«, rief sie mit scharfer Stimme, und das junge Mädchen, das ihnen geöffnet hatte, kam angerannt. »Bring Brot und ein paar Scheiben Schweinefleisch und gekochten Kürbis für unsere Gäste. Die anderen können mit dir und Nancy und Jupiter in der Küche essen.«

»Yes, Ma'am.« Sie machte einen Knicks.

Man führte Jessie und Thomas in den hinteren Bereich des Wohnzimmers, wo an einem kleinen runden Tisch für zwei Personen gedeckt war. Jessie konnte sich vorstellen, dass das Gedeck wohl ursprünglich für die Herrschaft des Hauses bestimmt gewesen sein dürfte. Als die junge Nelly mit jeweils einem Teller in der Hand an den Tisch kam, merkte Jessie, wie ihr das Wasser im Mund zusammenlief. Sie war wirklich hungrig, doch nach einem Blick auf ihr Mahl verging ihr der Appetit sofort wieder. Man servierte ihnen beiden eine Portion fettigen, gelben Mischmasch mit einem Stück Brot und zwei oder drei ebenfalls vor Fett glänzenden, knorpeligen Speckstreifen. Sie nahm das Brot und biss hinein; es war essbar, aber auch nur eben gerade. Vermutlich war es vom Vortag übriggeblieben und fing an, bereits hart zu werden. Jessie kaute darauf herum, schluckte es schließlich hinunter und spülte mit zwei Gläsern Milch nach; davon zumindest war in einem großen Krug genug vorhanden.

Das Fleisch jedoch mochte sie beim besten Willen nicht anrühren, und der gelbe Brei, wenn es sich denn dabei um Kürbis handelte, schmeckte nach gar nichts. Sehnsuchtsvoll erinnerte sie sich an den Kürbis, wie ihre Mutter ihn zubereitet hatte – in Butter und mit Honig gebraten. Am liebsten hätte sie losgeheult. Thomas erging es wenig besser; sie schoben beide ihre Stühle zurück und erhoben sich gleichzeitig vom Tisch.

»Aber Sie haben ja kaum etwas gegessen«, bemerkte ihre Gastgeberin.

»Wir hatten erst vor kurzem einiges aus unseren eigenen Vorräten«, erwiderte Thomas hastig.

»Jedenfalls brauchen Sie nicht zu glauben, dass Sie Ihr Geld zurückbekommen. Sie haben für's Abendessen bezahlt und ein Abendessen erhalten. Es ist nicht meine Sache, wenn Sie keinen Hunger haben. Nelly! Komm und räum das hier weg!«

Mr. Crawford, an dessen lichtem Haar und Bart nach dem Abwaschen Tropfen klebten, kam ebenfalls ins Wohnzimmer. »Schon fertig? Gut. Ich bin am Verhungern.« Ohne viel Federlesens nahm er seinerseits am Tisch Platz, während Nelly noch das schmutzige Geschirr abräumte. Ein weiteres Mädchen trug einen Teller mit Essen herbei, das Jessies Ansicht nach nicht appetitlicher aussah als das, was man ihnen vorgesetzt hatte. Robert Crawford jedoch zog sein Messer aus dem Hosengürtel und machte sich daran, sein Mahl gierig zu verschlingen.

Zu Jessies Erleichterung übernahm es Mrs. Crawford, sie die Treppe hinaufzubegleiten. Im oberen Stockwerk war es stickig und roch muffig. Die Hausherrin öffnete die Tür eines Schlafzimmers mit einem Himmelbett, einer Kleiderkommode und zwei kleinen, wenig bequem aussehenden Stühlen. Auf dem Nachttisch brannte auf einer Untertasse eine Kerze, die allerdings nur ein schummeriges Licht abgab. »Denke, das wird für Sie reichen, junger Mann. Und dass ich Sie ja nicht heute Nacht auf Zehenspitzen über den Korridor schleichen höre. Ich mag zwar alt sein, aber mein Gehör ist immer noch scharf.«

Thomas erwiderte nichts darauf, doch Jessie entging nicht, wie er die Lippen zusammenpresste, als wollte er gerne etwas sagen, würde es aber lieber für sich behalten. Sie vermieden es, einander anzusehen.

Dann führte die Frau Jessie ans andere Ende des Flurs, wobei ihre Kerze lange, verzerrte Schatten an die Wände warf. Die Einrichtung der ihr zugeteilten Kammer bestand aus einem schmalen Bett, einer Kerze, einem Nachttopf, einer Waschschüssel mit Wasserkanne und einem zerbrechlich wirkenden Hocker. Die Matratze war mit Stroh gefüllt und knirschte, als sie sich draufsetzte. »Darf ich die Tür offenstehen lassen?«, erkundigte sich Jessie, doch die Erwiderung bestand darin, dass eben jene Tür mit Wucht zugeschlagen wurde. »Und dass ich Sie ja nicht hinausschleichen höre, haben Sie verstanden?«

Das Zimmer war lange nicht gelüftet worden, aber das einzige Fenster rührte sich keinen Zentimeter. An der Tür gab es weder ein Schloss noch einen Riegel, und Jessie bekam bei dem Gedanken an Mr. Crawfords lüsternes Grinsen wieder eine Gänsehaut. Sie beschloss, ihre Bluse und den Unterrock, der ihre Oberröcke sittsam bauschte, anzubehalten. Sie nahm ihre Haube ab und löste sich den Knoten, so dass ihr Haar ihr über die Ohren und über die Schultern fiel. Wie sehr wünschte sie sich, das Zimmer mit Delia teilen zu können! Dann könnten sie sich gegenseitig etwas zuflüstern und einander helfen, sich in Sicherheit zu fühlen.

Nun, in dieser Finsternis gab es nichts anderes zu tun, als sich schlafen zu legen. Oder zumindest zu *versuchen*, Schlaf zu finden. Sie bettete sich steif auf die Matratze, die sehr dünn, sehr klumpig und sehr geräuschvoll war … schon ein Atemzug ließ sie knarren und knistern und seufzen, so kam es Jessie vor. Und dann brach das Unwetter los, schwere Regentropfen peitschten plötzlich gegen die Scheiben, der Donner grollte, und ab und zu zuckte ein Blitz über den Himmel. Sie lag da, unfähig, zu schlafen oder auch nur ein Auge zuzutun, verschränkte bei jedem Donnerschlag und jedem Blitzeszucken ängstlich die Arme vor der Brust, während draußen der Sturm heulte und der Regen gegen die Scheiben prasselte und sie in ihren Rahmen erzittern ließ.

Doch zu ihrem allergrößten Entsetzen vernahm sie mit einem Mal ein heimliches Schaben – schrapp schrapp schrapp. Sie fuhr kerzengerade im Bett hoch und warf den Kopf von einer Seite auf die andere, während sie zu ergründen versuchte, wo das Geräusch herrührte. Es kam … von der Seite des Hauses! Als würde jemand an der Wand hochklettern. Aber wer sollte das mitten in einem Unwetter tun? Ein eisiger Schauer durchfuhr ihr Rückenmark. Der abscheuliche Mr. Crawford. Oh nein, bitte nicht! Ihr brach der Schweiß auf der Stirn aus und lief ihr über die Wangen.

Mrs. Crawford hatte sie ermahnt, ja nicht das Zimmer zu verlassen. Die Pest sollte sie holen! Sie würde nicht darauf warten, bis … was? Ja, was? Sie öffnete die Tür, um auf dem dunklen Korridor nach Thomas' Zimmer zu suchen, wo sie sicher wäre, aber dabei stolperte sie beinahe über etwas Warmes, Weiches. Unwillkürlich stieß sie einen Schrei aus. Irgendein Ding war zwischen ihren Füßen, und dann hörte sie das leise »Miau«. Ein Kätzchen. Sie griff ins Finstere und fühlte die kleine kalte Nase, hörte das Schnurren. Wie eine labende Brise kam die Erleichterung über sie. Sie nahm das kleine Tier hoch, das sich sogleich an ihren Nacken schmiegte, um Wärme und Schutz zu suchen. *Ihr geht's wie mir*, dachte Jessie. Am Ende des Ganges erschien ein Licht und kam auf sie zu. Es war Thomas, der rasch ausschritt, mit der einen Hand eine Kerze hoch in die Luft reckte und in der anderen, wie sie zu ihrem Erstaunen sah, eine Pistole hielt. Sie hätte laut auflachen mögen. Eine Pistole, um sie vor einer kleinen Katze zu retten.

Als Thomas vor ihr stand, flüsterte er: »Was ist los? Alles in Ordnung?«

»Ja, Thomas, mir geht's gut. Es war bloß ein kleines Kätzchen, das an der Tür gekratzt hat. Ich dachte … ich dachte, das Kratzen käme von draußen, und ich hatte schon befürchtet –« Peinlich berührt hielt sie inne.

»Es wäre unser Vermieter«, nahm ihr Thomas das Wort aus dem Mund. »Auch ich habe sein recht ungalantes Interesse an Ihnen bemerkt.« Während er sie den Flur hinunter auf sein Zimmer zusteuerte, sprach er mit gesenkter Stimme weiter: »Mir ist es egal, was dieser Drache von uns denkt, aber Sie schlafen hier, und zwar im Bett. Ich packe mich neben der Tür auf den Fußboden. Ich verspreche Ihnen, sämtliche Kätzchen zu verjagen, die sich zu uns verlaufen.«

»Da oben sind Geräusche, und ich komme jetzt, um nachzusehen, was für einen Unfug Sie miteinander vorhaben!«, hörten sie die mürrische, verschlafene Stimme ihrer Hausherrin.

»Eine Ihrer Katzen hat sich hier rauf verirrt und an Miss Snows Tür gekratzt«, rief Thomas zurück. »Soll ich das Tier zu Ihnen nach unten bringen?«

»Eine Katze? Die Katze! Nein, bloß nicht! Lassen Sie das Vieh herumstreunen, so viel sie mag, und gönnen Sie einer Christenfrau ihren Schlaf.«

Sie hörten sie noch murren und meckern, während sie davonschlurfte, und als sie einander im Kerzenlicht ansahen, begann Jessie plötzlich wie hysterisch zu lachen. Sie konnte einfach nicht anders. Die ganze Geschichte war so grotesk. Thomas schüttelte den Kopf und flüsterte: »Nein, wir kommen bestimmt gut ohne sie aus«, und dann brach auch er in Lachen aus, hielt sich die eine Hand vor den Mund und sich mit der anderen die Nase zu, um es zu unterdrücken. Das erinnerte Jessie an die vielen Male, bei denen sie und Jake einander mit geflüsterten Witzen und Späßen zum Lachen gebracht und wie sie sich dann in ihren Bemühungen, nicht von ihrer Mutter entdeckt zu werden, beinahe verschluckt hatten. – Dadurch wurde ihr wieder traurig zumute, und sie hätte am liebsten zu weinen angefangen. Doch sie wollte nicht, dass Thomas die Schuld bei sich suchte, also schluckte sie ihre Tränen hinunter.

»Ich glaube, ich kriege kein Auge zu«, sagte sie, aber da lag sie schon in dem großen Bett, das so viel bequemer war als die Pritsche im anderen Zimmer. Oh, wie wohl es tat, sich in den weichen Federn zu entspannen!

»Ich kann auch nicht schlafen«, sagte Thomas. »Das ist ganz gut so, wenn man Wache halten will.«

»Ich finde es nicht fair, dass Sie nun ohne Schlaf auskommen sollen«, setzte Jessie an, brachte den Satz jedoch nicht mehr zu Ende.

Als sie von Thomas' Stimme geweckt wurde, verkündete ein blassgelber Himmel hinter dem Fenster bereits das Nahen der Morgendämmerung. »Oh nein«, gähnte sie. »Ich muss mitten im Reden eingeschlafen sein.«

»So ist's gewesen, Miss Jessie, und das aus gutem Grund. Jetzt aber sind der Schmied und sein Sohn mit unserem Rad zurück, also sollten wir uns beeilen.«

Ihnen wurde ein Frühstück angeboten – für zwei zusätzliche Dollar, und zwar in Gold, wie die Vermieterin betonte. Die vier Reisenden tauschten Blick aus, und dann lehnte

Thomas unter Hinweis darauf, man habe wertvolle Zeit verloren und müsse nun schnell weiter, dankend ab.

Zunächst fuhren sie schweigend dahin, ließen sich hinten auf dem Wagen des Schmieds durchschütteln, hielten das gerichtete Rad fest und duckten sich, wenn der Wagen durch eine Matschpfütze fuhr – was alle Augenblicke vorkam. Dann hielt Delia es nicht mehr länger aus. »Was für'n scheußliches Haus!«, entfuhr es ihr. »Diese Frau muss 'ne Hexe sein, so böse und gemein iss sie. Und wisst ihr was? Die junge Nelly glaubt, sie wär' immer noch Sklavin. Dieses ekelhafte Weib hat ihren Sklaven nie gesagt, dass Vater Abraham sie befreit hat!«

Der Schmied räusperte sich und sagte: »Meine jungen Damen, die bedauernswerte Frau hat alle ihre drei Söhne im Krieg verloren. Das macht ihr schwer zu schaffen. Es hat sie geizig und gemein werden lassen, und vor allem mag sie keine Yankees. Man hat's nicht leicht mir ihr, das stimmt schon, aber Sie sollten wissen, dass sie früher ganz anders gewesen ist. Ach, dieser Krieg!«

Das ließ sie allesamt eine Weile lang betreten schweigen, bis sie wieder ihren havarierten Wagen erreichten. Die vier Männer hielten ihn gemeinsam hoch, während der Schmied und sein Sohn das Rad montierten und befestigten. Danach schüttelte man sich gegenseitig die Hände, wobei auch Peter mit einbezogen wurde, obwohl Jessie das kurze Zögern des Schmieds, die schwarze Hand in die seine zu nehmen, nicht entging. Wie sonderbar, dachte sie – wo doch Negersklaven die Lakaien und Heilkundigen ihrer Herren gewesen waren, als Hebammen und Säugammen gearbeitet und dabei die Weißen an allen möglichen Stellen berührt hatten? Und dann gab es auch noch Delia und die übrigen »hellen« Sklavinnen. *Da* war es sicher zu mehr als einer bloßen Berührung der Hände gekommen.

Nachdem der Schmied und sein Sohn davongefahren waren, holte Delia den Proviantkorb hervor, öffnete den Deckel, und die vier fielen über das verbliebene Hühnerfleisch und das zerbröselte Brotgebäck und die vertrockneten Äpfel her wie über ein Festmahl. Als alles bis auf den letzten Krümel verputzt war, kletterte Peter auf den Kutschbock und befahl den Maultieren, sich wieder in Bewegung zu setzen. Endlich! Endlich waren sie wieder unterwegs nach Falmouth.

»Wir müssen in dieser Gegend mehrere Ortschaften besuchen«, erklärte Thomas. »Aber auf keinen Fall wollen wir noch einmal im Haus der Crawfords übernachten. Also haltet Ausschau nach sich anbietenden Farmen. Vielleicht gibt es sogar ein Gasthaus. Und betet mir nur ja darum, dass wir nicht so bald wieder einer Person wie dieser Mrs. Crawford begegnen.«

»Dürfen wir uns dabei auch nach Obst umschauen, das irgendwo am Wegesrand wächst, Thomas?«, fragte Jessie.

Er blickte von seinem nicht enden wollenden Papierkram auf und sagte: »Finden Sie nicht, dass Sie nach unserem gemeinsamen Abenteuer letzte Nacht Tom zu mir sagen sollten?«

Delias Augenbrauen schossen in die Höhe, und sie starrte Jessie an, die spürte, wie ihr das Blut ins Gesicht stieg. Sie musste knallrot geworden sein! Warum nur brachte er sie so in Verlegenheit?

Aber Thomas ließ gleich eine Erklärung folgen. »Wissen Sie, Delia, eine Katze hat an Jessies Tür gekratzt, und da sie ja unseren Vermieter kennengelernt hatte, bekam sie es mit der Angst zu tun. Kann man es ihr verdenken? Es war sehr unhöflich von ihm, sie so anzustarren und dabei lüstern zu grinsen. Jessie hat geschrien … ich hatte ihr eingeschärft, es mich wissen zu lassen, wenn etwas nicht in Ordnung wäre … und da bin ich zu ihrer Rettung angerannt gekommen. Seitdem verdiene ich es doch, mit Tom angeredet zu werden, oder? So hat mich meine Mutter immer genannt. Und Miss Barton tut es manchmal auch.«

Zunächst war Jessie einfach außerstande gewesen, ihn anzusehen, aber wie er so in seiner Rede fortfuhr, merkte sie, dass er sie nur auf den Arm nehmen wollte. Jedes Mädchen, das einen Bruder hatte, hätte es gleich wissen müssen. Für welch einen Kindskopf er sie nur halten musste! Also blickte sie schüchtern auf – und doch schlug ihr das Herz gleich schneller, als ihre Blicke sich trafen. *Oh nein*, dachte sie wieder. *Bloß das nicht!*

Mit so ruhiger Stimme, wie sie vermochte, sagte sie: »Aber natürlich, Tom. Ich würde mich freuen, Sie so nennen zu dürfen – falls ich daran denke.« *Nun hatte sie es ihm gezeigt!*

Doch als das Lächeln augenblicklich von seinen Lippen verschwand, tat es ihr wieder leid. Aha. Männer durften mit Frauen also gut und gerne ihre Scherze treiben, aber umgekehrt war das offenbar nicht erlaubt.

3. August 1862
Harrison's Landing, Virginia

Meine Lieben, ich liege hier zwar immer noch auf der Krankenstation, aber ich freue mich, euch mitteilen zu können, dass sich mein Zustand erheblich gebessert hat. Ich wünschte nur, ich wäre nicht so weit fort von zu Hause, denn dann könntet ihr beide an meinem Bett sitzen und mir Gesellschaft leisten. Seit meinem letzten Brief sind wir reihenweise vom Fieber und von der Ruhr heimgesucht worden wie von einem Fluch. All der Regen hat unser Lager in ein einziges Schlammloch verwandelt, und es gab nicht genügend Zelte und nur ein einziges Haus, in dem wir uns wärmen und trocknen konnten. Ich für mein Teil habe uns schon verloren gewähnt, aber irgendwer muss doch Erbarmen mit uns gehabt haben, denn Mitte Juli traf eine große Lieferung von Krankenzelten ein, in die viele von uns verlegt wurden. Hier konnten wir versorgt werden. Gleichzeitig brachte jeder Tag weitere Annehmlichkeiten. Eine erste Ahnung davon bekamen wir, als der köstliche Duft nach Rinderbrühe uns in die Nasen drang. Der Oberarzt hatte sie kommen lassen, und mehrere Männer wurden zum Küchendienst abkommandiert, um riesige Töpfe davon zu kochen und sie umzurühren. Der Duft allein richtete uns bereits auf, aber als die Suppe dann in Schüsseln herbeigetragen wurde ... glaubt mir, sie schmeckte besser als Nektar und Ambrosia. Am Tag darauf bekamen wir frisches Brot ... oh, stellt euch die Freude vor, mit der wir ausgehungerten Soldaten darüber hergefallen sind! Nach Wochen und Monaten des Schiffszwiebacks, an dem man sich die Zähne ausbrechen konnte – was, wie ich euch ohne zu übertreiben versichern darf, oft genug der Fall war –, bestanden unsere Rationen nun aus Kartoffeln und Zwiebeln und Rüben und Roter Bete, und es gab sogar Zitronen!

Für euch klingt es wohl nicht gerade verführerisch, an einer Zitrone zu lutschen, doch diese Früchte bewahren uns davor, den gefürchteten Skorbut zu bekommen. Gott weiß, dass wir schon vom Fieber genug geschwächt sind und nicht auch noch wollen, dass uns die Zähne ausfallen und wir aus der Nase und dem Mund bluten. Vor den Unbilden des Wetters durch trockene Zelte geschützt und endlich mit etwas Nahrhaftem zu essen, ging es den meisten von uns augenblicklich besser. Man hörte nicht mehr so viel Husten und Wehklagen, und inzwischen sind zahlreiche Kameraden bereits wieder auf den Beinen, schlendern umher und probieren ihre Kräfte aus. Es gibt noch allerhand zu tun, wenn wir die Rebellen in die Flucht jagen wollen! Ich frage mich, ob all diese Verbesserungen unserer Lage etwas mit dem Los unseres Generals zu tun haben? Am 8. Juli erschien Präsident Lincoln höchstpersönlich hier - in Harrison's Landing, meine ich, nicht im Lazarett, hatte den ganzen Tag lang eine Unterredung mit McClellan und reiste am 9. Juli wieder ab. Einen Tag später ließ er General McClellan ersetzen. Der Präsident hat wenig von dem gehalten, was er hier zu sehen und zu hören bekam. Nachdem McClellan nun fort ist, werden wir vielleicht wirklich den Feind bekämpfen, anstatt uns auf ihn zuzubewegen, nur um dann vor ihm wegzulaufen!

Ich kann es kaum erwarten, wieder zu marschieren. Aus euren Briefen weiß ich, dass euch die meinen nicht immer erreichen, und es ist wohl ein Wunder, dass überhaupt so viel Post zu uns durchdringt, wo wir uns doch ständig in Bewegung oder im Kampf befinden oder im Krankenlager liegen oder vom Rest des 77sten getrennt sind ... ja, auch das kommt vor. Ich hoffe, dass ihr euch nicht zu sehr sorgt, wenn keine Post von mir eintrifft. Abgesehen davon, dass dieser Krieg endlich ein Ende finden möge, sehne ich nichts mehr herbei, als dass wir bald wieder vereint sein werden.

Schreibt mir oft, so wie auch ich es tun werde. Und betet für mich und dieses unser wunderbares Land, dass es nicht gespalten werden möge.

Euer euch liebender Sohn und Bruder Jake

9

In Aquia, einem winzigen Ort, der nur aus einem alten Gasthaus, einer Kirche und einem Gemischtwarenladen bestand, fanden sie tatsächlich Unterkunft. Alles aß gemeinsam an langen Holztischen und bediente sich aus Schalen und von Tellern, die in der Mitte aufgereiht waren. Delia und Peter wurden natürlich mit den wenigen weiteren Schwarzen, die es hier gab, im Stall untergebracht und bekamen das, was vom Essen übrigblieb.

Thomas war so förmlich zu ihr, dass Jessie beinahe der Appetit verging. Doch dann beschloss sie, es ihm mit gleicher Münze heimzuzahlen, und tat so, als ob er Luft für sie wäre. Sie fühlte sich in dem Gasthaus einsam ohne ihren einzigen Kameraden, doch sobald sie Ausfahrten in nahegelegene Ortschaften wie Garrisonville und Brooke unternahmen und an anderen Postämtern Halt machten, hatte sie wenigstens wieder Delia als Gesellschaft.

»Warum seh'n sich Marse Thomas und du nich mehr an?«, verlangte Delia zu wissen. »Sag's mir, und ich werd's kei'm verraten.« Jessie wich der Antwort aus und beharrte darauf, es wäre nichts. Aber sie *empfand* es keineswegs so.

Nach anderthalb Tagen hatten sie ihre Geschäfte in Aquia erledigt und fuhren weiter nach Stafford. Jessie hoffte, dass sie dort ein wenig verweilen würden, denn es war ein lebhaftes Städtchen; doch sie hielten nur, um ein paar Bündel Briefe auszutauschen und die Vermisstenliste auszuhängen – obwohl letzten Endes selbst das eine Menge Zeit beanspruchte.

Wiederum musste Thomas allerhand Änderungen vornehmen. Zunächst hatte Mr. Mayhew, der Postmeister, der in einer Ecke seines Gemischtwarenladens die Poststelle betrieb, einiges zu berichtigen; als dann Kunden kamen, um etwas zu kaufen oder einen Brief aufzugeben, hatten auch sie Neuigkeiten oder gaben Gerüchte weiter, und die Namen, die sie auf der Liste lasen, wurden vielfältig kommentiert. Wie in jeder kleinen Gemeinde verbreitete sich schnell die Meldung, dass dieser oder jener nach Hause zurückgekehrt oder auf einem Schlachtfeld gesehen worden sei, ob nun verwundet oder tot, oder er habe in einer anderen Stadt oder einem anderen Teil des Landes Spuren hinterlassen. Immer gab es ein halbes Dutzend Namen, die auf den jüngsten Stand gebracht werden mussten. Aber das hatte Thomas ihnen ja schon angekündigt.

Während er mit seiner Liste beschäftigt war, wartete Jessie in einiger Entfernung draußen vor dem Laden und genoss den strahlenden Sonnenschein und den wie reingewaschenen Duft der Welt um sie herum. Man sagte ja, dass ein Gewitter die Luft reinige, und sie konnte dem nur beipflichten. Während der vergangenen Nacht hatte es wieder ein Unwetter gegeben, und der Himmel war hell und klar. Sie musste zugeben, dass es sich hier im Süden, wo alles frühzeitig blühte und die Sonne schon im Mai so warm war wie in den Sommern, mit denen sie aufgewachsen war, recht gut leben ließ.

Sie musterte Thomas – würde sie sich je dazu durchringen können, von ihm als *Tom* zu denken? –, während er sich unterhielt und lächelte und notierte, was die Menschen ihm zu erzählen wussten. Er ist eigentlich ein ganz gut aussehender Bursche, dachte Jessie, und wurde rot dabei, weil sie auf sein Aussehen bisher nie sonderlich geachtet hatte, vor allem nicht, seit sie aufgehört hatten, miteinander zu reden.

Er war ziemlich groß, sehr schlank, vielleicht etwas zu dürr, aber seine Kleidung war stets adrett und gebürstet. Wo sie auch hinkamen, fanden ihn die Leute gleich sympathisch, und das nahm auch kaum Wunder, denn er war in der Tat sehr umgänglich. Warum war sie so stur versessen darauf gewesen, hochnäsige Distanz zu ihm zu wahren? Er verhielt sich immer noch sehr höflich, seine Manieren ließen nichts zu wünschen übrig, aber sie wurde das Gefühl nicht los, dass sich etwas gänzlich Neues zwischen ihnen entwickelte, und das verwirrte sie, weil sie nicht recht wusste, was sie daraus machen sollte. Sie empfand plötzlich eine gewisse Schüchternheit ihm gegenüber … wie albern! Dennoch warf sie ihm verstohlene Blicke zu, als könnte sie damit ergründen, was sich zwischen ihnen verändert hatte.

»Du find'st Gefallen an Marse Thomas, wie ich seh', Miss Jessie. Ein stilles Verlangen, kann ich mir vorstellen …« Delia war so unvermittelt neben ihr aufgetaucht, dass ihre Stimme Jessie zusammenfahren ließ.

»Aber keineswegs! Wie kommst du nur darauf? Er ist ein … er ist eben nur ein Reisegefährte. Und außerdem rede ich nicht mit ihm. Und er auch nicht mit mir.«

Delia brach in Gelächter aus, was Jessie ärgerte. »Hör auf damit. Das ist nicht lustig«, versetzte sie scharf.

»Bitte um Verzeihung, Miss Jessie. Es iss wohl so, dass ich keine zwei Augen im Kopf hab', mit denen ich seh', wie du ihn heimlich anguckst.« Sie lachte wieder, aber es war ganz ohne Falschheit, und außerdem hatte sie recht.

Doch wie sie Thomas nun anschaute, entging es Jessie nicht, dass er trotz seines Lächelns und der offensichtlichen

Freude, die es ihm bereitete, sich mit den Leuten zu unterhalten, doch nicht ganz er selbst war. Es gab einen dünnen Spalt zwischen seinen Augen, auf dem er ständig gedankenverloren herumrieb. Sie hoffte nur, er würde kein Schüttelfieber bekommen oder, Gott bewahre, etwas noch Schlimmeres. Und als Delia dann bemerkte, sie glaube, mit Thomas stimme etwas nicht, wusste Jessie, dass sie es sich nicht bloß eingebildet hatte.

»Ich denke ähnlich wie du, Delia«, sagte sie. »Aber weißt du, vermutlich hat er letzte Nacht bei all dem Donnern und Blitzen nicht viel schlafen können. Die Männer haben alle gemeinsam in einem großen Saal im oberen Stockwerk übernachtet, und du hättest sie schnarchen und im Schlaf murmeln hören sollen, durch die Wand der Kammer für die Frauen nebenan, so wie ich. Wahrscheinlich liegt es einfach nur daran.«

Delia verwarf das mit einem Grunzen, und sie hätte es nicht deutlicher machen können, dass sie Jessie diese Erklärung nicht abkaufte. Sie glaubte ja selbst nicht daran. Sie konnte es erkennen, wenn jemand krank wurde.

»Na guck«, sagte Delia launig. »Lauf zu ihm, Miss Jessie. Er winkt dir zu.«

Das stimmte. Er hielt den Finger gekrümmt und sah sie geradewegs an. Sie hasste das Gefühl der Befriedigung, das sie dabei empfand, dass er ihre Nähe suchte. Doch als sie dann zu ihm hinging, wollte er ihr nur Aufträge erteilen – Obst und Maisbrot zu kaufen und die mitgebrachte Milchkanne für die nächste Etappe ihrer Reise aufzufüllen. Da kam sie sich ausgesprochen dämlich vor, nahm die Dollarnoten von ihm entgegen und wollte vor ihren erbärmlichen Tagträumereien bloß noch fliehen.

»Wir können uns unterwegs verpflegen«, erklärte er. »Fredericksburg ist gute vier Stunden Fahrt entfernt, am Ende gar noch länger, wenn das Unwetter irgendwo die Straße unterspült hat, und wir müssen zwischendurch einen Abstecher nach Falmouth unternehmen. Wenn wir nicht zu einem Picknick Halt machen, können wir es gerade rechtzeitig bis zum Abendessen ins Hotel schaffen. Das Haus ist bekannt für seine angenehme Unterkunft und die Kochkünste seiner Mrs. Alcock. Wir werden viel und gut zu speisen bekommen. Auf geht's, Jessie, keine Zeit verlieren«, fügte er mit einem schiefen Lächeln hinzu.

»Sehr wohl, Mr. Lavery«, erwiderte sie. Es tat weh, so mir nichts, dir nichts wie ein kleines Mädchen von ihm losgeschickt zu werden.

Sie hatten eine gute Stunde des Weges hinter sich, als sie ein weiteres geschäftiges Städtchen erreichten: Falmouth. Thomas sah von seinen Notizen auf, um einen Blick in die Umgebung zu werfen. »So manche verwundeten Soldaten sind mit Ambulanztransporten durch die Gegend hier um Falmouth gekommen, müssen Sie wissen«, dozierte er. »Und zwar haben sie diese Route genommen …« – er zeigte Richtung Osten – »… nach Belle Plain am Potomac, wo Fähren sie erwarteten, um sie zu den Hospitälern in Washington überzusetzen. Es war ganz gut so, dass die meisten gar nicht wussten, was mit ihnen geschah, denn nur die Schwerstverletzten wurden nach Washington geschickt, nur die, die man ohnehin für hoffnungslose Fälle hielt, damit sie in etwas angenehmerer Umgebung sterben konnten.«

»Jacob muss hier durchgekommen sein«, sagte Jessie. »Er hat uns nämlich einen Brief aus dem Kriegsversehrtenhospital in Washington geschrieben, in dem stand, dass er auf einem Wagen hier vorbeigekommen wäre und dass er später plötzlich aufgewacht wäre und Walt Whitman als einen der Krankenpfleger vor sich gesehen hätte. Aber da lag er keineswegs im Sterben. Es ging ihm sogar schon wieder besser!«

»Immer mit der Ruhe, junge Lady. Ich habe gesagt, man *hielt* diese Männer für Todgeweihte. Natürlich haben viele von ihnen dann doch überlebt. Ärzte sind keine Wahrsager, wie Sie ja wissen. Ein Doktor, den ich mal gekannt habe, hat mir erklärt, die ärztliche Kunst bestünde zu fünfzig Prozent aus Rätselraten und zu fünfzig Prozent aus Beten. Ärzte irren sich oft, und im Falle Ihres Bruders bin ich auch froh darüber. In welches der Washingtoner Spitäler hatte man ihn denn gebracht?«

»Das weiß ich nicht mehr«, musste Jessie eingestehen und suchte in ihrer Tasche nach ihrem kostbaren Bündel Briefe. »Ich werde Ihnen den Brief zum Lesen geben, dann sehen Sie es selber.«

»Ja, das würde mich sehr interessieren. Hat er Ihnen auch über die Art seiner Verwundungen geschrieben?«

Jessie wusste nicht, was sie ihm sagen sollte. Jacob hatte keinerlei Verletzungen erwähnt, nur von Fieber und Fieberwahn und schlaflosen Nächten berichtet. Sie hatte nie ganz begriffen, wieso man ihn deswegen in ein Spital verfrachtet hatte. Doch was ihr viel wichtiger war … Thomas … Tom … war wieder zu seiner alten Form zurückgekehrt. Das machte sie glücklicher, als sie eigentlich sein wollte, und sie durfte es sich ja nicht am Gesicht ablesen lassen. Also hielt sie den Kopf gesenkt, wühlte in ihrer Tasche, als könne sie nicht finden, was sie suchte, und beschloss, dass es Zeit sei, das Thema zu wechseln.

»Thomas … Tom, wollte ich natürlich sagen … Tom, Sie wissen so viel über all diese Dinge. Nun sind Sie an der Reihe. Erzählen Sie uns, wo Sie herstammen und warum Sie sich als Freiwilliger zur Potomac-Armee gemeldet haben.«

»Aus den gleichen Gründen wie Ihr Bruder«, sagte er. »Ich dachte, es würde ein Kinderspiel, in dem ich meinen

Teil dazu beitragen könnte, den Rebellen und Sklavenhaltern eine tüchtige Lektion zu erteilen.«

»Sie wollten sich also für die Abschaffung der Sklaverei einsetzen?«

»James Lavery, mein Vater, war in Boston sehr aktiv in der Abolitionistenbewegung und ist dabei in die Sache mit Anthony Burns verstrickt worden… Ihr werdet seine traurige Geschichte ja wohl gehört haben?« Er hielt kurz inne, während die beiden jungen Frauen die Köpfe schüttelten. »Nicht? Nun, Burns war ein entflohener Sklave aus Virginia, der 1854 in Boston Kopfgeldjägern in die Fänge geriet. Er wurde festgenommen, und die Entscheidung des Richters, ihn zurück nach Virginia in die Sklaverei zu schicken, verursachte einen erheblichen Aufruhr, an dem sich neben den empörten Abolitionisten auch viele ganz gewöhnliche Bostoner Bürger beteiligten. Mein Vater war der festen Überzeugung, Sklavenjäger hätten im Staate Massachusetts nichts verloren, also plante er mit anderen zusammen, wie man Burns aus dem Gefängnis befreien und ihn bei Nacht und Nebel sicher nach Kanada bringen könne.«

»Und? Hat er's geschafft?«, wollte Delia sogleich wissen.

»Leider nicht. Präsident Pierce beorderte ein ganzes Bataillon Marinesoldaten, um ihn per Schiff zurück nach Virginia zu befördern. Die Befreiungsaktion verlief im Sande. Mehrere Sklavereigegner bekamen etwas auf die Köpfe, und einer wurde in dem Handgemenge vor dem Gerichtsgebäude schwer verletzt und festgenommen. Nicht nur das – ein hoher Polizeibeamter war im Zuge des Befreiungsversuches getötet worden. Also hatten all die guten Absichten zu nichts geführt und darüber hinaus auch noch Unheil angerichtet. Als Nächstes brachte die Abolitionistenbewegung von Boston 1200 Dollar auf, um Burns damit auszulösen, aber sein Besitzer weigerte sich, mit irgendjemandem zu verhandeln, der seinem Sklaven seine Freiheit erkaufen wollte, und nachdem Burns dann zwangsweise zurück nach Virginia deportiert worden war, hat der Mann ihn für 905 Dollar an einen Sklavenhalter in North Carolina weiterverkauft.«

»Nein!!«, riefen die beiden Mädchen wie aus einem Mund.

»Auch mein Vater war entsetzt – und ich empfand ebenso. Eine riesige Ungerechtigkeit! Ihn überhaupt für 900 Dollar weiterzuverkaufen, nachdem man unser höheres Angebot kaltschnäuzig abgelehnt hatte … das war ein Schlag ins Gesicht und grausam obendrein! Wir haben dem neuen Besitzer einen Brief geschrieben, in dem wir ihm eine Ablösesumme von 1300 Dollar für Burns' Freilassung anboten, und da durfte Anthony Burns endlich als freier Mann nach Boston zurückkehren, meine Damen.«

Während Jessie und Delia diesen vermeintlich guten Ausgang der Geschichte mit Applaus bedachten, lächelte Thomas wehmütig und fügte hinzu: »Leider muss ich berichten, dass Mr. Burns kurz darauf an einem Fieber starb und die endgültige Befreiung der Sklaven nie miterlebt hat.«

»Aber er iss in Freiheit gestorben«, sagte Delia. »Das iss das Wichtigste.«

»Ja, für ihn vermutlich schon.« Er blinzelte heftig und führte sich für einen Moment die Hand vors Gesicht. Als er sie wieder fortnahm, sagte er: »Verzeihen Sie, meine Damen, aber meine Augen bereiten mir Kummer. Wenn Sie erlauben, möchte ich sie ein paar Minuten lang schließen.«

Er wandte den Kopf ab und lehnte sich gegen den Sack mit Briefen. Der Spalt zwischen seinen Augen wurde immer unübersehbarer, seine gesamte Gesichtshaut schien sich zu spannen, doch es drang keine Klage über seine Lippen. Jessie hatte in ihrem Leben genug Kranke gesehen, um zu wissen, dass er zweifellos unter Schmerzen litt. Als Delia ein leises Geräusch von sich gab, wandte sie sich ihr zu und sah, dass Delia ebenfalls die Symptome erkannte. Dann schauten sie beide Thomas an – und fühlten sich dabei ziemlich hilflos.

»Können wir etwas für Sie tun, Thomas?«, erkundigte Jessie sich behutsam.

Zunächst schien es, als habe er die Frage gar nicht gehört, doch dann schüttelte er den Kopf und sagte leise: »Nein, vielen Dank, aber … Danke, das geht schon wieder vorbei.« Doch seine Worte klangen gequält. »Ich hoffe und bete.«

Jessie und Delia blieben nebeneinander sitzen und behielten Thomas im Auge, damit sie ihm nötigenfalls rasch helfen konnten. Er saß, den breitkrempigen Hut tief über die Augen gezogen, mucksmäuschenstill da und hielt die Arme um den Leib geschlungen, als wollte er sich wärmen, obwohl es ein sehr heißer Tag zu werden versprach. Die Maultiere klapperten ihres Weges, Peter summte vor sich hin, und die Blicke der beiden jungen Frauen waren auf Thomas geheftet.

Jessie glaubte zu wissen, was ihm so zu schaffen machte. Es sah nach einem Migräneanfall aus. Mary Bennetts Mutter war häufiger von einem solchen Kopfschmerz aufs Krankenbett geworfen worden. An gesunden Tagen konnte sie unausstehlich sein, doch während ihrer Anfälle war sie das heulende Elend. Selbst die kleinste Kerzenflamme ließ sie vor Schmerzen schreien und zwang sie, den Blick gegen die Wand zu richten. Mary hatte Jessie erzählt, dass ihre Mutter dann wimmerte, alles um sie herum habe einen Heiligenschein um den Kopf, und Jesus werde gleich kommen, um sie zur himmlischen Heerschar der Engel zu holen. Doch die meiste Zeit hätte sie einfach nur vor Schmerzen geweint, und das konnte tagelang anhalten. *O lieber Gott, mach, dass der Anfall rasch vorübergeht. Der arme Thomas.*

Nach einer Weile merkten sie, dass er im Sitzen eingeschlafen war, den Rücken gegen die harte Lehne gestützt.

»Er wird einen steifen Nacken haben, wenn er wieder aufwacht«, flüsterte Jessie Delia zu.

»Aber manchmal geh'n die Schmerzen auch im Schlaf weg.«

Also weckten sie ihn nicht und behielten ihn nur weiterhin im Auge, während der Wagen seinem Ziel entgegenrumpelte.

Und als sie schließlich die Straßen und Gassen von Stafford erreichten und Jessie an einem Schneidergeschäft das liebevoll gemalte Postamtsschild entdeckt hatte, öffnete Thomas mit einem Mal die Augen, als hätte jemand ihm im Traum zugeflüstert, sie wären am Ziel.

»So was aber auch«, murmelte er und streckte sich. »Ich habe geschlafen wie ein Toter. Nun wollen wir mal sehen, wo wir sind… ah, in Stafford natürlich.« Keine einzige Erwähnung seiner schrecklichen Kopfschmerzen, keinerlei Erklärung für seinen plötzlichen Tiefschlaf. Er blinzelte in den wolkenlos klaren Himmel hinauf, der nach dem Unwetter jetzt wie reingewaschen wirkte. »Eine Stunde vor Mittag, schätze ich. Also dann…« Er sammelte seine Papiere und seine für Stafford bestimmten Briefe und Listen ein. »Ich bin am Verhungern. Euch geht's bestimmt ebenso. Hier, Jessie…« Er gab ihr eine Handvoll zerknitterter Geldscheine und ein paar Münzen. »Ich hoffe, das reicht, um uns etwas Essbares für gleich und für später zu beschaffen. Ihr findet dort die Straße hinunter um die Ecke einen Laden. Er nennt sich *Ames General Store*, und es müsste dort auch Obst zu kaufen geben… ach, egal, sucht ihr beide nur aus. Vielleicht etwas Käse. Und Brot für Sandwiches. Nein, ihr werdet's schon besser wissen als ich.« Delia und Jessie tauschten amüsierte Blicke, was Thomas nicht zu merken schien.

»Ich gehe jetzt zu meiner Unterredung mit Mr. Butler, dem Postvorsteher, und wir treffen uns hier, wenn ihr eure Aufgaben erledigt habt.« Seine Stimme klang wieder kräftiger, und er war immer noch sehr gut darin, Befehle auszuteilen, dachte Jessie; doch ihr entging nicht, wie blass er war, und dass seine Stirn vom Schweiß glänzte.

Stafford, eine recht ansehnliche Stadt, lag unmittelbar an einem Fluss namens Rappahanock. Sie waren an einer großen Mühle mit einem sich unablässig drehenden Rad vorbeigekommen, von dem das Wasser nur so herunterklatschte und in der wohl Korn gemahlen wurde. Die Türme mehrerer Kirchen streckten ihre Spitzen in den Himmel, aber auf dem Weg zum Kaufmann, den ihnen der verlockende Duft frisch gebackenen Brotes wies, fielen den Mädchen zahlreiche niedergebrannte, leerstehende Häuser auf – neben anderen, die gerade wieder errichtet wurden. Außer ihnen selbst waren noch allerhand weitere Frauen mit großen Einkaufskörben am Arm unterwegs, von denen die meisten in ihrem Schritt innehielten, um die beiden Fremden misstrauisch zu beäugen. Die neugierigen Hausfrauen von Stafford machten nicht gerade einen wohlgesinnten Eindruck.

Jessie beschloss, ihren Argwohn zu zerstreuen, indem sie eine von ihnen ansprach. »Verzeihen Sie, Madam, wir sind fremd hier. Könnten Sie uns netterweise den Weg zu *Ames General Store* oder zu einer Bäckerei weisen? Wir befinden uns auf der Suche nach meinem Bruder, einem vermissten Soldaten, und müssen unseren Reiseproviant ergänzen.«

Die Worte »Soldat« und »Bruder« zauberten ein zaghaftes Lächeln in die strengen Züge der Frau. »Nun, meine Liebe, Sie müssen mir nicht erzählen, dass Sie hier fremd sind, denn Ihr Nordstaatenakzent verrät Sie ohnehin. Und Ihre… Begleiterin… ist das Ihre Skla… Ihre Dienerin?«

Ehe Jessie sich eine Antwort einfallen lassen konnte, sagte Delia: »Jawohl, Ma'am. Ich bin Missie Jessies Dienerin … und ihre Halbschwester.« Nach außen hin wirkte sie gelassen, aber ihr Ton klang feindselig.

Der Frau kippte glatt die Kinnlade herunter. Sie starrte die beiden ungläubig an. »Halb … Halb …«, stammelte sie, unfähig, das ganze Wort auszusprechen.

»Aber ja doch, Ma'am, so isses.« Delia machte eine weit ausholende Geste, damit die übrigen Frauen, die die Unterhaltung mitangehört hatten und jetzt ebenfalls gafften, sich auch angesprochen fühlten. »Jessica iss auf 'ne Schule im Norden geschickt worden, aber als Kindas sind wir auf derselben Plantage aufgewachsen. Wissen Sie, Marster –«

»Ja, ja, schon gut«, stotterte die arme Frau. Delia hatte sie offensichtlich in große Verlegenheit gebracht. »*Ames* ist gleich die Straße runter, und den Bäcker finden Sie ein paar Schritte weiter.« Dann sah sie schleunigst zu, dass sie weiterkam, mit auf und ab hüpfendem Sonnenschirm.

Auch Jessie war das Ganze peinlich, und sie lenkte ihre Schritte in Richtung auf den Laden, die vergnügt kichernde Delia an den Hacken. »Oh, Jessie, guck doch nich so böse. Die weißen Leutens ham' schon immer so getan, als würden sie nix davon mitkriegen, was sich direkt unter ihren Augen abgespielt hat.«

»Leute«, korrigierte Jessie sie automatisch.

»Jawohl, Ma'am«, sagte Delia mit gespielter Unterwürfigkeit. »Leute, nich Leutens.« Als sie einander ansahen, brachen sie beide in Gelächter aus.

Mr. Ames erkundigte sich, womit er ihnen helfen könne, und schnitt ihnen dann großzügig bemessene Stücke Käse ab. »Ich habe nicht viel Schinken, und er ist sehr teuer«, erklärte er, also nahmen sie davon Abstand. »Ich habe ein paar Trauben, aber die sind auch nicht gerade billig.« Als er ihre betretenen Gesichter sah, fügte er hinzu: »Ich kann euch einen Krug Cider für zwei Dollar überlassen.« Dieses Angebot schlugen sie nicht aus, bedankten sich bei Mr. Ames und gingen dann ein paar Türen weiter die Gasse hinunter zur Backstube.

Im Laden stand Mrs. Jessup, die Frau des Bäckers, um die beiden zu bedienen. Sie war eine fröhliche Frau, die aussah, als wäre sie selbst ihre beste Kundin. Ihre breite Schürze war ebenso wie ihre Hände mit Mehl gepudert. »Brot für Sandwiches…? Oh, ja, ich glaube, ich habe hier noch einen halben Laib. Ein paar Scheiben oder ganz? Oder hätten Sie gerne noch was von dem in Schweineschmalz gebackenen? Und wie wäre es mit einem Stück Nusskuchen?« Sie bewegte sich verblüffend behände, während sie ihre Waren anpries, hielt sie ihnen zur Begutachtung hin und ließ ihre Kundinnen gar nicht zu Worte kommen. Alles sah so lecker aus, fand Jessie, und duftete unwiderstehlich. Aber sie war sich nicht mehr ganz sicher, wie viel Geld sie noch zur Verfügung hatten, also nahm sie nur den halben Laib Brot, ein Stück Kuchen und verzichtete auf weiteres Backwerk.

Die Frau packte ihre Einkäufe sorgfältig in Delias Korb und schwatzte dabei munter weiter drauflos, hauptsächlich an Jessie gewandt. »Sie sind wohl nicht von hier, wie ich annehme, nicht wahr, Missie?«, stellte sie fest und lachte. »Oh, das dürfen Sie nicht falsch verstehen, aber Sie hören sich wie eine Yankee an, da beißt keine Maus den Faden ab.«

»Sie haben ein feines Gehör«, sagte Jessie. »Ja, das stimmt.«

»Und wieso haben Sie dann ein Niggermädchen als Dienerin?«

Jessie konnte die Frau bloß anstarren und wusste nicht, was sie darauf erwidern sollte, aber Delia sah der Bäckerin geradewegs in die Augen und sagte: »Nun, Ma'am, wir sind auf der gleichen Plantage gebor'n und ham' denselben Daddy. Aber ihre Mama ist gestorben, und der Marster, der hat sie zu Verwandten in'n Norden geschickt. Jetzt iss sie wieder da, um nach ihrem Halbbruder zu suchen, der im Krieg verloren gegangen iss, und ich helf' ihr dabei, obwohl er auf der falschen Seite gekämpft hat.«

Mrs. Jessup sah sie von oben bis unten an und schürzte wiederholt die Lippen, während sie angestrengt nachdachte. »Ihr Bruder, wie? Mit dieser Haarfarbe da?«

»Genau«, bestätigte Jessie eifrig.

»Bloß dünner und mit irgendwie unstetem Blick und gehetzt wirkend?«

»Ja, Ma'am, das hört sich ganz nach ihm an.« Sie holte tief Luft. »Haben Sie ihn gesehen?«

»Kann sein... ja, vor zwei oder drei Tagen müsste das gewesen sein. Er hat um Brot gebettelt, und ich habe ihm einen altbackenen Laib gegeben. Er sagte, er würde ihn abarbeiten, aber er sah reichlich mitgenommen aus, und weil er mir leid tat, habe ich ihm gleich drei altbackene Brote überlassen und ein Stück Käse, das ich mir für mein eigenes Abendessen zurückgelegt hatte, und er ist schnell wie ein Hase davongeflitzt.«

»Hat er gesagt, wo er hinwollte?«

»Oh ja, ich bin ihm noch bis an die Tür gefolgt, weil er so elend aussah, und habe ihm nachgerufen, wohin's denn gehen sollte, und er hat gesagt, weit fort, und nannte auch den Namen einer Stadt, aber Sie können mich totschlagen, ich erinnere mich nicht daran. Es war kein Ort hier in der Gegend, so viel weiß ich noch. Lassen Sie mir einen Moment Zeit...« Sie kniff die Augen zu und verzog vor angestrengtem Nachsinnen das Gesicht. »Nein, bedaure«, sagte sie schließlich. »Gerade eben dachte ich noch, ich hätte es, doch dann ist es mir gleich wieder entfallen. Aber halt! Warten Sie. Er hat noch etwas anderes gesagt: ›Ich muss Abby finden, wir wollen heiraten‹, aber mit mehr wollte er nicht herausrücken. Wenn Sie mich nun entschuldigen würden, dann gehe ich mal eben ein sauberes Tuch suchen, um Ihren Korb zu bedecken.«

»Abby?«, wiederholte Jessie den Namen und kam sich ziemlich töricht vor. »Abby?«

»Klingt, als wär' sie seine Liebste, nich?« Delia schien das amüsant zu finden. »Wo er sie doch heiraten wollte.«

»Ja, schon … aber ich erinnere mich nicht an sie.«

»War vielleicht'n Geheimnis?«

»Wenn du ihn gekannt hättest … nein, entschuldige. Wie solltest du auch etwas über ihn wissen? Wenn es eines gab, was Jacob Snow überhaupt nicht gut konnte, dann, ein Geheimnis für sich zu behalten. Geheimnisse sprudelten nur so aus ihm heraus wie Ahornsaft aus einer auf den Kopf gestellten Flasche.«

»Wer weiß, ob sie 'ne Schwarze war und er nich wollte, dass du und deine Mamma davon erfahrt.«

»Oh, das hätte uns überhaupt nicht gestört«, betonte Jessie mit Nachdruck, doch in Wahrheit war sie sich dessen durchaus nicht so sicher. Für sie gab es nur eine *einzige* Gewissheit – nämlich, dass Jacob noch am Leben war.

Und dann fielen ihr mit einem Schlag Einzelheiten aus dem Brief ein, den Jacob ihnen nach seiner Verwundung geschrieben und in dem er ihnen anvertraut hatte, er sei verliebt. Oder war er zu der Zeit vom Fieber gezeichnet gewesen? Von wo aus hatte er den Brief abgeschickt? Sie konnte sich nicht mehr daran erinnern, aber sie wollte ihren Stapel Briefe noch einmal durchgehen und ihn heraussuchen.

»Delia«, sagte sie, mit einem Mal von freudiger Erregung gepackt, »jetzt weiß ich es wieder. Ihr Name war Abigail. Er hat uns geschrieben, dass er sich verliebt hätte.«

»Wann war das?«

»Vor mehr als drei Jahren, da bin ich mir ganz sicher. Er liebt sie also immer noch und will sie nach wie vor heiraten. Dann muss es ihm richtig ernst gewesen sein. Sobald ich den Brief gefunden habe, frage ich Thomas, ob er mit uns zu der Stadt fahren kann, in der diese Abigail gelebt hat.«

Ihre Einkäufe waren mittlerweile im Korb verstaut. Jessie konnte kaum glauben, wie viel alles kostete, aber Thomas hatte ihnen eine Handvoll Geldscheine mitgegeben, und sie war erleichtert, dass sogar noch ein paar davon übrig waren, nachdem sie Mrs. Jessup bezahlt hatte. Als sie die Bäckerei verlassen hatten und sich auf den Rückweg zum Postamt machten, fing Delia plötzlich hemmungslos zu lachen an. Sie mussten stehenbleiben, bis sie sich wieder gefangen hatte.

»Weißt du, Jessie, ich hab' mich grade darüber gefreut, wie einfach es iss, den Leuten was vorzumachen. Sie fanden nichts dabei, dass ich deine Dienerin bin, und dann hat Mrs. Jessup nich mal mit der Wimper gezuckt, als ich sagte, wir sind Schwestern. Die Menschen glauben wohl wirklich alles. Find'st du das nich lustig?« Und sie begann schon wieder zu lachen.

Das brachte Jessie auf einen Gedanken, der ihr Herz schneller schlagen ließ. Sie griff Delia beim Arm und zog sie ein Stück von der Straße weg unter ein Baumgrüppchen. Hier löste sie das Band ihrer Haube und nahm sie sich vom Kopf.

»Jessie, was denkst du dir dabei? Ich mag nur'n unwissendes Mulattenmädchen sein, aber ich weiß, dass es sich nich gehört, ohne Kopfbedeckung draußen rumzulaufen.«

»Ich weiß ja, Delia, ich weiß, aber ich möchte bloß etwas

ausprobieren. Würdest du mir einen Gefallen tun? Nimm dein Kopftuch ab und setz die Haube auf.«

»Wofür willst du, dass ich's mache?«

»Es ist nichts Schlimmes, nur… bitte tu's.«

Zögernd löste Delia ihre weiße Kopfbedeckung und entblößte ihr kastanienfarbenes Haar, das sie sich hatte kurzschneiden lassen, so dass ihr ganzer Schädel von kleinen glänzenden Löckchen bedeckt war. »Was für schönes Haar«, bemerkte Jessie. »Wie schade, es verbergen zu müssen. Trotzdem…« Mit diesen Worten setzte sie Delia ihre Haube auf und knotete das Band unter ihrem Kinn zusammen. »Mein Gott!«, entfuhr es ihr.

»Was iss?«, fragte Delia.

Wie gut es wäre, jetzt einen Spiegel zu haben, dachte Jessie. Sie blickte sich um, weil sie irgendwo Wasser plätschern hörte, und tatsächlich verlief ein Stück weiter ein kleiner Bach. Sie nahm Delia bei der Hand und eilte mit ihr zu dem Bächlein. »Schau hinunter ins Wasser. Was siehst du da?«

Delia kniete sich hin und betrachtete ihr Spiegelbild im Wasser. Als sie sich wieder aufrichtete und sich Jessie zuwandte, fühlte die sich erinnert an eine in Trance versetzte Frau, die sie einmal auf einem Jahrmarkt gesehen hatte. Ihre weit aufgerissenen Augen schienen ins Leere zu starren. »Delia? Delia?«

»Ich… ich seh' ja aus wie 'ne Weiße.«

»Genau!« Jessie geriet ganz aus dem Häuschen. »Du brauchst nur ein paar andere Kleider, und du könntest –« Sie beendete den Satz nicht, weil Delia ihr mit einer Geste zu verstehen gab, sie solle schweigen.

»Gottogottogott!« Delia klatschte in die Hände und vollführte eine wiegende Bewegung. Dann wurde ihr Blick wieder gelöst, und sie sagte noch einmal: »Ich seh' aus wie 'ne Weiße. Mit Haube und hübschen Kleidern könnt' ich *wirk-*

lich deine Halbschwester sein.« Ihr Kichern ging in ein ausgelassenes Lachen über. Wortlos nahmen die beiden Frauen sich bei den Händen und tanzten lachend im Kreise. »Ja! Ja! Ja!«

Das Geräusch eines Fuhrwerks, das sich hinter ihnen näherte, ließ das Lächeln aus Delias Gesicht verschwinden. Schnell nahm sie sich die Haube vom Kopf und band ihr Tuch wieder um. »Wir sollten uns das Haar bedecken wie anständige Frau'n und zurück zu Marster Thomas geh'n. Kein Wort zu ihm, Missy, aber eines schön'n Tages folgen wir dem Trinktrog, und zwar nich heimlich in der Dunkelheit wie Sklaven, sondern in aller Öffentlichkeit wie freie Frau'n.«

»Wir sollten uns als Cousinen ausgeben. Wir haben zwar eine ähnliche Haarfarbe, aber wir sehen uns nicht wirklich ähnlich, eher wie zwei Cousinen, die durch diesen abscheulichen Krieg getrennt worden sind …«

»… und die sich nach 'ner langen Suche wiedergefunden ham'.«

Trotz der schweren Körbe überschlugen sie sich fast, als sie weiter die Straße hinunterliefen. Die Freude über das Geheimnis, das sie nun beide miteinander teilten und das sie nie jemandem verraten würden, ließ es Jessie so leicht ums Herz werden, dass sie es in ihrer Brust hüpfen zu spüren glaubte.

Als sie sich dem Postamt näherten, sagte Delia: »Aber du weißt, Miss Jessie, falls uns wer dahinterkommt, dass wir sagen, wir wär'n Cousinen – ein Sklave von Marse Davids Plantage vielleicht, der mich von früher erkennt –, tötet man mich, Jessie. Man hängt mich an den Daumen auf und peitscht mich aus, bis ich tot iss.«

»Das wird nicht passieren, Delia. Ich werde es nicht zulassen. Und glaubst du wirklich, dass jemand von der Plantage dich in meinem Kleid und unter meiner Haube erkennen würde? Du magst ihnen vielleicht bekannt vorkommen, aber dann werden sie sich sagen, nein, das kann Delia ja gar nicht sein, und damit hat es sich.«

»Bist du dir da ganz sicher, Miss Jessie?«

»Ja, Miss Delia«, antwortete Jessie, selbst nicht so überzeugt, wie sie sich anhörte. »Da bin ich mir ganz sicher.«

Armory Square Hospital, Washington City
15. August 1864

Meine Lieben, da bin ich nun ans feste Land gefesselt, nachdem ich wochenlang von stürmischen Wassern durchgeschüttelt wurde. Euch wird mein erbärmlicher Versuch auffallen, dies in poetische Worte zu fassen, da ich doch nun Walt Whitman seine Gedichte habe vortragen hören. Er kommt oft ins Lazarett, um Verbände zu wechseln und Schweiß von Stirnen zu tupfen, wobei er mit tiefer, nachhallender und doch anheimelnd klingender Stimme spricht. Ja, er hat eine sehr kräftige, schöne Stimme, viel mitreißender als die eines unserer Prediger in Mechanicville, das versichere ich euch. Ihn vortragen zu hören, erfüllt mich mit dem Verlangen, wieder zu meinem eigenen Schreiben zurückkehren zu können und, glaubt mir, es auf jede nur erdenkliche Weise zu verfeinern.

Ihr müsst euch große Sorgen um mich gemacht haben, nachdem nun so lange keine Briefe mehr in der Post gewesen sind ... wie lange ist das her? Ich fürchte, ich weiß es nicht genau. Ich kann mich auch kaum so recht daran erinnern, wie ich hierher in dieses Krankenhaus gekommen bin, noch daran, wohin es mich vorher verschlagen hatte. Man sagt mir, man hätte mich an der Straße außerhalb von Falmouth, einer kleinen Stadt in Virginia, aufgegriffen, und ich wäre getaumelt und hätte getobt wie im Fieberwahn, hätte weder gewusst, wo ich war, noch, wo mein Regiment sein könnte. Nach dem Schrecken des Feuers in dem Wilderness genannten Urwald muss mich der Wahnsinn erneut gepackt haben. Ich kann noch immer nicht daran denken, ohne dass meine Glieder zu beben und zu schlottern anfangen, und ich kann es immer noch nicht glauben, dass ich meinen teuren Freund Eddie nie in diesem Leben wiedersehen werde. Wir sind wie zwei dumme Bauernjungen frohen Mutes in diesen Krieg aufgebrochen und haben geprahlt mit der Anzahl der Rebellen, die wir töten werden! Ich schäme mich so sehr, wenn ich mir unsere Torheit vor Augen führe. Und einen Augenblick später dann geht mir auf, dass er nicht mehr lebt, und mein Herz erstarrt vor Trauer. Mein guter Freund aus Kindheitstagen!

Meine liebe Mutter und Schwester, ihr müsst euch um mich keinen Kummer machen, denn ich bin am Leben, und es geht mir mit jedem Tag besser. Man hat mich aus dem Straßenstaub gerettet, mich mit einem Hemd und einem Paar Hosen als Ersatz für meine Uniform, die, wie man mir sagte, völlig verschmutzt gewesen wäre und in Fetzen gehangen hätte, ausgestattet und mich dann auf einer Trage zu einem Schiff in Falmouth gebracht, das die am schwersten Verwundeten zu den Hospitälern in Washington transportierte. Ich habe keine Wunden oder Narben an meinem Körper oder im Gesicht davongetragen, also sorgt euch bitte nicht deswegen. An die Tage auf dem Schiff erinnere ich mich nur undeutlich, denn ich hatte hohes Fieber und war kaum bei Bewusstsein. Ich glaube, viele Männer sind unterwegs gestorben, ehe wir unser Ziel erreichten, und ich muss wohl auch während des ganzen Martyriums nichts zu mir genommen haben, denn ich bin immer noch sehr dünn. Und doch darf ich mich einen Glückspilz nennen, immerhin lebe ich trotz alledem.

Euer arg geschundener Sohn ist wahrhaftig auf dem Wege der Besserung; ich stehe nicht mehr im Schlaf auf und wandele umher, denn man hält mich davon ab und spricht zu mir und führt mich zurück ins Bett, wo ich mich beim Erwachen dann an nichts erinnere, obwohl die übrigen Patienten es gar nicht erwarten können, mir von meinen nächtlichen Eskapaden zu berichten. Ich bin auch froh, nicht mehr so oft Alpträume zu haben, und ich hoffe

17. August

Vorgestern bin ich, den Stift noch fest in der Hand haltend, eingeschlafen, also setze ich diesen Brief nun zwei Tage später fort. Es ist furchtbar heiß hier im Lazarett und noch heißer unter dem Moskitonetz. Viele von uns reißen die Netze herunter und ziehen die Unannehmlichkeiten der juckenden Insektenstiche einem langsamen Erstickungstod vor. Das verdammte Ungeziefer umschwirrt meinen Kopf, während ich schreibe.

Die meiste Zeit über unterstehe ich der Pflege der wunderbarsten Schwester, Mrs. Devlin, deren Mann mit seinem Regiment in den Süden gezogen ist und von dem sie seit langem keinen Brief mehr bekommen hat. Er war in Gefangenschaft geraten und in dieses Höllenloch Andersonville gebracht worden, von wo ein einziger Brief ihre Türschwelle erreicht hat. Sie fürchtet, dass er tot ist, sagt aber, sie wolle es nicht glauben, bis man es ihr mitteilt, so dass sie sich in der Zwischenzeit beschäftigt hält und damit tröstet, verwundete Soldaten zu umsorgen. Sie sagt, sie wird mit dieser Arbeit fortfahren, bis sie eine Nachricht von ihrem Mann erhält, der übrigens Philip heißt und Leutnant im 14. Pennsylvania-Regiment war. Und falls er doch lebt, sagt sie, wird sie an seine Seite eilen, um ihn gesundzupflegen.

Bis dahin sind wir im Saal B die Nutznießer ihrer zärtlichen Fürsorge. Habe ich schon erwähnt, dass sie jung und hübsch ist? Am allermeisten schätzt man sie jedoch wegen ihrer großen Herzensgüte. Sie und einer der Ärzte, Gerald Green, ein alter Freund von ihr, nehmen ab und zu zwei oder drei einigermaßen genesene Soldaten zu einem Ausflug in das Willard-Hotel mit, damit sie wieder einmal unter normale Menschen kommen. Gestern hatte ich das Glück, mich einer solchen Gruppe anschließen zu dürfen, also will ich euch nun die Wunder des Hotels Willard in Washington beschreiben.

Es ist ein mächtiges Gebäude mit einer riesigen Eingangshalle, deren Kuppeldecke von hohen, reich verzierten Säulen gestützt wird, wie man sie in einem feinen Herrenhaus erwarten würde. In dieser Eingangshalle herrscht immer ein wunderbar hektisches Treiben, und es tummeln sich hier jede Menge Menschen, vor allem an und nahe der Bar, deren Stimmen und Gelächter in dem Gewölbe widerhallen. Nach Sonnenuntergang werden Hunderte von Gaslampen entzündet, wogegen die Halle bei Tag ins gleißende Licht der Sonne getaucht ist. In den einfallenden Sonnenstrahlen sieht man Tausende von einem breiten Ring aus Zigarrenrauch umschlossene Sonnenstäubchen durch die Luft schweben. Hier habe Julia Ward Howe die Kampfhymne der Republik geschrieben, wird behauptet. Und hier hat auch Präsident Lincoln eine Zeitlang Quartier bezogen. Ich habe gehört, dass er binnen einer Woche gut und gerne mal $ 75 für Champagner und $ 8 für Whiskey auszugeben bereit war, doch ich kann mir Mr. Lincoln eigentlich gar nicht mit einem Champagnerglas in der Hand vorstellen.

Jeder, der etwas zu sagen hat, kommt her, um sich mit anderen wichtigen Leuten zu treffen - Senatoren und solche, die es werden wollen, Redner, die sogar salbadern, wenn sie sich einen Whiskey bestellen, Schriftsteller und Journalisten, Dutzende von Photographen und selbst unser großer General, U.S. Grant, der erst im vergangenen Frühjahr hier weilte, um seinen Marschbefehl zu empfangen und das Kommando unserer Potomac-Armee zu übernehmen. Er hält sich häufig in Washington auf und beredet sich mit dem Präsidenten und anderen Offizieren, und jedes Mal steigt er dann im Willard ab. »Selbstverständlich«, wie Mrs. Devlin es lächelnd kommentiert.

Und inmitten all dieser hoch angesehenen Bürger sind dann auch wir, die von der Schlacht gezeichneten Soldaten, die man hergebracht hat, damit sie sich unter diese lärmende, illustre Gesellschaft mischen. Ihr könnt euch nicht vorstellen, wie viele Männer keine Arme oder Beine mehr haben und dennoch ungetrübten Blickes lächeln in Erwartung des Tages, an dem sie gesund genug sein werden, um nach Hause zurückzukehren und ihr früheres Leben wieder aufzunehmen. Einfach nur an dem Treiben in Washington teilzuhaben, unter was für Umständen auch immer, gibt einem gleich so richtigen Lebensmut.

Doch lasst mich davon berichten, wie ich unseres erlauchten Generals U.S. Grant ansichtig geworden bin, der in dieser Woche zu einem kurzen Besuch bei Präsident Lincoln in der Stadt gewesen ist. Ihm war erst letzten Monat das Kommando der gesamten Potomac-Armee übertragen worden. Da standen wir also an der Bar des Willard Hotel, ich und zwei weitere Patienten aus dem Krankenhaus, Dr. Green und die charmante Mrs. Devlin, und genehmigten uns ein Gläschen oder zwei, als Dr. Green mit gedämpfter Stimme sagte: »Seht mal, Jungs, da ist er: euer neuer Oberbefehlshaber.« Und er deutete mit dem Kopf auf einen eher kleinwüchsigen Mann mit gepflegtem Bart, wenn auch in einer etwas zerknitterten Uniform, der gerade von vier seiner Stabsoffiziere begleitet zur Tür hereinkam. Kein allzu dramatischer Auftritt, möchte ich sagen. Aha, dachte ich so für mich, das ist unser strahlender Held - dieser gedrungene kleine Kerl mit dem zornigen Gesicht. Er jedoch ließ den Blick durch den Saal schweifen, und rein durch Zufall trafen sich unsere Blicke, was mich beinahe vom Hocker gerissen hätte. Was für eine Glut in diesen Augen! Was für eine hehre Geistesschärfe! Da wusste ich: Hier war endlich ein General, der den Krieg für uns gewinnen wird. Und es scheint, dass ich recht damit hatte. Man sagt, Grant würde die Initiative ergreifen, und zwar unverzüglich. Es ist seine Überzeugung, dass diese Armee endlich den entscheidenden Vorstoß wagen muss, wenn dieser Krieg schnell vorangetrieben und gewonnen werden soll. Ein dreifach Hoch und Hurra! Soll er seine Truppen in Bewegung setzen und sie zum Sieg führen, damit dieses grausame Blutvergießen aufhört!

Ich schließe nun, liebe Mutter und liebe Jessie, mit einem klaren Kopf und einem Herzen voller Dankbarkeit und Hoffnung. Ich glaube, wir stehen endlich vor dem Ende dieses Alptraums.

Euer euch liebender Sohn und Bruder Jacob Snow

10

Kaum bogen sie um die Ecke und sahen das Schild des Postamts behäbig im Winde schaukeln, verlangsamten Jessie und Delia ihr Schritttempo zu einem leicht affektierten Gang, wie er sich für junge Damen bei ihrer Einkaufsrunde ziemte. Thomas wartete bereits auf dem Wagen. Er hatte es sich auf der Sitzbank bequem gemacht und hielt die Augen geschlossen. Die Maultiere allerdings waren mitsamt Peter nicht mehr da. Obwohl die beiden Frauen sich leise heranpirschten, hörte Thomas sie dennoch kommen, öffnete die Augen und begrüßte sie mit einem schwachen Lächeln.

»Wie fühlen Sie sich, Thomas?«, erkundigte sich Jessie.

»Etwas besser… jedenfalls gut genug, um mich auf ein frühes Mittagessen zu freuen. Oder sollten wir lieber von einem verspäteten Frühstück sprechen? Ich bin ziemlich ausgehungert. Was habt ihr denn Schönes für uns bekommen?« Sie kletterten zu ihm auf den Wagen, klappten den Korb auf und präsentierten ihre Köstlichkeiten. »Käse und Brot für Sandwiches«, kommentierte er. »Und ein Stück Kuchen… und Milch. Gut. Wir können gleich hier essen und uns dann ins Hotel aufmachen. Man sagt, das *Homestead* sei die beste Herberge am Ort. Ich denke, es wird euch gefallen. Es ist die Haltestation für alle Postkutschen, also passiert da immer allerhand. Vor zwanzig Jahren soll Charles Dickens dort abgestiegen sein. Ist eine von euch vertraut mit Charles Dickens?«

»Ich hab' mit den Kindas von Marse David lesen gelernt«, sagte Delia. »Und die Mistress hat uns immer am Nachmittag, wenn's ganz fürchterlich heiß war, vorgelesen, damit wir unsere Bildung verbessern. Meistens bin ich eingeschlafen, aber ich erinner' ein bisschen was von Charles Dickens. Das war doch der mit dem Waisenknaben, der nie genug zu essen kriegt und dann wegrennt und bei 'ner Diebesbande unterkommt? Er war ganz ähnlich wie'n Sklave.« Sie erschauderte. »Keine schöne Geschichte, Marster Thomas. Ich mocht' die überhaupt nich leiden.«

»Aber Delia«, widersprach ihr Jessie, während sie den Käse aufschnitt und auf Brotscheiben legte, »am Schluss hat Oliver dann doch seinen Großvater gefunden, der ein sehr reicher Mann war. Ein gutes Ende also.«

Delia schnaubte verächtlich. »Was nützt 'n gutes Ende, wenn die Mitte traurig iss und man nur Kummer hat?«

»Glaubst du nicht, ein gutes Ende hilft einem, die traurige Mitte zu vergessen?« Schon während sie das aussprach, ging Jessie auf, dass Delia in Wahrheit auf ihr eigenes Leben angespielt hatte.

»Kann sein. Kann auch nich sein. Schwer zu sagen, bevor wir so weit sind, nich wahr?« Doch nun lächelte Delia auch wieder und half ihr beim Belegen der Brote. Während sie aßen – vor allem Jessie und Delia ließen es sich mit großem Appetit schmecken –, kehrte Peter mit den Maultieren zurück und spannte sie vor den Wagen. Danach kletterte er auf seinen Bock und nahm sich ein Sandwich und etwas Milch. »Marster Thomas nicht gut essen«, bemerkte er. Tatsächlich knabberte Thomas nur lustlos an seinem Sandwich herum und schloss zwischen den einzelnen Bissen die Augen, als bereite es ihm Beschwerden zu schlucken.

Aber er beklagte sich nicht, also schwiegen die anderen ebenfalls.

Binnen einer Stunde waren sie erneut auf dem Weg und erreichten bald Fredericksburg, das Jessie mit seinen schachbrettartig angelegten Straßen mindestens so groß vorkam wie Mechanicville. Es war allerdings auch nicht zu übersehen, dass die Stadt vom Krieg ziemlich in Mitleidenschaft gezogen worden war, denn die meisten Häuser bedurften dringend einiger Ausbesserungen oder wenigstens eines neuen Anstrichs. Und vor allem die Bäume hatten viele Kugeln abbekommen; manche waren richtiggehend zerschossen, andere sahen krank aus und neigten sich traurig zur Seite. Und dennoch war es eine hübsche Stadt mit frisch angelegten Rasen- und Blumenbeeten, wo immer sich ein freier Platz bot. Überall wuchsen Kletterrosen, die hier unten im Süden schon in voller Blüte standen. Dort, wo Jessie herkam, würden sie noch mindestens zwei Wochen auf sich warten lassen.

Es gab verschiedene Geschäfte, und alle waren geöffnet; die Ladenschilder schienen den Passanten zuzuwinken und sie einzuladen, ein Speiselokal oder eine Schenke zu betreten oder die Räume eines Sattlers, eines Schmieds oder eines Lebensmittelladens. Und es gab sogar mehr als ein Hotel. Jessie wusste gar nicht, wo sie zuerst hingucken sollte, um die vielen Eindrücke in sich aufzunehmen. Das also ist die Stadt, dachte sie, von der Jacob geschrieben hat, die tapfere Gemeinde, die sich noch verbissen gegen den Feind zur Wehr setzte, nachdem alles schon verloren war. Dies war die Stadt, die von den braven Söhnen New Yorks, Michigans und Pennsylvanias geplündert worden war. Hier hatte Jacob angewidert dem Rauben und Brandschatzen zusehen müssen. Zum ersten Mal seit ihrem Aufbruch in den Süden wurde ihr bewusst, dass sie für diese Menschen den Feind repräsentierte – oder zumindest bis vor kurzem repräsentiert hatte. Welch ein furchtbarer Gedanke!

Das *Homestead Hotel* befand sich an der Ecke Caroline und Richmond Street, ein langgestrecktes dreistöckiges Gebäude mit Bretterverschalung, das fast einen ganzen Häuserblock der Richmond Street für sich beanspruchte. Wie bei so manchen anderen großen Häusern, die sie in Virginia gesehen hatte, nahm auch hier eine Veranda, zu der eine breite Treppe hinaufführte, die gesamte Vorderfront der ersten Etage ein. Von Delia hatte sie erfahren, dass die Küchen-, Wäsche- und Lagerräume sich im Erdgeschoss befanden und die Wohnquartiere darüber. »Hält einigermaßen das Ungeziefer fern«, hatte sie lachend erklärt.

Im Hotel war allerhand los; man kam und ging und begrüßte einander; Gepäckträger schleppten Taschen und Hutschachteln, und inmitten des Treibens boten Händler ihre Waren feil. Offenbar gerade eben erst war eine Kutsche angekommen und spuckte nun ihre Fahrgäste aus, die sich, sowie ihre Füße den Boden berührten, streckten und ihre Kleidung glattstrichen und froh darüber zu sein schienen, das Ziel erreicht zu haben. Wie auf ein Signal hin klappten die weiblichen Reisenden ihre Sonnenschirme auf, so dass der Wagen von farbenfrohen, wenn auch etwas krausen Kuppeln umringt war. Das auf dem Dach der Kutsche gestapelte Gepäck wurde losgezurrt und in die erwartungsvoll ausgestreckten Arme der Träger hinuntergeworfen, während die umstehenden Damen kreischten, die Männer mögen doch bitte sorgsam mit ihren Besitztümern umgehen.

An der Straßenecke befanden sich die Überreste eines ausgedehnten Fundaments, also musste hier einmal ein größeres Gebäude gestanden haben, von dem aber nur noch abbröckelnde Ziegel und wucherndes Unkraut übriggeblieben waren. Wie konnte es zu einer solch völligen Verwüstung gekommen sein? Eine Folge der Kampfhandlungen? Als hätte er ihre Gedanken gelesen, erklärte Thomas: »Das war das *Exchange Hotel*, weithin berühmt zu seiner Zeit. Es ist damals in den 50er-Jahren durch ein Feuer zerstört worden. Man wollte gerade mit dem Wiederaufbau beginnen, da kam der Krieg, und so wurde natürlich nichts daraus. Ich habe gehört, dass die Stadtväter es aufgegeben haben.«

»Aber wieso sollte man –«, setzte Jessie an, doch dann bemerkte sie, wie eingefallen und fahl Thomas' Wangen waren; seine Haut schimmerte beinahe bläulich. Falls er wieder einen Migräneanfall hatte, musste ihm all das Gelärme und Getöse grausam zusetzen.

Doch wenn ihm etwas schwer zu schaffen machte, dann gab er sich alle Mühe, es zu verbergen, und brachte sogar ein Lächeln zustande. »Wie ich sehe, haben wir gerade rechtzeitig den größten Andrang abgepasst. Ich gehe mal rein und arrangiere alles für uns. Nein, einen Moment noch. Peter, bring den Wagen bitte nach hinten zu den Stallungen und kümmere dich um die Maultiere. Sie könnten ihn dabei begleiten, Delia. Bestimmt gibt es hier auch Dienstbotenquartiere – Sie und Peter müssen wohl noch ein Weilchen lang diese Rolle spielen, fürchte ich. Miss Jessie und ich werden uns inzwischen um ein paar Betten und ein kleines Abendessen bemühen.«

Jessie ging mit ihm die Treppe hinauf in die dicht gedrängte Empfangshalle. Auch hier fanden ringsherum Dutzende lautstarker Unterhaltungen gleichzeitig statt, man versuchte, sich gegenseitig zu übertönen, und dazwischen rangierten die Gepäckträger mit ihren zweirädrigen, hoch mit Koffern und Taschen beladenen Karren und riefen den Leuten zu, sie möchten sich vorsehen. Thomas bat Jessie, auf einem mit Quasten und Troddeln versehenen runden Polstersitz Platz zu nehmen, und schärfte ihr ein, sich nicht von der Stelle zu rühren.

Jessie war froh, einen Moment lang sitzen und dem Treiben zusehen zu können, vor allem dem der Ladies, die sich so adrett zurechtgemacht hatten, dass es schwerfiel, sie sich als Angehörige eines besiegten Landes vorzustellen. Doch bei näherem Hinschauen entgingen ihr nicht die kleinen Flecken und verblichenen Stellen, die dünnen Risse und ausgefransten Kanten in den edlen Seidenkleidern, und sie begriff, dass diese Frauen einfach nur das Beste aus sich machten und dabei eben auf ihre Vorkriegsbestände zurückgreifen mussten. Sie sah eine Frau, die sich krampfhaft ihr Cape zuhielt; fror sie an einem solch schönen Frühlingstag, oder war die Bluse unter ihrem Umhang etwa geflickt?

Wenn man den schrillen Frauenstimmen lauschte, die sich über die horrenden Preise und den Mangel an brauchbaren Negern beklagten, konnte man fast denken, es hätte nie einen Krieg gegeben. Die Südstaatler waren schon ein charmantes Völkchen, dachte Jessie; sie umarmten und küssten einander und gerieten über Kleinigkeiten in Verzückung: ein Armreif! Rüschen aus echter Spitze! Eine Hochzeit in der Familie! Ein Neugeborenes! Sie klangen frohgemut wie ein Baum voller Singvögel in der Abenddämmerung.

So sehr in ihre Beobachtungen vertieft, merkte sie erst durch sein Räuspern, dass Thomas sich auf ein Polster neben ihr gesetzt hatte. »Oh, das tut mir aber leid! Ich habe Sie gar nicht kommen sehen.«

»Ja, ich weiß. Sie müssen sich erst einmal an das Drumherum gewöhnen. Das wird alles ganz und gar neu und höchst spannend für Sie sein.«

»Wieso? Hotels und Menschenmassen? Ich darf doch wohl behaupten, dass sich zu uns nach Mechanicville schon mal der eine oder andere Wanderzirkus verirrt, und es gibt bei uns auch zwei Hotels… obwohl ich zugeben muss, in beiden nicht gerade oft verkehrt zu sein.«

»Nein, ich meine Virginia. Ich bin überzeugt davon, dass es hier ganz anders zugeht als im New York State. Na, jedenfalls …« Er hüstelte und wurde ein wenig rot. »Ich fürchte, die Zimmer sind heute Abend ein bisschen knapp, Miss Jessie. Sie haben ja gesehen, dass soeben eine Kutsche angekommen ist, und innerhalb einer Stunde wird schon die nächste erwartet. Ich hatte gerade noch Glück, ein Zimmer zu kriegen …«

»Nur ein Zimmer? Sie meinen …?«

»Ich habe zu einer kleinen Notlüge gegriffen und uns als verheiratetes Paar ausgegeben.«

Zu ihrem Entsetzen merkte sie, dass sie puterrot anlief. »Verheiratet? Aber –«

»Das Zimmer hat wohl zwei Betten, also bleibt der Anstand gewahrt. Wir können jetzt nach oben gehen, uns ein bisschen frisch machen und uns vor dem Abendessen vielleicht noch ein Nickerchen gönnen.« Als sie zögerte, fügte er mit einem Lächeln hinzu: »Ach, und Sie sollten sich besser an meinen Arm hängen und ganz bezaubert zu mir aufschauen, denn ich habe denen erzählt, wir seien frisch vermählt.«

»Also sollen wir den Leuten auch noch etwas vorspielen. Na, mir ist's recht.« Und in der Tat machte es ihr keineswegs etwas aus, so zu tun, als wäre sie die junge Gattin dieses hoch gewachsenen, gut aussehenden Mannes mit dem charmanten kleinen Gehfehler. Gehorsam hakte sie sich bei ihm unter und zwang sich, nicht zu erröten. Nicht, dass das etwas genützt hätte – aus dem Augenwinkel sah sie, wie die Damen sie beobachteten und leise lächelten. Doch sie hielt den Blick geradeaus gerichtet, wie es sich ihrer Ansicht nach für eine Braut gehörte, und ließ sich von Thomas die breite, mit Teppich ausgelegte Treppe hinaufführen. Der Bodenbelag hatte schon bessere Tage gesehen und fing an, entlang der Stufenkanten auszufransen. Ganz Virginia ist am Ausfransen, dachte Jessie.

Im fernen Mechanicville hatte man den Krieg anders wahrgenommen; dort las man den *Saratogian*, hielt sich über die vermissten Soldaten auf dem Laufenden und schränkte sich eben ein, weil so vieles rationiert war. Virginia hingegen war geschlagen, geprügelt, am Boden zerstört und voller Blut. Diesen Gedanken teilte sie Thomas mit, während sie zum zweiten Stock hinaufstiegen.

»Da haben Sie sicher recht. Aber während der Revolution war *Ihre* Heimatstadt im Zentrum des Geschehens.«

Ja, natürlich. Das hatte sie mehr oder weniger verdrängt. Das Schlachtfeld von Saratoga mit der Kanone als Denkmal. Fort Edward. Bemis Heights. Alles in unmittelbarer Nähe von Mechanicville. Aber dieser Krieg war ja schon die reinste Urgeschichte – bald 100 Jahre her.

Das Zimmer war nicht sehr groß, verfügte aber über zwei Mahagonibetten, jedes in seiner Ecke für sich. Die Betten waren strahlend weiß bezogen und mit Kissen vollgehäuft. An einer der Wände stand eine auf Hochglanz polierte Anrichte mit zwei Waschschüsseln, Krügen und Kerzen. Ein ziemlich ausgeblichener Perserteppich bedeckte einen Teil des Fußbodens, und im Kamin lag Holz bereit, obwohl sie kein Feuer brauchten. Alles machte einen recht gediegenen Eindruck, doch Jessie konnte den Blick kaum von dem Bett neben dem Fenster losreißen. Es wirkte so weich und einladend, als wolle es sie umschmiegen. Und dann bekam sie bei dem Gedanken an das Wort »schmiegen« schon wieder rote Flecken im Gesicht. Mit der delikaten Situation wusste sie nicht so recht umzugehen. Sie und Thomas hatten zwar bereits einmal ein Zimmer miteinander geteilt, aber das hier war ein richtiges Hotel voller neugieriger Fremder. Sie kam sich vor, als stünde sie vor Publikum auf einer Theaterbühne.

Ein leises Klopfen an der Tür, und die Hausdiener, zwei noch sehr junge Burschen, brachten ihr Gepäck ins Zimmer und wünschten ihnen einen angenehmen Abend. Wieder beäugte Jessie das Bett neben dem Fenster. Eingepfercht zwischen einem halben Dutzend weiterer Frauen und Mädchen und sogar einem oder zwei Babys hatte sie in dem Gasthaus nur schlecht geschlafen, so dass allein schon der Anblick dieser Schlafstatt ihr die Lider schwer werden ließ.

»Ich will doch mal sehen, wie sich das Bett da anfühlt«, sagte sie, setzte sich darauf und ließ die Füße über dem Boden baumeln. Warum bettete sie ihren Kopf nicht einen Augenblick lang auf die Kissen? Sie nahm ihre Haube ab und legte sie auf den Nachttisch. Das Bett war unbeschreiblich bequem… das war ihr letzter Gedanke, bis Thomas' Stimme sie wieder wachrief.

Es dauerte eine volle Minute, ehe sie begriff, wo sie war. »O mein Gott, das tut mir leid… ich habe gar nicht gemerkt, wie ich eingeschlafen bin.« Dann ging ihr auf, dass man ihr die Stiefel ausgezogen und ihre Beine – ihre Beine! – auf das Bett gelegt hatte. »O mein Gott«, wiederholte sie noch einmal.

»Wir brauchen alle unseren Schlaf, Miss Jessie, und ich konnte Sie doch nicht einfach so halb auf und halb neben dem Bett schlummern lassen. Ich muss sagen, Sie haben einen zauberhaften Anblick abgegeben.«

»Oh…« Ihr fehlten die Worte. Sie wünschte sich, schlagfertiger zu sein, wie die Heldinnen bei Jane Austen, die nie um eine passende Replik verlegen waren und die so lebhaft Konversation machten. Doch in Thomas' Gegenwart war sie wie auf den Mund gefallen. Es war geradezu peinlich.

»Jedenfalls dachte ich, dass Sie einen Happen vertragen könnten, also habe ich unser Abendessen raufbringen lassen. Meinem Wunsch wurde nur zu gerne entsprochen… jung vermählt, Sie wissen ja.«

Sie ahnte, dass er sie bloß aufzog, der Situation die Peinlichkeit nehmen wollte, darum lächelte sie artig.

»Nur durch meine kleine Notlüge haben wir heute Nacht überhaupt ein Zimmer bekommen, Jessie. Man hatte Mitleid mit uns zwei armen Turteltäubchen. Aber nun teilen Sie mit mir diese herrlichen Pfannkuchen mit Sirup und …« – er lüftete einen Topfdeckel nach dem anderen – »… und den gebratenen Speck und die pochierten Eier. Und sehen Sie sich diese kleinen Marmeladenschälchen in verschiedenen Formen an: ein Hase und ein Hund und zwei Herzen, wohl als verspätete Hochzeitsgabe. Und natürlich weiche Brötchen. Ohne sie wäre es kein properes Südstaatenmahl.«

Jessie war hungriger, als sie gedacht hatte. Sie setzte sich an den kleinen runden Tisch und ließ es sich schmecken. Alles war so schön heiß und saftig und einfach nur köstlich. Sie blickte kaum von ihrem Essen auf, und als sie es dann schließlich doch tat, bemerkte sie, dass Thomas in seinem Stuhl zurückgelehnt dasaß und sich die Hand über die Augen hielt. Sein Teller war noch unberührt.

»Thomas, Sie sollten sich hinlegen. Wirklich. Sie sehen gar nicht gut aus.«

»Ich fühle mich auch nicht besonders, Jessie, aber ich möchte nicht, dass Sie sich Sorgen machen. Eine durchschlafene Nacht, und ich bin wieder wie neu geboren. Wir werden Miss Bartons Auftrag erledigen *und* nach Ihrem Bruder suchen. Doch erst, wenn ich mich ein bisschen ausgeruht habe.«

»Natürlich.« Sie eilte geschäftig durchs Zimmer, schüttelte seine Kissen auf und strich ihm die Bettdecke glatt. »Ich bin mucksmäuschenstill, kümmere mich um die Listen für unsere nächste Station und stelle die Briefe zusammen.«

»Gutes Mädchen«, lobte er sie mit leiser Stimme und ließ sich stöhnend auf das Bett fallen. Er musste wirklich schlimme Schmerzen leiden. Delia besaß die entsprechenden Medikamente, sie hatte sie unten auf dem Wagen. Jessie wollte zu ihr gehen und sich von ihr geben lassen, was Thomas brauchte. Auf Zehenspitzen schlich sie zur Tür und drückte vorsichtig die Klinke hinunter; Thomas aber hatte das Geräusch gehört und setzte sich auf. »Wohin wollen Sie, Jessie?«

»Ganz ruhig. Ich will Ihnen nur etwas gegen die Schmerzen holen.«

»Nein, nein, da hilft gar nichts. Sie sollten nicht alleine draußen herumlaufen.«

»Bitte, Tom. Sie müssen wirklich aufhören, mich wie ein kleines Kind zu behandeln. Ich weiß, wo sich in einem Hotel die Stallungen befinden, und ich kann sehr wohl an der Rezeption hinterlassen, dass ich mir etwas von meiner Dienerin holen gehe. Mir passiert schon nichts.«

»So was von stur …«, murmelte er, ließ sich aber zurück aufs Bett fallen, und sie durfte gehen.

Natürlich vergaß sie zunächst ihre Haube und musste noch einmal umkehren, um sie zu holen. Doch dann schritt sie aufrechten Ganges, den Kopf im Nacken, die Treppe hinunter, und niemand sprach sie an. Zum Glück fiel ihr rechtzeitig ein, dass sie ja als frisch vermählt galt, so dass sie sich am Empfangstresen als Mrs. Lavery vorstellte und erklärte, ihrem Mann gehe es nicht gut. »Meine Dienerin hat unsere Medikamente, und ich möchte mit ihr sprechen.« Wäre doch gelacht, wenn man nicht sogleich einen Pagen zu Delia Strong in den Stall schicken würde, um ihr zu sagen, sie solle etwas Mutterkraut für ihre Herrin heraussuchen. »Und ich werde auch einen Topf mit heißem Wasser für einen Aufguss brauchen«, fügte sie hinzu.

»Selbstverständlich, Mrs. Lavery. Sobald Dick wieder da ist, wird er es Ihnen aus der Küche bringen.« Das klappte ja wie am Schnürchen und besser, als sie erwartet hätte. In einem Hotel abzusteigen, hatte schon seine Vorteile – man war nicht auf die Freundlichkeit Wildfremder angewiesen.

Zehn Minuten später drängte sie Thomas, kleine Schlucke aus einem dampfenden Becher zu nehmen. Seinen Kopf hatte sie mit seinen Kissen abgestützt und noch eines von ihren dazugestopft. »Das ist ein Migränemittel«, erklärte sie ihm. »Es müsste die Schmerzen lindern.«

Es war gar nicht schlimm vorzugeben, sie sei verheiratet, dachte Jessie. Zum einen behandelten die Leute sie mit mehr Respekt. Eine verheiratete Dame wurde als erwachsen angesehen, als arriviertes Mitglied der Gesellschaft, dem man seine Achtung zollen musste – im Gegensatz zu einem dahergelaufenen Mädchen auf der irrwitzigen Suche nach ihrem verschollenen Bruder. Außerdem, sagte sie sich, indem sie Thomas anschaute, der sich zu entspannen schien und vielleicht sogar Schlaf finden würde, sah ihr angeblicher Ehemann eigentlich ganz gut aus, war ein Held aus der Schlacht am Antietam und würde schon in ein paar Monaten Arzt sein. Wenn man sie vor die Wahl stellte, sich unter verschiedenen Kandidaten einen Wunschmann aussuchen zu müssen, könnte sie es wesentlich schlechter treffen als mit Tom Lavery.

Binnen kurzer Zeit schlief Thomas tatsächlich tief und fest. Sie stellte das Tablett mit dem schmutzigen Geschirr vor die Tür; auf dem Weg nach unten hatte sie mehrere solcher Tabletts auf dem Flur gesehen, also war das wohl so üblich. Sie zog sich den Rock und die Bluse aus und schüttelte den Staub davon ab – weiter wollte sie sich nicht entblößen. In ihrem Mieder und ihrem Unterrock wäre sie verhüllt genug, falls Thomas aufwachen sollte. Dann schüttete sie Wasser aus der großen Kanne in die Schüssel und wusch sich mit einem kleinen Stück Seife und einem Lappen. Auf der Anrichte lagen vier zusammengefaltete Handtücher, sie waren ein wenig abgenutzt, aber sehr sauber. Sie benutzte eines davon. Morgen würde sie sich vielleicht das Haar waschen, doch heute begnügte sie sich damit, es gründlich zu bürsten. Sie holte ihre hübsche Bürste aus England hervor, bürstete und bürstete, richtete sich kerzengerade auf, warf das Haar in den Nacken, dass es an ihrem Rücken herunterfiel, und bürstete noch ein wenig weiter. Danach putzte sie sich die Zähne und schlüpfte in ihr weiches Bett. Sie erwartete nicht unbedingt, einschlafen zu können, aber da hatte sie sich geirrt.

»Nein! Bleib zurück! Nein, John, siehst du nicht, dass du direkt in dein Verderben rennst! O Gott!«

Die lauten Schreie rissen sie aus einem wohltuenden Tiefschlaf. Was war los? Dann ging es ihr auf. Thomas. Wer sonst? Sie hatte die Flamme der Petroleumleuchte heruntergedreht, sie jedoch brennen lassen, und sah nun im zitternden Schein, wie Thomas aufrecht in seinem Bett saß. »Zurück, sage ich! Könnt ihr denn nicht sehen, dass jeder, der weitermarschiert, tot zu Boden fällt? Um Gottes Willen –« Er wirkte völlig aufgelöst, und sie konnte trotz der Dunkelheit im Zimmer sehen, dass er zitterte wie Espenlaub.

Sie sprang aus dem Bett, lief zu ihm hin, kniete sich neben ihn und hielt seine Arme mit beiden Händen fest. »Thomas! Thomas, wachen Sie auf! Tom! Bitte! Du bist nicht auf dem Schlachtfeld!«

Doch er hörte sie nicht. »Da ist noch einer, da unten!«, schrie er. »Guter Gott, wie war das bloß möglich? Die ganze vorderste Front ist… verschwunden! Einfach weg! Oh, nein! Ich kann mich nicht bewegen! Mein Bein! Mein Kopf!« Er stöhnte wie in tiefsten Qualen, sein Kopf schlug von einer Seite auf die andere. Sie sah die glänzenden Spuren, die die Tränen auf seinen Wangen hinterließen.

Sie nahm sein Gesicht in beide Hände und rief: »Tom! Tom! Es ist alles in Ordnung, du bist hier, in Fredericksburg, bist außer Gefahr, außer Gefahr!«

Er machte sich grob von ihr los und stieß sie beiseite, so dass sie fast zu Boden gestürzt wäre. Aber es brauchte nur einen Blick in sein Gesicht, in die aufgerissenen Augen, die doch nichts sahen, und sie wusste, dass er immer noch schlief, in einem Alptraum von einer Schlacht gefangen war. War es gut, ihn aufzuwecken? Oder besser nicht? Ihre Mutter hatte ihr von einem der George-Söhne erzählt, der im Schlaf wandelte, dabei Türen öffnete und sie leise wieder hinter sich schloss – und all das, ohne zu wissen, wo er sich befand.

»Es ist ein großer Fehler, einen Schlafwandler zu wecken, Jessie. Viel besser ist es, ihnen zu folgen, sie bei der Hand zu nehmen und sich in ihre Träume zu stehlen… auf diese Weise lässt sich so mancher Schlafwandler sicher zurück ins Bett führen. Aber wenn man sie weckt –« Hier hatte sie die Lippen fest aufeinandergepresst und den Kopf geschüttelt, ehe sie weitersprach. »Ich habe gehört, dass sie den Verstand verlieren oder gar an einem Schock sterben können, wenn man sie plötzlich aus ihrem Traum reißt.« Und Jessie wollte Thomas *das* nun ganz bestimmt nicht antun.

Er hatte sich wieder auf den Rücken gelegt und murmelte vor sich hin, ein anhaltender Strom von Worten, die sie nicht verstand. Und er war immer noch sehr unruhig, seine Beine zuckten wie die träumender Jagdhunde.

Was sollte sie tun? Es würde ihm nicht gefallen, wenn sie wie ein verängstigtes Mädchen nach unten rannte, um Hilfe zu erflehen. Er würde es nicht wollen, dass jemand anderes seine Leiden mitbekam.

Plötzlich setzte er sich wieder auf. »Oh nein, oh nein!«, brüllte er in höchster Erregung, »nicht hochkommen, sie knallen euch alle ab, verdammt! Zurückziehen, sage ich, stellt euch hinter die Bäume und feuert von dort! Nein, sie laufen los, sie hören nicht auf mich, o Gott! Und ich kann mich nicht bewegen! Mein Bein! Mein Kopf! Nein, ich muss los!« Wieder weinte er. Noch nie hatte Jessie einen erwachsenen Mann so in Tränen aufgelöst gesehen – außer natürlich bei Begräbnissen oder wenn die eigene Frau im Kindbett starb. Aber das hier war etwas anderes, etwas ganz anderes, und es machte ihr Angst.

»Tom, Tom«, sagte sie mit einer Stimme, die klingen sollte wie die einer strengen Lehrerin. »Hör mir zu. Du träumst. Du hast einen bösen Traum. Bitte wach auf, bitte.«

Und dabei öffnete er plötzlich die Augen und war wach. »Jessie! Was um –?« Er führte die Hand an die Wange und spürte die Nässe. »Ach ja. Wieder einer meiner Alpträume. Sie müssen mir das nachsehen, Jessie. Was habe ich gesagt? Habe ich wirres Zeug geredet?«

Sie zögerte mit der Antwort nur einen Augenblick lang. Es war immer am besten, die Wahrheit zu sagen. »Nein, Tom, ich habe dich sehr wohl verstanden. Du warst in einer Schlacht, und deine Kameraden … sie sind niedergemetzelt worden. Und du hast sie angefleht, nicht weiter vorzugehen, weil das ihr sicherer Tod wäre.«

»Aber sie wollten nicht auf mich hören«, sagte er mit kummervoller Stimme.

»Genau.«

»Und ob nun im Wachzustand oder im Traum – genauso ist es gewesen, Jessie. Es wurde uns beigebracht, uns Schulter an Schulter aufzustellen, und zwar in einer festgefügten Linie, so dass ein Mann mit seinem Nachbarn zu verschmelzen schien, bis wir eine lückenlose blaue Reihe bildeten, die dem Feind entgegenmarschierte. Mehr als die Hälfte aus dieser Reihe fiel sofort beim Eröffnen des Feuers. Der Mann zu meiner Linken, der Mann zu meiner Rechten, und dann der nächste Mann zu meiner Linken und der nächste Mann zu meiner Rechten…« Seine Stimme wurde immer lauter, doch sie wagte es nicht, ihn zur Ruhe zu ermahnen. »Sie alle fielen tot zu Boden! Ich habe ihnen gesagt, dass wir uns hinter einer Baumgruppe verbergen sollten, von wo wir sie ins Visier nehmen könnten, sobald sie kämen, um zu schauen, wo wir uns verschanzt hätten. Auf diese Weise haben uns die Indianer lange in Schach gehalten! Aber mein Captain hat mich einen Feigling genannt. ›Auge in Auge‹, hat er gesagt, ›so treten Männer von Ehre dem Feind entgegen.‹ Eine Schande ist das!« Wiederum sank er aufs Bett zurück. »Und natürlich habe ich genau in dem Moment, als ich gebraucht wurde, einen Schuss ins Bein abbekommen, und dann diese verfluchten Kopfschmerzen… bitte verzeih mir… diese Kopfschmerzen sind die Nägel zu meinem Sarg, sie machen das reinste Klageweib aus mir.«

»Nein, Tom, du bist sehr wohl ein gestandener Mann. Migräneanfälle sind eine Krankheit, keine Schwäche. Dein Captain hätte das nicht sagen dürfen –«

»Was weiß ein Mädchen schon vom Krieg?«, fragte er mit gebrochener Stimme. Dann verdrehte er die Augen und war einen Moment darauf wieder eingeschlafen. Oder ohnmächtig. Jessie befühlte seinen Kopf, hob sein Augenlid, lauschte seinem Atmen. Nein, er schlief. Sonderbar, dass ein so gestandener, intelligenter Mann wie er sich dafür schämte, dass es ihm nicht gelungen war, seine Kameraden zu retten. Dabei war er doch ins Bein geschossen worden und hatte gar nicht mit ihnen gehen können, was ihn wiederum zu der Überzeugung brachte, sie allesamt im Stich gelassen zu haben. Sie war an der Seite ihres Vaters und ihres Bruders aufgewachsen, und daher wusste sie, wie empfindlich Männer sein konnten, was ihre Ehre betraf.

Sie erhob sich von seinem Bett, um selbst ein wenig zu schlafen zu versuchen, als er mit einem Mal so heftig zu zittern anfing, dass seine Zähne aufeinanderschlugen.

»Thomas! Tom! Bitte lass das sein! Bitte hör damit auf!« Doch er konnte sie natürlich nicht verstehen. Sie legte ihm die Hand auf die Stirn. Sie war nicht erhitzt, aber bei dem Zittern wurde ihr angst und bange. Es sah so aus, als würde er sich gleich selbst vom Bett herunterschütteln.

Und dann hatte sie eine Idee. Sie stieg ins Bett und legte sich neben ihn. Was ihre Mutter wohl sagen würde, wenn sie sie so sehen könnte? ›Das Wichtigste ist immer der Patient‹, das würde sie sagen. Was sie da tat, war unziemlich und schockierend, aber es musste halt sein. Sobald Thomas ihre Nähe und ihre Wärme spürte, ließ das Zittern nach und hörte dann ganz auf. Er sog scharf die Luft ein und atmete mit einem leisen Geräusch der Erleichterung aus. Sie fühlte, wie sein gesamter Körper sich entspannte, während seine Atemzüge immer gleichmäßiger wurden und er tiefer in das Bett einzusinken schien. Sie legte ihm eine Hand auf den Arm, zog sie aber gleich wieder fort. Nein, das war eine zu intime Geste. Nur wo sollte sie ihren Arm lassen? Sie legte die Hand wieder an die Stelle zurück. Niemand würde je etwas davon erfahren, am allerwenigsten Thomas selbst. Eines wusste sie mit Sicherheit: Heute Nacht würde sie überhaupt keinen Schlaf finden, doch das kümmerte sie nicht. Sie war darauf vorbereitet, wach zu bleiben.

Daraus wurde natürlich nichts. Sie nickte trotzdem ein und erwachte vom strahlenden Licht der Morgendämmerung, das durch einen Spalt zwischen den Vorhängen ins Zimmer drang. Thomas schlief noch tief und fest, aber sie musste nun auch ihn wecken, falls sie heute weiterfahren wollten. Wenn nicht, musste sie ihn wenigstens davon überzeugen, dass sie einen Arzt kommen ließen, damit der ihn sich ansah.

So unmerklich wie möglich rückte sie von ihm ab, was ein leises Protestgrunzen auslöste, bei dem sie den Atem anhielt; doch dann war er gleich wieder eingeschlafen. Leise entstieg sie dem Bett und schlich auf Zehenspitzen zur anderen Seite des Zimmers. Ihre Kleider waren rettungslos zerknittert, aber sie hatte ja keine anderen. Sie wusch sich und strich sie dann mit feuchten Händen so gut als möglich glatt. Als sie sich gerade das Haar bürstete, rief er ihren Namen.

Sie eilte zu ihm und setzte sich auf die Bettkante. Ohne auch nur die Augen aufzumachen, sagte er: »Die Migräne ist wieder da, und schlimmer denn je zuvor. Bitte …«

Jessie holte schnell einen feuchten Waschlappen, den sie ihm über die Augen und die Stirn legte. Dann stützte sie ihn, damit er den Rest ihres Mutterkraut-Aufgusses trinken konnte, der inzwischen natürlich kalt geworden war, was seine Wirkung jedoch nicht beeinträchtigen sollte – jedenfalls hoffte sie das.

»Soll ich nach unten gehen und dir etwas Kaffee und Toast holen, Thomas?« Er stöhnte und versuchte, sich aufzurichten. »Nein, bleib einfach liegen und schlaf noch ein wenig. Ich bin gleich wieder da.«

Eilig erledigte sie ihre Morgentoilette, flocht sich das Haar zu einem Zopf – für zwei blieb ihr keine Zeit –, steckte es dann hoch, zog sich an und packte ihre Tasche. Jacobs unersetzliche Briefe und ihre Photos von ihm legte sie neben der Tür auf einen Stapel. Als sie die Tür gerade hinter sich schließen wollte, hörte sie Thomas ihren Namen rufen, so leise, dass sie es sich auch eingebildet haben könnte. »Ja? Tom?«

»Danke, Jessie. Für … letzte Nacht. Das hat mir sehr gut getan.«

Sie stammelte irgendwelche Worte zur Erwiderung und flüchtete die Treppe hinunter zum Empfangstresen. Er hatte es mitbekommen … *alles*. Sie wusste noch nicht, was das zu bedeuten hatte, und sie wollte jetzt auch gar nicht darüber nachdenken.

»Mr. Lavery … mein Mann … er ist immer noch krank.« Als sie das erschrockene Gesicht des Angestellten sah, fügte sie rasch hinzu: »Nein, nichts Ansteckendes – er hat bloß schreckliche Kopfschmerzen, und wir brauchen einen Doktor.«

Der Mann wirkte erleichtert. »Da haben Sie Glück, Mrs. Lavery. Wir haben zwei Ärzte unter unseren Gästen, und bestimmt wird sich einer von ihnen gerne um Ihren Mann kümmern. Möchten Sie so lange im Speisesaal warten und etwas zu sich nehmen? Ja? Gut. Ich kann Sie an einen Tisch mit diesen drei reizenden Damen aus … – nicht so gerne? Wie Sie belieben. Curtis, führst du Mrs. Lavery bitte in den Speisesaal. Wenn Sie mit Ihrem Frühstück fertig sind, melden Sie sich dann bitte noch einmal bei mir, bevor Sie zurück in Ihr Zimmer gehen, damit ich Ihnen mitteilen kann, was der Arzt gesagt hat?«

Jessie folgte dem livrierten Schwarzen in den sonnendurchfluteten Saal, wo sie einen kleinen Tisch in einer Ecke bekam. Es gab ein halbes Dutzend großer runder Tische, die überwiegend mit schwatzenden Gästen besetzt waren, aber sie schaffte es im Augenblick einfach nicht, sich an einem Gespräch zu beteiligen. Sie bestellte bei der Bedienung, einer Schwarzen mit dem üblichen weißen Kopftuch, Eier mit Weißbrot und Kaffee und etwas Obst. »Ach ja, und ein Glas Milch bitte. Außerdem wollte ich fragen …«

»Ja, Madam?«

»Mein Mann liegt mit einem Migräneanfall krank zu

Bett. Ich hätte auch für ihn gerne Kaffee und Milchbrötchen. Ich kann alles auf einem Tablett mit nach oben nehmen.«

»Oh nein, Missus, das überlassen Sie nur uns. Einer der Jungen bringt es hinauf. Ich schicke ihn, sowie Sie Ihr Mahl beendet haben. Welche Zimmernummer bitte?«

Ja, das Leben konnte recht angenehm sein, wenn man Geld besaß, das man ausgeben durfte, und als respektabel galt, dachte sie. Sie verzehrte ihr Frühstück mit gutem Appetit, dachte aber die ganze Zeit darüber nach, was würde, falls Thomas nicht in der Lage sein sollte, die Reise fortzusetzen. Je länger sie sich mit dem Problem beschäftigte, desto überzeugter war sie, dass Clara Barton unterrichtet werden musste. Sie würde wissen, was zu tun war. *Hätte ich bloß Geld*, dachte Jessie, *dann könnte ich mir eine Fahrkarte für die Postkutsche nach Washington kaufen oder sogar den Zug nehmen.* Aber sie wusste, dass ihre Barschaft dafür nicht reichte. Und wenn Miss Barton selbst verreist sein sollte? In ihrem Kopf überschlugen sich die Gedanken und Möglichkeiten, die sie aber alle nacheinander verwarf. Es gab zunächst nur eines, was sie tun konnte: nach oben gehen und feststellen, wie krank Thomas wirklich war. Und dann? Nun, das würde sich ergeben, sobald sie Gewissheit hatte.

Als sie der Bedienung sagte, sie wolle zahlen, wurde ihr erklärt, man würde das Frühstück mit auf die Rechnung setzen. Am Tresen erfuhr sie, dass Dr. Reynolds so freundlich gewesen war, Mr. Lavery aufzusuchen und ihm ein paar Tropfen dagelassen hatte, die er in Tee aufgelöst nehmen sollte. Jessie nahm das Fläschchen entgegen, bedankte sich bei dem Portier, lupfte ihre Röcke und rannte die Stufen hinauf, als sie hinter sich eine Stimme rufen hörte: »Madam? Madam?« Es war der Dienstboy, der gestern das heiße Wasser gebracht hatte. Er trug ein kleines Tablett und beeilte sich, um sie einzuholen. »Mr. Laverys Frühstück«, sagte er, ein wenig außer Atem.

»Danke, ich nehme es ab hier selber«, erklärte Jessie mit fester Stimme, die keinen Widerspruch duldete, und tatsächlich reichte der Junge ihr das Tablett und lief wieder die Treppe hinunter.

Thomas lag in seine Bettdecken eingewickelt da und hielt sich die Hand über die Augen, aber er bewegte sich wenigstens, als Jessie eintrat. »Schlimmer Anfall«, sagte er, und jedes einzelne Wort schien ihm enorme Mühe zu bereiten. »Es tut mir so leid, Jessie. Wir müssen hier ein oder zwei Tage verweilen, bis es mir wieder besser geht.«

In diesem Augenblick wusste sie genau, was sie unternehmen würde. Auf gar keinen Fall würde sie noch weitere Tage in Fredericksburg ausharren, während Thomas' Zustand sich zusehends verschlimmerte. Sie und Delia würden sich von Peter zu Miss Bartons Büro in Washington fahren lassen, und dann würden sie alle vier hierher zurückkehren. Wenn es sein musste, würde sie die Suche nach ihrem Bruder anschließend auf eigene Faust fortsetzen. Die Zeit raste dahin. Jacob konnte krank sein, er könnte inzwischen sterben, und sie war ihm doch schon so nahe! So viele Leute hatten ihn gesehen, Delia zum Beispiel und sie selbst auch! Und hatte er nicht zu Mrs. Jessup gesagt, er wolle zu Abby? Wenn sie Abby ausfindig machten, würden sie auch Jake finden, da war sie sich ganz sicher.

Gerade wollte sie Thomas all dies erklären, als sie sah, dass er schon wieder fest eingeschlafen war, und sie nahm den leichten Geruch von Laudanum wahr. Der Doktor musste ihm das Beruhigungsmittel verabreicht haben, und sie wusste, dass man danach stundenlang im Tiefschlaf liegen konnte. Sie hatte keine Zeit zu verlieren, schnappte sich die beiden Taschen, lief wieder hinunter zum Tresen, ließ sich Papier und Stift geben und schrieb Thomas eine Nachricht, in der sie ihm ihren Plan erklärte. Dann machte sie sich auf die Suche nach Delia und Peter.

15. Dezember 1862
Feldlager in Stafford County, Virginia

Liebe Mutter, liebe Jessie, kaum zu glauben, dass wir schon so bald Weihnachten haben, denn in diesem Teil der Welt gibt es keinen Schnee, der uns daran gemahnt, welche Jahreszeit herrscht, und es ist auch nichts von Vorfreude oder erwartungsvoller Stimmung zu spüren.

Es hat mich gefreut zu hören, dass das Geld, das ich euch durch Matthew Phelps geschickt habe, angekommen ist und dass ihr ihm eure Gastfreundschaft gewährt habt. Doch zu erfahren, dass er Jessie schöne Augen gemacht hat, will mir weniger gefallen. Sie ist noch viel zu jung für solche Dinge. Ja, lacht nur. Bei mir ist es natürlich etwas anderes, schließlich bin ich ein Mann.

Was Männer betrifft - wir haben hier unten eine ziemliche Knappheit an solchen. Mit einer erbärmlichen Handvoll Soldaten kann man keinen Krieg führen und keine Schlacht gewinnen. Möchte denn niemand sonst aus Mechanicville, Frank Brownell oder John Henderson oder John Wheeler, zu uns stoßen und uns unterstützen? Wir bräuchten ein paar neue Rekruten, denn unser Regiment schrumpft zusehends.

Doch Mutter, ich rede nicht etwa von Todesfällen, sondern ich muss zu meinem Bedauern eingestehen, dass viele unserer Soldaten sich des Nachts einfach davonstehlen und verschwinden. Wir hatten geglaubt, der Einberufungsbefehl würde uns mehr Kräfte zuführen, damit wir diesen Krieg rasch zu einem Ende bringen. Vor ungefähr einem Monat sind ein paar Burschen aus Saratoga und einige wenige aus Ballston eingetroffen, aber das reicht vorne und hinten nicht, und es war auch kein einziger Mann aus Mechanicville dabei. Wo sind die tapferen Jungs, die ich früher gekannt habe, als wir noch Soldaten und Indianer spielten? Aber lass es gut sein; so, wie dieser Krieg sich entwickelt, werden wir ohnehin nie genug Männer haben.

Es tut mir leid, dass seit meinem letzten Brief eine Menge Zeit verstrichen ist, aber es wäre eine Untertreibung zu behaupten, wir hätten viel um die Ohren gehabt. Das 77ste hockt im wahrsten Sinne des Wortes an den Ufern des Rappahannock River, in einem Städtchen namens Stafford. Unmittelbar gegenüber befindet sich Fredericksburg, das noch von den Rebellen gehalten, aber bald von eurem ergebenen Sohn und Bruder und seinen Kameraden erobert werden wird.

Es gibt hier in der Nähe eine elegante Villa, Chatham-House genannt - nach der Familie, der es gehört, nehme ich an. Dieses Haus ist von den Unionstruppen als Hauptquartier und als Lazarett besetzt. Ich selbst habe es noch nicht gesehen und auch kein Verlangen danach. Uns wurde gesagt, wir würden bald auf den Feind treffen und dass die Schlacht ein schnelles Ende der Kriegshandlungen herbeiführen würde. Niemand schien sich so recht darüber im Klaren zu sein, wie das denn vonstatten gehen sollte. Trotzdem wurde uns vor zwei Tagen befohlen, in den dunklen, nebligen Stunden vor dem Morgenlicht Pontonbrücken zu bauen. Ed Seeley und ich haben zusammengearbeitet, was diese kalte, feuchte und mühselige Aufgabe ein wenig leichter machte. Es ist gut, einen Freund an der Seite zu haben.

Unter zehn Mann gab es nicht einen, der dieses Brückenbauprojekt guthieß, und ich will mich da nicht ausschließen. Schon bald sollte sich zeigen, wie recht wir damit hatten. Sowie die Sonne aus dem Nebel hervorkam, hörten wir jeden Morgen über das Wasser hinweg aus den Häusern am Fluss das Knallen der Musketen, worauf wir alle die Flucht ergreifen und uns in Deckung zurückziehen mussten. Stille, dann der Befehl: »Wieder an die Arbeit, Jungs«. Doch sooft wir versuchten, die Brücke fertigzubauen, fingen sie an, auf uns zu schießen.

Wenn der Feind das Feuer unterbrach, um nachzuladen und alles einen Augenblick lang ruhig war, schlangen wir rasch ein paar Stücke Brot in uns hinein, von dem wir den Schimmel abgebrochen hatten. Sonst gibt es hier nichts zu essen. Sollte nicht bald Vorratsnachschub eintreffen, werden wir wohl auch noch den Schimmel verspeisen und seinen Wohlgeschmack loben. Gleich als ich gestern Mittag meinen letzten Bissen hinuntergewürgt hatte, kam der Befehl, die Kanonen abzufeuern, von denen über hundert von Stafford Heights auf die Stadt gerichtet waren. Ihr habt noch nie so einen Krach gehört wie das Donnern dieser riesigen Geschosse, fast zwei Stunden lang ohne Pause, und in das sich häufig das Knallen der Musketen mischte. Diejenigen von uns, die von der Unionsseite des Flusses zusahen, waren sich sicher, dass keine Seele in jenem Teil der Stadt überlebt haben konnte.

Aber diese Leute sind zäher, als wir uns vorgestellt haben. Schon wieder blitzten ihre Mündungsfeuer, und die Männer, die auf den Pontons arbeiteten, fielen einer nach dem anderen tot ins Wasser. Es war ein grauenhafter Anblick. Als das Feuer abbrach, ereilte uns der Befehl, den Brückenbau einzustellen. Stattdessen sollten wir auf die Schwimmpontons klettern und so den Fluss überqueren. Roger Stanton aus Ballston Spa, ein rechter Draufgänger, der vor nichts Angst hat und von dem ich euch schon erzählt habe, war auch darunter, und hat mir später erzählt, dass er sich überhaupt nicht wie ein Eroberer vorgekommen sei, wie er da lautlos über den Strom hinweggepaddelt und zwischen rauchenden Trümmern an Land gegangen ist, um eine in Schutt und Asche geschossene Stadt zu betreten, in der hier und dort immer noch Feuer glimmten und alles voller Leichen lag. Nirgendwo war eine lebende Seele anzutreffen; sie waren alle vor dem Beschuss geflohen, und wer konnte es ihnen verdenken? Wir Übrigen bekamen Befehl, abzuwarten, und das taten wir den ganzen Rest des Tages und die folgende Nacht.

An diesem Morgen dann wurde unsere gesamte Armee über den Rappahannock geschickt, um die Stadt einzunehmen. Während der Überquerung warteten wir auf Musketenfeuer, das aber nie kam. Vor uns lagen tote Sezessionssoldaten kreuz und quer in einem Graben, und jenseits dieses Grabens fanden wir ihre Waffen, die ihnen aus den Händen gerissen worden waren, während sie noch auf uns gezielt hatten, und die aussahen, als hätten sie sie säuberlich hinter sich abgelegt. Wir stiegen über sie hinweg und standen dann am jenseitigen Ufer ohne weitere Befehle da. Ich fragte mich gerade, was man nun von uns erwartete, als ich hinter mir ein donnerndes Trampeln hörte, und kaum drehte ich mich um, sah ich Hunderte von Männern über die Pontons gerannt kommen, die alle nur nach Sachen suchten, die sie aus den verlassenen Häusern rauben konnten. Ich schäme mich so sehr dessen, was ich da erleben musste, und mag es gar nicht alles niederschreiben. Belassen wir es dabei, dass es sich mir ins Gedächtnis eingebrannt hat, wie Männer, einige darunter meine besten Kameraden, sich benahmen wie hirnlose Bestien. Es genügte ihnen nicht zu plündern; sie zerstörten auch noch die Möbel in den Häusern, zerschlugen sogar die Teller, wobei sie johlten und diesen Rebellenschrei ausstießen, den wir alle so hassen.

Was hat sie zu diesem Handeln getrieben, frage ich mich? Aber mir fällt beim besten Willen keine überzeugende Antwort ein. Ich habe nur einen kurzen Blick in eines der Häuser geworfen, und mir wurde speiübel bei dem, was ich da sah. Irgendwie hatten die Plünderer ein hübsches, spitzenbesetztes Tuch auf einem Wohnzimmertisch übersehen, und ich habe einen Augenblick lang gedacht, dass dieses Tischtuch dir sehr wohl gefallen könnte, Mutter, es aber dann doch nicht anrühren mögen. Ich habe das Haus wieder verlassen und bin zusammen mit Ed Seeley, der mir während all dieser entbehrungsreichen Zeit stets ein guter Freund und Kamerad gewesen ist, zurück zum Flussufer gegangen, wo wir den Strom überquerten und in unser Lager zurückkehrten, um nur weit fort von dieser scheußlichen Stätte mutwilliger Zerstörung zu sein.

Unser Regiment hatte das große Glück, verschont zu werden, als am nächsten Tag General Burnside seiner Armee befahl, Marye's Heights zu erstürmen – ein beinahe unmögliches Unterfangen, denn, wie jeder Junge weiß, der einmal bei einem Abenteuerspiel mitgemacht hat, bei dem es darum ging, einen Sandhaufen zu erobern, kann derjenige, der oben steht, Angriffe von allen Seiten abwehren. Und die Rebellen auf dem Hügel hatten zwischen sich und uns eine hohe Steinmauer errichtet und einen tiefen Graben gezogen. Das 77ste war wieder auf die andere Flussseite nach Fredericksburg kommandiert worden, um dort die Nachhut zu bilden. Wir wurden zunehmend nervöser, während wir auf Befehle warteten. Wann würden wir aufgerufen, das Unmögliche zu vollbringen? Wir warteten, aber wir vernahmen keine Jubelschreie und sahen auch keine Spur unserer stolz emporgehaltenen Flagge, wir hörten nur das laute Donnern von Kanonen und das durchdringende Rattattatt von Gewehren. Als uns dann endlich ein Befehl erreichte, lautete dieser, sich nach Stafford zurückzuziehen, also überquerten wir abermals den Strom und fragten uns, was sich zugetragen hatte.

Niemand scheint so recht zu wissen, wer die Schlacht gewonnen hat. Wahrscheinlich der Gegner. Sie hielten immer noch Marye's Heights, und wir waren im Rückzug begriffen. Gott allein weiß, wie viele Soldaten in der Zwischenzeit ihr Leben hatten lassen müssen, und zwar auf beiden Seiten, vor allem aber unter den Pennsylvaniern von General Meade, die die Sturmspitze der Attacke gebildet hatten. Das waren tapfere Männer – und tollkühn, wenn ihr meine unmaßgebliche Meinung hören wollt. Doch in einem Krieg ist ein Befehl ein Befehl, dem man sich nicht widersetzen darf.

Ich muss zugeben, dass ich den Krieg gründlich satthabe. Ich kann mir nicht mehr vorstellen, was noch Gutes dabei herauskommen soll. Ach ja, beinahe hätte ich es vergessen: Wir werden die Sklaven befreien und die Union festigen. Das dürfte Mr. Lincoln Grund genug sein, schätze ich. Es sind der große Respekt vor unserem Präsidenten und der Trost eurer Briefe, die mich weiter durchhalten lassen. Ich lese diese Briefe immer und immer wieder, bis beinahe die Tinte vom Blatt verblasst ist. Nun, meine Lieben, auch ich bin fast am Ende meiner Kräfte und schließe hier.

Euer euch liebender Sohn und Bruder Jacob

11

Von Fredericksburg wegzukommen erwies sich allerdings als nicht so leicht, wie sie es sich vorgestellt hatte. Delia zu finden war kein Problem; sie saß vor den Stallungen auf einer Kiste und kaute gebratenes Huhn mit Maisbrot, während Peter die Maultiere fütterte und ihnen zu trinken gab und frisches Stroh unter die Decken auf den harten Holzbänken des Wagens verteilte.

»Thomas liegt mit Kopfschmerzen schwer danieder«, berichtete Jessie. »Ein Arzt ist bei ihm gewesen und hat ihm Laudanum verabreicht, also wird er den ganzen Tag und die ganze Nacht schlafen, möglicherweise sogar bis in die morgigen Mittagsstunden hinein.«

»Dann müssen wir noch einen Tag hierbleiben? Ich kann nich behaupten, dass ich davon begeistert bin, 'ne weitere Nacht in diesem Stall zu schlafen. Es stinkt nach Pferden und Eseln, und alle Männer schnarchen und schnauben und fangen im Schlaf plötzlich an zu schreien. Dauernd bin ich aufgewacht und dachte, es iss schon wieder Krieg.«

»Nein, *wir* werden keine weitere Nacht hier verbringen.«

»Wieso?«

»Er ist richtig krank, Delia, zittert wie Espenlaub und hat solche Schmerzen, dass er kaum die Augen öffnen kann. Wir müssen zurück nach Washington und Miss Barton hinzuholen, denn sie kennt ihn genau und war Krankenschwester im Krieg. Sie wird wissen, was zu tun ist.« Sie machte eine kurze Pause, während der sie überlegte, ob sie noch auf einen weiteren Punkt zu sprechen kommen sollte, hielt aber schließlich nicht mehr an sich. »Und ich kann einfach nicht weiterhin so tun, als wären wir verheiratet.«

»Verheiratet?« Delia starrte sie an, die Fäuste in die Hüften gestemmt, also musste Jessie erklären, warum Thomas sich das hatte einfallen lassen.

»Na, das iss ja wohl 'ne schöne Geschichte«, sagte Delia mit einem wissenden Lächeln. »Man muss sich schon fragen, wieso ihm das in'n Sinn gekommen ist, oder?«

»Delia, hör auf! Es ist mir eh peinlich genug!«

»Tut mir leid, Miss Jessie, aber du kannst ihn nich einfach hier zurücklassen, ohne dass er weiß, wo wir abgeblieben sind.«

»Ich habe ihm eine Nachricht an der Rezeption hinterlegt.«

»Und was steht da drin?«

»Mein lieber Thomas, wir sind losgefahren, um Miss Barton zu holen. Wir beeilen uns und sollten in wenigen Tagen zurück sein.«

»Was iss denn so eilig?« Peter rieb sich die Hände an einem Lappen ab und stellte sich zu ihnen. »Was für Eile ham' wir?«

Jessie setzte auch ihm ihren Plan auseinander. Sie hatte kaum angefangen, als er schon begann, den Kopf zu schütteln, und auch nicht damit aufhörte, bis sie geendet hatte. »Nein, Ma'am«, erklärte er. »So etwas wird nich gescheh'n. Wir bleiben hier in Fredericksburg, bis es Marster Thomas besser geht. Jemand muss darauf achten, dass er gut versorgt iss. Ich weiß nich, was ihr Mädchen euch dabei denkt, aber ich begreife nich, was das soll.«

So ein sturer alter Knabe! Auf den Gedanken, ihr Plan könnte ausgerechnet an ihm scheitern, war Jessie gar nicht gekommen. Und nun? Ein schöner Schlamassel!

Dann sagte Delia mit strenger Stimme: »Du willst uns nich fahren? Gut, dann machen wir uns alleine auf'n Weg.«

»Nein, das geht nich!«, widersprach Peter und zog eine finstere Miene.

»Ich weiß, wie man 'nen Eselskarren fährt, und –«

»Keine jungen Mädchen fahren nich alleine über die Straßen, nich, solange ich noch da bin. Das's nich recht. Ihr wisst, dass es hier in der Gegend Männer auf Pferden gibt, die Reisenden auflauern und sie ausrauben und bestehlen und Gott weiß was noch für Missetaten mit ihn'n anrichten!«

Zu Jessies Überraschung ging Delia sogleich auf ihn ein. »Schon gut, Peter, reg dich nich auf. Dann erledigen wir heute eben bloß Miss Bartons Geschäfte in der nächsten Stadt und fahren dann sofort zurück.«

»Ja, das iss klüger, ja, isses«, sagte Peter. »Die Maultiere sind bereit. Ich brauch' sie nur vor den Wagen zu spannen.« Mit diesen Worten wandte er sich ab.

Jessie sah Delia fragend an, worauf diese erwiderte: »Armer Peter, hat letzte Nacht nich gut geschlafen. Bestimmt will er das bald nachholen, und wenn er unterwegs einnickt, verschwinden wir beide.«

Jessie war schockiert. »Das kann doch nicht dein Ernst sein! Der arme Peter! Was soll er denn mit sich anfangen, wenn wir ihn einfach irgendwo am Wegesrand liegen lassen?«

»Was er mit sich anfangen soll? Dann latscht er eben zurück. Du kannst mir glauben, wir werden eh nich weit kommen, bis er einschläft.« Sie sah sie scharf an. »Nu' mal nich so ängstlich, Miss Jessie! Wenn wir unser Ziel erreichen wollen, müssen wir unser Köpfchen gebrauchen.«

Und es geschah genauso, wie Delia es prophezeit hatte: Sie waren keine halbe Stunde unterwegs, als Peter der Kopf auf die Brust sackte und er die Zügel lockerließ. Delia kletterte zu ihm auf den Kutschbock und drehte sich mit einem triumphierenden Grinsen zu Jessie um. »Wie ich gesagt hab' – er schläft. Jetzt wecken wir ihn auf und sagen, armer Peter, du bist so müde, wir machen 'ne kurze Rast, und du kannst dich an'n großen Baum gelehnt ausruh'n.«

Peter ging nur zu gerne auf den Vorschlag ein. Er wickelte sich neben einem hohen alten Magnolienbaum in eine Decke ein, und binnen einer Minute war auch schon sein Schnarchen zu hören. Delia nahm seinen Platz auf dem Kutschbock ein, Jessie setzte sich neben sie, und auf ging's. Jessies Herz pochte ihr im Leibe. Jeden Moment erwartete sie, Peter hinter ihnen herrufen zu hören. Doch nichts dergleichen geschah. Bald waren sie um eine Wegbiegung verschwunden und auf dem besten Wege nach …

»Wo fahren wir eigentlich hin?«, erkundigte sie sich.

Delia lachte. »Wenn ich's wüsste! Den Nächsten, den wir treffen, fragen wir, wie wir nach Washington City kommen.«

Darauf brauchten sie nicht lange zu warten. Es war allerhand Volk auf der Straße – Bauernkarren, ein paar Kutschen, Reiter, die ziemlichen Staub aufwirbelten, als sie an ihnen vorbeigaloppierten. Und viele Fußgänger in beide Richtungen. Unter ihnen guckte sich Jessie eine Bäuerin mit einem durch ein weißes Tuch bedeckten Korb unter dem Arm aus. Sie marschierte am Wegesrand entlang und war mit ihrer hellen Haube schon von weitem als Frau zu erkennen. Innerhalb von fünf Minuten hatten sie sie eingeholt, und Delia zog an den Zügeln, damit die Maultiere einen langsameren Gang einlegten.

»Würden Sie lieber mit uns fahren, anstatt zu Fuß zu gehen?«, sprach Jessie die Frau an. »Falls dies der Weg nach Washington City ist, wäre es auch unsere Richtung.«

Die Frau blickte zu ihnen hoch. Sie war weder ganz jung noch alt; ihr Gesicht war von der Sonne verbrannt und ihre Hände schwielig von der Arbeit. »Oh, vielen Dank, die jungen Damen. Ich muss nur eine Meile die Straße entlang, um diese Wäsche abzuliefern, aber es würde mir nichts ausmachen, mich einen Moment hinzusetzen.« Schwungvoll stellte sie den Korb in den Wagen und stieg dann dazu. Man merkte, dass dies eine Frau war, die für sich selbst zu sorgen wusste.

»Ist das der richtige Weg nach Washington?«, wiederholte Jessie ihre Frage.

»Ach, wenn ich eine Ahnung hätte, Missie. Ich bin noch nie weiter als zwei, drei Meilen von der Farm fort gewesen. Aber unterwegs werde ich die Augen nach wem offenhalten, der wo aussieht, als wäre er weiter herumgekommen. Es gibt hier in der Gegend viele Soldaten, und Gott weiß, dass es die hierhin und dorthin verschlägt.«

Tatsächlich trafen sie bald auf einen abgemagerten jungen Mann, der sich mit Hilfe einer Krücke fortbewegte, dabei aber ein beachtliches Schritttempo an den Tag legte. Er trug blaue Hosen und ein graues Hemd und hatte sich ein buntes Tuch um die Stirn gebunden, damit ihm der Schweiß nicht in die Augen lief.

»Guten Morgen, Soldat«, rief Jessie zu ihm hinunter. »Können Sie uns sagen, ob wir auf dem richtigen Weg nach Washington City sind?«

»Wenn isch ein Schlückschen schu trinken ham' könn, könn' isch auch rischtich schrprechen«, erwiderte er mit einem breiten Grinsen. Ihm fehlten diverse Zähne, und seine Lippen waren aufgesprungen. Delia holte die Wasserkanne hervor, die sie vor ihrem Aufbruch gefüllt hatte, und goss ihm etwas daraus in einen Zinnbecher.

Der junge Mann trank gierig, wischte sich den Mund ab und gab Delia den Becher zurück. »Isch kann Ihnen sagen, was isch weiß, Ladies, dass isch nämlisch nach Rischmond will.«

»Da gehen Sie aber in die verkehrte Richtung, junger Mann«, klärte ihn die Bäuerin auf. »Zufällig weiß ich, wo Richmond liegt. Sie sollten mal besser umkehren.«

»Isch danke Ihnen, Ma'am … den Damen.« Er machte eine knappe Verbeugung und nahm seinen Marsch in entgegengesetzter Richtung wieder auf.

»Ich dachte, Sie wären nie weit von zu Hause fort gewesen«, sagte Jessie. »Und doch wissen Sie, wo es nach Richmond geht?«

»Richmond ist doch unsere Hauptstadt. Washington City, da weiß ich nichts von. Aber wo Sie in Richtung Norden fahren, würd' ich mal sagen, dass Sie wahrscheinlich nicht ganz verkehrt sind.« Delia und Jessie tauschten Blicke miteinander aus, sagten jedoch nichts dazu. Als sie zu einer Stelle kamen, an der ein Feldweg von der Straße abzweigte, verabschiedete die Frau sich: »Hier ist's, wo ich aussteige. Danke fürs Mitnehmen. Seit wir keine richtigen Schuhe mehr bekommen, schmerzen mir fürchterlich die Füße. Der liebe Gott segne Sie für Ihre Freundlichkeit.«

Ein paar Minuten später sahen sie ein weiteres Fuhrwerk, ihrem ganz ähnlich, aus der Gegenrichtung auf sich zukommen. Die Straße war kaum breit genug für die zwei Fahrzeuge, um einander zu passieren, also verfielen sie beide in ein Schritttempo. »Verzeih'n Sie, Sir«, rief Delia dem Kutscher des anderen Wagens zu, »wir suchen die Straße nach Washington City.«

Der zweite Wagen hielt. »So, tut ihr das? Zwei Weibsen, ganz alleine hier unterwegs? Und ihr glaubt, auf diese Weise Washington zu erreichen? Sie, Missie« – er zeigte mit dem

Finger auf Jessie –, »was sagt Ihre Mamma wohl dazu? Ich wette, sie weiß gar nicht, was ihr beide euch da vorgenommen habt! Und du« – der fleischige Finger war nun auf Delia gerichtet –, »ist das etwa die richtige Art, auf deine Herrin achtzugeben? Hat man's dir nicht besser beigebracht? Ich schwöre, so etwas habe ich ja noch nie erlebt! Zwei junge Mädels ganz alleine unterwegs nach Washington ohne einen Mann, der auf sie aufpasst!«

Jessie wusste nicht, was sie davon halten sollte, und noch weniger fiel ihr eine passende Erwiderung ein. Sie ärgerte sich bereits, den Mann überhaupt angesprochen zu haben.

Doch Delia hob stolz das Kinn und blickte ihn von oben herab an. »Wir ham' uns Erlaubnis vom Marster geholt. Wir sind auf 'ner sehr wichtigen Mission, müssen zu Miss Clara Barton, dem Engel der Schlachtfelder. Sie erwartet uns.«

»Ach, tut sie das? Na, dann will ich euch mal Gesellschaft leisten und zusehen, dass ihr unterwegs nicht in Schwierigkeiten kommt.« Er zog die Augen zu Schlitzen zusammen und nahm Delia ins Visier. »Habt ihr überhaupt eine Vorstellung, wie weit es nach Washington ist? Zwei, drei Tage Fahrt, wenn diese Maultiere sich tüchtig ins Zeug legen. Und wo wollt ihr nachts schlafen? Nein, nein, ich begleite euch lieber.« Bei diesen Worten setzte er ein Grinsen auf, und Jessie musste augenblicklich an Rotkäppchen und den bösen Wolf denken.

»Wenn Sie versuchen, uns zu folgen, Sir«, sagte Jessie so streng sie konnte, »werden wir die nächstbeste Person, der wir begegnen, heranrufen und ihr sagen, dass Sie sich uns in ungebührlicher Weise nähern. Ah, und da sehe ich ja auch schon ein paar Soldaten. Wollen wir mal sehen, wie *die* Ihr aufdringliches Benehmen finden, Sir.«

Sie hatte allerdings keine Ahnung, was sie zu den Soldaten oder zu sonst wem sagen sollte, doch zu ihrer Verblüffung lehnte sich der Mann auf seinem Sitz zurück, warf ihnen einen wütenden Blick zu und gab seinen beiden Maultieren mit einem Zungenschnalzen zu verstehen, dass sie sich in Bewegung setzen sollten. Jessie wagte es gar nicht erst, Delia anzuschauen, weil sie wusste, dass sie sonst beide loslachen würden – wenn auch bloß aus Nervosität. Auch Delia drängte die Tiere nun, sich zu beeilen, und sie verfielen in einen munteren Trabschritt, bei dem die Mädchen ganz schön durchgeschüttelt wurden, doch je schneller sich die Entfernung zwischen ihnen und dem wölfischen Kerl vergrößerte, desto besser.

»Delia, sobald du ein kleines Baumgrüppchen oder ein dichtes Gebüsch siehst, ist es wohl an der Zeit, dass du dich in meine Cousine Cordelia verwandelst. Und ich denke, wir sollten Miss Barton vielleicht zu unserer Tante erklären.«

Nach etwa einer Meile lenkten sie den Wagen auf eine begraste Ebene neben der Straße, die an ein Erdbeerfeld grenzte und auf der auch Brombeeren an dichten stacheligen Büschen wuchsen. Wenn Delia sich durch die Brombeersträucher hindurchzwängen könnte, ohne am ganzen Leibe zerkratzt zu werden, würde niemand sie von der Straße aus sehen. Schade nur, dass die Sträucher keine Früchte mehr trugen; es wäre schön gewesen, etwas Süßes auf der Zunge zu spüren.

Jessie setzte sich mit dem Rücken an einen Baum gelehnt hin, um Wache zu halten, und war ein wenig überrascht, als mehrere Leute vorbeikamen und überhaupt nichts dabei zu finden schienen, dass eine junge Frau ganz mutterseelenallein dasaß, während ihre Maultiere an den kurzen Grashalmen zupften. Doch noch größer war ihre Verblüffung, als Delia grinsend hinter der Hecke hervorkam. Gekleidet in Jessies Hemdbluse und einen dazu passenden Rock und mit Jessies zweitbester Haube auf dem Kopf sah sie wie ein völlig anderer Mensch aus. Jessie klatschte vor Vergnügen in die Hände. »So erkennt dich niemand wieder, Delia!«

»Das glaub' ich auch, Jessie. Wird mir richtig guttun, wie'n vollwertiger Mensch behandelt zu werden. Ich will nie wieder 'ne Mulattin sein, nein, nie wieder!«

Sie grinsten einander an, und Jessie war mächtig stolz auf ihren Einfall. »Jetzt sind wir Cousinen. Guten Morgen, Cousine Cordelia.« Sie machte einen Knicks.

Delia tat es ihr nach, indem sie mit dem Hintern wackelnd kurz in die Knie ging. »Guten Morgen, Cousine Jessie«, trällerte sie.

Sie aßen etwas Käse und Maisbrot, die Reste von Delias Frühstück, und spülten ihre Mahlzeit mit dem zu warm gewordenen Wasser hinunter. Danach trieben sie die beiden Maultiere wieder zusammen, spannten sie vor den Wagen und fuhren weiter.

Da die Sonne nun hoch am Himmel stand, wurde es unangenehm heiß, und die Zahl der Reisenden auf der Straße verringerte sich zusehends, bis sie zu Delias Erleichterung nur noch gelegentlich einem Fußgänger begegneten. »Ich muss zugeben, dass es mich 'n bisschen nervös macht, mich als Weiße auszugeben«, gestand sie. »Was iss, wenn einer mich scharf ansieht und sagt, ›wem willst du denn was vortäuschen, Mädchen?‹«

»Dann guckst du demjenigen nicht minder scharf in die Augen und sagst, ›verzeihen Sie, kenne ich Sie von irgendwoher?‹«

»Und wenn mir nun einer auf'n Kopf zusagt, dass ich 'ne Schwindlerin bin?«

»Dann tust du genau das, was ich dir eben gesagt habe. Lass dich bloß nicht beirren. Du bist meine Cousine aus Georgia, und wir sind beide auf der Suche nach meinem verschollenen Bruder, also deinem Cousin, der sich irgendwo hier in der Gegend aufhalten muss.«

»Jawohl, das werd' ich tun. Jetzt bin ich bereit, und nun lassen wir's krachen, wie die Soldaten immer sagen.«

Sie waren ungefähr eine weitere Stunde unterwegs, als sie vor sich eine Frau erblickten, die laut lamentierend kreuz und quer auf der Straße umherlief: »O Gott, bitte erhöre mich! O Gott, kannst du mich sehen?« – und noch weitere flehentliche Anrufungen des Herrn. Delia verlangsamte die Fahrt. »Ob sie sich was getan hat?« Die Frau klang wie von Sinnen, und als sie neben ihr hielten, war sie gerade dabei, sich Haarbüschel auszureißen.

»Missus!«, rief Delia ihr zu. »Brauchen Sie Hilfe?«

Die Frau hörte zu krakeelen auf und wandte sich ihnen zu. »Die ganze verruchte Welt braucht Hilfe, und da fragt ihr mich? Überall Heimtücke und Verrat, hört ihr? Überall! Wir alle sind Sünder, allesamt Sünder, hört ihr mich?«

»Ja, Ma'am, wir hören Sie ja«, sagte Jessie. »Können wir etwas für Sie tun? Wir sind auf dem Weg nach Washington City.«

»Washington!«, schrie die Frau. Ihr wollten fast die Augen aus den Höhlen quellen, und ihr Gesicht lief krebsrot an. »Die Heimstatt des Satans, der sich unser Präsident schimpft! Beelzebub, komm her, und radiere ihn vom Antlitz der Erde!«

»Könnte sie Präsident Lincoln meinen?«, fragte Jessie. »Aber der ist doch schon seit über einem Jahr tot.«

Die Frau schien ein scharfes Gehör zu haben. »Lincoln!«, kreischte sie. »Der Antichrist in Person!«

»Aber er iss tot, Madam«, sagte Delia. »Sie brauchen sich nicht mehr vor ihm zu fürchten.«

Die Frau trat ganz nahe an den Wagen heran. »Wagt es nicht, mir zu sagen, was ich fürchten soll und was nicht. Ich weiß es, denn sie sagen mir jeden Tag, was die Wahrheit ist und was gelogen, gelogen, gelogen!« Mit jedem Wort wurde ihre Stimme schriller, bis sie sich fast überschlug.

Aus Furcht, sie könne auf den Wagen steigen und über sie herfallen, sagte Jessie: »Fahr weiter, Delia. Sie will unsere Hilfe nicht.«

Die Maultiere setzten sich gehorsam in Bewegung, und sie ließen die Frau einfach stehen, die mitten auf der Straße ihr Geschrei fortsetzte.

»Ihr war's egal, ob ihr einer zuhört«, sagte Delia. »Ich bin mir nich mal so sicher, ob sie uns überhaupt richtig wahrgenommen hat. Ich hab' versucht, ihr in die Augen zu schauen, aber sie hat glatt durch mich hindurchgeguckt. Brrrr.« Sie erschauderte. »Ich hab' so'n wüstes Benehmen schon früher mal geseh'n, aber meistens in der Kirche, wenn die Leute anfingen, in Zungen zu reden und sich auf'm Boden zu wälzen.«

»Sich auf dem Boden zu wälzen? In der Kirche?« Jessie musste an die sittsamen Gottesdienste bei sich zu Hause denken, bei denen die Gemeinde ergriffen den Worten des Pastors lauschte und höchstens einmal zu einem gemeinsamen »Amen!« am Ende eines Gebets anhob. »Und was bedeutet dieses ›in Zungen reden‹?«

»Manche Leute lassen sich so doll von ihrer Liebe zum Herrn mitreißen, dass sie zu zittern anfangen und unverständliche Worte rufen. Das nennt man Zungenreden, und es soll'n Zeichen von großer Heiligkeit sein.«

»Was du nicht sagst!«

Delia wurde mit einem Male ganz still. »Psst, Jessie. Hör jetzt genau zu, was ich sag'. Es kommen Soldaten auf uns zu, und ich weiß nich recht, was von denen zu halten iss.«

Tatsächlich näherten sich ihnen zwei Männer, die sich gegenseitig einen Krug zureichten und auf der Straße hin- und hertorkelten. Es konnte keinen Zweifel daran geben, dass sie stockbetrunken waren. »Oh, na schau doch mal an!«, rief einer der beiden. »Zwei Schönheiten, und so fein rausgeputzt! Wäre das nicht was für uns, Bob?«

»Wem sagst du das, Bud! Beide wie aus'm Bilderbuch. Oh Mannomann! Ich könnt' mal wieder!«

»Wollen wir uns alle nicht ein bisschen Vergnügen gönnen, Ladies? Wie wär's mit 'nem schönen Stück Fleisch in der Hose?«

»Ihr Burschen seht lieber zu, dass ihr weiterkommt, bevor ihr meine Peitsche zu spüren kriegt«, versetzte Delia mit einer Eiseskälte in der Stimme, die Jessie noch nie bei ihr gehört hatte.

Die Männer kicherten bloß. »Ich mag Mädchen mit Schneid, du nich, Bob?«

»Aber klar doch.«

Sie konnten sich nur mit Mühe auf den Füßen halten, aber es war nicht zu übersehen, dass sie entschlossen dem Wagen zustrebten. Die Maultiere waren stehengeblieben, weil ihnen die Männer den Weg versperrten, und kein Klatschen mit den Zügeln konnte sie dazu bringen, sich von der Stelle zu rühren.

Jessie riss sich die Haube vom Kopf und stellte sich im Wagen aufrecht hin. »Ich höre dich, Jesus!«, rief sie. »Ich höre dich klar wie den lichten Tag! Sie müssen getötet werden, alle Rebellen müssen vom Antlitz der Erde verschwinden!« Sie griff nach dem kleinen Messer, das sie zum Käseschneiden benutzten, und hielt es drohend in die Höhe. »Vor allem ihr beide!«, schrie sie und schien vom Wagen steigen zu wollen.

Die beiden Männer blieben verdutzt stehen und starrten sie unschlüssig an. Geistesgegenwärtig wie immer schlang Delia einen Arm um Jessies Taille, als wollte sie sie zurückhalten, und rief: »Nein, Miss Emily, Sie dürfen's nich weiter so mi'm Morden weitermach'n. Sie müssen's damit aufhör'n!« An die Männer gewandt, fügte sie hinzu: »Ich iss auf'm Weg ins Irrenhaus von Washington City. Sie hat's ihre ganze Familie um'ebracht, bis auf'n letzten Gennelmann, un' die Fraunsleut' auch un' sogar die… Oooh mein Gott, mein Gott, wo hat sie denn bloß wohl schon wieder 's Messer her?«

Jessie tat, als wollte sie sich auf die mit offenen Mündern glotzend dastehenden Männer stürzen, und Delia machte eine eindrucksvolle Szene daraus, wie sie sie mit aller Not festhalten musste.

»Ich bitt's euch – Gennelmänns, wenn's euch euer Leben lieb iss, seht's euch vor ihr vor!«

Ohne ein weiteres Wort trollten sich die beiden unwillkommenen Reisebekanntschaften und blickten sich nicht einmal mehr um. Gleich nahmen die Maultiere wieder ihren gemächlichen Trab auf. Delia und Jessie brachen so sehr in Gelächter aus, dass sie sich aneinander festhalten mussten.

»Na, ich will wohl meinen dürfen«, kicherte Delia und ahmte dabei den affektierten Tonfall der Damen in dem Hotel in Fredericksburg nach, »dass wir diese Trottel ganz schön aufs Kreuz gelegt haben.« Wieder lachten beide laut. »Und ich muss sagen, Miss Jessie, du gibst 'ne feine Verrückte ab.«

Sie hatten keine Ahnung, wie spät es schon war, aber die Straße führte endlos weiter, und da es in der Gegend keine andere Straße zu geben schien, vertrauten sie auf ihr Gefühl, in der gewünschten Richtung unterwegs zu sein. Die Sonne stand schon tief am Himmel, als sie auf eine Weggabelung stießen.

»Wohin nun?«, fragte sich Jessie laut.

»Bin noch nie hier gewesen«, sagte Delia. »Also kann ich's

dir nich sagen. Du hast mehr in der Schule gelernt als ich, also musst du entscheiden.«

Jessie seufzte. »Ich war immer ganz groß darin, mich zu verirren, Delia. Jacob hat mich dauernd damit aufgezogen. Er hat immer gesagt, hör dir Jessies Rat an und geh dann in die entgegengesetzte Richtung.«

»Na schön, wenn du dich immer irrst, dann sag', wohin, und wir nehm'n die andere Gabel.«

»Wenn doch bloß jemand in der Nähe wäre ... wenn hier doch nur irgendein Haus oder eine Scheune wäre, wo wir fragen könnten.«

»Wo wollen wir'n eigentlich hin? Außer nach Washington City?«

»Wieso ... nirgendwo. Allerdings müssten wir doch eine der Städte sehen, die wir auf unserem Wege von Washington hierher passiert haben. Falmouth etwa, oder Stafford.«

»Wir sind an keiner von den'n vorbeigekommen.«

»Stimmt. Aber der Farmer meinte, wir sollten uns immer in der gleichen Richtung halten, denn die Straße führe nach Norden.«

»Können wir sicher sein, dass dieser Farmer sich überhaupt auskannte? Und so, wie diese Straße sich wendet und windet – wer weiß, ob wir überhaupt noch nach Norden fahr'n?«

Jessies Mut sank. »Ja, du hast ja so recht, und Gott weiß, dass ich keine Ahnung habe, wo es hier hingeht und wo dort. Für mich sehen diese Straßen alle gleich aus. Oh je.«

»Also, für eine müssen wir uns entscheiden. Also sag du's, und wir nehm'n die andere. Irgendwo müssen wir schließlich ankommen, Miss Jessie, und irgendwo iss da, wo ich sein möchte. Ich bin müde.«

»Also meinetwegen.« Jessie schloss die Augen und zeigte nach links. »Da lang.«

»Gut, dann eben dort entlang«, sagte Delia und lenkte die Tiere nach rechts. An dieser Straße gab es mehr Häuser, doch alle weit entfernt am Horizont, und es war niemand unterwegs, kein Wagen, kein Reiter, nicht einmal ein Hund. Und es ging immer mehr auf Sonnenuntergang zu. Sie sahen einander besorgt an – beide fragten sich, wo sie wohl landen würden. Doch dann bekam Jessie einen vertrauten Geruch in die Nase. Sie hob den Kopf und sog tief die Luft ein.

»Delia, ich glaube, was in die Nase bekommen zu haben, etwas wie zu Hause, nur ein bisschen anders – ich kann einen Fluss *riechen*, wenn einer in der Nähe liegt.«

»Ein Fluss. Das iss doch gut, oder nich?«

»Wir mussten beim Verlassen von Washington City den Potomac River überqueren, also bedeutet ein Fluss ein gutes Zeichen. Glaube ich jedenfalls.«

»Aber dieser abscheuliche Mann… er hat doch gesagt, es würd' zwei oder drei Tage bis nach Washington dauern.«

»Vielleicht wollte er uns nur Angst einjagen, damit wir uns von ihm begleiten lassen.«

Und nun erblickten sie am Fuße eines Abhangs ein schmuckes kleines Städtchen nebst einem im Abendsonnenlicht glitzernden Fluss. Jessie hatte das Gefühl, als wäre ihr eine Last von den Schultern genommen, so sehr erinnerte es sie an ihre Heimat. Sie war derart mit der Suche nach Jacob beschäftigt gewesen, dass sie kaum noch an das Haus in Mechanicville gedacht hatte. Doch nun kam die Erinnerung zurück, und die Tränen traten ihr in die Augen.

»Sieh mal einer an, Cousine Jessie! Wir ha'm die Stadt Port Royal erreicht.«

»Port Royal? Ach, du meine Güte. Auf dem Weg von Washington hierher sind wir an keiner Stadt dieses Namens vorbeigekommen. Stafford und Triangle und Dumfries… aber nicht Port Royal.« Sie starrte das liebevoll gemalte

Schild mit dem geradeaus zeigenden Richtungspfeil darauf an, als könnte sie durch ihren Blick seine Inschrift verändern, doch die beiden Worte blieben stehen.

»Nu ärger' dich doch nich, Jessie. Wenigstens sind wir *irgendwo* angekommen. Hier gibt's doch bestimmt 'nen Lebensmittelhändler und 'nen Bäcker und 'ne Art Gasthaus. Und wir können fragen, wie's weitergeht.«

»Die andere Straße führte wahrscheinlich nach Washington«, sagte Jessie wehmütig. »Da habe ich einmal recht und dann …«

»Und wenn schon. Iss es nicht schön, auch mal was Neues zu entdecken? Warum sonst sind wir mit'm Wagen unterwegs? Und wer weiß, was uns in Port Royal alles erwartet?« Delia schüttelte die Zügel, damit die Maultiere einen Schritt zulegten.

Jessie teilte nicht unbedingt ihren Optimismus. Sie fühlte sich in viele Richtungen gezogen. Zum einen zu Jacob, von dem nur Gott wusste, wo er steckte. Zum anderen zu Thomas, von dem sie ganz genau wusste, wo er war. Wenn er nun noch immer an der Migräne litt und es niemanden in dem Hotel kümmerte, wie es ihm ging? Ganz zu schweigen von Peter, dem es überlassen war, den Weg zurück nach Fredericksburg zu finden. Sie hatte sich sehr gedankenlos verhalten und begann sich so unwohl in ihrer Haut zu fühlen, dass sie die Arme um sich schlang, um sich etwas tröstende Wärme zu verschaffen.

Was hatte sie sich bloß vorgestellt? Wie wollte sie sich alleine in einem fremden Land zurechtfinden? Sie war sich ihrer Sache so sicher gewesen, und doch war es ihr bislang nicht gelungen, ihren Bruder aufzutreiben … höchstens ein paar spärliche Spuren von ihm, und woher wollte sie wissen, ob diese auch zu dem richtigen Mann führen würden? Einen Augenblick lang erwog sie, Delia zu sagen, sie möge den Wagen wenden und zurück nach Fredericksburg fahren. Doch dann dachte sie an Jacob und wie er dem Armeearzt in Gettysburg ausgeredet hatte, ihm das Bein abzunehmen. Er hatte die Flinte nicht ins Korn geworfen, oder? Nein, er wusste, was er zu tun hatte, und handelte danach. Und so wollte sie es auch halten. Wenn sie Jacob fragen könnte, würde der wahrscheinlich zu ihr sagen, sie solle immer geradeaus gehen, dann würde sie schon irgendwann an ihr Ziel gelangen – früher oder später.

Bald erreichten sie das, was vermutlich die Hauptstraße von Port Royal war. Es gab hier eine Reihe Häuser und ein kleines, aus nur einem einzigen Raum bestehendes Gebäude, das Jessie für eine Schule hielt. Und gleich vor ihnen befand sich ein etwas größeres Bauwerk mit Pfosten zum Festmachen von Pferden davor und den üblichen Treppenstufen, die zur Veranda in der oberen Etage hinaufführten. Ein Wirtshausschild verriet ihnen, dass dies das *Port Royal Inn* war.

Delia brachte den Wagen davor zum Stehen. Ein Junge kam gelaufen, erkundigte sich, ob sie die Maultiere gefüttert und getränkt haben wolle, und sie sagte: »Aber ja doch, vielen Dank, mein junger Freund.« Dann wandte sie sich lächelnd Jessie zu, als wollte sie zu ihr sagen: *Gebe ich nicht das Musterbild einer jungen Lady ab?* Darüber kicherten beide. Sie stiegen vom Wagen, strichen sich die Kleider glatt, sahen sich um und waren mächtig stolz auf sich selbst.

»Wir haben schöne Zimmer, meine Damen, und oben gibt es auch etwas zu essen«, rief ihnen ein weiterer junger Mann zu. Gesenkten Hauptes bedankten sie sich artig bei ihm, mussten einander aber fest bei den Händen halten, damit sie aus Freude darüber, wie leicht sich alle von ihnen etwas vormachen ließen, nicht wieder in Gelächter ausbrachen.

Die Eingangshalle des *Port Royal Inn* war kleiner als die

des Hotels in Fredericksburg, doch auch sie hatte einen Empfangstresen mit den Reihen von Schlüsseln an einem Wandbrett dahinter, diversen in Grüppchen aufgestellten Tischen und Stühlen, einem kleinen Sofa und einem abgetretenen, aber hübsch geknüpften Teppich.

Hinter dem Tresen stand eine Frau im Trauerkleid einer Witwe. »Darf ich den jungen Damen helfen? Vielleicht mit einem Zimmer für die Nacht? Im Saal wird noch das Abendessen serviert, wenn Sie mögen…«

»Meine Cousine und ich«, sagte Jessie mit Nachdruck, »hätten schon gerne ein Zimmer. Wir waren ursprünglich auf dem Weg nach Washington City, aber ich fürchte, wir haben uns verfahren.«

»Von wo sind Sie gekommen? Fredericksburg? Ach, du meine Güte. Da sind Sie die ganze Zeit in südöstlicher Richtung gefahren anstatt nach Norden.«

»Ich hab's dir doch gesagt«, beklagte Jessie sich bei Delia. »Ich hab's dir doch gesagt! Ich gerate immer in die völlig falsche Richtung!« Sie kam sich so dumm vor, dass sie am liebsten losgeheult hätte.

»Sie sehen ziemlich erschöpft aus, Miss. Bitte machen Sie sich keine Vorwürfe. Wir werden Sie schon auf den richtigen Weg nach Washington bringen. Doch zunächst sollten Sie sich vielleicht eine erfrischende Nachtruhe gönnen?«

Sowie die Empfangsdame es ausgesprochen hatte, spürte Jessie, wie müde sie tatsächlich war – müde und wütend auf sich selbst – und, ehrlich gesagt, auch ein wenig erschrocken. Die Vorstellung, sich in ein schönes weiches Bett zu legen und zu schlafen –!

»Also, ehrlich, Sie müssen Sally Starrs Nichte aus South Carolina sein. Wir haben Sie hier in dieser Gegend nicht mehr zu Gesicht bekommen, seit Sie einem Grashüpfer gerade bis ans Knie reichten. Sally hatte ja keine Ahnung, dass

Sie hier des Weges kommen würden! Ach, was wird sie sich freuen –« Die Stimme klang so schrill und durchdringend wie die meisten Stimmen der Frauen des Südens. Jessie wandte sich um und erblickte eine füllige Dame, deren elegantes Kleid und deren Hut verrieten, dass sie gerade ausgehen wollte.

»Es tut mir leid«, sagte Jessie, »mein Name ist Jessie Snow, und ich habe keinerlei Angehörige hier in der Umgebung.« *Und, genau genommen, auch sonst nirgendwo*, fügte sie im Geiste hinzu.

Die Frau schien es nicht glauben zu wollen. »Meine Güte!«, entfuhr es ihr. »Wo Sie Sally doch wie aus dem Gesicht geschnitten sind. Ist es nicht so, Irene?«

Mit Irene war offensichtlich die Witwe hinter dem Tresen gemeint, denn sie nickte sogleich voller Nachdruck. »Jetzt, wo du es erwähnst… obwohl ich finde, sie sieht eher aus wie Catherine, Sallys Jüngste, als wie Sally selber. Diese Augen…«

»Und das Haar!«, sagte die andere Frau. »Ich behaupte, das ist das rote Haar der Starrs – unverwechselbar.« Sie zog die Augen zu Schlitzen zusammen und musterte Jessie eingehend. »Sind Sie sich ganz sicher, dass Sie nicht…«

Diesmal antwortete Jessie nicht so schnell. Nicht viele wussten von ihrem Geheimnis, aber sie war ja nun nicht mehr bei sich zu Hause, sondern weit entfernt in Virginia. Was konnte es schaden, damit herauszurücken? »Nun, wenn Sie mich so fragen«, sagte sie gedehnt, »bin ich mir *nicht* ganz sicher, Ma'am. Ich weiß sehr wenig über meine Familie. Ich bin alleine mit meinem Zwillingsbruder Jacob aufgewachsen, und –«

»Zwillinge!« Die Frau konnte kaum noch an sich halten. »O mein Gott im Himmel, Zwillinge sind ja *soo typisch* für Sallys Familie. Sie ist ja selber einer, obwohl sie und ihre

Schwester einander alles andere als ähnlich sehen. Woher, sagten Sie, stammen Sie doch gleich?«

»Oben aus New York State. Meine Eltern waren Hattie und Ethan Snow.«

»Snow? Was Sie nicht sagen. Hattie und Ethan. War Ihre Mutter zufällig Hebamme? Ja? O gütiger Gott im Himmel!« Die Frau klappte einen Fächer auseinander und fing an, sich energisch Luft zuzufächern. »Nun, meine Liebe, da gibt es leider keine Widerrede. Sie müssen mich zum Haus der Starrs begleiten. Ich bestehe darauf.«

Jessie spürte, wie ihr eine Gänsehaut über den Rücken kroch. *Irgendetwas* ging hier vor, und obwohl es ihr Angst machte, war es doch gleichzeitig sehr spannend. Die Frau hatte ein freundliches, offenes Gesicht und war ganz augenscheinlich hoch beglückt über ihre Entdeckung. Falls sie mit diesen Starrs nun tatsächlich verwandt war? Aber die lebten so weit von ihrer Heimatstadt, hier unten in Virginia. Und außerdem schmeckte es ihr nicht, dass die Frau *keine Widerrede* gelten lassen wollte. *Nein,* dachte sie, *ich kann jetzt wirklich nicht mit dieser Wildfremden Gott weiß wohin gehen, und damit hat es sich. Ich muss jetzt stark sein, wie Jake.*

»Dann sind wir uns also einig«, erklärte die Frau. »Sie kommen mit mir.«

»Ganz bestimmt *nicht*«, sagte Jessie und genoss es, den bestürzten Blick zu sehen, der in die Züge ihres Gegenübers trat. »Nein, das werde ich nicht. Ich kenne Sie nicht, ich habe Sie noch nie zuvor in meinem Leben gesehen, und ich folge Fremden *nirgendwohin*.«

Feldlazarett, Gettysburg, Pennsylvania.
17. August 1863

Meine liebe Mrs. Snow und Jessica, bitte erschrecken Sie nicht über die Ihnen unbekannte Handschrift. Jacob Snow, Korporal des 77sten New Yorker Infanterieregiments, ist auf dem Wege der Besserung. Ich muss diesem Brief, den er mir diktiert, vorausschicken, dass Jacob in den letzten Wochen von heftigem Fieber heimgesucht worden war. Die Ärzte hatten zwei oder drei Kugeln aus seinem rechten Unterschenkel entfernt und haben erwogen, diesen Teil des Beines zu amputieren, aber Jacob hat sich energisch dagegen gewehrt und erklärt, seine Mutter wäre Hebamme und Heilerin und er wüsste, dass Umschläge aus Spitzwegerichblättern sein Bein wieder gesunden lassen würden. Das hat er ganz bewundernswert vorgebracht, wie mir berichtet wurde, und die Ärzte haben schließlich eingewilligt unter der Bedingung, das Bein doch abnehmen zu dürfen, falls es nicht heile. Aber er ist tatsächlich von seiner Verwundung genesen, und nun lässt auch das Fieber nach. Er ist zwar noch ein bisschen schwach und sehr hungrig, aber er wird es bestimmt überstehen. Ich versorge ihn so gut wie möglich, ihn und die anderen Männer im Krankenzelt. Ich backe zusätzliche Brote und bringe sie ihnen, neben gekochten Eiern, etwas Obst, Mohrrüben und Sellerie aus dem Garten und, wenn wir es erübrigen können, auch mal ein Huhn, aus dem ich eine Suppe koche, damit alle daran teilhaben, denn ansonsten würde ein Huhn für zehn Männer vorne und hinten nicht reichen. Wir haben hier noch mehr kranke und verwundete Soldaten, aber ich habe nur Zeit, mich um die zehn zu kümmern.

Ihr Junge möchte Ihnen ausrichten, dass er schon sehr bald wieder wird gehen können und dann mit seiner Krankenschwester tanzen will - womit natürlich ich gemeint bin. Er ist ein liebenswerter Bursche, und Sie sollten mächtig stolz auf ihn sein. Er hat mehr als seinen Teil für sein Land getan, und ich bin mir sicher, dass man ihn zu Ihnen nach Hause entlassen wird, sobald er wieder auf den Beinen ist. Diese letzten Zeilen habe ich selber hinzugefügt; er nämlich glaubt, schon in Kürze zurück bei seinen Kameraden zu sein, und ich bringe es nicht fertig, ihn vom Gegenteil zu überzeugen.

Mein Name ist Elizabeth Lafferty Bowens, und ich arbeite als freiwillige Hilfsschwester bei den Soldaten der Potomac-Armee. Ich habe mich nun schon seit einigen Wochen um Jacob gekümmert, und dank Gottes Hilfe geht es ihm inzwischen so gut, dass er mir sagen kann, was er Ihnen schreiben möchte. Ich lebe mit meinen drei erwachsenen Töchtern ganz in der Nähe auf einer großen Milchfarm, während mein Mann und meine beiden Söhne mit der Potomac-Armee kämpfen. Indem ich für die Verwundeten in diesem Feldlazarett sorge, erfülle ich meine Pflicht unserem geliebten Präsidenten und der Union gegenüber.

Meine allerbesten Wünsche für Sie und Ihre Familie.
(Mrs.) Elizabeth L. Bowens
Merrydale Farm
Orrtanna, Pennsylvania.

8. September 1863
Feldlazarett nahe Gettysburg, Pennsylvania

Meine Lieben, ich danke Gott, dass es mir wieder gut genug geht, um euch selber schreiben zu können. Ich bin auf dem Wege der Genesung. Es dauert lange, aber ich kann nun ein paar Minuten am Stück umherhumpeln und werde mich zwingen, trotz aller Schmerzen jeden Tag einige Schritte zu machen und zu versuchen, meine Beine zu kräftigen.

Ich freue mich, dass ihr Mrs. Bowens' Brief bekommen habt und er euch eure Sorgen von der Seele genommen hat. Sie ist eine großartige Lady und eine sehr gute Krankenschwester. Sie kümmert sich um mehrere von uns, und ich glaube wirklich, dass es ihren ›Patienten‹ schneller besser geht als den meisten anderen, weil sie eine so fröhliche Art hat und ihre Arbeit mit so viel Liebe verrichtet. Und ich sollte auch nicht vergessen, die Speisen zu erwähnen, die sie uns bringt ... richtige Eier von ihren eigenen Hennen, gekocht natürlich, und guten scharfen Käse, wie wir ihn zu Hause haben, und Brot ... Brot ohne Schimmel! Nachdem wir uns von geröstetem Zwieback und all dem, was wir auf den Feldern finden konnten, ernährt haben, ist es der reinste Segen, in ein Stück echtes, selbstgebackenes Brot zu beißen. Als wir noch im Feldlager in Virginia waren, gab es kein einziges Stück richtiges Brot, bloß das Maisbrot, das die Rebellen den ganzen Tag essen, und selten war es mal nicht so hart, dass man sich beim Hineinbeißen daran die Zähne ausbrach.

Mrs. B., wie sie von uns genannt werden möchte, ist sehr versiert in Volksheilmitteln, Mutter, und sie spricht nicht verächtlich oder lacht über die Umschläge und Kräutertees, um die ich sie bitte. Ihr wisst ja, man wollte mir das Bein vom Knie abwärts amputieren, und ihr wisst auch, dass ich so etwas mit mir nicht machen lassen würde. Ihr habt noch nie einen Mann so schnell und so vehement reden hören, als ich erklärte, meine Mutter sei in meiner Heimatstadt die Ärztin und die Hebamme, und zwar eine verd ... gute, und ich hätte von ihr genau gelernt, wie ich meine Wunden behandeln müsste. »Los«, habe ich gesagt, »geht an eure Arbeit und schneidet mir diese Kugeln raus, ich brauche sie nicht.« Dann habe ich um warme Spitzwegerichumschläge mit einem sauberen Tuch darum gebeten, falls es ein solches gäbe. »Ich melde mich schon, wenn er gewechselt werden muss«, habe ich ihnen gesagt, und dann hatte ich das Glück, das Interesse von Mrs. Bowens zu wecken, die sich bei jedem ihrer Besuche meine Verletzungen angesehen, sie gesäubert und den Spitzwegerichumschlag gewechselt hat, damit es nicht zu Eiterungen kam. Sie hat mir Kamillen- und Baldriantee gekocht, der sehr beruhigend wirkte, und das war es wohl, was mich die Schmerzen hat ertragen lassen. Wenn eine der Wunden dann doch zu eitern anfing, hat sie heiße Tücher daraufgelegt und sie mit einer Salbe aus ›Wegerich und Knoblauch eingerieben, was nicht gerade angenehm war, aber eine rasche Besserung herbeiführte.

Im Bein habe ich noch heftige Schmerzen, doch es pocht nicht mehr, und ihr wisst, dass das bedeutet, dass es sich nicht entzündet. Ich selber sehe mir die Wunde auch jeden Tag an. Glücklicherweise habe ich immer aufmerksam zugehört, als du Jessie so viel von deinem Wissen vermittelt hast, Mutter, jedenfalls meistens. Mir kann man nicht leicht etwas vormachen. Und du hast ja auch immer gesagt, ich hätte eine gute Heilung, weißt du noch? Darauf baue ich.

Ich glaube, das 77ste New Yorker wird bald seinen Marschbefehl erhalten – gen Süden, so hoffe und bete ich, tief ins Feindesland. Ich selber werde natürlich nicht in der Lage sein, mit ihnen zu marschieren, aber der Chirurg meint, mein Bein wäre ein Wunder, obwohl er sich nicht sicher ist, ob ich kampfbereit sein werde, bis mein Regiment aufbricht. Er überlegt, ob er mich und ein paar weitere Schwerverletzte nach Washington schicken soll, wo die Lazarette nicht aus Zelten auf schlammigem Boden bestehen und wo es jede Menge Ärzte und Schwestern gibt. Doch ihr braucht euch um mich keine Sorgen zu machen. Ich bin ins Bein geschossen worden und trage es immer noch an mir. Mir kann eigentlich nichts Schlimmes mehr zustoßen.

Und was ist nun mit dem Krieg, fragt ihr? Ich werde es euch berichten. Die Hauptstadt ist wieder einmal außer Gefahr, und wir haben die Rebellen, die wie die Hasen gerannt sind, aus Pennsylvania und Maryland vertrieben. Seit dem 5. Juli befindet Lee sich auf dem Rückzug und dürfte, soweit ich weiß, inzwischen Richmond erreicht haben. Ihr werdet im Saratogian eine Menge über die Schlacht von Gettysburg gelesen haben. Man sagt uns, sie hätte eine vernichtende Niederlage für General Lee und seine Armee bedeutet. Das 77ste ist die ganze Nacht marschiert, um dorthin zu gelangen, aber dann haben wir zum überwiegenden Teil nur herumgestanden und gewartet. Als wir endlich in den Kampf geschickt wurden, war das Terrain schon zwei Mal umkämpft worden. Und wieder hat der Gegner mich aufs Korn genommen, und ich ging zu Boden. Es ist nicht so furchtbar, in einem Krankenbett zu liegen, denn es gibt einem die Möglichkeit, sich ein bisschen auszuruhen. Ich für mein Teil bin genug marschiert. Sie lassen uns mehr marschieren als kämpfen, so dass ich im Laufe der Zeit die Fähigkeit entwickelt habe, zu schlafen, während ich einen Fuß vor den anderen setze.

Die meisten meiner Kameraden hier im Zelt wissen von einer Schwester, die sich ohne Furcht mitten ins Schlachtgetümmel gemischt und vielen das Leben gerettet hat. Dabei muss es sich um dieselbe Lady handeln, die mich am Antietam Creek in den Schutz eines Baumes gezerrt hat. Jedenfalls hört es sich so an: Klein soll sie sein, aber bärenstark und vollkommen furchtlos angesichts der Gefahr. Sie ist wahrlich der Engel der Schlachtfelder, und es braucht schon ein Maß an Tapferkeit, um durch all das Blut zu waten. So viel Blut, Ma. Man hat uns nie gesagt, dass es so blutig werden würde, es fließt viel zu viel Blut, Ma. Meine Träume sind getränkt damit.

Ich hoffe, ihr schreibt mir, so oft ihr könnt, ob ihr nun von mir hört oder nicht. Diesen Brief habe ich über einen Zeitraum von einer ganzen Woche geschrieben, denn ich schlafe oft über dem Schreiben ein, manchmal mitten im Wort. Doch seid versichert, mir geht es gut.

Von eurem euch liebenden Sohn und Bruder Jacob

12

Was in aller Welt stellte sie sich eigentlich vor, diese Frau? Wie konnte sie es wagen, davon auszugehen, Jessie – oder überhaupt jemand – würde einfach ihren Anweisungen folgen wie ein Kind … oder wie ein Hund? Oder wie … eine Sklavin? Ihr verdutzter Gesichtsausdruck wich tiefer Verlegenheit, als sie ein peinlich berührtes Lachen von sich gab und sagte, natürlich könne sie nicht erwarten, dass jemand mit jemandem mitging, dem man nie zuvor begegnet war, und wo sie bloß ihre guten Manieren gelassen hätte. Also entschuldigte sie sich und bat, sich vorstellen zu dürfen: Mrs. John Breckenridge aus Alexandria, Virginia.

»Ich bin hier in Port Royal geboren und bin zurückgekommen, um meine gute alte Freundin Sally Redford, geborene Starr, zu besuchen. Sie ist nicht wohlauf, aber ich bin mir sicher, dass sie *Sie* gerne sehen würde. Möchten Sie und Ihre Freundin mich nicht zu ihrem Haus begleiten? Ich schwöre, die Ähnlichkeit ist so frappierend … Bitte, tun Sie mir den Gefallen? Ich versichere Ihnen, dass ich nur die besten Absichten habe.«

»Ach, ich denk', wir sollten es ruhig tun, Jessie«, sagte Delia, ehe Jessie antworten konnte. Delia machte einen Knicks und sagte: »Erlauben Sie mir, dass ich mich nun selber vorstelle. Ich bin Cordelia Bayley aus Rome, Georgia,

’ne Freundin von Jessie. Wir sind unterwegs auf der Suche nach Jessies Bruder Jacob Snow, der wird seit Kriegsende vermisst, und man glaubt, dass er sich irgendwo in Virginia aufhält.«

Mrs. Breckenridge tat diese Information mit einer wegwerfenden Handbewegung ab. »Ich bin sicher, dass wir alle Ihnen helfen werden, diesen Jacob Snow zu finden, doch zunächst, liebe Miss Snow, gestatten Sie mir doch bitte, Sie Sally vorzustellen. Sie beide selbstverständlich.«

»Wenn Sie nun schon so nett fragen«, antwortete Jessie ein wenig schnippisch, »werden wir wohl Ihrem Wunsch entsprechen. Allerdings haben wir eine lange Fahrt hinter uns, und falls Sie nichts dagegen haben, müssen wir uns jetzt zunächst um unser Zimmer kümmern, etwas zu uns nehmen und dann zu Bett gehen. Ich hoffe, Sie können bis morgen früh warten.«

»Aber ganz gewiss doch, meine Liebe. Wie gedankenlos von mir! Ich werde Sie gleich nach dem Frühstück hier an der Rezeption erwarten… sagen wir zehn Uhr? Ich werde da sein.«

Der Gepäckträger, ein Junge von vielleicht zwölf Jahren, schloss die Tür von Nummer 7, einem Zimmer im hinteren Teil des Erdgeschosses, auf, stellte ihre Taschen ab, legte den Schlüssel auf einen Tisch neben der Tür, ging zu dem großen Fenster, öffnete beide Flügel weit und fragte, ob die Damen noch einen Wunsch hätten.

»Danke, nein.« Jessie würdigte das Zimmer kaum eines Blickes, während Delia gleich darin ihre Runde machte und sich an jedem kleinen Ausstattungsmerkmal ergötzte.

In Jessies Kopf schwirrte es nur so vor lauter ungelösten Fragen. Sie vermochte kaum ihre Gedanken zu ordnen. Konnte es denn wahr sein, dass sie wie aus heiterem Himmel kurz davorstand, ihre wahre Familie kennenzulernen?

Aber ihre Mutter hätte doch bestimmt eine Cousine in Virginia erwähnt, sowie Jake verkündete, er würde dorthin ziehen, um im Krieg gegen die Konföderierten zu kämpfen.

Und das erinnerte sie an die zwei Photographien von Jacob, die sie in ihrer Ledertasche bei sich trug. Sie ging, um sie zu holen. Es musste reiner Zufall sein, dass Mrs. Breckenridge glaubte, in Jessie eine Ähnlichkeit mit ihrer Freundin Sally erkannt zu haben. Schließlich gab es Dutzende, nein Hunderte von Menschen mit rotem Haar und großen Augen. Es konnte nur zu gut geschehen, dass diese Sally, wer immer sie auch war, einen einzigen Blick auf sie warf und sagte, *aber nein, das ist keine von uns*. Doch wer ahnte, was bei dieser Begegnung herauskäme? Vielleicht, vielleicht…

Auf jeden Fall konnte sie versuchen, ihren Nutzen aus Jakes Bildern zu ziehen, also steckte sie sie in ihre Handtasche, wobei sie die Finger kreuzte – eine törichte Geste, um sich das Glück gewogen zu machen, aber man konnte ja nie wissen. Morgen würde sie es erfahren.

Genug der Wunschvorstellungen. Sie und Delia mussten etwas essen, ein Bad nehmen, sich gegenseitig das Haar waschen und ihre Kleider für den kommenden Tag zurechtmachen, den Tag, an dem sie Sally Starr Redford begegnen würden – um wen auch immer es sich dabei handeln mochte.

Der nächste Tag begann verhangen; es lag Regen in der Luft. Jessie stand als Erste auf und öffnete weit die Fenster. Ihr Zimmer blickte auf einen kleinen Gemüsegarten, in dem sie Bohnen und Tomaten, blühende Kürbisse und verschiedene andere Grünpflanzen ausmachte. Delia drückte den Finger in eine der Matratzen und sagte: »Heute Nacht hab' ich zum ersten Mal in meinem Leben auf einer richtigen Bettunterlage geschlafen, zum allerersten Mal. Es war ja so weich. Und so leise. Zu Hause hatten wir nur Matratzen mit frischem Stroh gefüllt, oder, wenn nicht genug davon da war, voller Maishülsen. Die dufteten ganz schön, aber wenn man sich umdrehte, knirschte es. Die hier …« – sie stützte sich mit der Hand auf das Bett – »… machen überhaupt keine Geräusche.«

Jessie wartete schon mit der Haarbürste in der Hand. »Im Luxus können wir später noch schwelgen, Delia. Ich habe das dringende Bedürfnis, diese Sally kennenzulernen, die mir oder der ich ja angeblich so ähnlich sehen soll.« Sie wandte Delia, die sich mit Feuereifer ans Werk machte, den Rücken zu.

»Worum geht's eigentlich nun genau bei diesem Besuch?«, erkundigte sie sich bei Jessie. »Die Frau war ja ganz aus'm Häuschen vor lauter Aufregung, und ich spür's, wie auch du vor Aufregung zittern tust.«

»Delia, achte zur Abwechslung mal wieder auf deine Sprache. Wir wollen doch nicht, dass sie etwas merken.«

»Schon gut, schon gut. Wenn ich aufgeregt iss, geht sie manchmal mit mir durch. Aber du musst mir sagen, was hier vorgeht. So, dein Haar ist geflochten.«

Sie tauschten die Plätze, und während Jessie Delia das Haar bürstete, das zu einem ansehnlichen Lockenköpfchen heranwuchs, machte sie ihre Freundin mit dem Geheimnis ihrer Familie vertraut. »Pa wollte nie sagen, warum wir uns vom Rest unserer Verwandtschaft getrennt haben. Er meinte, es wäre zu schlimm, um es in Worte zu fassen. Jake und ich haben dann Geschichten darüber erfunden, was aus unseren Verwandten geworden ist, und sie uns gegenseitig erzählt. ›Sie sind alle bei einem Indianerüberfall ums Leben gekommen‹, hat er einmal behauptet. ›Und …‹ Aber der Rest wollte ihm nicht einfallen. Und das war sowieso Unsinn, weil Ma darauf bestand, wir wären alle in Mechanicville geboren und aufgewachsen. ›Von jeher‹, sagte sie immer. Aber wenn wir fragten, wo die vielen anderen denn geblieben wären, wusste sie es nicht zu sagen und meinte bloß, die wären wahrscheinlich fortgezogen. Oder an einer Epidemie gestorben. Sie und Pa haben dann schnell das Thema gewechselt, sich etwas anderes gesucht, worüber man sich unterhalten konnte. Nach einer Weile ahnten wir, dass sie es uns einfach nicht sagen wollten. Das stimmte uns besonders an den Feiertagen traurig, weil wir vier dann ganz alleine unter uns waren. So. Du bist auch fertig. Und du siehst sehr hübsch aus, wenn ich das mal sagen darf.«

»Ich kann mir nich vorstellen, wie's ist, bloß mit vier Leuten in einer Familie zu sein. Bei uns waren's immer ganz viele. Wir hatten nicht alle den gleichen Daddy oder die gleiche Mamma, aber wir waren trotzdem 'ne Familie. Marster David, der hatte eine Menge Kindas … Kinder. Aber …«, fügte Delia stolz hinzu, »keins war so hellhäutig wie ich, weil meine Mamma auch die Tochter ihres Marsters war. Sie hatte zwei Söhne von Marster David, aber er sie – er *hat* sie auf 'ne andere Plantage geschickt, sie an einen seiner Freunde verkauft. Als Mamma sagte, sie hätte Angst um ihr Leben, sagte Marster David, er hätte geglaubt, die anderen Sklavenjungs würden neidisch sein. Aber Mamma meinte, das wäre nur 'n Vorwand. ›Diese Jungs sehen ihrem Vater so ähnlich‹, hat sie gesagt, ›die Mistress würde sie hassen wie die Pest, weil er ihr nur *Mädchen*kinder geschenkt hat, und Gott wüsste, was sie mit ihnen anstellen würde.‹«

Delia gab einen tiefen Seufzer von sich. »Das Leben in der Sklaverei iss nich so einfach, Miss Jessie. Vater Abraham, der glaubte, es wär' von Übel und dass wir nur befreit werden müssten und dann leben würden wie die Maden im Speck. Unsere Marsters glaubten, wir wären wie die Kinder und bräuchten nix außer einem Dach über'm Kopf und etwas zu essen und würden dann glücklich sein wie … wie die Maden im Speck. Pah!« Sie schnaubte verächtlich. »Ich sag' mir immer, dass ich im Norden glücklich sein werde, weil ich mich als Weiße ausgeben kann, aber *werde* ich auch glücklich? Iss das alles, was man braucht, um glücklich zu sein? Weiß sein? Ich seh' viele weiße Leute mit viel Kummer, glaub mir.«

Ein leises Klopfen an der Tür. »Misses? Die Lady wartet unten an der Rezeption auf Sie. Sie möchte wissen, ob alles in Ordnung ist.«

Delia eilte, um dem Jungen zu öffnen. Lachend sagte sie: »Hier iss alles wie bei den Maden im Speck, und wir werden in zwei Minuten unten sein. Sag's der Lady.« An Jessie gewandt, sagte sie: »Ich glaube, wir sollten uns ein bisschen beeilen«, und setzte ihre Haube auf. Zusammen rannten die beiden den Flur hinunter, bis sie in Sichtweite des Empfangstresens kamen. Da verlangsamten sie ihren Schritt zu einer gemäßigteren Gangart.

Mrs. Breckenridge begrüßte sie freundlich. »Ich kann mir nicht vorstellen, dass Sie bereits gefrühstückt haben«, sagte sie, und als die beiden einander ein wenig betroffen ansahen, fügte sie lachend hinzu: »Machen Sie sich deswegen keine Gedanken. Ich habe einen Korb mit Brötchen und Marmelade und hartgekochten Eiern gepackt. Wir können während der Fahrt essen, und wenn wir Sallys Haus erreichen, wird sie uns bestimmt Kaffee anbieten.«

Sie schien es wirklich eilig zu haben, denn vor dem Hotel wartete bereits eine Kalesche. Sowie sie Platz genommen hatten, schnalzte der Kutscher auch schon mit der Zunge, und los ging's. Was für ein Unterschied zu ihrem alten Bauernwagen mit den störrischen Maultieren! Sitzbänke und Rückenlehnen waren dick gepolstert, und die Räder glitten geradezu über die Straße, ohne zu eiern und die Passagiere durchzuschütteln. Jessie folgte Mrs. Breckenridges Beispiel und genehmigte sich einen Happen, wobei sie sich alle paar Minuten den Mund mit einer Serviette abwischte.

»Miss Jessie, sind Sie sicher, dass Sie keine Verwandten mehr haben? Vielleicht ist nur der Kontakt zu ihnen abgebrochen.«

»Ich sagte Ihnen doch schon, Ma'am, meine Eltern taten sehr geheimniskrämerisch, was das Thema betraf. Mein Bruder und ich haben nie den Grund dafür herausbekommen. Es tut mir leid, ich kann Ihnen nichts anderes sagen.«

»Aber als Sie noch klein waren, meine Liebe, und Ihre Eltern mit Fragen bestürmten, was haben sie denn dann zu Ihnen gesagt?«

Eine gute Frage, und sie hatte sogar eine Antwort. »Sie haben uns gesagt, dass sie, als sie Jake und mich bekamen, schon ziemlich alt dafür waren, noch Kinder zu zeugen. Meine Mutter war neunundzwanzig. Sie erzählte uns, Gott hätte plötzlich ihre Bitten erhört und sie mit dem Wunder von Zwillingen gesegnet.«

Mrs. Breckenridge sah aus, als würde sie angestrengt darüber nachdenken. »Aha«, sagte sie schließlich. »Sonst noch etwas?«

»Nun, Jake und ich hatten rotes Haar, und unsere Eltern waren dunkelhaarig, also haben wir uns immer darüber gewundert. Aber meine Mutter hat das so erklärt, dass wir eine rothaarige Großmutter gehabt hätten und einen Großvater mit schwarzem Haar, aber einem hellkupferroten Bart. Sie sagte, das käme manchmal in Familien vor, und dann würden die Kinder das rote Haar erben. Das sei einfach eben so. Haben Sie auch schon mal davon gehört?«

»Sicher, meine Beste, so etwas soll es durchaus geben, doch … nun, ich möchte nichts weiter dazu sagen, bis Sally Sie gesehen hat. Meine Güte, ich kann's gar nicht erwarten, welches Gesicht sie macht, wenn Sie ihr unter die Augen treten!«

Sally Redfords Haus hatte einen Namen, *Hillview*. Jessie hatte noch nie ein Haus mit einem Namen gesehen, aber da stand er, in ein Holzbrett geschnitzt und überlackiert, um ihn vor der Witterung zu schützen. Eine lange, gewundene Auffahrt führte zwischen Bäumen und Büschen hindurch, und ihre letzte Kurve führte um einen Springbrunnen inmitten einer Insel aus kurz geschnittenem Gras herum. Jessie und Delia konnten bloß staunen. Es war ein prächtiges, zweigeschossiges Haus mit einem weit ausladenden Dach, das sowohl die Veranda im Erdgeschoss als auch den Balkon darüber bedeckte. Es schien fast noch größer zu sein als das *Port Royal Inn*.

»Wie ein Bild in einem Buch«, kommentierte Delia. Jessie konnte ihr nur beipflichten, wären da nicht die abblätternde Farbe und die Lücken zwischen den Ziegeln und die abgefallenen, durch Ölpapier ersetzten Fensterläden gewesen.

»Ja, wie ein Bild in einem Buch«, wiederholte ihre neue Bekannte. »William Starr hätte sich gefreut, das zu hören, meine Gute. Er hat dieses Haus einfach geliebt, hat es nach eigenen Plänen erbauen lassen. Er hat sich mit dem Architekten zusammengesetzt und ist jedes Detail mit ihm durchgegangen, die Türbeschläge, das Kaminsims – alles! So, da sind wir. Vielen Dank, Jamie.« Die Kutsche hielt vor dem Eingangsportal.

Der dunkelhäutige Kutscher, der in sorgfältig geflicktem Hemd und ebensolcher Hose adrett ausstaffiert war und auch nicht vergessen hatte, seine abgetragenen Stiefel zu wienern, sprang vom Bock und half ihnen herunter, wobei er jede von ihnen mit der höflichen Anrede *Ma'am* bedachte. Wie angenehm es ist, komplett bedient, in der Gegend herumgefahren und mit Ma'am angeredet zu werden, dachte Jessie, als wäre man eine feine Lady – ungeachtet des Zustands seiner Kleider. Allerdings fragte sie sich auch, was Delia dabei empfinden musste und ob es sie nicht schmerzlich an die Zeit erinnerte, als man von *ihr* noch erwartete, artig den Kopf gesenkt zu halten und sich unterwürfig zu geben. Bestimmt hatte sie Mitleid mit Jamie, der immer noch katzbuckeln musste.

Eine ältere Farbige mit Schürze und Kopftuch öffnete ihnen die große Eingangstür und lächelte breit, als sie Mrs. Breckenridge erblickte. »Oh, Miz Anna Mary, so'ne Freude, Sie zu sehen. Miz Sally wird beglückt sein –« Dann bemerkte sie die beiden fremden Frauen und bekam angesichts Jessies ganz große Augen. »Himmel«, entfuhr es ihr. »Sollten meine ollen Augen mich täuschen?«

»Da hören Sie es! Beachten Sie, Miss Jessie, dass Mandy das Gleiche empfindet wie ich. Nein, Mandy, deine Augen täuschen dich nicht. Aber psst!« Sie hielt den Zeigefinger an die Lippen. »Ich möchte Miss Sally mit diesen beiden jungen Damen überraschen. Sie wird staunen, glaubst du nicht?«

»Oh ja, Ma'am, das wird 'ne Überraschung für sie.« Jessie wurde es bereits unangenehm, wie unverhohlen Mandy sie anstarrte.

»Und ganz bestimmt wird sie hocherfreut sein«, fügte Mrs. Breckenridge, die also Anna Mary mit Vornamen hieß, selbstzufrieden hinzu. »Nun, meine Damen, gehen wir in den Wintergarten und begrüßen wir Sally Starr Redford.« Sie führte sie unter einer breiten Wendeltreppe hindurch einen schmalen Korridor entlang und stieß eine Doppeltür auf.

Jessies erster Eindruck war der von lichter Helligkeit. Der Raum war gar nicht einmal so groß, verfügte jedoch über zahlreiche Fenster, durch die trotz der niedrig hängenden Wolken Licht hereinströmte und den mit vielen kleinen Läufern geschmückten Boden in Glanz tauchte. Auf einer Chaiselongue ruhte eine Frau mit mehreren Kissen in ihrem Nacken.

»Ich habe dir jemanden mitgebracht, den du bestimmt gerne kennenlernen möchtest, meine liebe Sally«, flötete Mrs. Breckenridge.

Lächelnd wandte sich die Frau auf dem Liegesofa ihnen zu, doch dieses Lächeln erstarrte sogleich, als sie Jessie und Delia sah. »Gütiger Herrgott!«, entfuhr es ihr, halb geflüstert. Sie schien es nicht fassen zu wollen, und das konnte Jessie ihr lebhaft nachfühlen.

Obwohl sie abgehärmt und ein wenig kränklich wirkte, entsprach das Gesicht der Frau genau dem, das Jessie täglich im Spiegel erblickte: das rote gelockte Haar, die Stupsnase, die großen, weit auseinanderstehenden Augen.

Die Zeit war stehengeblieben, während Jessie diese Sally anstarrte und Sally sie. Über die ganze Welt hatte sich Schweigen gesenkt. Nichts bewegte sich. Sogar ihr Herzschlag schien auszusetzen.

Doch dann zerriss Anna Mary Breckenridges Stimme die Stille, und alles kehrte in die Wirklichkeit zurück. »Was sagst du dazu, liebste Sally? Habe ich das nicht gut gemacht? Habe ich dir nicht ein kostbares Geschenk mitgebracht?« Für Jessie war es, als hätte sich alles verändert. Sie stand jemandem aus ihrer Familie gegenüber, da konnte es keinen Zweifel geben. Sie hatte nicht die geringste Vorstellung, wie das alles zusammenhing, noch eine Ahnung, wieso sie ausgerechnet in Mechanicville aufgewachsen war, aber die Frau auf der Chaiselongue war ganz sicher eine Verwandte von ihr.

Sally Redford stützte sich auf einen Ellenbogen auf und

gab Jessie mit einer Kopfbewegung ein Zeichen, näherzukommen. »Wer sind Sie?«, fragte sie. Die sehr unvermittelte Frage klang fast gereizt, fand Jessie, und sie trat unwillkürlich einen Schritt zurück. »Oh, verzeihen Sie, aber ich muss es wissen. Wie ist Ihr Name? Wo stammen Sie her?«

»Ich bin Jessie Snow aus Mechanicville, New York.«

»Mein Gott!« Sally fuhr sich mit der Hand an den Mund. Sie sah aus, als würde sie gleich in Ohnmacht fallen. »Snow. Mechanicville. War Ihre Mutter Hebamme?«

Schon wieder diese Frage. »Ja, Ma'am. So wie ich. Sie hat mir selber alles beigebracht.«

»Und … haben Sie … einen Bruder?«

»Ja, Ma'am. Ich bin hier in Virginia, weil ich nach ihm suche. Er ist mein Zwillingsbruder.«

»Hast du das gehört, Anna Mary? Hast du das gehört?«

»Aber ja, liebe Sally.«

»Meine Gebete sind erhört worden. Großer Gott, lass mich Dir für diesen Tag danken. Ich danke Dir –« Abrupt sackte sie zusammen und wäre beinahe vom Sofa gefallen. Die drei Frauen stürzten zu ihr und legten sie wieder zurecht. Sally war kalkweiß im Gesicht geworden, und ihr Atem kam röchelnd und stoßweise. Mrs. Breckenridge beugte sich über sie, und Jessie sah, wie sich die Lippen der kranken Frau bewegten, aber sie sprach so leise, dass sie nichts davon verstand. Ihre Freundin jedoch schien es zu begreifen, denn sie nickte und antwortete etwas, worauf ein schwaches Lächeln auf Sallys Lippen erschien.

Jessie stand nur da und verfolgte die Szene mit fest aneinandergepressten Handflächen. *Bitte stirb jetzt nicht vor meinen Augen. Ich muss wissen, wer du bist. Ich muss erfahren, wer ich bin.* Sie hatte die geschwollenen Beine gesehen, als die Afghanendecke verrutscht war, und sie wusste, was Wasser in den Beinen bedeutete.

Mrs. Breckenridge zog heftig an einer Kordel neben der Chaiselongue, eine Glocke ertönte, und augenblicklich erschienen Mandy und eine junge Schwarze. Mandy ergriff sofort die Initiative. »Ich schick' Jamie nach dem Arzt. Du, Annabelle, deckst die Mistress zu und steckst ihr noch 'n Kissen hinter den Kopf.« Ihre breite schwarze Hand ruhte auf Sallys blasser Stirn. »Sie hat wieder Fieber. Annabelle, du besorgst 'n kühles, feuchtes Tuch, während ich Jamie hol'. Miss Sally muss 'nen Schock erlitten haben. Und Sie, Miss Anna Mary, bringen diese jungen Damen besser in die Stadt zurück. Jamie nimmt Sie mit, wenn er zu Dr. Deller fährt.«

Und schon ging es wieder nach draußen; sie schritten so rasch aus, dass man es fast als laufen bezeichnen konnte, und der Wagen wartete auch bereits auf sie. Diesmal legten die Pferde einen eiligen Trab hin; die hübsche Landschaft flog vorbei wie in einem Traum. Dieser ganze Morgen *ist* wie ein Traum gewesen, dachte Jessie, ein lieblicher und doch sehr unwahrscheinlicher Traum.

Mehrere Minuten lang saß Anna Mary Breckenridge schweigend da, hielt den Kopf abgewandt, als würde sie die vorüberziehende Landschaft studieren. Dann wandte sie sich seufzend Jessie und Delia zu.

»Ich kann Ihnen gar nicht sagen, wie leid es mir tut, was sich da eben abgespielt hat. Ich hätte doch beim besten Willen nicht ahnen können, dass es sie so sehr mitnimmt … nun lässt es sich halt nicht mehr ändern. Sally kommt schon wieder auf die Beine. Sie leidet an Wassersucht, aber der Arzt gibt ihr eine Medizin dagegen. Er glaubt, dass sie wahrscheinlich wieder gesund wird, und gebe Gott, dass er recht behält. Sally und ich sind die besten Freundinnen gewesen, seit wir vier Jahre alt waren und in die Schule gehen durften. Mein Vater war Methodistenprediger, und William Starr ist uns beigetreten – der Kirche, meine ich – und kurz nach der Geburt von Sally und Amy, ihrer Zwillingsschwester, getauft worden. Mit Amy konnte ich nie viel anfangen, sie tat sehr affektiert, als wäre sie von königlichem Geblüt. Wissen Sie, was ich früher immer gesagt habe? ›Sie geht einem königlich auf den Geist!‹«

Diese Bemerkung brachte einen Anflug von Heiterkeit in die Runde.

»Allerdings muss ich zugeben, dass sie damit nur nach ihrem Vater schlug. William Starr hat alles versucht, sich wie ein Plantagenbesitzer zu geben, es aber trotz seines Vermögens nie geschafft, den Presbyterianern beizutreten, weil die ihn nicht wollten... Krämerseelen, Sie wissen schon. Sally und ich jedoch... nun, das war eine ganz andere Geschichte. Wir waren immer ein Herz und eine Seele. Wir hatten nie Geheimnisse voreinander.«

Ihre Augen wurden feucht, doch sie hielt die Tränen zurück.

»Auch unsere Mütter hatten sich befreundet, und wir wurden beide vom Hauslehrer der Starrs unterrichtet. Als wir dann dreizehn waren, hat man uns auf die höhere Mädchenlehranstalt von Madame LeClerc nach Fredericksburg geschickt, und dass wir damit weit von zu Hause fort waren und niemanden sonst dort kannten, schmiedete uns noch enger zusammen.«

Sie machte eine kurze Pause und fuhr fort: »Wir liebten die gleichen Bücher und brachten beide in den gleichen Fächern hervorragende Leistungen. Literatur, Mathematik und ausgerechnet Astronomie! Können Sie sich das vorstellen? Und natürlich waren wir auch ganz groß in allem, womit Mädchen sich so beschäftigen: Klavierspielen, Sticken, Plaudern, Tanzen, den Männern schöne Augen machen. Wir waren beide begeisterte Tänzerinnen. Wir waren beide Ballköniginnen. Die jungen Männer forderten immerzu nur *uns* auf. Ach ja, wie lange das her ist.«

Damit wandte sie sich ab und schien in die Betrachtung der Häuser am Wege versunken, denn sie hatten inzwischen wieder Port Royal erreicht und näherten sich dem Hotel.

»Sie fragen sich, wann ich endlich auf den Punkt komme. Sobald wir wieder im *Port Royal Inn* sind, möchte ich Sie in meine Suite bitten. Ich werde uns ein Mittagessen bestellen und Ihnen dann eine Geschichte erzählen – Sally hat mich darum gebeten, dass ich das tue –, nach der Ihnen alles klar sein dürfte, darauf haben Sie mein Wort. So, da sind wir. Vielen Dank, Jamie. Kommen Sie, meine Damen. Wir haben keine Zeit zu verlieren.«

Als sie die Stufen zum Hoteleingang hinaufgingen, sagte Mrs. Breckenridge: »Bis gleich. Sie machen sich ein wenig frisch und kommen dann zu mir. Würden Ihnen Schinken mit brauner Sauce, grünen Bohnen und Süßkartoffeln zusagen? Sehr schön. Ich sehe Sie in… sagen wir, in einer halben Stunde? Ist Ihnen das recht? Gut.« Sie hatte sich an der Rezeption bereits ihren Schlüssel aushändigen lassen und entschwebte mit wehenden Kleidern durch die Halle.

Jessie und Delia waren so urplötzlich sich selbst überlassen, dass sie erst einmal am Empfangstresen stehenblieben. Dann sahen sie einander fragend an, und Jessie sagte: »Ich weiß nicht, was für eine Geschichte das ist, die sie uns von Sally erzählen soll. Aber ich schätze, sie hat mit meiner Familie zu tun.«

»Das wird's wohl sein. Nach dem ersten Anblick kann's sich wohl um nichts anderes handeln. Es war ja, als hätt' sie 'n Gespenst getroffen. Und auch mir iss nich entgangen, wie ähnlich ihr euch seht, du und diese Lady. Bist du sehr aufgeregt?«

»Ja… auch ein bisschen nervös. Oder sogar ziemlich. Aber ich muss wissen, worum es geht.«

»Das wer'n wir, Miss Jessie, un' zwar bald, nich?«

Diesmal ermahnte Jessie sie nicht, auf ihre Aussprache zu achten.

13

»Sie beide hören mir nun bitte genau zu und unterbrechen mich nicht«, sagte Mrs. Breckenridge. »Sally möchte, dass vor allem Jessie diese Geschichte erfährt. Sie haben ja selber gesehen, wie sehr die beiden einander ähneln und auch, wie geschwächt und krank Sally ist. Sie hat nicht die Kraft, eine Geschichte zum Besten zu geben, nicht einmal eine wahre. Und diese Geschichte *ist* wahr. Das weiß ich genau, denn ich habe sie ja miterlebt, weil ich Sallys Familie so nahestand. Anfangen muss ich mit Billy Boy Stern, der aus dem Norden, aus einer anderen kleinen Stadt an einem anderen Fluss, hierherkam. Er brachte seine große Liebe mit, Susanna Fox. Sie waren im Schutz der Nacht gemeinsam durchgebrannt. Er hat sie in seinen Armen aufgefangen, als sie aus ihrem Schlafzimmerfenster sprang. Billy Boy war ein umherreisender Hausierer gewesen, Messer und Schaufeln und Werkzeug und so, und er reparierte auch sämtliche alten Gerätschaften, die man ihm gab. Er war ein Charmeur, unser Billy Boy, geschickt mit den Händen und gewandt mit schönen Worten und gut aussehend obendrein. Und singen konnte er wie eine Nachtigall. Susanna war ein hübscher Rotschopf – alle in der Familie Fox hatten rotes Haar, fuchsrotes. Die junge Susanna war ganz versessen aufs Theater, jede Art von Theater, und sie war ein rechter Wildfang, hört man. Sie hat sich regelmäßig aus dem Haus gestohlen, um die Vorstellungen der umherziehenden Schauspielertruppen zu besuchen, die im Opernhaus gastierten. Lange Rede, kurzer Sinn: Billy Boy Stern sah Susanna Fox bei einer solchen Varieteeschau und verliebte sich auf der Stelle in sie, und zwar bis über beide Ohren. Er *musste* sie einfach haben. Sie aber flirtete hier und flirtete dort, machte diesem und jenem schöne Augen und galt als nicht gerade wählerisch. Doch kaum hatte sie Billy Boy Stern getroffen, war für Susanna Schluss mit dem Herumscharwenzeln. Es gab für sie nur noch *ihn*. Aber wie es so ist – ihre Mamma und ihr Daddy waren keineswegs damit einverstanden, sie mit einem reiselustigen Marketender ziehen zu lassen, damit sie ihm half, seine Waren zu verhökern. Darum ist sie eines Nachts aus ihrem Fenster geklettert, und schon waren die beiden auf und davon mit seinem Ponykarren in Richtung Süden, wo die Winter nicht so lang und nicht so kalt sein sollten. Irgendwann verschlug es sie nach Port Royal, Virginia, ebendahin, wo wir jetzt sind, und zwar gerade noch rechtzeitig, damit Susanna hier zwei Zwillingstöchter, Amy und Sally, zur Welt bringen konnte. Diese beiden Töchter sind heute zweiundvierzig Jahre alt, also muss sich das 1824 zugetragen haben, stimmt's?

Vater geworden zu sein machte endlich einen Mann aus Billy Boy. Er kaufte sich einen kleinen Laden, wo er mit seinen Messern und Hämmern und sonst was handelte, und zwar sehr erfolgreich, denn wie ich schon sagte, es fiel ihm leicht, andere für sich einzunehmen. Die Menschen hier mochten ihn. Schon bald gehörte ihm ein zweiter Laden, und dann übernahm er einen vor dem Bankrott stehenden Holzhandel, den er zu einem Baugeschäft erweiterte. Irgendwann zu der Zeit entschloss er sich, dass sein Name fortan Starr lauten sollte, William Starr. ›Stern‹ ist nämlich das deutsche Wort für ›Star‹, und er wollte ein richtiger Amerikaner sein, auch, was seinen Namen betraf.

Na, der nächste Schritt war, einer Kirche beizutreten. Die Presbyterianer wollten ihn nicht, obwohl er von Minute zu Minute reicher wurde. Er entstammte nicht der richtigen *Klasse* und passte deshalb nicht zu diesen feinen Puritanern… aber das habe ich ja schon erzählt, nicht wahr? Also ließ er sich methodistisch taufen. Sally hat mir gegenüber mal erwähnt, sie glaube, ihr Vater wäre als Jude geboren, und dass sie sich erinnere, wie er immer damit geprahlt hatte, wie weit er es gebracht hätte – von dem Niemand Jacob Stern zu William Starr, dem Eigentümer von *Hillview*. Doch je mehr Geld er scheffelte, desto weniger ließ er über seine Vergangenheit durchblicken. Als ich ihn kennenlernte, war er, ehrlich gesagt, schon reichlich aufgeblasen und erwartete von den Frauen in seiner Familie, dass sie sich wie brave Christenweiber benahmen. Sally und ich haben uns immer über ihn lustig gemacht – nein, bewahre, nicht hier in Port Royal, wo es jemand hätte hören können. Doch als wir zusammen auf der höheren Mädchenschule waren, haben wir ihn immer in seiner wichtigtuerischen Art nachgeahmt. Ich erinnere mich zum Beispiel noch, wie es war, wenn wir Kinder Seilhüpfen spielten und er es mitbekam. Er wollte dann, dass wir sofort damit aufhören. ›Anstand und Schicklichkeit, meine jungen Damen‹, ermahnte er uns. ›Denkt stets daran, wer ihr seid.‹ – ›Und wer sind wir wohl?‹, hat Sally dann zu mir gesagt. ›Meine Mamma und mein Daddy sind zusammen abgehauen, und wenn du meine Meinung darüber hören willst, liegt Anstand nicht gerade in unserer Familie, wo doch Mamma und Daddy nicht verheiratet, nicht einmal verlobt waren, als sie uns bekamen! Also was tut er so eingebildet?‹ Sally konnte schon immer für sich selber denken, anders als ihre Zwillingsschwester, die jedem

Wort gehorchte, das ihr Vater von sich gab, und mir und Sally immer sagte, sie würde sich schämen, mit uns gesehen zu werden. Beim gemeinsamen sonntäglichen Kirchgang unserer beiden Familien weigerte sich Amy, neben Sally und mir zu gehen. Hochnäsig, wie sie war, hüpfte sie immer vorneweg zwischen ihrem Daddy und meinem.

Nun war Mr. Starr allerdings außerordentlich stolz darauf, Zwillinge zu haben. Er behauptete immer, Zwillinge wären ein Zeichen für einen festen Zusammenhalt in der Familie und für gedeihenden Wohlstand. Er glaubte, es würde etwas Besonderes aus ihm machen, Zwillinge zu haben. Und wenn ich ehrlich sein soll, ist da sogar einiges dran. Zwillinge bekommt man nicht jeden Tag, außer, es liegt in der Familie, wie man so schön sagt. Hatte ich bereits erwähnt, dass Susanna ebenfalls ein Zwilling war? Allerdings habe ich keine Ahnung, was aus ihrer Schwester geworden ist, die sie zu Hause zurückgelassen hat.

Aber ich sollte jetzt auf den Punkt kommen, nämlich auf Sally Starr. Wie ich schon sagte, hatte sie ihren eigenen Kopf und mit salonfähiger Manierlichkeit nichts im Sinn. Ich glaube, sie schlug sehr nach ihrer Mutter, wie die als junges Mädchen gewesen war, sie führte immer Unfug im Schilde und war für jede theatralische Darbietung zu haben. Wenn ihre Eltern diese Schande nicht abzuwenden gewusst hätten, hätte sie wohl selber eine Bühnenlaufbahn eingeschlagen. Sie war eine geborene Vortragskünstlerin – wie ihr Vater es wohl auch gewesen sein muss. Man sagt, er hätte sich oft durch Singen sein Abendessen verdient, bevor er sich eine Ehefrau nahm. Die beiden waren übrigens begeisterte Kirchgänger. Es war damals das missionarische Bestreben der methodistischen Kirche, alle armen verlorenen Seelen zu retten. Besonders begeistert wurden Bekehrungen während des Gottesdienstes aufgenommen, vor allem wenn der Prediger die Arme in die Höhe warf und Gott beschwor, auf die erbärmlichen Sünder herabzublicken und sie zu *entbürden*, wie es so schön hieß. Die Menschen schrien und kreischten und verfielen manchmal geradezu in einen Zustand der Ekstase, wälzten sich zuckend am Boden und krümmten sich, um die Weihe des Heiligen Geistes zu erlangen. Sally hat sich davon nie anstecken lassen, doch sie sah mit Vergnügen dabei zu. Danach haben Sally und ich das Erlebte in allen Einzelheiten durchgesprochen und versucht, selber des Heiligen Geistes teilhaftig zu werden, aber es ist uns nie gelungen. Wir konnten nur so tun, als ob.

Als wir dreizehn waren und auf Madame LeClercs Mädchenakademie geschickt wurden, fing das Leben für uns richtig an. Meine Mamma versicherte mir, zu *ihren* Zeiten wäre es keinem Mädchen vergönnt gewesen, eine höhere Bildung zu erlangen, und das täte ihr heute leid, denn sie konnte noch immer nicht richtig rechnen und musste dazu ihre Finger zu Hilfe nehmen. Und obwohl sie es nie zugeben wollte, hatte sie auch erhebliche Schwierigkeiten mit dem Lesen – sie zog dann die Stirn in tiefe Falten und sprach den Text leise mit, während sie mit dem Finger die Zeilen entlangfuhr. Doch etwas von ihrem Französisch hatte sie behalten und konnte darin kauderwelschen, und deshalb glaubte sie auch, Madame LeClercs Schule wäre genau das Richtige für junge Mädchen aus gutem Hause. Sallys Mutter hat ihr den Besuch der Schule nur erlaubt, weil man der Ansicht war, ich würde einen guten Einfluss auf sie ausüben. Zum Lachen. Für Sallys Schwester Amy hatte ihre Mutter sich eine Klosterschule in Richmond ausgesucht, und da viele Töchter von Plantagenbesitzern auf diese Schule gingen, war auch ihr Daddy sogleich mit Feuer und Flamme dabei. Also haben Sally und ich bei Madame LeClerc Französisch gelernt und auch ein bisschen Deutsch und noch einiges anderes mehr. Wir bekamen beide Klavierstunden, und Sally konnte trällern wie eine Lerche. Wir wurden in Naturwissenschaft und Literatur, in Geschichte, in der Kunst der Rede und in Mathematik unterrichtet. Ach, die Stunden, die wir damit verbringen mussten, ganze Seiten auswendig zu pauken! Aber gelernt haben wir allerhand, und wir hatten auch Spaß. Sally war die Lebhafteste von uns allen. Sie hat viel prägender auf mich eingewirkt als umgekehrt, was sie immer sehr amüsant fand – in Anbetracht dessen, was *unsere Eltern* glaubten.

Zehn von uns Mädchen teilten sich einen Schlafsaal unter dem Dach. Am einen Ende des Saales standen unsere Waschtische und unsere Schränke, und am anderen gab es ein Teleskop. Daran wurden wir, spät abends natürlich, in die Sternenkunde eingeführt. Ansonsten fand der Unterricht bei Madame LeClerc von zehn Uhr morgens bis halb drei nachmittags statt. Normalerweise versammelten wir uns im Klassenzimmer, das ziemlich groß war, denn es mussten ja wir alle darin Platz finden, die Internatsschülerinnen wie auch die Mädchen, die bei ihren Eltern in Fredericksburg wohnten. Das war vielleicht immer ein Lärm! Packt mal dreißig oder vierzig Mädchen in einem Raum zusammen, und ihr könnt darauf wetten, dass sie alle gleichzeitig zu schwatzen anfangen. Dieses Durcheinandergeplapper übertönte alles, vorbeifahrende Pferdefuhrwerke ebenso wie Gewitterdonner. Aber wenn dann Madame in ihrem schwarzen Witwenkostüm und ihrer schwarzen Haube mit den langen Bändern eintrat – nachdem der Geruch ihres Parfüms bereits ihr Nahen angekündigt hatte –, herrschte augenblicklich Schweigen, und zwar absolut. ›*Bonjour, Mesdemoiselles*‹, trillerte sie dann, wir antworteten im Chor mit ›*Bonjour, Madame!*‹, und die Stunde begann. Sie war eine umgängliche Lady, unsere Madame LeClerc, aber sie konnte auch ganz schön gemein sein. Wehe dem Gör, das seine Hausaufgaben nicht gemacht hatte! Sie traf ein durchdringender, tötender Blick, und dann wurde sie mit eisiger Grabesstimme aufs Armesünderbänklein geschickt, um für den Rest der Stunde vollständig ignoriert zu werden. Auf der Sünderbank war man so unsichtbar, als hätte man eine Tarnkappe übergestülpt bekommen. Es war unendlich peinlich, dorthin verbannt zu werden.

Aber wir hatten auch unseren Spaß! Von den Mädchen, die ich im Internat kennengelernt habe, sind viele noch bis heute meine Freundinnen. Und obwohl ich geheiratet habe und meinem Ehemann nach Alexandria gefolgt bin, blieb ich mit Sally Starr stets in enger Verbindung. Oh je, jetzt bin ich ganz schön abgeschweift, nicht wahr? Also, mit fünfzehn war unsere Internatsausbildung abgeschlossen, und wir kehrten nach Hause zurück, wohlgebildet und bereit, unsere ersten Verehrer zu empfangen. Sally allerdings versicherte mir, für sie käme *so etwas* nicht in Frage. ›Ich will doch keine trübsinnige, verheiratete Matrone werden, die brav ihren Haushalt verrichtet und ihre langweiligen Kinder großzieht. Sobald sich die Gelegenheit bietet, verschwinde ich von hier und … und … ach, ich weiß noch nicht, was ich dann anfangen werde, aber es wird nicht das sein, was mein Daddy sich für mich vorstellt. Möglicherweise werde ich Schauspielerin.‹

Danach habe ich Sally eine lange Zeit nicht mehr gesehen und wusste über sie lediglich, was ihre Mutter meiner Mutter berichtete. Es war mir verboten, sie zu besuchen, und sogar, ihr einen Brief zu schreiben. Damals hatte sie schon damit angefangen, nachts aus dem Fenster zu steigen, sich auf ihr Pony zu schwingen und in die Stadt zu reiten, um dort den fahrenden Schaustellern zuzuschauen, so, wie ihre Mamma es getan hatte. Aber Susanna schien ihre eigene

Jugend vollkommen verdrängt zu haben. Sie sperrte Sally in ihrem Zimmer ein und ließ ihr die Mahlzeiten auf einem Tablett nach oben bringen. Doch keine noch so strenge Züchtigung konnte Sally aufhalten. Man hat nie ein trotzigeres Mädchen erlebt, das dürft ihr mir glauben. Und es ist uns übrigens auch gelungen, Briefe auszutauschen, in der Kirche nämlich, also wusste ich, dass sie einen Musiker und Jongleur – einen Jongleur, skandalös! – kennengelernt und sich in ihn verliebt hatte. Sein Name war Robin Duncan, und er hatte eine Stimme wie ein Engel; mehr habe ich von ihr allerdings nicht über ihn erfahren. Er wollte sie mit sich nehmen, wenn seine Varieteetruppe ihr Engagement in Virginia beendet hatte. Nachts kam er zu ihrem Haus und warf Kieselsteinchen gegen ihre Fensterscheibe, und dann schlich sie sich auf Zehenspitzen nach unten und zur Tür hinaus und warf sich in seine Arme, und sie haben sich zusammen irgendwo verkrochen – wo, weiß ich nicht. Ich habe mir solche Sorgen um sie gemacht, ihr könnt euch nicht vorstellen, wie ich in meinem Zimmer auf und ab gerannt bin und wie viele Briefe ich ihr geschrieben habe, in denen ich sie bat, vernünftig zu werden, denn bei einem solchen Abenteuer konnte ja nichts Gutes herauskommen.

Um es kurz zu fassen – letzten Endes prasselten eines Abends keine Kiesel mehr gegen ihre Scheibe, und es gab auch keinen Robin mehr. Er war in eine andere Stadt weitergezogen, Gott weiß wohin, und hatte die arme Sally sitzen gelassen. Da war sie bereits von ihm schwanger, und ihr Bauch wurde zusehends dicker. Nur die Tatsache, dass sie in anderen Umständen war, hielt ihren Vater davon ab, sie grün und blau zu prügeln. Sie kam auch nicht mehr in die Kirche, und ihre Eltern haben überall herumerzählt, sie litte an der Schwindsucht, dürfe nicht das Haus verlassen und sich auch nicht unter Menschen begeben. Aber wir haben uns weiter geschrieben; unsere Briefe wurden von unseren Köchinnen hin und her befördert – die waren nämlich Schwestern.

Ein Freund der Familie, ein Arzt namens Charles Sherwin, kam ins Haus, um nach Sally zu sehen, wie er es bei allen Mädchen machte, die sich in Schwierigkeiten gebracht hatten. Als er ihren Eltern sagte, dass sie seiner Meinung nach Zwillinge bekäme, sei ihr Vater vor Wut puterrot geworden, schrieb Sally. Er hätte sie angebrüllt, was für ein undankbares Luder sie wäre, ihrem Vater und ihrer Familie eine solche Schande zuzufügen. Er hätte sich die Hände wundgeschuftet, um ihnen allen ein gutes Leben in einem schönen Haus zu verschaffen und all ihre Wünsche zu erfüllen, hätte seine Töchter sogar auf eine höhere Schule geschickt! Wie er nur so verdammt dumm hätte sein können, haderte er mit sich, denn nun hätte Sally sich als Dirne erwiesen und sie alle in Schimpf und Schande gestürzt. Sally schrieb, sie habe geglaubt, ihn würde jeden Augenblick der Schlagfluss treffen, so furchtbar hätte er gebebt vor Zorn. Nun, Dr. Sherwin versprach, die Babys in aller Heimlichkeit auf die Welt zu holen und sie fortzugeben, falls sie überlebten. Das hätte er schon öfter so gemacht, versicherte er Sallys Eltern, und niemand hätte je etwas davon erfahren. ›Ich will, dass sie in einen Sack gesteckt und im Rappahannock versenkt werden‹, verlangte William Starr. Das brachte Sally zum Weinen, und ihre Mutter auch. Susanna sagte ihr, sie dürfe den Glauben in den Herrn nicht verlieren, und ihr würde schon etwas einfallen. ›Ich lasse nicht zu, dass man sie ertränkt‹, versicherte sie Sally. ›Das ist ein Versprechen. Aber kein Wort davon zu deinem Vater.‹

Eines späten Abends setzten bei Sally die Wehen ein. Ihre Mutter brachte sie heimlich, still und leise aus dem Haus und fuhr mit ihr in einer Kutsche zur Praxis von Dr. Sherwin, ein Stück außerhalb der Stadt. Dort erwartete sie bereits eine Hebamme, und auch der Doktor selbst, denn es war ja mit einer schwierigen Geburt zu rechnen. Zwillinge bedeuten immer das doppelte Risiko für die Mutter. Sally erzählte mir später, die Schmerzen seien unerträglich gewesen; man hätte ihr ein Stück Leder gegeben, auf das sie beißen sollte, und ihr ein paar Schlucke eines starken Schnapses eingeflößt, und doch hätte sie geglaubt, die Tortur würde nie ein Ende nehmen. Sie hätte das Gefühl gehabt, in Stücke gerissen zu werden.

Es kam das erste Baby, ein Mädchen. Die Hebamme übergab das Kind Susanna, die es in ein weiches Tuch wickelte. Dann griff die Frau in Sally hinein, um das zweite Kind zu holen. ›Es hat sich in der Nabelschnur verheddert‹, sagte sie. ›Ich tue mein Bestes, aber …‹ Susanna hätte kaum Luft zu holen gewagt, hat sie meiner Mutter später gebeichtet. Ja, ihr William wollte, dass sie in den Fluss geworfen würden, doch es waren die Babys ihrer Tochter, ihre Enkelkinder, und sie hatte sie schon in ihr Herz geschlossen. Sie betete inbrünstig, rang die Hände, und dann ertönte ein Schrei – ob's die Mutter war oder das Kind, wusste hinterher niemand mehr zu sagen –, und das zweite Baby wurde hervorgezogen. Ein Junge, der brüllte und klagte, genau wie ein Mann.

Sally wollte gar nicht erst einen Blick auf ihre Kinder werfen, denn sie wusste ja, dass sie sie würde hergeben müssen, aber die Hebamme hielt ihr die Neugeborenen hin und sagte: ›Gib ihnen einen wahren Mutterkuss für ein langes gesundes Leben.‹ Und das tat sie, wobei ihr die Tränen wie die Sintflut aus den Augen strömten und scheinbar kein Ende nehmen wollten. Dr. Sherwin wiederholte noch einmal: Er würde diese gesunden Säuglinge jemandem geben, der sich ein Kind wünschte. Dafür würde er sie allerdings voneinander trennen müssen, denn er kenne genug unfruchtbare Frauen, die dankbar für eines dieser Karottenköpfchen wären.

Ja, Miss Snow, ich sehe, dass Sie das Ende meiner Geschichte gar nicht erwarten können. Doch fassen Sie sich in Geduld, ich bin noch nicht fertig. Harriet Winter, das war nämlich der Name der Hebamme, meldete sich zu Wort und sagte, sie selber sei auch unfruchtbar, und ihr leerer Schoß verzehre sich nach den Kindern, die sie hätte gebären sollen; daher würde sie nur zu gerne die beiden nehmen und sie als ihre eigenen Kinder großziehen. Und sie versprach, ihnen wahre Liebe zu schenken. Aber der Doktor hatte Einwände. ›Wenn diese Kinder größer werden‹, sagte er, ›wird jeder in der Stadt erkennen, dass es Kinder der Familie Starr sind. Du solltest lieber die Finger davon lassen.‹ – ›Oh, nein‹, protestierte die Hebamme. ›Mein Mann und ich ziehen von hier fort. In letzter Zeit hält uns eigentlich nicht mehr viel hier, und er hat sowieso Schwierigkeiten, Arbeit zu finden. Ich denke, wir gehen nach Westen, wo uns mehr Möglichkeiten offenstehen.‹ Schließlich ergriff Susanna das Wort: ›Bitte, Mrs. Winter, um meiner und um meiner Enkelkinder willen, nehmen Sie diese Kinder mit zurück an den Ort meiner Geburt. Es leben dort bestimmt noch Verwandte von mir, und obwohl ich Mr. Starr gegen den ausdrücklichen Willen meiner ganzen Familie zum Ehemann genommen habe, können sie doch nicht ihren Verdruss an diesen beiden wunderhübschen Babys auslassen. Es ist eine schöne Stadt; sie liegt an einem Fluss, genau wie Port Royal, und wenn die Foxes noch in dieser Stadt wohnen, werden sie Ihnen nicht die Tür weisen.‹ Wo diese Stadt denn liege, fragte die Hebamme. ›Es ist ein Ort oben im New York State, direkt am Hudson River‹, sagte Susanna. Nun, die Hebamme fand

Gefallen an der Idee, denn das würde sie und ihren Mann weit fort von Virginia, wo jeder sie kannte, führen und ihnen, nun zu viert, einen ganz neuen Anfang ermöglichen.

Oh, Miss Jessie, ich sehe Tränen. Sie sind von selber darauf gekommen, dass die Winters ihren Namen in Snow geändert haben, und Sie haben recht damit, genau das haben sie getan. Und es sieht so aus, als wären sie nie bei den Foxes vorstellig geworden – falls die Familie noch in Ihrer Stadt lebt, aber ich sehe, Sie schütteln den Kopf, also glauben Sie wohl eher nicht? –, und haben die Kinder stattdessen als ihre eigenen ausgegeben. Nun dürfte es kein Geheimnis mehr sein, dass Harriet Winter, oder Hattie Snow, wie sie sich fortan nannte, diese Kinder auf die Namen Jessica und Jacob getauft hat, und jetzt wissen Sie auch, dass meine teure Freundin Sally Starr Redford Ihre wahre Mutter ist. Kommen Sie zu mir, lassen Sie sich von mir in die Arme schließen, und dann heulen Sie sich tüchtig aus. Danach werden wir Ihnen das Gesicht waschen und Sie wiederherrichten und Sie in den Wagen setzen und zurück zum Haus fahren, damit Sie endlich, nach so langer Zeit, Ihre Mama begrüßen können.«

14

Jessie war wie benommen. Sie ließ sich von Delia und Anna Mary Breckenridge das Gesicht waschen, das Haar flechten, sich die Haube aufsetzen und sich hinaus zu der wartenden Kalesche geleiten. Und während der ganzen Zeit bemühte sie sich, Ordnung in ihre Gefühle und Gedanken zu bringen. Sie hatte ihre Familie gefunden; so viel stand fest. Sie hätte ihre wahre Mutter gefunden, hatte Anna Mary gesagt. Aber diese blasse Frau auf der Chaiselongue, deren ergrauendes rotes Haar sich über die Kissen ringelte, war nicht ihre wahre Mutter. Hattie Snow war ihre richtige Mutter, ihre und Jakes Mutter, ihre Ma, klein und zierlich, liebevoll und sehr geliebt, die sich um sie gesorgt und sie getröstet und sie gescholten, sie an sich gedrückt und sie abgeküsst hatte. Der Geruch ihrer Haut war ihr so vertraut wie der Duft frisch gebackenen Brotes. Sie hatte ihr alles beigebracht, was sie wusste. Sie hatte ihre Kinder – *ihre* Kinder – geliebt, und sie hatten diese Liebe erwidert.

Dennoch … Sie hatte Sally Starr Redford gesehen, hatte ihr ins Gesicht geblickt und ein von den Jahren abgezehrtes Ebenbild ihrer selbst entdeckt. Man konnte es drehen und wenden, wie man wollte: Diese Frau, die sie gerade kennengelernt hatte, war ihre Angehörige. Ihre Mutter, wie es schien. Und doch konnte sie sich an den Gedanken nicht gewöhnen. Sie fühlte sich, als wäre sie federleicht, als könnte die leiseste Brise sie von ihrem Sitz emporheben und sie hoch über den Baumwipfeln schweben lassen. Während der Kutschfahrt nahm sie Delias Hand und hielt sie fest. Niemand sprach ein Wort.

Schließlich beendete Anna Mary Breckenridge das Schweigen, indem sie frohgemut erklärte: »Nun, ist das nicht einfach wundervoll? Heute werden Sie mit Ihrer wahren Familie wiedervereint.«

Meine wahre Familie? Die einzige wahre Familie, die ich kenne, besteht aus meinem Zwillingsbruder. Galliger Zorn stieg Jessie in der Kehle hoch. Diese Fremde maßte sich an, ihre wahre Familie besser zu kennen als sie selbst? *Ich muss mit Jacob reden. Es hilft immer, mit Jacob zu sprechen. Ich muss ihn auf der Stelle finden und es ihm erzählen. Sofort.*

»Mrs. Breckenridge! Lassen Sie sofort den Wagen halten! Sagen Sie Jamie, er soll anhalten!«

Zwei erstaunte Augenpaare starrten sie an. »Warum in aller Welt –?«, wollte Anna Mary Breckenridge fragen, aber Jessie schnitt ihr das Wort ab. »Bitte verzeihen Sie mir mein unmögliches Benehmen, Mrs. Breckenridge, doch ich habe das ganz sichere Gefühl, dass Jacob sich hier irgendwo in der Nähe befindet, und ich *muss* ihn wissen lassen, dass ich vielleicht unsere Familie gefunden habe… und vielleicht unsere Mutter.« Es war ihr wieder unendlich peinlich, als ihre Stimme bei dem letzten Wort von einem Schluchzen erstickt wurde.

Jamie hatte die Kutsche verlangsamt. »Aber liebes Kind, das ist nichts, worüber Sie traurig sein müssten«, versuchte Mrs. Breckenridge sie zu trösten. »Wenn Sie sich weiter so gebärden, wird jeder in der Stadt es sehen, und der Tratsch blüht in Port Royal, das kann man wohl sagen. Nun setzen Sie sich mal wieder gerade hin, lassen Sie sich die Tränen abtupfen, holen Sie tief Luft, und dann verraten Sie mir, warum in Gottes Namen Sie ausgerechnet jetzt unbedingt Ihrem Bruder hinterherrennen müssen? Haben wir nicht festgestellt, dass es sich bei meiner Freundin Sally höchstwahrscheinlich um Ihre leibliche Mutter handelt? Natürlich wollen Sie Gewissheit. Doch ihre Mutter, Miss Jessie, könnte in diesem Moment an der Schwelle des Todes stehen.«

Sie nahm Jessies Hand und sah ihr tief in die Augen. »Wenn Sie Sally nicht noch heute wiedersehen, werden Sie es möglicherweise nie erfahren. Und Sie wollen es doch bestimmt genau wissen! Und noch etwas: Zu erfahren, dass die geliebten Babys, die sie fortzugeben gezwungen war… dass zumindest eines von ihnen lebt und es ihm gut geht, rettet ihr vielleicht das Leben. Es sind schon sonderbarere Dinge geschehen.«

Sie hätte gar nicht so eindringlich auf sie einzureden brauchen, denn Jessie war bereits überzeugt. Sie konnte sich nicht einmal mehr erklären, woher dieses plötzliche dringende Verlangen, mit Jacob zu reden, hergerührt hatte. Ach, in ihrem Kopf ging alles durcheinander.

»Aber ja doch, Mrs. Breckenridge, ich fahre gerne mit zu…« Sie brachte es nicht über sich, »meine Mutter« zu sagen, also fügte sie lahm hinzu: »Zu Ihrer Freundin.«

»Gutes Mädchen.« Mrs. Breckenridge musste Jamie irgendwie ein Zeichen gegeben haben, denn er trieb die Pferde zu immer schnellerem Tempo, bis sie in so halsbrecherischer Fahrt dahinjagten, dass die drei Passagiere von einer Seite auf die andere geworfen wurden und sich an allem festhalten mussten, was sich greifen ließ.

»Ich bin sehr froh, dass Sie es sich doch noch einmal überlegt haben, Miss Jessie. Sally hat ihren Kindern nachgetrauert, seit Harriet Winter mit ihnen davongezogen ist. Das Geheimnis wurde natürlich sicher verwahrt, und man hat für die arme Sally einen älteren Mann als Ehegatten gefunden, einen Witwer, der seine Frau im Kindbett verloren hatte. Sally und Rupert haben sich einigermaßen zusammengerauft, obwohl sie ihn bis zu seinem Tod immer nur ›Mr. Redford‹ genannt hat. Sie hat ihm zwei Söhne, Bradley und William, geboren. Beide haben unter General Lee gekämpft – ich schätze, sie könnten sogar auf dem Schlachtfeld Ihrem Bruder gegenübergestanden haben. Na, das hätte ich wohl lieber nicht sagen sollen. Jedenfalls ist einer von ihnen verheiratet und lebt in Natchez, Tennessee, und Bradley studiert Jura bei einem Repetitor in Richmond. Sally liebt ihre Söhne, ohne Zweifel, aber sie ist über den Verlust ihrer beiden Erstgeborenen nie hinweggekommen. Sie merken also, Miss Jessie, dass Sie ein Segen für sie sind, der sie ausgerechnet in der Stunde … der größten Not ereilt.«

»Miz Sally hat sich zur Ruhe gelegt«, erfuhren sie an der Tür von Mandy, »aber ich will ma' sehen, ob ich sie jetz' wecken kann. Sie warten bitte hier, es wird nich lange dauern.«

Anna Mary Breckenridge nahm auf einer samtbezogenen Couch Platz, hielt mit beiden Händen den geschnitzten Knauf ihres Sonnenschirms und schloss die Augen. Jessie und Delia betrachteten derweil die Portraits, die in der Eingangshalle hingen. Der gut aussehende junge Mann mit dem lockigen Haar und den ausdrucksvollen Augen musste wohl Billy Boy sein, oder vielmehr William Starr. Er hatte ein Grübchen am Kinn wie auch Jacob und die gleichen dichten Brauen, die schräg nach oben verliefen, als zöge er sie erstaunt hoch. Was die junge Frau in dem Rahmen daneben betraf – das hätte Jessie selbst sein können, außer dass das Kleid mit der hohen Empire-Taille und den affektiert gebauschten Ärmeln längst aus der Mode war. Trotzdem starrte Jessie das Bild gebannt an, so sehr glaubte sie sich darin wiederzuerkennen – und doch war es ihr ganz fremd. Sie hatte allerdings nie so ein aufwändiges Kleid besessen, und ihr Haar war nie so hochgesteckt und mit Bändern verziert gewesen.

»Kein Zweifel«, murmelte Delia. »Das ist deine Mamma.«

»Ganz genau wissen wir das noch nicht.«

Delias Antwort bestand aus einem amüsierten Schnauben. »Wart's ab, Jessie, du wirst schon sehen, dass es stimmt. Schau doch nur hin!«

Mrs. Breckenridge hatte ihr Gespräch mitangehört und fing an zu lachen. »Ja, Miss Jessie, Sie sind das wahre Ebenbild … dieses Bildes. Wie aus dem Gesicht geschnitten, sagt man wohl dazu. Und doch irren Sie sich beide. Das ist nicht Sally, sondern ihre Mutter Susanna, also Ihre Großmutter.«

»Meine Großmutter!« Jessie stockte der Atem. Es war Wirklichkeit. Es war Wirklichkeit geworden, endlich. Sie hatte … jedenfalls sehr wahrscheinlich … eine Mutter *und* eine Großmutter … und wer weiß was sonst noch für Anverwandte. Vielleicht auch Tanten und Onkel? Und Cousins und Cousinen! *Cousinen!*

Mandy kam zurück, um sie ins Wohnzimmer zu bitten, wo Sally Redford wieder auf einen Stapel Kissen gestützt dalag. Eine weitere Afghanendecke, diesmal eine mit langen Fransen, verhüllte ihre geschwollenen Beine und Füße. Ihr Haar war nach hinten gekämmt und mit einer hellgelben Haube bedeckt. Als sie ihren Besuch erblickte, lächelte sie und sagte: »Miss Jessie, bitte setzen Sie sich zu mir. Mandy wird Ihnen gleich Tee servieren, aber …« Sie kicherte leise. »Wir hätten Ihnen gerne einen Kuchen gebacken, nur hatten wir leider keinen Zucker im Haus. Jede Menge Eier, von unseren eigenen Hühnern, doch Zucker … Nun lassen Sie sich ansehen, mein gutes Kind. Ich kann mir vorstellen, dass es Sie sehr verwirrt, sich in dieser Situation wiederzufinden, aber ich brauche Sie wirklich nur anzuschauen, um zu erkennen, dass Sie meine – dass Sie eine Starr sind. Ihr Bruder… sagen Sie mir, sieht er genauso aus wie Sie?«

»Nicht hundertprozentig, Ma'am. Wir haben beide rotes Haar und helle Augen, doch seine sind grau und mit dunklen Brauen.«

»Graue Augen! Leicht gelb unterlegt?«

»Nun… schon. Und er hat ein Grübchen am Kinn, wogegen –«

»Ja, wogegen Ihres ganz glatt ist.« Farbe trat in Sally Redfords Gesicht. »Hat Ihr Bruder irgendwelche Muttermale?« Sie schien die Luft anzuhalten.

»Ja, das stimmt. Ein rotes Mal in der Form einer –«

»Birne«, sagten sie wie aus einem Munde. Jessie lief eine Gänsehaut über den Rücken. »Auf seinem Schenkel«, fügte sie hinzu.

»Genau«, bestätigte Sally Redford voller Befriedigung. »Der gute Doktor hat mich meine Babys anschauen lassen. Er hat sie mir von allen Seiten gezeigt, damit ich weiß, dass alles mit ihnen in Ordnung ist, ehe ich –« Sie verschluckte sich, und Tränen liefen ihr über die Wangen.

»Oh, das tut mir so leid«, sagte Jessie und wusste nicht, wie sie sich verhalten sollte.

Sally Redford wischte sich mit einem Taschentuch das Gesicht ab und bedachte Jessie mit einem verhaltenen Lächeln. »Ich habe meine Kinder nicht freiwillig hergegeben. Aber mein Vater war ein unnachgiebiger Mensch und fest entschlossen, dass niemand von ihnen erfahren durfte, damit der Name der Familie nicht beschmutzt wird. Nun sagen Sie mir – war Harriet Ihnen eine gute Mutter?«

»Oh ja, Ma'am, sie war wundervoll, da brauchen Sie sich keine Gedanken zu machen. Sie war nie grausam oder übermäßig streng, und wir hatten immer das Allerbeste, was sie uns geben konnte.«

Sally Redfords Gesicht war wieder feucht von Tränen. »Könnten Sie nicht… Mutter zu mir sagen?« Als Jessie bloß betreten schwieg, korrigierte sie sich rasch. »Nein, wie dumm von mir. Natürlich können Sie das nicht. Sie brauchen selbstverständlich Zeit, um sich an den Gedanken zu gewöhnen. Ich jedoch weiß es. Ich bin mir ganz sicher, dass Sie meine Tochter sind. Hast du gehört, Anna Mary? Ich habe meine Tochter bei mir, nach so langer Zeit. Ja, ja… Mandy, würdest du den kleinen Teetisch näher heranrücken, damit wir uns mit Ingwertee und Gebäck stärken können?«

Jessie fühlte sich entschieden wohler, als Delia wieder an ihrer Seite saß und alles plauderte und Tee nippte. Aber gleichzeitig beschlich sie das sonderbare Gefühl, abseits zu stehen und die Szene wie aus der Ferne zu betrachten, sich selbst eingeschlossen. Wenn doch bloß Jake hier wäre – dann würde ihr das alles bestimmt viel realer vorkommen.

Plötzlich fragte Sally Redford: »Sie suchen nach Ihrem Bruder? Was um alles in der Welt ist ihm zugestoßen, und wieso vermuten Sie ihn gerade hier in Virginia?«

Also musste die ganze Geschichte noch einmal erzählt werden: Die Liste mit dem Vermerk *desertiert* hinter seinem Namen; Jessies Entschluss, Clara Barton aufzusuchen und sie um ihren Beistand zu bitten; wie sie von Miss Barton auf eine Reise geschickt worden war, die den Schlachtfeldern, auf denen Jacob gekämpft hatte, folgte; Thomas mit seinen scheußlichen Kopfschmerzen, den sie zurückgelassen hatte, um Hilfe zu holen; wie sie sich verfahren hatten… alles, ständig ermuntert von Sally Redfords unverwandt auf sie gerichtetem Blick. Sie schien jedes Wort begierig in sich aufzunehmen.

Als Jessie mit ihrem Bericht am Ende war, nickte die ältere Frau bedächtig und wandte ihren Blick dann Delia zu. »Woher –?«, setzte sie an, und Jessie sagte rasch: »Ich habe Delia in Washington City getroffen, wohin sie gekommen war, um ihre Heilkräuter zu verkaufen. Zuerst ist mir allerdings ein rothaariger Mann mit wildem Blick begegnet, von dem ich mir sicher war, dass er mein Bruder sein müsste, doch als ich seinen Namen rief, hat er sich umgedreht und ist davongerannt wie vor dem Teufel. Zufällig sah Delia ihn vorbeilaufen, und ich habe sie gefragt, in welche Richtung er verschwunden wäre.« Während sie über Jacob sprach, war ihre Stimme immer leiser geworden, und schließlich zuckte sie die Achseln, als wollte sie sagen: »Den Rest wissen Sie ja.«

»Und Sie, Delia, helfen ihr bei der Suche?«

»Ja, Ma'am, ich war gerade auf dem Weg von Washington weiter in den Süden, und Mr. Lavery und Jessie haben mir angeboten, mich mitzunehmen. Als Mr. Lavery krank wurde, meinte Jessie, wir müssten zurück nach Washington und es Miss Barton sagen. Aber dann haben wir uns verfahren …«

»… Und seid mir geradewegs in die Arme gelaufen«, sagte Mrs. Breckenridge stolz. »Na, den Rest brauche ich wohl nicht zu erzählen. Kaum hatte ich diese junge Frau erblickt, wusste ich sofort, dass sie eine Starr ist.« Delia und Jessie schauten einander erleichtert an. Niemand bezweifelte Delias Teil der Geschichte. Wie leicht man den Leuten doch eine Lüge auftischen konnte, dachte Jessie. Doch zum Teil entsprach es ja auch den Tatsachen, und das erleichterte das Flunkern.

Sally und Mrs. Breckenridge hatten derweil das Thema gewechselt und unterhielten sich über Sallys Sklaven. »Ich weiß nicht, was ich tun soll, wenn sie mich verlassen, Anna Mary. Du weißt, dass ich nicht einmal ein Ei kochen kann.«

»Sie werden dich nicht verlassen, meine Liebe. Dazu bist du viel zu gut zu ihnen gewesen.«

»Aber sie sind jetzt frei, sie können jederzeit ihrer Wege ziehen. Zum Beispiel Louisa Crawfords wunderbare Köchin: Sie ist schon zu ihnen gekommen, als Lulu noch ein Kind war, und dann hat sie sich eines Morgens auf und davon gemacht, nach Norden, wo nicht an allen Ecken und Enden Mangel herrscht. Und ihre Waschfrau sei drauf und dran, ihr zu folgen, hat Louisa mir erzählt. Ja, meine Skla-... meine Diener sind mir treu ergeben. Ich bin so dankbar, dass sie es bisher bei mir ausgehalten haben, obwohl ich kein Geld mehr besitze, um sie zu bezahlen. Wir teilen uns, was immer wir bekommen können. Und dennoch mache ich mir große Sorgen. Wir haben alles verloren. Die da oben in Alexandria haben ja keine Ahnung, wie es ist, alles zu verlieren – das Land, das Geld, die Ersparnisse, die Sklaven, die Ernte, alles. Sogar die Brücke über den Fluss ist zerstört worden, und es sind keine Mittel da, um sie wieder aufzubauen. Es ist schon ein Kreuz!«

Sie sank in ihre Kissen zurück und wirkte fahler denn je zuvor. Nach einer langen Pause, während der Anna Mary die Hände ihrer Freundin rieb, um ihre Lebenssäfte zu wecken, räusperte Jessie sich und sagte: »Verzeihen Sie, meine Damen, wir haben unseren Besuch hier sehr genossen, doch als wir von Mr. Lavery sprachen, ist mir bewusst geworden, wie töricht es von uns war, dass er durch unsere Schuld immer noch in dem Hotel in Fredericksburg liegt, ohne eine Möglichkeit, von dort fortzukommen. Er ist für Miss Bartons Listen und Briefe und alles andere verantwortlich, und wir haben ihn im Stich gelassen. Wir müssen auf der Stelle zu ihm zurück. Es tut mir ja auch leid, aber was ist, wenn sein Zustand sich verschlimmert hat?«

»Natürlich müssen Sie aufbrechen, meine Guteste, doch

zuerst müssen Sie mir versprechen, hierher zurückzukommen und Ihren Bruder mitzubringen, so Gott es will.« Trotz ihrer Tränen lächelte Sally schwach. »Versprechen Sie es mir, jetzt.«

Nun endlich schloss Jessie die Frau, von der sie annehmen musste, dass es sich bei ihr um ihre leibliche Mutter handelte, in ihre Arme und ließ sich von ihr auf beide Wangen küssen, wobei auch ihre eigenen Augen wieder feucht wurden.

Zum Abschied tauschten sie allerhand Versprechungen aus, schüttelten sich einige Male die Hände, lächelten sich tränenerfüllt zu, und dann durften Jessie und Delia endlich hinaus zu der wartenden Kalesche. Mrs. Breckenridge begleitete sie wieder auf ihrer Rückfahrt.

»Nun, Miss Jessie, was halten Sie von meiner Freundin Sally?«

»Sie ist eine wundervolle Lady, Mrs. Breckenridge, und ich zweifle auch gar nicht mehr daran, dass sie meine und Jacobs leibliche Mutter ist. Aber ich werde ein wenig Zeit brauchen, um mich an den Gedanken zu gewöhnen, denn schließlich hat sie uns ja nicht aufgezogen.«

Anna Mary Breckenridge lächelte zufrieden. »Selbstverständlich, meine Gute, selbstverständlich.« Ihrer Meinung nach schien ein wenig Zeit alles zu sein, was es brauchte, um sämtliche Wunden heilen zu lassen. Betrachtete sie es denn gar nicht vom Standpunkt der wiedergefundenen Tochter aus? Was für Jessie selbstverständlicher Bestandteil ihres Weltbildes gewesen war, lag nun aufgewühlt da wie ein tosendes Meer. Sie, die sich dessen, wer sie war und was sie tat, stets so sicher gewesen war, schien nun wie in der Luft zu schweben und drohte den Boden unter den Füßen zu verlieren. Wie selbstherrlich musste sie gewesen sein, hinter Jacob herzuhetzen und keinen Gedanken auf etwas anderes in dieser Welt zu verschwenden! War sie die ganze Zeit vor etwas davongelaufen? Sie hatte ihr hübsches kleines Haus, ihre Heimatstadt, alles, was sie kannte, zurückgelassen, um sich auf eine Reise zu begeben, von der sie nicht wusste, wohin sie sie führen würde. Sie hatte Tom, den lieben Tom, ganz alleine sich selbst und seinen Schmerzen überantwortet. Und nun floh sie schon wieder, diesmal vor der Frau, die möglicherweise ihre Mutter war und vielleicht im Sterben lag. Sie schloss die Augen, tat so, als würde sie einschlafen, damit niemand auch nur den Versuch unternahm, sie auf irgendetwas anzusprechen.

In Port Royal beglich Jessie schnell ihre Rechnung; dann stellten sie und Delia ihr Gepäck in die Halle, damit es hinausgetragen werden konnte. Delia begab sich zur Remise, um den Wagen und die Maultiere zu holen, und rascher, als sie es für möglich gehalten hatte, waren sie bereit zum Aufbruch.

Anna Mary Breckenridge erschien mit einem großen Korb, dem das köstliche Aroma von gebratenem Huhn und frisch gebackenem Brot entströmte. »Keine Widerrede. Ich bestehe darauf. Gott segne euch, meine Lieben, ihr habt eine so glückliche Frau aus meiner Freundin gemacht.« Sie nahm sie beide zum Abschied in die Arme und holte eine Handvoll Münzen hervor, die sie Delia zusteckte, weil Jessie den Korb hielt und keine Hand frei hatte.

»Vielen Dank, Mrs. Breckenridge. Sie sind zu gütig. Aber wir haben Geld. Es ist in einem kleinen Beutel, den ich zwischen meinen Röcken versteckt trage.«

»Unsinn, dann nehmen Sie es eben als Reserve. Ich habe genug davon, mehr als genug. Bedenken Sie, dass ich aus Alexandria komme, wo es uns noch gut geht. Dem Sieger gebührt die Kriegsbeute, ist es nicht so? Und wir gehören ja nun auf die Seite der Sieger… na ja, nicht ganz, aber hat man uns nicht erst bezwungen und dann zu einem Teil der Union gemacht?«

Sie blieb auf den Stufen stehen und winkte ihnen nach, während sie davonfuhren. Mrs. Breckenridge hatte ihnen auf einem Stück Papier ihre Anschrift notiert und ihnen das Versprechen abgenommen, ihr zu schreiben, sobald sie irgendwo sicher angekommen waren. Und es befand sich auch eine Wegbeschreibung nach Fredericksburg auf dem Zettel. »Eine gute Idee«, bemerkte Delia trocken, »wenn man mit Miss Jessie Snow unterwegs ist.«

Anfangs bockten die Maultiere alle Augenblicke und setzten sich erst wieder in Bewegung, wenn Delia sie anbrüllte.

»Glaubst du, dass wir mit denen je irgendwo hingelangen?«, fragte Jessie, teils amüsiert und teils verärgert.

»Diese Viecher hier arbeiten nich gern für ihr Futter«, schimpfte Delia. »Nun mal hü und hott, ihr faulen Biester, oder soll ich euch die Peitsche geben?« Zwei Ohrenpaare wurden gespitzt, und ob die Tiere die Drohung nun verstanden hatten oder nicht, sie legten jedenfalls sogleich einen Schritt zu und zogen den Wagen fort vom Fluss und auf Fredericksburg zu.

Als es dann endlich einigermaßen beständig voranging, entspannte Delia sich ein wenig. »So gemütlich wie im Wagen deiner Mamma haben wir's hier aber längst nich.«

»Wir wissen noch nicht, ob sie wirklich meine – ach herrje. Was hat mich jetzt nur dazu gebracht, das zu sagen. Weil natürlich …« Sie ließ den Rest unausgesprochen.

»Weil natürlich diese Frau deine Mamma iss, Jessie, und zwar ganz bestimmt.«

»Ich weiß, ich weiß es ja auch. Aber ich kann einfach nicht … oh, verdammt! Entschuldige. Wenn diese Frau, die ich noch nie in meinem Leben gesehen habe, meine leibliche Mutter ist, wer bin dann ich? Wenn ich nicht Jessie Snow bin, dann *wer*, Delia? Glaub mir, in meinem Kopf dreht sich alles.«

»Ich weiß, wie du dich fühlst, Miss Jessie. Denk nur dran, dass ich vor zwei Tagen auch noch keine Weiße gewesen iss, und nun sieh mich an! Ich weiß auch noch nich genau, was ich denken und machen soll.«

»Natürlich nichts anderes als vorher auch. Es spielt keine Rolle, wie die Leute dich nennen oder wofür sie dich halten, du bist genau die, die du sonst auch gewesen bist«, versicherte Jessie ihr mit Nachdruck.

»Nu denn, wenn das für mich der Fall iss, muss es auch für dich gelten. Wir sind beide wie … neugebor'ne Babys, Jessie. Von heute an können wir alles sein, was wir sein wollen, weil wir nich mehr die sind, für die wir uns gehalten ha'm.«

»Verschluck nicht immer den letzten Konsonanten, wenn du ›nicht‹ sagst«, korrigierte Jessie sie aus alter Gewohnheit. Aber der Gedanke war schon faszinierend … Wenn sie doch nur mit Jake darüber reden könnte. Sobald sie wieder in Fredericksburg waren, musste sie Thomas sagen, dass sie nicht mehr länger mit ihm in Miss Bartons Angelegenheiten durch die Lande ziehen würde, weil es für sie nun in erster Linie darum ging, dass sie ihren Bruder aufspürte und ihm die guten Neuigkeiten überbrachte.

Ja, das würde sie als Erstes tun. Sowie dieser Entschluss erst einmal gefasst war, hörte sie auch auf, über die Verwicklungen nachzusinnen, die es mit sich brachte, eine vollständige Familie zu haben – und noch dazu eine aus den Südstaaten. Während sie über die Landstraße dahinholperten, konnte sie ihren Gedanken freien Lauf lassen. Schon bald wurden ihr die Augenlider schwer, und sie döste ein.

»Jessie! He, Jessie Snow! Jessie! Ich suche die ganze Zeit nach dir!«

Schlagartig war sie hellwach. Ihr Herz schlug wie verrückt. Das war Jacob, der sie rief. »Delia, halt an!«, kommandierte sie.

»Aufgewacht, Schlafmütze? Schönen Nachmittag.«

»Nein, Delia. Halt die Maultiere an. Halt, sagte ich!«

»Was is'n los?«

»Hast du ihn denn nicht gehört?«

»Wen soll ich gehört haben?«

»Ja, natürlich… Du kennst seine Stimme ja nicht. Jacob. Hast du nicht gehört, wie Jacob nach mir gerufen hat?«

»Nein, ich hab' niemanden gehört. Bist du krank, Jessie? Du bist ja weiß wie'n Gespenst!«

»Jacob!«, rief Jessie. Sie wurde immer verzweifelter. »Jake! Hier bin ich!« Sie sprang vom Wagen hinunter, rannte ein Stück die Straße entlang, schaute sich nach allen Seiten um und lauschte. Aber sie hörte nichts als das Rauschen der Blätter in den Bäumen.

Und dann ging ihr auf, dass diese Stimme zwar die ihres Bruders gewesen war, aber eben seine Kinderstimme, bevor sie mit dem Stimmbruch tiefer geworden war.

»Er ist tot«, erklärte sie ungerührt. Ihr schien es, als wäre sie selbst auch gestorben. »Jacob ist tot.«

»Was red'st du da?«, verlangte Delia zu wissen. »Du hast geträumt. Ja, so muss es gewesen sein.«

Jessie stemmte sich zurück auf den Wagen. »Kann sein. Aber er hat aus der Kindheit nach mir gerufen, um mir zu sagen, dass es den erwachsenen Jake nicht mehr gibt. O Gott!« Sie begann hemmungslos zu schluchzen und vergrub den Kopf in den Händen. Delia legte den Arm um sie, tröstete sie zunächst nur durch die Berührung, dann mit guten Worten. Als es Jessie endlich gelang, ihren Tränen Einhalt zu gebieten, setzte sie sich aufrecht hin und wischte sich das Gesicht mit einem Rockzipfel ab.

»Ich weiß, dass Menschen aus dem Grab zu ei'm sprechen, wenn sie uns was Wichtiges mitzuteilen ha'm«, sagte Delia.

Jessie nickte. »Er hat meine Gedanken gelesen und weiß, dass ich Thomas sagen will, ich würde die Suche nach ihm auf eigene Faust fortsetzen.«

»Und er wollte dir diese Mühe erspar'n.«

Es überraschte Jessie, wie leicht sich Delia in ihr Denken einfühlen konnte. So etwas war ihr nicht oft widerfahren, seit Jacob in den Krieg gezogen war. »Ja, das würde ihm durchaus ähnlich sehen«, pflichtete sie ihr bei. »Nun, dann machen wir uns am besten wieder auf den Weg.«

Delia ließ die Zügel knallen, und die Maultiere zockelten los. »Allerhand Überraschungen«, murmelte sie. »Zu viele, wenn du mich fragst.«

»Damit dürfte es ja nun ein Ende haben«, sagte Jessie. »Was sonst soll denn jetzt noch passieren?«

Sie aßen unterwegs, aber die Sonne ging doch schon fast unter, als sie das Hotel in Fredericksburg erreichten. Sie hatten sich darauf geeinigt, dass Delia sich wieder als Farbige geben sollte, solange sie dort blieben. Hinter einem Gebüsch zog sie ihre eigenen Sachen an und band sich das Tuch um den Kopf. An der Hoteltreppe lud sie das Gepäck vom Wagen und sagte laut zu Jessie: »Geh'n Sie nur rein, Miz Jessie, ich tu' mich schon um den Wagen kümmern.« Dabei trug sie mit ihrem Dialekt so dick auf, dass Jessie befürchtete, es könne Misstrauen erregen. Aber niemandem fiel etwas auf, und Delia verschwand fröhlich hinter dem Haus.

Ein Negerjunge erschien, um Jessies Sachen nach oben zu tragen, und schaffte es irgendwie, sämtliche Gepäckstücke gleichzeitig zu wuchten. Dann ging Jessie langsam die vielen Stufen zum Eingang hinauf. Was sollte sie Thomas sagen? Wie konnte sie es ihm erklären, dass sie ihn, krank und bettlägerig, wie er war, einfach zurückgelassen hatten, um einem plötzlichen Einfall folgend nach Washington zu fahren – auch wenn sie ihm damit nur hatten helfen wollen? Wahrscheinlich hasste er sie inzwischen und wünschte, er hätte sich nie bereit erklärt, sie mit auf die Reise zu nehmen. Mit jedem Schritt wurde ihr das Herz schwerer.

Am Empfangstresen erkundigte sie sich, ob Mr. Lavery auf seinem Zimmer sei. Der Angestellte lächelte und brachte seine Freude über Mrs. Laverys Rückkehr zum Ausdruck. Sie hatte ganz und gar vergessen, dass sie hier ja als verheiratete Frau galt. Oh je. Sie musste gut aufpassen, was sie sagte. »Ihr Mann und der Kutscher haben sich für ein paar Tage einen Wagen geliehen und sind in Richtung Süden gefahren. Mr. Lavery hat mir aufgetragen, ihn zu entschuldigen, sobald Sie zurückkämen. Ich hoffe, dass es ein angenehmer Besuch bei Ihren Verwandten war.«

Das machte Jessie stutzig – woher wusste er das? Wie konnte *irgendwer* etwas davon ahnen? Schließlich fiel es ihr wie Schuppen von den Augen, denn Thomas hatte sich das natürlich nur ausgedacht, um ihr plötzliches Verschwinden zu erklären. Doch dass die Geschichte sich dann bewahrheiten sollte –! Das war ja fast unheimlich, aber eigentlich kaum sonderbarer als alles andere, was sich zugetragen hatte, seit sie und Delia heimlich aufgebrochen waren.

Sie nahm den Zimmerschlüssel entgegen und ging nach oben, wo sie der Junge mit ihrem Gepäck erwartete. »Ich möchte ein Bad nehmen«, erklärte sie in einem Ton, wie er dem einer verheirateten Dame wohl angemessen war.

»Jawohl, Ma'am. Sofort.«

Zehn Minuten später aalte sie sich in einem wohltuenden Bad und ließ sämtliche Sorgen und Spannungen der vergangenen Tage in dem heißen duftenden Wasser von sich weichen. Die schwarze Zofe, die mit Krügen voller heißem

Wasser und weichen, flauschigen Handtüchern hin und her eilte, war ungefähr in ihrem Alter, und Jessie dachte voller Mitleid an Delia, die sich mit dem mageren Komfort in den Stallungen bescheiden musste.

Als sie, erfrischt und rosig von dem Bad, wieder die Stufen hinunterkam, sah sie mit einem Mal Thomas in die Halle geschlendert kommen. Nichts an ihm erinnerte mehr daran, dass er noch vor wenigen Tagen wie ein zusammengekrümmtes Häufchen Elend im Bett gelegen hatte. Da sie sich noch auf der Treppe befand, sah er sie nicht gleich – was ihr auch nur recht war, denn ihr Herz schlug Purzelbäume bei seinem Anblick. Sie war ja *so* froh, ihn zu sehen, selbst aus der Entfernung. Und als hätte sie seinen Namen gerufen, wandte er sich auch schon ihr zu und schien, gemessen an seinem Gesichtsausdruck, nicht minder erfreut über ihr Wiedersehen. Sie spürte, wie ihr die Röte ins Gesicht schoss, ignorierte es aber, hielt sich am Geländer fest und gab sich den Anschein, als käme sie die Stufen nur so hinuntergeschwebt.

»Ich bin froh und erleichtert, dich zu sehen, Mrs. Lavery«, sagte er feierlich und küsste ihr die Hand. »Danke, dass du mir eine Nachricht hinterlassen hast, allerdings war es sehr unartig, einen alten Schwarzen ganz alleine am Straßenrand zurückzulassen, ohne dass er eine Ahnung hatte, wo ihr abgeblieben seid und ob ihr nicht vielleicht von Räubern entführt worden wärt.«

»Es tut mir so leid wegen Peter. Ehrlich. Aber er wollte uns nirgendwo alleine hinfahren lassen, und Delia meinte –«

Thomas sah ihr tief in die Augen. »Ich hoffe, du willst die ganze Schuld nicht auf Delia schieben, wo sie doch nicht hier ist, um sich zu verteidigen.«

»Nein, ich –« Und dann entschied sie sich, es ihm ohne Umschweife zu erklären. »Ich habe mir solche Sorgen gemacht. Du hast so schrecklich gelitten, und ich wusste nicht mehr, was ich tun sollte – außer, dir etwas von unserer behelfsmäßigen Medizin zu verabreichen. Ich bitte von ganzem Herzen um Entschuldigung.« Der Blick seiner Augen verriet ihr, dass er es ihr nicht mehr nachtrug. Wieder verspürte sie dieses Flattern in der Brust.

»Du hast es offensichtlich nicht bis zu Miss Barton geschafft, denn man sagte mir, du wärst alleine zurückgekommen – mit deiner schwarzen Dienerin.« Als sie verständnislos die Stirn runzelte, fügte er hinzu: »Delia.«

Jessie warf rasch einen Blick um sich und sagte dann mit gesenkter Stimme: »Delia ist die ganze Zeit als Weiße durchgegangen, und niemand hat sie auch nur schief angesehen.«

»Man hat sie für eine Weiße gehalten, wirklich?« Das schien ihm zu gefallen.

»Sie trug meine Kleider.«

»Das war sehr mutig von euch beiden. Wenn jemand dahintergekommen wäre …« Er schüttelte den Kopf.

»Es hat keiner gemerkt. Und ich habe wichtige Neuigkeiten für dich. Sehr wichtige.«

»Das ist ja hochinteressant, weil ich nämlich auch für dich wichtige Neuigkeiten habe, Jessie.« Er sah sie ernst an, und Jessie dachte: *wichtige Neuigkeiten, aber keine guten.*

»Ich denke, du solltest zunächst erfahren, was ich dir zu berichten habe«, sagte er. »Setzen wir uns an den kleinen Tisch da in der Ecke, den mit den zwei Stühlen.«

Als sie Platz genommen hatten, griff er in seine Jackentasche und zog ein gefaltetes Blatt Papier hervor. »Das ist an Miss Barton geschickt worden, doch eigentlich war es an dich gerichtet.«

Was konnte das sein? Sie nahm den Brief entgegen und faltete ihn auseinander. Er wies eine sorgfältige Schulmädchenschrift auf und trug das Datum des Tages, an dem sie in Fredericksburg angekommen waren und die Liste der vermissten Soldaten am Postamt ausgehängt hatten. Jessies Blick wanderte zunächst zum Fuß der Seite, wo der Brief unterschrieben war, und was sie dort sah, ließ ihr die Tränen kommen. »Hochachtungsvoll, Ihre Abigail Clark Snow (Mrs. Jacob Snow).«

»Er ist tot«, sagte Jessie in den Raum hinein. »Ich habe es gewusst. Er hat auf dem Rückweg hierher zu mir gesprochen.« Als ihr bewusst wurde, wie sich das anhörte, sagte sie: »Es kann natürlich auch ein Traum gewesen sein. Er *ist* doch tot, oder?«

»Ich fürchte. Aber du solltest ihren Brief lesen.«

Meine liebe Miss Barton, ich habe von Ihren Bemühungen gehört, sämtliche vermisste Soldaten der Unionsarmee ausfindig zu machen, und ich schreibe, um Ihnen mitzuteilen, dass Sgt. Jacob Snow vom 77sten New Yorker Infanterieregiment seinen Kriegsverletzungen erlegen ist. Er wurde mehrfach angeschossen und hat es trotzdem geschafft, diese Verheerungen seines Körpers zu überstehen. Doch die Verwüstungen in seinem Herzen und seinem Verstand, das Miterleben, wie Tag für Tag seine Kameraden zu seinen beiden Seiten getroffen und getötet wurden und vor allem die Schreie seines besten Freundes Edward Seeley, der 1864 auf dem Wilderness genannten Schlachtfeld bei lebendigem Leibe verbrannt ist - diese Wunden an seiner Seele wollten nicht heilen. Sondern begannen zu eitern und zu faulen. Er hat mit aller Mühe versucht, wie ein normaler Mensch zu leben, aber plötzliche Geräusche und Schreie ließen ihn am ganzen Leib erzittern. Vor einer Woche ist er eines Nachmittags auf der Jagd mit Freunden ums Leben gekommen. Etwas hat ihm Angst eingejagt, und er ist durch ein Dickicht gestürmt, worauf einer seiner Jagdkameraden in dem Glauben, es handle sich um ein aufgescheuchtes Tier, auf ihn angelegt und ihn dabei leider erschossen hat. Er hinterlässt neben mir und dem Kind, das ich unter meinem Herzen trage, eine Zwillingsschwester, Jessie Snow aus Mechanicville, New York. Ich wäre Ihnen dankbar, wenn Sie ihr diese Nachricht zukommen ließen nebst meiner Bitte an sie, mir zu schreiben, damit wir uns vielleicht begegnen können. Ich bin mir sicher, dass sie in größter Sorge auf Neuigkeiten von ihrem Bruder gewartet hat, und ich möchte ihr mitteilen, dass ich Jacob trotz seines verstörenden Verhaltens aufgrund seiner grauenhaften Erlebnisse sehr geliebt habe und er mir außerordentlich fehlt.

Hochachtungsvoll, Ihre ergebene Dienerin Abigail Clark Snow (Mrs. Jacob Snow).

Jessie ließ die Tränen ungehindert über ihre Wangen kullern und unternahm nicht einmal den Versuch, sie zurückzuhalten. »Mein armer Bruder, der arme Jacob – dass er einen so… so grausamen Tod sterben musste! Er muss gelitten haben wie an dem Tag, als ich ihn in Washington sah – mit diesem wilden, verängstigten Blick eines… waidwunden Tieres.« Ein tiefes Schluchzen stieg aus ihrer Brust empor, und wieder vergrub sie das Gesicht in den Händen.

»Jessie, Jacob hatte eine Herzneurose. Viele Kriegsteilnehmer leiden daran. Der Krieg ist entsetzlicher, als wir es uns vorstellen können, und er hat Hunderte unserer jungen Männer aus dem seelischen Gleichgewicht gebracht, weil sie auf all das Blutvergießen und die Schmerzen und den massenhaften Tod nicht vorbereitet waren.« Thomas' Stimme klang so sanft, so beruhigend; aber wann hatte er ihre Hand ergriffen? Sie klammerte sich daran wie eine Ertrinkende. »Wenigstens hat er ein Kind, so dass zumindest etwas von ihm bleibt«, sagte Thomas gerade, und sie blickte auf. Er hatte sein großes Taschentuch hervorgezogen und fing an, ihr zärtlich das Gesicht abzutupfen.

»Lebt seine Frau in Fredericksburg?«, fragte sie.

»Nein, ziemlich weit entfernt von hier, in Shepherdstown, Maryland. Aber sie ist zur Zeit hier in der Stadt, um ihr Kind bei ihrer Tante und ihren Cousinen zur Welt zu bringen.«

»Warum macht sie das nicht zu Hause bei ihrer Mutter?«

Sein Gesicht wurde sehr ernst. »Ihre Mutter, die schon immer kränkelte, ist vor einem halben Jahr zu ihrem Schöpfer heimgegangen.«

»Die arme Frau«, sagte Jessie. »Jacob hat uns in einem seiner Briefe geschrieben, er hätte sich verliebt. Ich erinnere mich jetzt, dass die Frau in Maryland lebte, in der Nähe von Sharpsburg, wo die Schlacht am Antietam stattgefunden hatte. Ja, natürlich. Abigail. So lautete ihr Name.«

»Das ist sie. Ich habe sie getroffen.«

»Du kennst sie persönlich? Was für ein Mensch ist sie?«

»Eine sehr angenehme, intelligente Person. Sie wird dir auch gefallen.«

»Meine Schwägerin. Jacobs Frau.« *Und habe ich nicht vorhin noch behauptet, mir stünden keine Überraschungen mehr bevor?* »Ich muss sie sehen, sie in den Arm nehmen und mit ihr sprechen. Ich muss genau herausfinden, was mit ihm geschehen ist.«

»Das sollst du. Ich bin ohnehin morgen früh bei ihr angemeldet. Aber im Moment dürftest du zu erschöpft sein, und Hunger hast du sicher auch. Komm, ich besorge dir etwas zu essen.«

Ein reizvoller Gedanke. Sie wollte nur zu gerne mit ihm gehen. Später konnte sie dann immer noch ganz für sich alleine um Jacob trauern.

15

Mitten in der Nacht erwachte Jessie von dem Geräusch ihres eigenen Weinens. Erschrocken richtete sie sich in der Dunkelheit auf und wusste zunächst gar nicht recht, wo sie war. Dann vernahm sie leise Schritte, und schon saß Thomas auf ihrer Bettkante, strich ihr übers Haar und liebkoste ihre Tränen. »Oh, Tom!«, entfuhr es ihr. »Das ist nicht fair! Jacob hätte nicht den Verstand verlieren und daran sterben dürfen! Ich will ihn wiedersehen! Er fehlt mir so!«

»Ganz ruhig, mein Liebstes, ganz ruhig.« Er hielt sie fest, ihr Kopf sank auf seine Schulter, und endlich überkam sie ein tiefer Schlaf.

Ganz allmählich erwachte sie aus ihrem Schlummer, immer noch umgeben von berauschend schönen Traumbildern, die sich nach und nach auflösten und entschwanden, ehe sie sie greifen konnte. Sie fühlte sich so warm und wohlbehalten. Als sie dem Wachsein noch ein wenig näherdämmerte, merkte sie, dass sie zusammengerollt auf der Seite lag und ein warmer fester Körper sich um sie schmiegte. Es war Thomas. Er war die ganze Nacht nicht von ihrer Seite gewichen und hatte sie behütet. Wie lieb und zärtlich er doch war.

Plötzlich durchfuhr sie die Erkenntnis, dass sie zusammen

im Bett lagen. Um Himmels willen! Sie versuchte, sich von ihm zu lösen, sich aufzurichten, und auch er ließ sogleich von ihr ab, schwang sich über die Bettkante und stand dann lächelnd neben ihr. Er war noch vollständig bekleidet, trug Hemd und Hose, aber sein Haar war zerzaust, und sie musste dem Impuls widerstehen, den Arm auszustrecken und es glattzustreichen.

»Oh, das tut mir leid, Thomas. Jetzt habe ich dich gestört. Ich dachte –«

»Ich weiß nicht, wie oft ich dich noch darum bitten muss. Wenn man bedenkt, wie nahe wir uns in jüngster Zeit gestanden haben, könntest du es doch endlich übers Herz bringen, mich Tom zu nennen.« Er lächelte.

Sie wollte ihm gerade eine passende Antwort erteilen, als sie unwillkürlich in Lachen ausbrach. »Oh, Tom, ich bin ja so dumm. Ich… ich weiß gar nicht mehr, wie ich mich dir gegenüber verhalten soll.«

»Das wirst du schon bald lernen«, sagte er mit solcher Zärtlichkeit in der Stimme, dass sie eine Gänsehaut davon bekam. »Nun aber musst du aufstehen und dich für unseren Besuch bei Abigail Snow zurechtmachen. Ich warte unten auf dich, und dann nehmen wir zusammen unser Frühstück ein.« Er kämmte sich das Haar, wusch sich das Gesicht, zog seine Weste und seine Jacke an, zwinkerte ihr zu und verließ das Zimmer. Sie mochte es, ihm bei seiner Morgentoilette zuzusehen. Sie mochte seine Stimme und sein Lächeln. Sie mochte alles an ihm.

Als Jessie nach unten kam, traf sie dort zu ihrer freudigen Überraschung auf Delia, die wieder einmal die Kleidung einer freien Weißen trug und ernst dreinblickend neben Thomas saß… Tom. Sie musste daran denken, ihn Tom zu nennen. Als Delia sie sah, erstrahlte auch in ihrem Gesicht ein Lächeln, und die beiden Frauen begrüßten einander mit übertrieben ausgesuchter Höflichkeit, was bei Thomas ein amüsiertes Kopfschütteln hervorrief.

»Wo hast du denn die Kleidung her?«, fragte Jessie auf dem Weg in den Speisesaal.

»Thomas hat sie mir heute früh gebracht. Er sagte, er würd' mir gerne helfen, mich in 'n neues Leben einzufinden. Peter war davon *nicht* so begeistert. ›Wenn man als Nigga geboren iss‹, sagte er, ›dann hält man stolz den Kopf in die Höhe und gibt sich nich als was Bess'res aus.‹« Sie rümpfte die Nase. »Peter iss'n alter Mann und will nicht einseh'n, dass die Zeiten sich ändern. Ich darf mir von ihm nich dreinreden lassen.« Sie sah Jessie scharf an. »Na schön, Missie, was geht hier vor?«

»Wie meinst du das?«

»Du siehst... verändert aus. Als würd'n Feuer in dir lodern. Was iss los?«

Thomas rückte gerade die Stühle am Tisch für sie zurecht. »Ich erzähl's dir später«, flüsterte Jessie. Und schon trat ihr wieder die verflixte Schamesröte ins Gesicht.

»Na, ich glaub', ich kann's mir denken, ohne dass du mir lang und breit davon erzählst«, lachte Delia.

»Worüber reden die jungen Damen?«, erkundigte sich Thomas. Als er nur Gekicher zur Antwort bekam, zuckte er die Achseln und sagte: »Meinetwegen. Dann lasst uns frühstücken und zusehen, dass wir loskommen. Ich habe Abigail gesagt, wir werden am Vormittag bei ihr sein.«

Sie beschlossen, dass Delia sie nicht begleiten würde. Sie bot an, sich in der Zwischenzeit im Zimmer nützlich zu machen und ihre Sachen zu packen. Sowie Jessie und Thomas von ihrem Besuch zurück wären, wollten sie nach Massaponax aufbrechen. Es gab immer noch Arbeit für Miss Barton zu erledigen.

Jessie rührte ihr Frühstück kaum an. Sie war nervös und

unruhig, wollte nur endlich die Frau sehen, die Jacob erwählt hatte, und hören, was sie über ihn zu berichten wusste. Wie diese Abigail wohl sein würde?

Abigail Featherstone Snow war ein hübsches dunkelhaariges Mädchen von etwa zwanzig Jahren, die sie begrüßte, als hätten sie sich schon ihr ganzes Leben lang gekannt. Sie nahm die Schwester ihres Ehemannes nicht in den Arm, denn sie hatte einen mächtig dicken Bauch; dafür beugte sie sich vor und legte ihre Wange an die von Jessie, und in ihren Augen glitzerten die Tränen. Jessie erging es nicht anders.

Die Hausherrin, Abigails Cousine Anne DeVane, eine stämmige Brünette mit einem eilfertigen Lächeln, begrüßte sie höflich und bat den Besuch in den Salon, wo man den Kaffee nehmen wolle. Als alles Platz genommen hatte und versorgt war, entschuldigte sie sich und zog sich zurück.

»Also …«, begann Abigail und nippte an ihrer Tasse, »ich denke, ich sollte alles von Anfang an erzählen, und wenn es Fragen gibt, unterbrecht mich einfach.« Sie sprach mit einem starken Südstaatenakzent, und Jessie musste innerlich lächeln, weil sie daran dachte, wie Jacob diesen auch schon in seinem Brief beschrieben hatte.

»Ich weiß nicht, ob du es weißt, Jessie, aber Jacob und ich haben uns kennengelernt, als ich verwundete Unionssoldaten pflegte, die am Antietam gekämpft hatten. Meine Eltern sympathisierten nämlich mit dem Norden, was in unserer Stadt natürlich keiner erfahren durfte. Dabei waren wir durchaus nicht die Einzigen; es gab eine Reihe von Menschen, die aushalfen, wo sie nur konnten. Meine Freundinnen und ich haben den Leuten erzählt, wir würden draußen auf dem Land auf unseren Ponys ausreiten, wogegen wir in Wirklichkeit die Jungs im Feldlazarett besuchten. Wir hielten uns für mutig und verwegen, doch eigentlich fanden wir es prickelnd, denn die meisten Verwundeten waren junge

Männer in unserem Alter, und viele von ihnen sahen sehr gut aus – vor allem Jake. Ich hatte schon immer eine Schwäche für Rotschöpfe.«

»Jacob hat uns über dich geschrieben«, warf Jessie ein. »Du hättest ihm mit deinen eigenen zwei liebreizenden Händen einen Kuchen gebacken …« Sie tauschten ein wissendes Lächeln aus.

»Aber der dumme Junge hat mir nie erzählt, dass er mich in einem Brief erwähnt hat!«

»Ich habe diesen Brief hier bei mir. Möchtest du ihn sehen?«

»Unbedingt, Jessie, unbedingt.«

Jessie hatte ihr ganzes Briefbündel mitgebracht und suchte rasch den hervor, um den es ging. Es war ein für Jacobs Verhältnisse eher kurz gehaltener Brief. Abigail zog ihn aus dem Umschlag, überflog ihn und lächelte dabei die ganze Zeit unter Tränen. »Soll ich ihn laut vorlesen?«, fragte sie, und als Jessie und Thomas nickten, räusperte sie sich und begann:

Feldlazarett am Antietam, 28. September 1862

Meine liebe Familie, man sagt mir, ich hätte vor gut einer Woche nur kurz meinen Kopf hingebettet und wäre sofort eingeschlafen. Als das nächste Mal eine Schwester kam, um nach mir zu sehen, hätte ich vor Fieber geglüht, mich hin und her gewälzt und Eddies Namen gerufen, sei aber nicht ansprechbar gewesen und hätte auch nicht sagen können, ob mich Schmerzen quälten und wo. Erst gestern bin ich wieder aufgewacht, um einige Pfunde magerer als vorher, und habe zunächst keine Ahnung gehabt, wo ich war und was ich hier sollte. Nach einem starken, mit einem kräftigen Schuss verfeinerten Kaffee bin ich dann zu mir und zu Bewusstsein gelangt, und so liege ich immer noch hier, gegen einen Zeltpfosten gelehnt, und kann meinen Brief nun zu Ende bringen.

Es wird euch außerordentlich freuen zu erfahren, dass ich während meines ganzen Siechtums von der liebreizendsten, zärtlichsten und, wie ich hinzufügen darf, schönsten Krankenschwester im gesamten Staate Maryland gepflegt worden bin. Ihr Name ist Abigail Featherstone, und sie wohnt ganz in der Nähe an der Straße von Sharpsburg nach Shepherdstown. Ich erwachte eines Morgens aus einem unruhigen Schlaf und sah das Gesicht eines Engels tief über mich gebeugt, umschlossen von einer Rüschenhaube, unter der geringelte, glänzend schwarze Locken hervorlugten. Diese Vision betrachtete mich aus ihren großen, braunen Augen, ohne zunächst ein Wort zu sprechen, und da waren wir beide also, in einem köstlichen Traum gefangen. Dann erhob mein Engel die Stimme und sagte: »Guten Tag, junger Soldat, wie mag es uns denn an diesem Septembermorgen gehen?« Ich war mächtig überrascht, einen solchen Sezessionistenakzent in einem Lazarett der Unionstruppen zu hören, und wollte gerade erfahren, wie es sie hierher verschlagen hatte, als sie, ich schwöre es, meine Gedanken las, einen Finger an die Lippen legte und mir zu schweigen gebot. »Ich wohne ganz in der Nähe, Blaurock«, sagte sie, »und das schon immer. Aber mai-ne Familie stammt ursprünglich aus Albany, New Yawk, und wir stehen auf Sai-ten der Yuunien. Sei still jetzt, denn es ist ein Geheimnis, hörst du?« Albany! So nahe bei Mechanicville! Sie könnte fast meine Nachbarin sein! Südstaatlerakzent oder nicht, sie war ein Nordstaatenmädchen, durch und durch, und bei Gott, Mutter, ich war schon so gut wie verliebt in sie! Ja, Jessie, ich höre dich lachen. Typisch für unseren Jake, sagt meine Schwester, dass er sich sogar in einem Krankenhausbett gleich auf den ersten Blick verliebt. Um euch die Wahrheit zu sagen, Betten gibt es hier keine, nur Lager aus Decken auf dem Boden, aber es war die ganze Zeit warmes und ungewöhnlich schönes Wetter gewesen, so dass ich mich nicht beklagen konnte – ganz zu schweigen von der liebevollen Pflege durch Abigail Featherstone. Sie brachte mir Suppe und Pudding und einen Kuchen, den sie mir mit ihren eigenen zwei liebreizenden Händen gebacken hat. Und sie *hat mir vorgelesen, Jane Austen und Henry Wadsworth Longfellow. Welch ein begnadeter Dichter! Im Moment liest sie gerade »Hiawatha« für mich. Wunderschön. Wenn ich die Augen schließe, wiegen mich die Worte in den Schlaf wie ein Baby in seiner Wiege. Ihre Stimme klingt so sanft, tief und beruhigend. Sie ist die beste Medizin, die ein Mann sich nur wünschen kann! Ist sie bei mir, spüre ich keine Schmerzen, und wenn sie fortgeht, schmachte ich nach ihrer Rückkehr.*

Ihre Familie sympathisiert neben einem halben Dutzend anderer aus der Umgebung mit den Nordstaaten. Selbst der Priester der örtlichen orthodoxen methodistischen Kirche gehört dazu. Sie kommt in Begleitung von mehreren Freundinnen auf dem Pferderücken hierher zu unserem Lazarettzelt geritten, und für ihre Nachbarn sieht es so aus, als würden die jungen Damen ihren Ponys einen Ausritt gönnen, doch sie verbergen dabei immer so viele nützliche Dinge wie nur möglich unter ihren wogenden Gewändern - Schreibpapier, Zeitungen, sogar einen Krug selbstgekelterten Wein -, mit denen sie sich davonstehlen, um sie den kranken und verwundeten Soldaten zu bringen. Für die Allerkränksten schreiben sie Briefe nach Hause oder lesen sie ihnen laut vor. Und Abby sorgt immer dafür, dass es mir an nichts fehlt. Je länger ich ihre Bekanntschaft genießen darf, desto sicherer bin ich mir, dass auch ihr sie lieben werdet.

Und da kommt sie gerade ins Zelt, also will ich den Stift nun beiseitelegen. Ihr sollt wissen, dass ich allzeit an euch denke und dass ich zu euch zurückkehren werde, sobald dieser Krieg vorüber ist.

Schließt mich in eure Gebete ein.
Euer euch liebender Sohn und Bruder Jacob.

Abigail blickte von dem Brief auf und sagte: »Ich muss zugeben, ich habe nie gewusst, wie ich mich für die Ohren der Nordstaatler anhöre. Aber so wird's ja wohl nun mal sein.« Sie holte tief Luft und stieß den Atem heftig wieder aus. »Ihr wollt sicher erfahren, was sich zwischen diesem Brief und meinem… derzeitigen Zustand ereignet hat.« Dabei blickte sie an ihrem Bauch hinunter.

»Wir haben uns ineinander verliebt und blieben es während der ganzen Zeit, in der Jacob mit seinem Regiment durch die Lande zog. Ich habe ihm jeden Tag geschrieben, und er sagte, er hätte dasselbe getan, obwohl mich wohl nur die Hälfte seiner Briefe erreicht hat. Dann kam der Mai 1864 und mit ihm die Schlacht in der Wilderness, und das war zu viel für Jake. Er ist noch ein oder zwei Tage nach dieser Schlacht mit dem 77sten weitermarschiert und hat so getan, als wäre er der Gleiche wie vorher, doch dann konnte er sich nicht länger verstellen. Er hat, ohne jemandem etwas davon zu sagen, dem Lager den Rücken gekehrt und sich zurück nach Shepherdstown und zu mir durchgeschlagen. Er war so dünn und so schmutzig! Doch in dem Moment, da ich ihn wiedersah, wusste ich, dass wir zusammengehören, komme, was wolle. Er blieb bei uns, und ich hoffte schon, er würde sich erholen. Er konnte ganz furchtbar still und in sich zurückgezogen sein, aber im nächsten Augenblick wurde er ganz lebhaft und scherzte. Dann leider…«

Hier versagte ihr die Stimme, und sie musste eine kurze Pause machen, bis sie sich gefangen hatte. »… Dann, plötzlich eines Tages im Juni, hat er das Haus verlassen und ist nicht mehr zurückgekommen. Da war ich überzeugt davon, dass es aus und zu Ende mit ihm war! Ich habe erst einen Monat später erneut von ihm gehört… als ich einen Brief von ihm bekam, in dem er schrieb, er läge in einem Hospital in Washington City. Man hatte ihn in der Nähe von Falmouth in Virginia ziellos auf der Straße umherwandernd aufgegriffen, und er wusste weder, wo er war, noch, wie er dort hingekommen wäre. Er hat es sich so erklärt, dass er möglicherweise auf der Suche nach seinem Regiment gewesen sei, um sich ihm wieder anzuschließen, aber seine Erinnerung war voller Lücken und verworren... Mein armer Jacob.«

»Wir haben im August ebenfalls einen Brief von ihm bekommen«, sagte Jessie. »Und zwar aus demselben Hospital – wie hieß es doch gleich? Armory Square? Jedenfalls schrieb er, er hätte euer Haus verlassen und sei sehr krank und sehr verwirrt gewesen, befinde sich nun aber langsam auf dem Wege der Besserung.«

Abigail seufzte. »Auf dem Wege der Besserung... Ach, ich bin mir nicht sicher, ob er sich je ganz davon erholt hat. Er verließ das Krankenhaus im Dezember und hat es irgendwie zurück zu mir geschafft. Im November hatte er mir einen Brief geschrieben, in dem er mir von einem beunruhigenden... Zwischenfall berichtete, und da habe ich gewusst, dass sein Gesundheitszustand sehr angeschlagen war. Aber er brauchte mich doch so dringend, und ich habe ihn so geliebt! Es ist gerade ein Jahr her, dass wir geheiratet haben, im Mai 1865. Es war eine kleine, private Zeremonie, nur mit meiner Familie und dem Pastor... und mir und Jake natürlich. Jacob hatte gute Tage und schlechte Tage, und wenn er seine schlechten Tage hatte, verschwand er manchmal für eine oder gleich für mehrere Wochen – ich weiß nicht, wohin. Er wandert umher, habe ich mir gedacht, ebenso, wie sein Verstand sich allzeit auf Wanderschaft befand, und ich habe immer gehofft, dass er irgendwann genesen würde. Nachdem ich nun seine Liebe erwidert hatte, wie konnte er da nicht genesen?«

Erneut vermochte Abigail einen Augenblick lang nicht weiterzusprechen. Sie wirkte schrecklich bekümmert und erschöpft, und Jessie wollte gerade vorschlagen, sie könnten doch später wiederkommen, falls Abigail sich ein wenig Ruhe gönnen wolle. Doch dann fuhr ihre Schwägerin fort:

»Ich wusste, dass Jacob eine Zwillingsschwester, Jessie, hatte, und habe ihr – dir – einen Brief nach Mechanicville in New York geschrieben, doch niemals eine Antwort erhalten.«

»Ich habe diesen Brief nie gesehen. Er ist nie angekommen.«

»Wie so viele Briefe während des Krieges … schade.«

»Dieser beunruhigende … nun, Zwischenfall, wie du es genannt hast. Worum ist es dabei gegangen?«

Es folgte ein langes Schweigen. Abigail rang die Hände im Schoß und starrte ins Leere. Schließlich sagte sie: »Du hast mir deinen Brief gezeigt, und ich werde dir die meinen zeigen. Bitte lass dich davon nicht unnötig in Verzweiflung stürzen. Entschuldigt mich.« Sie erhob sich mühsam und ging zu einem eleganten kleinen Schreibtisch unter einem der Fenster. Aus einer der Schubladen zog sie einen gefalteten Brief hervor und reichte ihn Jessie.

Voller Beklommenheit strich Jessie die Seiten glatt. Es widerstrebte ihr beinahe, den Brief zu lesen. Aber es musste sein.

21. November 1864
Armory Square Hospital, Washington

Meine liebste Abby, mein teuerstes Mädchen, ich muss dich untertänigst bitten, mir mein langes Schweigen und meine noch längere Abwesenheit zu verzeihen. Ich habe mich äußerst unwohl gefühlt, meine Liebe, zunächst wegen dieser scheußlichen Alpträume, von denen du ja auch weißt, doch nun ist es leider sogar schlimmer geworden. Wie soll ich damit anfangen, dir, mein liebes süßes Mädchen, von den Dämonen zu erzählen, die mich Tag und Nacht heimsuchen? Du bist die Auserwählte unter allen Engeln, während ich armer Wurm, ja, vom Teufel besessen bin. Ich bin des Teufels, meine teuerste Abby, und ich weiß nicht, wohin ich mich wenden soll. Dies ist etwas, das nicht für die Augen meiner Mutter bestimmt ist und auch nicht für die meiner Schwester. Ich fürchte, meine Ma würde der Schlag treffen. Möglicherweise könnte ich mich Mrs. Devlin anvertrauen. Eleanor Devlin ist die wunderbare Krankenschwester, von der ich dir erzählt habe, doch ich will auf keinen Fall von ihr bemitleidet werden, obwohl ich glaube, dass aus mir jetzt der erbarmungswürdigste aller Menschen geworden ist, oh Abby!

Ich muss erst einmal tief Luft holen, denn ich möchte dir in einem so besonnenen, vernünftigen Ton, wie er mir möglich ist, berichten, was sich zugetragen hat. Und hier kommt meine Geschichte. Vor zwei Tagen haben Mrs. Devlin und ein mit ihr befreundeter Chirurg, George Green, mich und einen weiteren Soldaten namens August Saddler eines frühen Abends auf eine kurze Ausfahrt in das Hotel Willard mitgenommen. Von dem Hotel Willard habe ich dir doch schon erzählt, oder etwa nicht? Bestimmt habe ich das. Es ist sehr groß und luxuriös. Dank meiner gutherzigen Krankenpflegerin bin ich dort schon öfter gewesen. Sie und der Doktor glauben, es täte uns gut, wenn wir uns unter die normale Gesellschaft mischen, so nennt sie es jedenfalls. Mit normaler Gesellschaft meint sie wohl ›das wirkliche Leben‹, und ich fühle mich in diesen Tagen alles andere als im wirklichen Leben. Ich bin wie ein Schlafwandler; ich spreche und lächle, als wäre ich ganz bei mir, aber das bin ich nicht, keineswegs. Ich bin eine Art Gespenst, und das ist ein so beklemmendes Gefühl, liebe Abby, dass ich es nur dir allein mitteilen kann, und das auch nur in einem Brief.

Wenn man bedenkt, dass ich erst gestern gedacht habe, nun komme ich wieder einmal unter Menschen ... Es gefällt mir in Washington, und ich konnte mit meiner Krankenschwester, die übrigens eine Kriegerwitwe ist, darüber schwatzen, dass meine Liebste Abigail heißt und ich sie so sehr vermisse und mich so heftig nach ihr sehne. Sie hat mir gesagt, Kriege würden ja nicht ewig dauern, es käme einem nur so vor, und in zehn Jahren, wenn du und ich eine Schar rothaariger Kinder hätten, würde es so sein, als hätte dieser Krieg nie stattgefunden. Ich hoffe, dass sie recht hat.

Doch nun, nach dem, was sich gerade zugetragen hat, bin ich mir gar nicht mehr sicher. Wir standen an der Bar des Willard, genehmigten uns einen Drink, unterhielten uns mit ein paar anderen Leuten, als ich einen Blick über den Bartresen warf und mir das Herz beinahe stehenblieb, denn ich sah auf dem Boden neben dem riesigen Kamin einen Stapel Beine liegen, amputierte Beine, aus denen immer noch das Blut troff!

Ich habe mich sofort abgewandt, mein Herz schlug wie rasend, und mir brach der Schweiß im Gesicht und auf dem Rücken aus. Ich sagte mir, ich müsse mich irren, das könne doch nicht wahr sein. Ich bestellte mir noch einen Whiskey, den ich rasch hinunterschüttete, und habe mich voller Angst vor dem, was ich da sehen würde, und doch wissend, dass ich hinschauen musste, wieder umgedreht - und da war es nur ein Stapel Feuerholz. Dr. Green, der neben mir stand, hat mich gefragt, was mit mir los sei, und ich habe natürlich gesagt, es wäre nichts, gar nichts.

Ich habe mir einzureden versucht, dass meine Phantasie schon früher gerne mit mir durchgegangen ist, auch Ma meinte das immer. Aber meine Freundin, die Schwester, die mich ganz gut kennt, hat mir einen bedauernden Blick zugeworfen, der mich traf wie eine Gewehrkugel. Sie weiß es, habe ich mir gesagt, sie weiß, dass etwas ganz und gar nicht mit mir stimmt, etwas, das ich selber nicht wahrnehme, etwas Gewaltiges, Unsichtbares, ein immer größer werdendes Biest, das mich bei lebendigem Leibe verschlingen wird. Als wir wieder im Spital waren, habe ich versucht, mich ganz normal zu benehmen, aber ich habe die ganze Zeit nur nachgedacht und in meinem Kopf Pläne gewälzt. Und nun weiß ich, was ich tun muss. Heute Nacht, wenn alles schläft, werde ich das Krankenhaus verlassen und mich auf den Weg zu dir machen, denn ich weiß, dass nur du in der Lage sein wirst, die bösen Geister, die mich so plagen, zu vertreiben. Bitte sei dort und warte auf mich, mein Liebling, denn du allein kannst mir das Leben und meinen Verstand retten.

Dein Jacob

Während Jessie las, entfuhr ihr unwillkürlich ein Schrei, und sie hielt sich rasch die Hand vor den Mund, wie um zu verhindern, dass sie sich noch einmal so gehen ließ. Als sie am Ende des Briefes angelangt war, schüttelte sie traurig den Kopf und murmelte: »Oh, armer Jake. Mein armer Junge.« An Abigail gewandt, sagte sie: »Auch Tom sollte das lesen. Er ist in die ganze Geschichte eingeweiht… zumindest in *meinen* Teil. Hast du etwas dagegen?«

»Sicher nicht. Was sollte es jetzt noch schaden?« Die beiden Frauen schauten mit tränenfeuchten Augen aus dem Fenster, während Thomas las. Nachdem er geendet hatte, faltete er die Seiten wieder zusammen und gab sie Abigail zurück. »Er ist also zu dir zurückgekommen?«

»Ja. Er kam hier allerdings nicht vor Anfang Februar an und konnte sich kaum an die Hälfte seiner Odyssee erinnern, aber seine Gedächtnislücken war ich ja bereits gewöhnt. Mal blieb er eine Weile hier, dann ging er mit einem Mal fort. Dann kam er zurück, und alles war wieder gut. Ende April jedoch wurde er zunehmend unruhiger, bestand darauf, wir müssten uns auf die Reise nach Fredericksburg begeben, um diese Schlachtstätte aufzusuchen, *Wilderness*, damit er dort nach seinem besten Freund Edward Seeley Ausschau halten konnte. Er war ganz versessen darauf und ließ es sich partout nicht ausreden. Ich bekam Angst, dass er an seinem Kummer ersticken würde, wenn er nicht dorthin zurückkehrte, und ich wollte ihn auch nicht an einen Geist verlieren. Ich habe ihm gesagt, wir sollten heiraten, denn dann könnten wir gemeinsam reisen und nach den sterblichen Überresten seines Freundes suchen… obwohl ich mir wenig Hoffnung auf Erfolg machte. Aber ich dachte, dass ein Besuch an dem Ort, der ihn so zerrüttet hatte, ihn vielleicht wieder zu sich bringen könnte.« Noch einmal seufzte sie.

»Meine liebe Cousine, Anne DeVane, hatte in Fredericksburg geheiratet und lebte dort mit ihrem Mann. Als ich ihr schrieb, hat sie uns gleich herzlich eingeladen... was man von ihrem Mann allerdings nicht behaupten konnte, denn der hatte auf der Seite der Rebellen gekämpft – Entschuldigung, der Konföderierten – und war nicht so leicht bereit, alles zu vergeben und vergessen. Aber Anne hat ihn schließlich überzeugt, und als er sah, wie krank Jacob war, ließ auch er sich wohl erweichen. Jacob ist dann zu dem Schlachtfeld gepilgert, und ich glaubte, er würde endlich zur Ruhe kommen, ein wenig zumindest, denn er hörte auf mit dem unablässigen Gerede von Eddie dies und Eddie das. Er beteiligte sich an unseren Unterhaltungen, auch abends an den Gesellschaftsspielen, und schien wirklich Fortschritte zu machen. Als er unbedingt mit den übrigen Männern auf die Jagd gehen wollte, hielt ich das für ein gutes Zeichen... er hatte sich so lange von allem abgekapselt, was mir große Sorgen bereitete. Doch ich hätte mich nicht zu früh freuen sollen. Sie brachen also unter großem Gejohle zur Jagd auf, die Männer mit ihren Pferden und Hunden. Als sie dann zurückkamen...« – sie unterdrückte ein Schluchzen – »lag Jacob mit dem Gesicht nach unten quer über seinem Sattel. Er war tot. Erschossen. Er musste irgendein Geräusch gehört oder eine Erscheinung gehabt haben, die ihn in panische Angst versetzte, denn er ist mitten im Wald wie ein Verrückter losgerannt, hat sich durch das Unterholz gekämpft, und die anderen, die sein Keuchen und seine Schritte hörten, glaubten, sie hätten ein Tier gestellt, und haben alle gleichzeitig zu feuern begonnen. Als man ihn fand, lebte er nicht mehr.« Sie weinte leise in sich hinein.

Jessie stand auf, um ihrer Schwägerin den Arm um die bebenden Schultern zu legen und tröstend auf sie einzureden. Nach ein paar Minuten hob Abigail das tränenüberströmte Gesicht. »Es geht schon wieder, wirklich. Vielen, vielen Dank.« Sie tätschelte Jessies Hand, die auf ihrer Schulter ruhte. »Ab und zu überwältigt es mich einfach, wenn ich an sein trauriges Lebensende denke. Aber man soll die Vergangenheit ruhen lassen, und ich habe jetzt mein Kind, an das ich denken muss … unser Kind.«

»Wo willst du denn leben? Wie willst du zurechtkommen?« Im Geiste plante Jessie bereits, Abigail dazu zu überreden, sie nach Mechanicville zu begleiten. Sie bräuchten bloß das Haus ein wenig auszulüften, und außerdem könnte sie Abigail weiß Gott bei ihrer Niederkunft zur Seite stehen.

Doch die Bilder in ihrer Vorstellung entschwanden abrupt, als sie Abigail sagen hörte: »Oh, ich kehre wieder nach Hause zurück. Meine Familie wird froh sein, uns bei sich aufzunehmen. Mir wird es an nichts mangeln. Aber du, Jessie, was willst *du* denn anfangen, nun, da du deinen Bruder und seine kleine Familie gefunden hast? Deine Aufgabe ist doch jetzt erledigt, oder?«

Jessie schwieg. Sie hatte keine Ahnung, wohin sie sich jetzt wenden und was sie jetzt tun sollte. Sie hatte nie darüber nachgedacht, was am Ende der Suche sein würde.

»Ich glaube nicht, dass Sie sich wegen Jessie Sorgen machen müssen, Miss Abigail«, meldete sich Tom zu Wort. »Sie gehört zu Miss Bartons Getreuen, und da gibt es noch eine Menge zu tun. Zweifellos werden wir eines Tages in Ihrer Gegend vorbeikommen. Und ich glaube, sie hat auch in Port Royal eine Angehörige gefunden, von der sie bis jetzt nichts geahnt hat.«

Als sie den fragenden Blick ihrer Schwägerin sah, konnte Jessie nicht mehr an sich halten. »Unsere Mutter, Jakes und meine«, sprudelte es nur so aus ihr heraus. »Unsere leibliche Mutter.« Und dann erzählte sie die ganze Geschichte und konnte es immer noch nicht fassen, dass sie um ein Haar nie etwas von Sally Starr Redford erfahren hätte.

»Sie wird doch bestimmt wissen wollen, was mit dem Baby ist, nicht wahr? Gib mir bitte ihren Namen und ihre Adresse, dann halte ich sie auf dem Laufenden.« Abigail hatte angesichts der Erkenntnis, dass ihr Ehemann sein Leben sozusagen als Wechselbalg begonnen hatte, dass er ein ganz anderer gewesen war als der, für den er sich gehalten hatte, nicht mit der Wimper gezuckt. Sie kommt schon zurecht, dachte Jessie bei sich, um sie braucht man sich nicht zu sorgen, und außerdem war sie eine willkommene Ergänzung ihrer unvermutet immer größer werdenden Familie.

Als sie sich verabschiedeten, fuhr sich Abigail plötzlich erschrocken mit der Hand an den Mund und sagte: »Wo habe ich bloß meinen Kopf! Jetzt hätte ich es beinahe vergessen. Wartet, ich hole es eben.« Nach ein paar Minuten kehrte sie mit einigen zusammengefalteten, an den Rändern zerfransten Blättern zurück. »Ein Teil von Jacobs Tagebuch«, erklärte sie.

»Das ist alles?«, fragte Jessie. »Jake hat sich immer ausführliche Notizen gemacht. Er sagte, er wolle ein Buch über den Krieg schreiben, aus dem eigenen Erleben und der Sicht eines einfachen Soldaten, und er hatte auch ein Notizbuch dabei, das ich ihm geschenkt habe, als er mit seinem Regiment loszog. Wo mag es sein? Ich bin mir sicher, dass er es gut verwahrt hat.«

»Ich kenne dieses Buch, ich habe es gesehen, jedoch nie darin gelesen. Ich habe ihn eines Tages dabei ertappt, wie er es gerade verbrennen wollte und Seite um Seite davon ins Kaminfeuer in unserem Schlafzimmer warf. Ich habe ihn angefleht, das nicht zu tun, aber er sagte, es wäre gefüllt mit Schrecken und Tod und würde ihn verfolgen. ›Dieses Buch ist böse, Abby‹, hat er zu mir gesagt, ›und ich werde nie eine

Nacht ruhig schlafen können, ehe ich es nicht vernichtet habe.‹ Ich habe gebettelt und gefleht, bis er es schließlich noch einmal durchgegangen ist und dann diese paar Seiten herausgerissen hat. ›Gib die meiner Mutter‹, hat er mir gesagt, ›sie und Jessie müssen erfahren, was mit mir passiert ist.‹ Also habe ich die Blätter genommen und dann voller Trauer zugesehen, wie er den Rest zu Asche verbrannte, sogar den Umschlagdeckel.«

»Hast du denn wenigstens diese Seiten gelesen?«

»Oh, ja – leider. Zu meinem Kummer. Aber es hilft, zu verstehen. Zumindest ein bisschen.«

Im Wagen überflog Jessie die Tagebuchaufzeichnungen. »Er hat uns in einem Brief diese tragische Schlacht geschildert«, sagte sie und reichte die fleckigen Blätter an Tom weiter. »Der arme Jake … wie muss er gelitten haben. Nun, jetzt ist er wenigstens davon erlöst.«

»Ja, und nun hast du mich«, sagte Tom. Er nahm ihre Hand in die seine, beugte sich zu ihr hinüber und gab ihr einen zärtlichen Kuss auf die Lippen.

»Ja«, sagte auch Jessie, und es wurde ihr warm ums Herz bei seiner Berührung. Sie war gleichzeitig zutiefst betrübt – schließlich war ihr Bruder ihr genommen worden – und doch auch glücklich und zufrieden.

»Ja, nun habe ich dich«, sagte sie und erwiderte seinen Kuss aus ganzer Seele.

2. Mai 1864
nahe Chancellorsville, Virginia

Wir befinden uns an einem solch grauenhaften Ort, dass ich es kaum über mich bringe, es in einem Brief niederzuschreiben. Und doch halte ich es fest, ich muss es tun, denn dieses Grauen kommt dabei heraus, wenn man Krieg führt, und das möchte ich mir immer vor Augen halten. Deshalb werde ich alles notieren, alles, was ich sehe und alles, was ich denke, und zwar nicht nur für dich, sondern in meinem Tagebuch, damit es nie in Vergessenheit gerät, selbst, falls ich am Ende dieses Alptraums nicht nach Hause zurückkehren sollte.

Heute Nachmittag erhielten wir den Befehl, unser Lager hier auf diesem weiten Feld zu errichten. Als wir unsere Waffen ablegten und unsere Zelte aufschlugen, erwartete uns ein solch grauenvoller Anblick, wie ich ihn nie zu sehen geglaubt hätte, nicht einmal im dichten Schlachtgetümmel. Dieses Feld hatte '63 als Massenfriedhof gedient, in aller Eile gegraben, natürlich, wie alles in diesem Krieg in Hetze geschieht, außer, wenn wir Tage und Wochen nur herumsitzen und darauf warten, dass sich nichts tut. Nun aber haben die winterlichen Regenfälle und Fluten die dünne Erdschicht fortgewaschen und das entsetzliche Bild eines Feldes aus Skeletten und Schädeln offenbart. Die Toten sind überall, ihre klagenden, hohlen Augen folgen mir auf Schritt und Tritt. Ich komme einfach nicht von ihnen los. Ed aber meint, sie wären tot und vergangen und könnten den Lebenden nichts mehr anhaben, und wir sollten für ihre Seelen beten.

Später. Um mich herum versinken meine Kameraden in tiefen Schlaf; einige von ihnen schnarchen. Eddie hat sich wach gehalten, wollte mir Gesellschaft leisten, doch bald wurden auch ihm die Lider schwer, und er schlief ein. Wenn ich es ihm nur nachtun könnte. Aber ich finde auf den Knochen meiner Brüder einfach keine Ruhe. Haben wir wirklich so viel gekämpft und so viele Verluste erlitten, nur um uns an demselben Ort wiederzufinden, an dem wir schon vor einem Jahr gewesen sind? Hier liegen sie, und ihre leeren Augenhöhlen fragen uns: »Warum? Warum sind wir hier?« Und was sollen wir zu ihnen sagen? Wie sollen wir ihnen erklären, dass wir gekämpft und getötet haben, dass wir durch Blut gewatet sind und doch kein Stückchen weiter in den Süden vorgedrungen und dem Sieg keinen einzigen Schritt nähergekommen sind als vor einem Jahr. Wir marschieren hin und marschieren her, wir halten inne, wir warten, wir feuern, wir marschieren weiter. Und wenn wir Halt machen, sind wir wieder da, von wo wir aufgebrochen sind. Und das Bedenklichste daran ist, dass unsere Offiziere gar nicht wahrzunehmen scheinen, dass wir uns im Kreis bewegen. »Gut gemacht, Jungs«, sagen sie. »Wir sind auf dem rechten Wege«. Sind sie denn blind? Oder bloß vollkommen verblendet?

5. Mai 1864
Ich gestatte mir einen kurzen Augenblick der Rast im Schutze eines Dickichts. In der Dämmerung begannen die Kämpfe, und wir erreichten bald einen dichten, verwunschenen Wald, in dem die Bäume so eng beieinander standen, dass sie eine Art Umzäunung bildeten und der Boden vollkommen mit Dornen und Schlingpflanzen und Gestrüpp zugewachsen war, so ineinander verwickelt, dass man höchstens zwei Schritte machen kann, ehe man von ihnen hinabgezogen wird und nur noch hofft, die eigenen Kameraden würden einen in ihrer Konfusion nicht über den Haufen rennen. Alles ist voller Rauch und dem Rattattattatt der Gewehre, man hört Stimmen rufen, wimmern, nach dem Weg fragen, um Hilfe schreien. Man kann zwanzigmal im Kreise laufen, wie es mir soeben ergangen ist, ohne zu merken, dass man keinen Schritt vorangekommen ist - bis man über eine Leiche stolpert, die man vorhin schon gesehen hat. O lieber Gott im Himmel, halte deine Hand schützend über uns arme Soldaten!

Später.
Ich habe endlich Eddie gefunden, und wir sind zusammen durch das Unterholz gekrochen, immer auf der Ausschau nach den grauen und braunen Farben des Gegners. Wir könnten ebenso gut auch mit Blindheit geschlagen sein, aber wir bewegen uns pausenlos und schießen die ganze Zeit nach jedem Schatten um uns herum. Wir muntern uns gegenseitig auf, schwatzen und scherzen.

Später.
Eddie Seeley ist angeschossen worden. Ich habe mir die Fingerkuppen blutig gebissen, um nicht laut loszuweinen. Auch er blutet stark. »Ich glaube, sie haben mich im Bauch erwischt und im Bein«, sagt er. »Mach du weiter, Jake, und erledige ein paar von den Bastarden für mich«, und dabei ergriff er meine Hand, als wollte er Abschied nehmen. Aber ich werde ihn nicht sterben lassen. Ich habe ihn aus der Schusslinie auf eine Art Lichtung gezerrt, die am Boden dicht bewachsen ist, und seine Wunden mit meinem Hals- und meinem Taschentuch verbunden, so gut es ging. Ich bringe es kaum übers Herz, ihn hier zurückzulassen, und habe ihm mein Versprechen gegeben, am Ende des Tages wiederzukommen und ihn zu holen.

Später.
Es gibt hier nun so viele in Blau gekleidete Leichen, so viele Freunde und Kameraden, die entweder tot oder schwer verwundet am Boden liegen und stöhnen oder um Hilfe flehen - zwecklos. Ich habe wie eine Frau, wie ein Kind angefangen zu flennen, mir dann aber gesagt, dass ich damit aufhören muss. Nun ist nicht die Zeit aufzugeben. Die Männer, die noch stehen, rufen einander zu, man solle sich zurückziehen und sich neu formieren. Ich muss Eddie finden, um ihn in Sicherheit zu zerren oder zu tragen.

6. Mai 1864

Allmächtiger Gott, Du weißt, dass ich versucht habe, meine eigenen Schritte zurückzuverfolgen, um Edward zu suchen, aber dieser Wald ist wie ein Irrgarten … schlimmer noch, es war mir nicht möglich, meinen Freund zu finden. Ich habe überlegt, ob ich bis zum Morgenlicht warten soll, um die Suche dann wieder aufzunehmen, doch bis dahin könnte es schon zu spät sein. O Gott, bitte schütze und bewahre uns! Gestern Abend sind ein paar Glutreste, die möglicherweise in Baumwollstoff oder in Schießpulver oder in Patronenhülsen den Tag über geschwelt haben, plötzlich zu einem alles Fleisch verzehrenden Feuer aufgelodert. Es ist unerträglich, auch nur daran zu denken, und doch bekomme ich die grässlichen Bilder längst nicht mehr aus meinem Kopf. Hunderte Verwundeter, unfähig, sich zu rühren, die in der Finsternis bei lebendigem Leibe verbrennen und in ihrer Qual brüllen und schreien. Ich bin vor der Flammenwand unablässig hin und her gelaufen, habe selber gebrüllt, so laut ich nur vermochte. Und nun kann ich kaum schreiben, weil mir der kalte Schweiß ausbricht und ich am ganzen Leib zittere, und das Schlimmste ist, dass ich in jedem Schmerzensschrei und Hilferuf ständig Edwards Stimme höre. Die leeren Augenhöhlen in den Schädeln ringsumher am Boden starren mich vorwurfsvoll an. Ich hätte ihn in Sicherheit schleppen, ihn retten können; ich hätte es versuchen müssen, auch wenn er sich noch so dagegen gewehrt hätte. Ich selber habe ja nichts abbekommen, ich hätte derjenige sein müssen, der die Entscheidung trifft. Ich, ich alleine bin schuld an seinem Tod. Gott steh mir bei!

8. Mai 1864

Es ist kaum zu glauben, dass die Sonne sich wieder einmal über dem Feld der Toten erhoben hat und sich nicht schämt, auf uns niederzuscheinen. Und doch bin ich froh, sie zu sehen. Die letzte Nacht schien kein Ende nehmen zu wollen, war erfüllt von den Schreien und dem Klagen meiner Brüder nach irgendeiner Erlösung. Nun höre ich sie alle zu mir sprechen, »O Gott, lass Jacob mich erretten! Um

Gottes willen, Jacob, hol uns hier raus! Jacob, sei uns gnädig, bringe uns außer Gefahr!« Das ist mehr, als ich ertragen kann. Ich habe versucht, meine Augen zu bedecken und mir die Ohren zuzustopfen, aber es hat keinen Sinn. Die Stimmen dringen in mich ein wie scharfe Klingen. Gott Allmächtiger, hörst du mich? Ich schwöre, ich habe aufgehört, an Dich zu glauben! Es kann keinen christlichen Gott geben, der uns sieht und hört und in unseren Herzen liest. Kein gnädiger Gott würde dieses Grauen geschehen lassen. Ich glaube nicht mehr, hörst Du mich, ich glaube nicht mehr an Deine Gnade, und das gibt mir die Gewissheit, den Verstand verloren zu haben.

Später.
Grant hat den Befehl gegeben: Die Armee des Potomac setzt ihren Vormarsch gen Süden fort, um die in Südvirginia aufgestellten Truppen zu vernichten. Ein Kamerad aus einem anderen Regiment hat zu mir gesagt: »Ulysses schreckt vor nichts zurück!«

Der Zustand des Wahnsinns ist von mir gewichen, ich zittere zwar immer noch und fühle mich schwach, als hätte ich ein Fieber, aber ich bin bereit, mit meinen Kameraden in den nächsten Kampf weiterzuziehen, und das werde ich auch tun. Ich muss dies hinter mich bringen, muss meine Erinnerungen vergraben, und zwar tief. Wir brechen auf. So setzen wir unseren Marsch fort, und wer weiß, wo er enden wird.

16

Es war gemütlich warm in dem Büro des Suchdienstes für vermisste Armeeangehörige. Ein Feuer flackerte im Kamin, und in einer Ecke war eine mit aufgefädeltem Popcorn, Tannenzapfen, Glasornamenten und Streifen aus Silberpapier geschmückte Fichte aufgebaut. *Es sieht fast aus wie ein richtiges Weihnachten, wie Weihnachten vor dem Krieg immer gewesen ist,* dachte Clara Barton. Sie konnte eigentlich ganz zufrieden sein. Zwar herrschte weiterhin Mangel an vielen Versorgungsgütern, doch zumindest in Washington schien sich das normale Leben nach und nach wieder einzustellen. Es war ihr gelungen, in Betsy Monroes Restaurant ein ansehnliches Festmahl zu bestellen, das gleich nach der Mittagsstunde geliefert werden sollte. Aus einer der Ecken hatte sie ihre sämtlichen Kartons und Schachteln fortgeräumt und einen großen runden Tisch aufstellen lassen, den sie dann mit einer festlichen roten Decke geschmückt und mit ihrem besten Porzellan gedeckt hatte. Sie hatte länger suchen müssen, bis alles, was sie vor dem Krieg versteckt hatte, wieder beisammen war, und es hatte in den vergangenen Jahren ja auch keinen Anlass gegeben, es hervorzukramen. Doch nun war alles auf Hochglanz poliert und bereit, und mehrere Kerzen warteten nur darauf, angezündet zu werden. Sie mochte sich nicht selbst loben, aber es wirkte in der Tat gediegen.

Was fehlte, waren ihre Gäste. Während sie zum Fenster hinaus auf die feuchten Straßen und den verhangenen Himmel blickte, wünschte sie sich ein wenig Schnee, der dem Ganzen einen noch festlicheren Rahmen verleihen würde. Aber es schneite selten in Washington, und dann blieb die weiße Pracht auch nie lange liegen. Sei es drum. Wichtig war nur, dass sie Gesellschaft haben und diese bald eintreffen würde. Ihr Büro befand sich weniger als eine Meile vom Hotel Willard entfernt, wo sie alle abgestiegen waren.

Sie war erst eine Woche zuvor von ihrer eigenen Reise zurückgekehrt, die sie nach New York State, Massachusetts und New Hampshire geführt und wo sie ihren Vortrag zum Thema »Aufgaben und Willkürlichkeiten des Frontlebens« gehalten hatte. Wer hätte geglaubt, dass so viele Menschen, Männer wie Frauen, Säle füllen würden, um den Berichten aus ihrem Dasein als Feldkrankenschwester zu lauschen? Wer hätte erwartet, dass sie, die menschenscheue, ängstliche, in sich gekehrte Clarissa Barton, die Kraft und die Entschlossenheit aufbringen würde, all das Gerede vom ›schwachen‹ Geschlecht Lügen zu strafen, indem sie sich mitten aufs Schlachtfeld begab – als einzige Frau unter all diesen rauen, kämpfenden Männern?

Und in noch einem anderen Punkt war sie über sich selbst hinausgewachsen: Wer hätte es je für möglich gehalten, dass sie so gewandt vor einem Publikum sprechen könnte? Aber so war es nun einmal, und die Kritiken sämtlicher Zeitungen bestätigten sie darin. Und nun, kaum ein Jahr, nachdem sie ihre Laufbahn als öffentliche Podiumssprecherin begonnen hatte, bekam sie das gleiche Honorar wie Ralph Waldo Emerson! Zuweilen verdiente sie monatlich bis zu $ 1000!

Und doch tat es gut, wieder daheim zu sein, in ihrem eigenen Bett zu schlafen, und sich wieder über die Stapel von Briefen hermachen zu können, die sich während ihrer Abwesenheit angesammelt hatten. Keine schaukelnden, knochenschüttelnden Eisenbahnfahrten mehr, während derer glühender Ruß durch jeden Sprung in den Scheiben ins Innere drang. Kein Frieren in den eiskalten Waggons mehr im Winter, keine muffigen, viel zu warmen Abteile mehr im Sommer. Zumindest für eine Weile nicht mehr. Trotz aller Beschwerlichkeiten würde sie sich in ein paar Wochen wieder auf Vortragsreisen befinden.

Zum einen war es natürlich hochinteressant, auch einmal ganz andere Gegenden Amerikas zu sehen, Menschen zu treffen, die ganz andere Standpunkte vertraten als sie selbst. Zum zweiten war da das Geld, das sie bitter nötig hatte. *Und lass uns den donnernden Applaus und die ehrfurchtsvollen Blicke nicht vergessen, Clarissa*, sagte die kleine Stimme in ihrem Kopf. Ja, ja, auch das war sehr angenehm. Sie genoss die Lobhudeleien. Und wo immer sie hinkam, erschienen Kriegsveteranen zu Dutzenden, um ihr zuzuhören und ihr zu applaudieren und in Jubel auszubrechen, wenn sie darüber sprach, was sie gemeinsam durchgemacht hatten – das wärmte das Herz.

Und dennoch durfte sie ihre Korrespondenz nicht vernachlässigen. Es gab noch so viele vermisste, verschwundene, möglicherweise gefallene Soldaten, so viele Familien, die weiterhin warteten und hofften, selbst jetzt, am Ende des Jahres 1867.

Ihr guter Freund Dorrance Atwater begleitete sie auf ihren Vortragsreisen als Assistent. Was für eine Hilfe er ihr in Andersonville gewesen war; er hatte alles praktisch ganz allein erledigt! Doch dann unehrenhaft aus der Armee entlassen zu werden und von seinem Vaterland für seine Dienste an ihm nicht einen einzigen Penny zu bekommen – eine Schande war das! Sooft sie in Boston weilte, erzählte sie seine Geschichte und ließ ihr Publikum wissen, wie schmählich er von der Armee behandelt worden war. Nun, *sie* freute sich jedenfalls, ihn an ihrer Seite zu haben. Er wusste, wie sie die Dinge gerne angepackt haben wollte, und er leistete ihr gute Gesellschaft.

Oft dachte sie wehmutsvoll an Tom Lavery zurück, aber der war mittlerweile glücklich verheiratet, hatte seine medizinische Ausbildung abgeschlossen und betrieb eine Praxis in Cambridge – sie gönnte es ihm von Herzen. Für Tom und für Jessie Snow, inzwischen natürlich Jessie Lavery, hatte alles ein gutes Ende genommen. Bedauerlich war bloß, dass sie ihren Bruder erst nach dessen Tod wiedergefunden hatte. Doch nun hatte sie einen rothaarigen Neffen, ebenfalls Jacob mit Namen. Und sie hatte auf ihren Irrfahrten im Süden ihre eigentliche Familie ausfindig gemacht, während sie ihren Bruder gesucht hatte und gleichzeitig in ihren, Clara Bartons, Angelegenheiten unterwegs gewesen war. Ihre Geschichte war noch immer fast zu schön, um wahr zu sein, denn sie hatte einiger schicksalhafter Wendungen bedurft – einschließlich eines Fehlers an einer Weggabelung. Einmal die falsche Abzweigung genommen, und schon stand man vor der leiblichen Mutter, von deren Existenz man nichts geahnt hatte! Unglaublich, und doch war genau das Jessie widerfahren. Ihre Geschichte enthielt sämtliche Zutaten eines Liebesromans; Lug und Trug, wohl verwahrte Geheimnisse und schließlich das glückliche Ende im Schoße der wiedergefundenen Nächsten. Es war ein weitaus erfreulicheres Ende, als es ihre eigene Liebesgeschichte genommen hatte; auch sie war belogen, betrogen, hinters Licht geführt worden – und stand am Ende dann doch mit leeren Händen da.

Es war natürlich töricht gewesen, sich in einen bereits verheirateten Mann zu verlieben, und sie hatte eigentlich auch nie auf einen guten Ausgang gehofft. 1863 hatte sie ihm den Rücken gekehrt, und damit war die Beziehung beendet – obwohl er ihr manchmal noch im Traum erschien.

Beim Erwachen fühlte sie sich dann weniger belogen und betrogen als vielmehr beglückt, beglückt davon, wieder einmal mit ihm zusammen gewesen zu sein – wenn auch nur flüchtig und in einem Traum.

Da kamen sie: Stiefelklappern auf den Stufen. Clara eilte zur Tür, und da stand als Erstes Tom auf dem Treppenabsatz vor ihr, ein breites Grinsen im Gesicht, und gleich hinter ihm zwei weibliche Gesichter, von Hauben umrahmt. Ihre Wangen waren rot von der Kälte und glänzten von der feuchten Luft. Wie gut es tat, sie zu sehen: Tom und Jessie Lavery und Jessies Freundin Cordelia Strong. Doch halt! War da nicht noch ein vierter Besucher, der die Nachhut bildete, ein junger Mann, dessen rundes Gesicht ihr zulächelte?

»Miss Barton! Wie gut Sie aussehen! Ein frohes Weihnachtsfest!«, begrüßte Tom sie, streckte ihr beide Arme entgegen und nahm ihre Hände fest in die seinen. Seine Finger waren eiskalt, doch das machte ihr nichts aus. Sie war glücklicher über das Wiedersehen mit ihm, als sie erwartet hätte. Dann versammelten sich auch die anderen auf dem Treppenabsatz, und alle zeigten ihre Freude über das Wiedertreffen, auf das man viel zu lange hatte warten müssen. Die vier Besucher brachten einen erfrischenden Hauch kalter Winterluft und eine so fröhliche Stimmung mit sich, dass auch Clara sogleich warm ums Herz wurde. Ach, die Unbeschwertheit der Jugend!

»Herein, herein. Ein frohes Weihnachtsfest euch allen!«

Man trat unter gegenseitigen Umarmungen näher; Tom legte dem Unbekannten den Arm um die Schulter und stellte ihn als seinen guten Freund und Kollegen Dr. Charles Darnell aus Cambridge, Massachusetts, vor.

Dr. Darnell verbeugte sich höflich und nahm Claras Hand. »Ich fühle mich geehrt, Miss Barton. Endlich darf ich den Engel der Schlachtfelder persönlich kennenlernen. Ich war während Ihres jüngsten Vortrags in Boston im Publikum anwesend und habe Ihnen mit den übrigen Veteranen vom Antietam und von Fredericksburg zugejubelt. Doch da ich das Glück hatte, während des Krieges nicht verwundet zu werden, habe ich auch nie Ihrer aufopferungsvollen Pflege bedurft.«

»Es freut mich ausgesprochen, das zu hören, Dr. Darnell. Sie müssen einen Schutzengel gehabt haben, dass Sie unversehrt durch das Schlachtgetümmel gelangt sind.«

»Ich war ja Feldarzt, Miss Barton, und so habe ich mich stets hinter der Schusslinie aufgehalten. Obwohl ich Ihnen versichern darf, auch nicht ganz und gar unblutig davongekommen zu sein. Ich habe mehr als genug von dem Blutvergießen erlebt, das der Krieg anrichten kann, und es schmerzt mich bis zum heutigen Tage, dass ich in meinem Metier so wenig für diese tapferen Männer ausrichten konnte. Viele Wunden, das muss ich zugeben, sind ganz nach ihrem eigenen Gutdünken wieder ausgeheilt – oder eben leider nicht.«

»Und heute verhält es sich auch nicht viel besser«, sagte Tom und half seiner Frau in einen bequemen Sessel. »Sie wissen ja, wie es im Medizinstudium zugeht, Miss Barton... Vorlesungen, Vorlesungen, Vorlesungen. Wenn wir dann aber mit echten Patienten und mit wirklichen Krankheiten konfrontiert sind, wissen wir oft kaum, was wir tun sollen. Meist überlassen wir es Gott... obwohl ich nicht verhehlen will, dass mir Listers Vorschläge, wie man Seuchenerkrankungen durch klinische Sauberkeit eindämmen kann, durchaus einleuchten. Ich hatte das Glück, einem entsprechenden Vortrag beiwohnen zu können, nicht als Bestandteil meiner Ausbildung, sondern eher zufällig in Boston, und habe es mir angewöhnt, mir vor jedem neuen Patienten die Hände zu waschen. Ich glaube durchaus, dass das etwas bewirkt, und Charles pflichtet mir darin bei – obwohl die meisten

Kollegen, mit denen wir uns darüber unterhalten, den Gedanken höchst lachhaft finden.«

»Tom, Sie dürfen diesen Spötteleien keine Beachtung schenken«, erklärte Clara streng, »und sich nicht beirren lassen. Nehmen Sie mein Beispiel. Ich habe mich nicht nur meiner Erziehung zu einer tugendhaften jungen Lady widersetzt, ich habe auch gegen meine anerzogene Schüchternheit gekämpft; stattdessen habe ich mein Ohr den Schreien sterbender Männer gewidmet, die meine Hilfe brauchten. Und ich bin froh, das getan zu haben.«

»Darin sind wir uns alle einig«, sagten Tom und sein Freund wie aus einem Munde, was die ganze Gesellschaft zum Lachen brachte. Clara beeilte sich, ihren Gästen die Mäntel und die Hüte abzunehmen, die Tom dann auf einem Sessel zu einem Stapel zusammenlegte. Er war ein Mann, den man nicht erst lange um Hilfe bitten musste – einer der wenigen, dachte sie.

Als alle Platz genommen hatten, schenkte sie ihnen mit Hilfe einer großen Schöpfkelle aus dem über dem Feuer hängenden Kessel ein dampfend heißes Getränk ein, das wundervoll nach Gewürzen und nach Äpfeln duftete. »Ich habe uns einen Glühwein in, wie ich doch hoffen möchte, bester mittelalterlicher Tradition bereitet«, erklärte sie.

»Hmmm, das duftet ja verführerisch«, sagte Jessie. »Aber heutzutage habe ich stets einen guten Appetit, und mir wird bei jedem Duft der Mund wässrig.«

Clara nahm ihr Glas und sagte: »Wer bringt einen Toast aus?«

»Ich«, meldete sich Tom und erhob sich. »Einen Toast auf unser Geburtstagskind und auch auf Sankt Nikolaus. Alles Gute zum Geburtstag, Miss Barton!« Die anderen stimmten mit ein.

Welch eine liebe Überraschung! Als Kind hatte sie sich

immer irgendwie betrogen gefühlt, weil ihr Geburtstag mit dem des Jesuskindes zusammenfiel – dem dann sämtliche Aufmerksamkeit zuteil wurde, wie sie fand. Also hob auch sie lächelnd ihr Glas und trank auf ihre eigene Gesundheit, die ihr trotz ihres Alters von sechsundvierzig Jahren dankenswerterweise noch keinen Anlass zur Klage gab. Als Nächstes überraschte sie Jessie, indem sie ihr ein prächtiges, in Leder gebundenes Buch präsentierte, das sie unter ihren weiten Kleidern verborgen hatte.

»Zu Ihrem Geburtstag, Miss Barton. Und mit vielem Dank für alles.« Man durfte ihr nachsehen, dass sie dabei Platz behielt; sie erwartete im Frühjahr ihr erstes Kind.

»Oh, was für ein herrliches Geschenk!«, begeisterte sich Clara, und sie fuhr mit der Hand über den weichen Ledereinband der Ausgabe von Charles Dickens' Weihnachtsgeschichte – *A Christmas Carol by Charles Dickens, As Condensed by Himself, for His Readings*.

»Gerade eben in Boston von Tichnor & Fields verlegt, sozusagen druckwarm«, erklärte Tom voller Stolz. »Es wird den Buchhändlern nur so aus den Händen gerissen, wurde mir jedenfalls gesagt, und wir konnten mit Glück noch ein Exemplar erwerben.«

»Ich liebe es. Es ist so schön, mit den Goldkanten und dem hübschen Lesebändchen. Richtig elegant. Ich schätze Dickens außerordentlich, und ich hoffe, im März hier zu sein, wenn er eine Lesung hält, doch sicher bin ich mir da nicht. Die Liste meiner eigenen Vortragsverpflichtungen wächst schneller als Unkraut. Trotzdem – es ist einfach zauberhaft. Ich kann euch gar nicht genug danken.« Sie schlug das Buch auf der ersten Seite auf und begann vorzulesen:

»Marley war tot; damit wollen wir anfangen. Kein Zweifel kann darüber bestehen. Der Schein über seine Beerdigung ward unterschrieben von dem Geistlichen, dem Küster, dem Leichenbestatter und den vornehmsten Leidtragenden. Scrooge unterschrieb ihn, und Scrooges Name wurde auf der Börse respektiert, wo er ihn nur hinschrieb. Der alte Marley war so tot wie ein Türnagel. Wusste Scrooge, dass er tot war? Natürlich wusste er es …«

Sie schlug das Buch zu und sagte: »Ich möchte den erleben, der diese Zeilen liest und das Buch dann wieder beiseitelegt.« Sie musste über sich selbst lachen. »Was ich natürlich soeben gerade getan habe, aber nur, weil ich hören möchte, was es bei euch alles für Neuigkeiten gibt. Und ich denke, dass es an der Zeit ist, noch einmal die Tassen zu heben. Haben Sie uns nicht etwas mitzuteilen, Thomas?«

Tom erhob sich sofort und tat, wie ihm geheißen, indem er einen weiteren Toast ausbrachte: »Auf die Verlobung von Miss Cordelia Bayley mit Dr. Charles Darnell!«

Alle beglückwünschten das junge Paar. Clara kannte Delias Geschichte natürlich vom Anfang bis zum Ende; ob Dr. Darnell das auch von sich behaupten konnte, wusste sie nicht. Wahrscheinlich nicht. Wenn Delia so geschickt darin war, sich eine neue Identität zu schaffen, hatte sie damit ihr Meisterstück vollbracht.

»Wir danken euch allen für eure guten Wünsche und hoffen, euch bei unserer Hochzeitsfeier irgendwann im Frühjahr begrüßen zu dürfen … so ist es doch, meine Liebe, nicht wahr?« Charles warf seiner Auserwählten einen Blick zu, aus dem herzliche Zuneigung sprach.

»Im Mai, denke ich«, sagte Delia. »Ich habe sehr glückliche Erinnerungen an diesen Monat, meinen Glücksmonat, wie ich glaube.«

»Und von nun an auch der meine«, stimmte ihr Charles zu und hob das Glas auf ihr Wohl.

Clara entgingen nicht die Blicke, die Jessie und Cordelia miteinander austauschten. Nein, Dr. Darnell wusste nichts von der Vorgeschichte seiner Verlobten – bis auf das, was sie ihm darüber erzählt hatte. *Macht ja nichts,* dachte Clara. Auf jeden Fall hatte Delia ein besseres Leben verdient. Sie hatte so hart an sich gearbeitet, um ihre Aussprache und ihre Grammatik zu perfektionieren, hatte sich sogar die gedehnten Vokale der Bostoner angeeignet. Schon bald würde sie Teil der weiblichen Gesellschaft von Cambridge sein und darin... aufgehen? Nein, ganz bestimmt nicht. Zum ersten Mal fragte sich Clara, wie viel Delia von sich selbst verleugnet hatte, um auszusehen und sich anzuhören wie eine ganz normale Weiße.

»Und, Cordelia und Jessie, was macht Ihre Arbeit als Hebammen in Cambridge?«

»Wir haben sämtliche Hände voll zu tun, Miss Barton«, sagte Delia. »Es werden dauernd Babys geboren – obwohl sie nicht allesamt ausgesprochene Wunschkinder sind.«

»Es ist schon eine ziemliche Schande«, entfuhr es Jessie, »dass Männer so mir nichts, dir nichts Kinder in die Welt setzen können und ungeschoren davonkommen, während die Frauen, die sie geschwängert haben, dann mitsamt ihrem unschuldigen Nachwuchs von der Gesellschaft verachtet werden.«

»Also sorgen wir dafür«, nahm Delia den Faden auf, »dass jedes gesunde Kind einen liebevollen Vater und eine liebende Mutter bekommt. Wir geben sie weiter wie... nun, wie Geburtstagsgeschenke.« Sie lachte. »Und das sind sie ja wohl auch!«

Delias Verlobter erstrahlte vor Stolz auf seine Zukünftige. »Diese zwei Frauen«, erklärte er, »sind wahre Menschenfreunde. Sie retten bestimmt mehr Leben als wir Ärzte, darauf könnt ihr wetten!«

Clara lächelte und erhob ihr Glas zum Wohl der beiden. »Ist es nicht auch viel schöner, dabei zu helfen, neues Leben in die Welt zu bringen, als ständig mit Kranken zu tun zu haben, die möglicherweise bald abtreten müssen? Es gibt so viel unnötiges Leid, finde ich. Wenn wir uns doch alle zusammentun könnten, um gemeinsam Leben zu retten –! Aber ihr seid ja nicht hier, um euch lange Vorträge anzuhören. Thomas, würden Sie uns noch einmal nachschenken, mein Guter?«

Nachdem alle Gläser wieder gefüllt waren, blieb Tom neben einem kleinen Tisch stehen und nahm ein schmales Büchlein in die Hand. Er wedelte damit in Claras Richtung und fragte: »Was ist das denn, Miss Barton? *Un Souvenir de Solferino? Eine Erinnerung an Solferino*, wenn ich übersetzen darf. War das nicht der Ort einer Schlacht in Italien? Haben Sie nicht für eine Weile genug vom Krieg?« Er zeigte das bunt illustrierte Heft herum, auf dessen Titelblatt das Portrait des Autors neben einem großen roten Kreuz prangte.

»Ach, das«, sagte Clara und nahm es ihm aus der Hand. »Das ist mir von Freunden aus Genf, das liegt in der Schweiz, geschickt worden. Es ist der Aufruf zur Gründung eines internationalen Verbandes zum Schutze der Verwundeten und Kranken in Kriegszeiten, und zwar ungeachtet ihrer Nationalität. Meine Freunde schrieben mir, das müsste doch ganz in meinem Sinne sein, und damit haben sie ins Schwarze getroffen. Dieses kleine Buch hat mich so intensiv zum Nachdenken gebracht, dass ich über mich selber überrascht war. Ich habe mir vorgenommen, mir nach Beendigung meiner nächsten Vortragsreihe eine Weile freizunehmen und meine Freunde in Genf zu besuchen. Sie haben mir versprochen, mich mit Monsieur Dunant, dem Verfasser, bekannt zu machen. Nein, Thomas, keines Ihrer neunmalklugen Lächeln, bitte. In meinem Alter bin ich darüber hinweg, romantische Bekanntschaften zu suchen. Vielmehr möchte ich mit Monsieur Dunant ernsthafte Gespräche führen. Ihr müsst wissen, dass es ihm gelungen ist, auf den Grundlagen seines kleinen Pamphlets einen Vertrag auszuhandeln, der bereits von zwölf europäischen Nationen ratifiziert worden ist. Das war 1864, also vor fast vier Jahren, doch ob ihr es glaubt oder nicht, die Vereinigten Staaten wollen nichts davon wissen! Jedenfalls werde ich mit dem Mann sprechen und mir Notizen machen, und wenn ich wieder in dieses Land zurückkehre … nun, dann werden wir sehen!«

»Ja, seht euch vor, Ladies und Gentlemen«, sagte Tom lachend. »Wenn Miss Barton etwas plant, ist nicht mit ihr zu spaßen. Die Regierung der Vereinigten Staaten sollte sich beizeiten darauf einstellen, sich diesem Verein, wie immer er auch heißen mag, anzuschließen, sonst wird Miss Barton ihnen Beine machen. Ihr werdet noch an meine Worte denken!«

»Dieser ›Verein‹ nennt sich der Vertrag von Genf oder die Genfer Konvention.«

»Nun, der Schutz von Verwundeten während des Krieges ist sicher ganz in Ihrem Sinne, und wir alle wünschen Ihnen viel Erfolg damit, unsere Politiker davon zu überzeugen, dass das eine gute Sache ist.«

Zustimmendes Gemurmel gab ihm recht. Dann wandten sich alle Köpfe der Tür zu, an der es soeben geklopft hatte.

»Unsere Weihnachtsgans!«, sagte Clara und erhob sich. »Nun ja, ›Gans‹ ist nicht ganz richtig. Ein gefüllter Puter, wie es sich in Amerika gehört. Und Austern und Preiselbeersauce und Süßkartoffeln mit allem, was dazugehört!« Sie öffnete die Tür, und sofort war das Zimmer von köstlichen Düften erfüllt, als vier Knaben mit großen Körben voller Essen hereinmarschiert kamen.

Die Gäste beteiligten sich daran, das Mahl auf dem runden

Tisch aufzubauen. Nachdem man den Jungen ein paar Münzen zugesteckt hatte, rannten diese eilig wieder die Treppe hinunter, und man konnte zum Weihnachtsessen Platz nehmen. Alle bewunderten die Köstlichkeiten vor ihnen, während Tom Weingläser aus einer Flasche füllte, die er mitgebracht hatte.

»Also, meine Freunde«, sagte Clara. »Wir haben gemeinsam eine lange Reise hinter uns, sowohl geographisch wie auch in jeder anderen Hinsicht, die uns am Ende heute hier zusammengeführt hat.« Sie blickte von einem zum anderen. »Und ich sage zu euch allen: gut gemacht! Willkommen daheim!«

Sie erhoben ihre Gläser und stießen darauf an.

btb

Historische Bestseller von Julia Kröhn

Die Regentin

Roman. 608 Seiten
ISBN 978-3-442-73658-4

Eine wahre Aschenputtelgeschichte aus dem Frühmittelalter: Von Wikingern verschleppt und verkauft, muss die angelsächsische Fürstentochter Bathildis am französischen Königshof harte Sklavendienste verrichten. Doch der Merowinger-König Chlodwig II. macht sie zu seiner Ehefrau und Königin. Aber die junge Frau hat einen mächtigen Feind, einst hat sie ihn zurückgewiesen, jetzt soll sie dafür büßen …

Die Tochter des Ketzers

Roman. 576 Seiten
ISBN 978-3-442-73709-3

Südfrankreich nach den Katharerkriegen: Ein verbotener Glaube, eine geheimnisvolle Reliquie, eine junge Frau, die in stürmischen Zeiten um ihr Leben, ihre Überzeugung und ihre Bestimmung kämpft.

»Die selbstbewussten Frauen haben es Julia Kröhn angetan. Vor allem diejenigen, denen es gelang, in weitaus schwierigeren Zeiten als heute eine eigene Identität zu finden und sie zu leben.«
Frankfurter Neue Presse

»Julia Kröhn nimmt den Leser mit auf eine Reise ins tiefe Mittelalter, und das ist nichts für schwache Nerven.«
Frankfurter Rundschau

www.btb-verlag.de